Albrecht Göstemeyer

STEINREISEN

Albrecht Göstemeyer

STEINREISEN

Roman

Bibliografische Information der deutschen Nationalbibliothek:
Die Deutsche Nationalbibliothek verzeichnet diese Publikation
in der Deutschen Nationalbibliografie; detaillierte bibliografische Daten
sind im Internet über dnb.dnb.de abrufbar.

© 2019 Albrecht Göstemeyer

Herstellung und Verlag:
BoD – Books on Demand, Norderstedt

ISBN: 978-3-7431-3652-6

INHALTSVERZEICHNIS

Auftakt 7

Bärenhöhle 9

Versuch und Abbruch 65

Verwirrungen und Irrtümer 131

Elke 195

Suche und Einsicht 229

Sommerfrieden 295

AUFTAKT

BERLIN, FREITAG, 18. JULI 1980

Die Wärme des Sommertages drang durch die Scheiben, als wolle die Sonne ihre Energie bündelweise in das Gebäude schicken, um ihm einen Speichervorrat für den Winter mitzugeben. Dr. Manuel Petrowski kannte zwar alle Klimazonen der Erde, doch Wärme in geschlossenen Räumen konnte er nur schwer ertragen. Ein Glück, dass die Blätter der hohen Buchen, die rund um das Institut standen, die Sonnenstrahlen zerstreuten und deren Wirkung milderten. Der Standort des Institutes für Mineralogie der Freien Universität Berlin in der Parklandschaft von Berlin-Dahlem, außerhalb der innerstädtischen Steinwüsten, hell und luftig, war zwar ideal, doch die Sommerhitze musste man im Gegenzug in Kauf nehmen. Die Amerikaner, die an der Finanzierung der großzügig verglasten Betongebäude der Universität beteiligt waren – nicht ganz uneigennützig, denn damit unterstrichen sie ihre Präsenz in Berlin –, hatten leider keine Klimaanlagen spendiert, wie er sie aus dem Süden der USA kannte.

Petrowski schwitzte, unterdrückte sein innerliches Fluchen, zog ein in Pergamentpapier eingewickeltes Brötchen aus seiner Tasche hervor und biss hinein. Der Kaffeeautomat gluckerte hinter seinem Rücken.

Es war die mittägliche Ruhe, inspirierend und gleichzeitig entspannend, die ihn in eine genussvolle Schläfrigkeit versenkte. Manchmal beneidete er seine Kollegen aus der Medizin, denen in ihren Diensträumen ein Bett zur Verfügung stand, wie er wusste.

Der Vormittag war so gelaufen wie immer. Die Morgenvorlesung im kleinen Hörsaal fand vor fast leeren Bänken statt; schade um die Dias, die er in stundenlanger Arbeit mit seinen Mitarbeiterinnen zusammengestellt hatte. Besser sah es im Kurs aus, dessen Beginn um elf Uhr gewesen war. Die Studenten und Studentinnen mussten chemische Aufschlüsse von Mineralien üben, hatten Interesse und waren zudem gezwungen, teilzunehmen, wenn sie ihren Schein bekommen wollten.

Es klopfte.

Petrowski antwortete und eine dünne, fahlblonde Gestalt, Anja Meinert aus der Laborabteilung, trat herein. Sie trug ein Tablett, bestückt mit verschiedenfarbigen Röhrchen und hielt einen mit Seidenpapier eingewickelten Gegenstand in ihrer anderen Hand.

„Sind das die Ergebnisse von dem chemischen Aufschluss?" Anja nickte.

„Der Papierkram mit den anderen Ergebnissen, Schliffen und Fotografien muss auf Ihrem Schreibtisch liegen. Ihr Kollege Dr. Klausen von der Geologie hat ebenfalls einen Stapel Papier zugeliefert. Offensichtlich ist das ein besonderer Stein. Es gibt auch eine Notiz. Sie sollen sich den Stein noch einmal makroskopisch ansehen, den Zettel habe ich beigeheftet."

Petrowski dankte ihr, während sie den Raum verließ. Dann ging er zum Schreibtisch und sah die Unterlagen gründlich durch. Zwischendurch nickte er. Nach etwa einer Viertelstunde war er fertig, setzte sich wieder an den Arbeitstisch und wickelte das Seidenpapier auseinander.

Vor ihm lag ein grauer, etwa faustgroßer Gesteinsklumpen. Petrowski schob ihn unter eine Präparierlupe und stellte zwanzigfache Vergrößerung ein. Er betrachtete den Stein, während er ihn drehte und wendete. Plötzlich stutzte er. Er hatte die Angewohnheit, zu sich selbst zu sprechen, wenn er aufgeregt war.

„Merkwürdig", murmelte er. „Wirklich sehr merkwürdig."

BÄRENHÖHLE

WESERBERGLAND, FREITAG, 27. JUNI 1958

Die Straße spiegelte auf dem Asphalt und schien auf diese Weise die Entfernung bis zur nächsten Haarnadelkurve zu verlängern. Die Sonne strahlte an diesem Sommertag mächtig und gnadenlos. Peter Neuwirth hatte bereits seit der ersten Steigung begonnen, sein Fahrrad zu schieben, diese Anstrengung trieb ihm das Wasser aus seinem schwammigen Körper. Die Tropfen liefen über das durchtränkte Baumwollhemd nach unten, wo sie sich als Schweißströme in den Hosenbeinen verloren.

Der Ith, wortwörtlich ein Gebirgsstock im Weserbergland – denn von oben betrachtet sieht er wirklich aus wie ein Wanderstock – zeigte seine Steilheit an allen seinen Flanken. Die kleine Gruppe wollte und musste ihn überqueren, um zu ihrem Ziel zu gelangen, der Jugendherberge in einem Ort unterhalb des Berges. Stefan Maienberg, Werner Lieke und Hartmut Müller, alles Schüler der zehnten Klasse des katholischen St. Antonius-Gymnasiums in ihrer Heimatstadt am nahe gelegenen Fluss, hatten Peter längst drei Kurven hinter sich gelassen, doch auch sie mussten absitzen und schieben, bis sie den Kamm des Berges erreichten.

Kamm passte hier genau. Der Ith schob in seiner gesamten Länge mächtige Felsen himmelwärts, manchmal nadelartig, dann massiv und schief gegeneinander gelehnt, wie die Zacken eines alten Kammes, die sich oben aus seinem langen Körper herausstreckten. Neben diesen Felsen standen Eichen und Buchen, manche alt, manche auch krumm und schief. Dazwischen gab es Höhlen, erforschte und nur teilweise erforschte – hier wollten sie nachschauen und erkunden. Dieses Sommerwochenende eignete sich besonders dafür, weil der Sonnabend wegen eines Betriebsausfluges der Lehrerschaft unterrichtsfrei war.

Als Stefan, Werner und Hartmut die Höhe erreicht hatten, warfen sie ihre Räder auf das Gras der Böschung, holten ihre Feldflaschen heraus, tranken und wischten sich den Schweiß von der Stirn. Ein Blick nach rechts führte ihre Augen über eine weite, sonnenbeflimmerte Landschaftsmulde, hinter der sich schemenhaft die Berge des Solling und des Vogler ahnen ließen. Nach kurzer Zeit bog Peter um die Ecke.

„Mach hin, Dicker, wir müssen um sechs in der Jugendherberge sein, sonst lassen die uns nicht mehr rein", rief ihm Hartmut zu. Peter murrte, schob sich auf den Sattel und fuhr jetzt voraus, den Berg hinab. Die anderen folgten.

Der Wind kühlte sie nun ab, doch sie mussten bei jeder Kurve aufpassen, dass es die Fahrräder nicht von der Straße riss. Das leise klickernde Rätschen der Leerlaufnaben vermischte sich mit dem Geklapper der Radbleche, den Hoppelgeräuschen der Fahrradtaschen und dem zischenden Pfeifen des Fahrtwindes.

Nach einer Weile wurde es langsamer, sie erreichten nun den Waldrand. Vor ihnen lag jetzt eine teils mit halbreifem Korn sich bietende, teils abgemähte Feldlandschaft, die im Hintergrund die Kleinstadt am Rand des Ith zeigte, ihr Ziel. Ein paar Minuten, und sie waren dort.

Sie stellte sich puppig und bieder dar, eine Ansammlung von Fachwerkhäusern, die in ihrer verzweifelten Bescheidenheit schon wieder freundlich wirkten.

Ein berühmter Dichter soll hier geboren sein – die Fahrradler wussten dies nicht, konnten ihn auch nicht erinnern, weil ihre Gehirne seine Romane und Erzählungen, Pflichtlektüre in der Schule, nach hausaufgabenmäßiger Aufnahme beim nächsten Neustart dies und anderes Literarisches unbewusst und gleichsam automatisch gelöscht hatten.

Die Jugendherberge, schlicht und mächtig, überragte den Ort, eine Art Burg der Nachkriegszeit; sie wolle ihn kontrollieren, schien sie zu sagen und es gelang ihr auch, denn die Häuser duckten sich schüchtern unter ihr.

Die Freunde lehnten ihre beladenen Räder an die Wand des Hauses und traten ein. Neben dem Eingang zur Herberge gab es eine Art Büro mit einer schalterartigen Sichtfensterklappe, hinter ihr rührten sich die Burgherren, der Herbergsvater mit seiner Ehefrau; ungehalten traten sie heraus und sichteten misstrauisch die vier unerwarteten und unangekündigten Radfahrer.

Dieses Paar waren die befugten Herbergseltern, adenauersche Korrektheit und wilhelminische Deutschheit ausstrahlend. Die sogenannte Herbergsmutter, in einem Alter rund um die Menopause, sah grottenhässlich aus. Ein Wald von Unreinheiten überzog ihr pferdeähnliches faltendürres Gesicht, als wären die Würmer darüber gelaufen. Zwei dümmliche Augen schauten daraus, hinab auf ihre Schürze, über der sie fortwährend ihre Hände rieb, dabei ab und an ihren Ehemann gläubig anblickend, der dickbräsig neben ihr stand.

Jener war wohl das Pendant zu seiner dürren Frau, ausgestattet mit einem die Hose weit überragenden Bauch. Einen Hals besaß er nicht, erinnerte dadurch an den bayerischen Politiker Franz-Josef Strauß, doch seinen fetten Kopf bedeckte eine Bürste fahlblonder Haare, unter denen sein schläfriges Gesicht die Gruppe ansah.

„Hat jeder von euch einen Jugendherbergsschlafsack mit dabei?", bollerte er sie an.

„Haben wir."

Ein Jugendherbergsschlafsack ist ein dünner Baumwollsack unfertigster Art, eine Art Nesselstoff mit sackförmigem Zuschnitt, doch man hat ihn als sein intimes Eigentum und er kann zuhause gewaschen werden. So ist er eine Art letztes Refugium beim Betreten und Beschlafen der Jugendherbergsbetten, die hier zweistöckig in 6er-Zimmern angeordnet waren. Seine Funktion bestand darin, dass man in ihn hineinkroch, bevor man gezwungen war, darüber eine selten gewaschene schwere deutsche Jugendherbergsdecke zu werfen, deren Gebrauch wegen der nächtlichen Kälte leider nicht zu umgehen war.

Die deutsche Jugendherbergsdecke verfügte über eine Vielzahl von Eigenschaften.

Ihre Schwere rührte natürlich aus der Durchdringung mit vielartigen menschlichen Körperflüssigkeiten her – Schweiß, Urin, Darmflüssigkeiten und anderes. Geruchlich wies sie einige Sonderlichkeiten auf, dabei herausragend der Schweiß-, Käsefuß- und eine Art übler Wollgeruch. Optisch lud sie geradezu dazu ein, sich mit ihrem Status auseinanderzusetzen, denn an ihrem einen Ende war der Schriftzug „Fußende" dick und unübersehbar eingewebt, böse Ahnung erzeugend.

„Ist das wohl bei der Bundeswehr genau so?", fragte Werner anonym in die Runde, bevor sich alle bemühten, die offensichtliche Lageratmosphäre zu ignorieren, um in den Schlaf zu kommen.

Der nächste Morgen fing an mit einem frühen, gnädigen Wetter und einem ungnädigen Frühstück. Es bestand aus einem auf einen Teller gehäuften Stapel von Scheiben altbackenen Schnittbrotes, begleitet von einem Schmierklacks billiger Margarine und einer Schale Vierfruchtmarmelade, die mehr nach Zucker als nach Früchten schmeckte. Getränk gab es reichlich, kannenweise dünnen Muckefuck. Peter verweigerte.

„Das trinke ich nicht, die haben doch Hängolin da rein getan."

Ein bösartiges Gerücht, welches sich hartnäckig hielt und in allen Einrichtungen kursierte, wo männliche Jugendliche kaserniert wurden, also Bundeswehr, Internate, Erziehungs- und andere -heime und eben auch deutsche Jugendherbergen, in denen die Nächtigung durch weibliche Gäste sich verhalten gestaltete. Hängolin, dieses Pulver, welches durch die Zufügung in morgendlichen Getränken den maskulinen Geschlechtstrieb dämpfen sollte, damit sich die Beschäftigung mit unangemessenen Gedanken und die Erzeugung von Selbstbefriedigung bei Heranwachsenden in Grenzen hielt, besaß einen gewaltigen Schönheitsfehler. Eine derartige Substanz gab es nämlich überhaupt nicht.

Hier in der Jugendherberge am Ith hätte man sie ohnehin nicht gebraucht; die tumbe Mehrbettatmosphäre törnte nicht an.

Trotzdem guckte Werner etwas kariert, und auch die anderen konnten nicht ganz vermeiden, dass sich eine Spur von Neid in ihre Gesichtszüge schob. Peter, der „Dicke", trieb sich zuhause oft mit Mädchen herum, weil beide Elternteile arbeiteten, weswegen die elterliche Wohnung tagsüber oft sturmfrei war – der Glückliche.

Nach dem Frühstück hieß es, sich sofort aufmachen und aufsitzen. Die Vier stiegen auf ihre Räder und mühten sich wieder den Ith hinauf zu ihrem Ziel, der halbwegs erforschten „Bärenhöhle".

Ein Ziel erfordert Anstrengung, und so war es nur gerecht, dass sich die Vierergruppe mit ihren Fahrrädern wieder den Itthang hinaufbemühte, auf der Suche nach der Höhle. Der Eingang war nicht leicht zu finden. Neben einer Haarnadelkurve musste man einen Pfad, eine Art Wildwechsel, suchen, der nach etwa 50 Metern zum Eingang der Höhle wies. Sie entdeckten ihn nach kurzer Zeit und gelangten zu einer von Büschen teilweise verdeckten Felsengruppe, in deren Mitte ein schmaler Höhlenschlund direkt in die Tiefe führte.

Sie saßen nun ab und lösten das Gepäck von den Fahrrädern. Stefan und Hartmut schauten auf eine handgezeichnete Karte, die sie in der Schule von anderen Mitschülern erhalten und durch die sie erst von der Existenz der Höhle erfahren hatten.

Bevor man den ersten ebenen Teil der Höhle erreichte, musste man sich ungefähr zehn Meter durch einen engen Kamin fast senkrecht abseilen, so die Beschreibung. Der Dicke hatte deswegen auf die Erkundung der Höhle verzichtet und wollte draußen warten und auf die Räder aufpassen. Die Jungen holten aus einem der Packsäcke ein langes Seil, banden das eine Ende um einen Eschenstamm, der drei Meter neben dem Eingang stand und sicherten es mit einem doppelten Knoten. Stefan und Hartmut schoben ihre Räder in ein etwas weiter entferntes dichtes Gebüsch, denn sie wollten in der Höhle übernachten und sie erst am nächsten Tag verlassen. Werner würde allein nach ein paar Stunden hinaufkommen und mit Peter wieder nach Hause in ihre Heimatstadt zurückfahren, so war es geplant. Den Anfang machte der kleine, dunkelhaarige Werner, schlang sich das andere Ende des Seiles um den Leib und begann mit dem Abstieg, wobei er sich mit den Füßen an den Höhlenwänden abstützte. Zwischen den Zähnen hielt er eine kleine Taschenlampe, mit der er nach unten leuchtete, soweit es ging. Nach etwa zwei Minuten erreichte er eine ebene Fläche und rief nach oben:

„Ich bin da!"

Seine mit einem diffusen Echo gepaarte Stimme erreichte den Höhleneingang und Hartmut machte sich daran, als Nächster hinab zu steigen. Hartmut sah aus wie einer der letzten Germanen: groß, blond und muskulös. Sein kantiges, quadratisches Gesicht verfügte über weit auseinander laufende Kinnseiten und ein ausgeprägtes Kinngrübchen. Im Widerspruch zu seinem athletischen Habitus schienen seine Augen manchmal einen Rest ihm nicht bewusster Traurigkeit zu verraten,

Hartmut packte zu, riss sich eine volle Packtasche über die Schulter, hangelte sich am Seil in das Dunkel und erreichte nach kurzer Zeit den Boden. Stefan, der immer etwas skeptisch wirkte und es wohl auch war, wartete noch einen Moment vor der Höhle.

Äußerlich wirkte er wie eine reduzierte Ausgabe von Hartmut; gleiche Größe, doch viel schmaler, auch im Gesicht, ein Körper mit weniger Muskeln, keinesfalls athletisch. Doch seine Augen, ebenso graublau wie die von Hartmut, wirkten ähnlich und ließen in Bewegung und Ausdruck eine gewisse Verwandtschaft, fast Brüderlichkeit mit ihm erahnen.

„Zieh hoch!", schallte es herauf.

Das Seil kam und auch Stefan seilte sich ab. Es gab ein schleifendes Geräusch, als er mit dem genagelten Blech der Schuhspitzen gegen den Felsen rieb. Unten erwarteten ihn die beiden anderen mit ihren leuchtenden Taschenlampen.

„Und nun das Gepäck!", rief Stefan nach oben und ließ das Seil wieder los.

Vor der Höhle knotete Peter nacheinander die restlichen Packtaschen und Rucksäcke an das Seil und ließ sie hinab. Nach zehn Minuten war die Expedition komplett. Die Jungen nahmen das Gepäck auf und stiegen weiter in die Höhle hinab, jetzt auf einem geräumigen Weg, der sich schwach abwärts in die Tiefe wand. Sie hatten zusätzlich ein zweites Seil mitgenommen. Manchmal eröffneten sich Nebengänge, die sie einen nach dem anderen verfolgten, doch es dauerte meist keine zehn Meter, bis sie blind endeten und man auch gebückt nicht weiter kam.

Nach einer Weile öffnete sich der Hauptgang weit zu einem Raum wie eine Halle, deren fast ebener Boden mit Lehm bedeckt war.

„Hier werden wir übernachten", sagte Hartmut. Er und Stefan packten aus und bauten sich ein Schlaflager, bliesen zwei Luftmatratzen auf und deckten Militärschlafsäcke darüber, deren Oberfläche aus fester, grüner Baumwolle bestand.

Werner half ihnen, indem er ihnen mit seiner Lampe Licht gab. Inzwischen war fast eine Stunde vergangen. Die Jungen machten sich wieder auf den Weg; es ging immer noch abwärts. Nach einer weiteren halben Stunde folgte eine sackförmige Erweiterung, an deren linker Seite sich ein zweiter Kamin öffnete: ein weiteres, fast senkrechtes Loch in die Tiefe.

„Wir wissen nicht, wie weit es bis zum Boden ist", sagte Werner. „Das Seil können wir nirgendwo hier festmachen. Wenn wir alle drei auf dem Boden landen und kein Seil mehr haben, sehen wir alt aus. Am besten, ihr lasst mich erst hinunter, ich erkunde und wenn der Kamin nicht zu lang ist, könnt ihr einzeln nachkommen. Zwei müssen aber immer oben bleiben, um das Seil zu halten."

Hartmut nahm das Seil, welches er um seine Taille geschlungen hatte, sicherte mit Stefan und ließ Werner hinunter. Nach einer Weile schrie Werner „Ihr könnt loslassen!"

Es stellte sich heraus, dass der Kamin nicht sehr lang war, nach fünf Meter erreichte man den Boden. Er mündete in eine weitere kleine, verwinkelte Halle, die ringsum zu mehreren Seitengängen führte. Werner leuchtete alles ab. Aus dem Höhlenlehm ragten kleine spitze Gegenstände hervor, vielleicht Steine oder Knochen.

„Das müsst ihr euch anschauen!", rief er hinauf.

Nach einer Weile hangelte er sich am Seil aufwärts und machte Platz für Hartmut und Stefan, die sich ihrerseits damit beschäftigten, die geheimnisvolle Halle zu erkunden. Stefan hatte seinen Fotoapparat mit Blitzlicht dabei und fotografierte alles.

Nachher stiegen sie wieder nach oben in die erste Halle; erschöpft lagen sie auf den Luftmatratzen und ruhten sich eine Weile aus.

„Das werden wir nicht mehr schaffen, die Seitengänge in der tiefen Kammer zu untersuchen", sagte Stefan. „Dazu brauchen wir mindestens zwei Tage und entsprechende Ausrüstung, mehrere Sätze Taschenlampenbatterien und Karbidlampen oder dergleichen."

„Und überhaupt muss ich jetzt wieder zurück", erinnerte Werner. „Hier in der Höhle verliert man jedes Zeitgefühl, doch es ist schon Nachmittag, Peter wartet und wir müssen schließlich noch nach Hause fahren, sonst werden unsere Eltern unruhig."

Nun stieg die ganze Gruppe wieder zum Höhleneingang hinauf. Das lange Seil hing an seiner Stelle, nach kurzem Rufen antwortete Peter. Werner verabschiedete sich und kletterte an dem Seil durch den Kamin aus der Höhle hinaus. Nach ein paar Metern lehnte er sich nach unten – die beiden anderen konnten gerade noch seinen Kopf sehen – und rief:

„Macht keinen Blödsinn! Wir sehen uns noch!"

Hartmut und Stefan gingen zurück in die Halle. Sie zündeten einen Kocher für Trockenspiritus mit ein paar Esbit-Tabletten an, füllten einen Aluminiumtopf mit Wasser aus den Feldflaschen, warfen eine zerbröselte Erbswurst hinein und kochten eine Erbsensuppe. Die warme Suppe reicherten sie mit ein paar mitgebrachten Würstchen aus der Dose an.

Nach der Abendmahlzeit wurden sie schläfrig, krochen in ihre Schlafsäcke und löschten die Taschenlampen. Stefan entzündete eine Kerze, holte sein mitgebrachtes Buch von Hermann Hesse „Der Steppenwolf" hervor und begann zu lesen. Nach einer halben Stunde fiel es zur Seite. Er konnte gerade noch die Kerze auspusten und zu Hartmut schauen, der bereits wie ein Toter schlief. Die feuchte Kälte der Höhle machte ihnen nichts aus, im Gegenteil, sie erhöhte noch das Wohlgefühl, sich mit dem warmen, durch den eigenen Körper angeheizten Schlafsack zu umgeben, der zudem von den gewohnten eigenen Gerüchen durchdrungen war. So nahmen sie vorerst auch nicht das einzige Ungewohnte wahr.

Nämlich die Schwärze. Das Nichts. Erst am nächsten Tag sollten sie es spüren.

Stefan war es, der erwachte, praktischerweise, denn er besaß eine Armbanduhr mit Leuchtzifferblatt. Ein Blick darauf verriet ihm, dass es kurz nach sechs Uhr am Morgen war; die Höhle schien durchaus ihre Auswirkungen zu zeigen, denn zuhause wachte er regelmäßig erst um sieben Uhr auf und döste meistens noch, bis ihn seine Mutter zum Frühstück und zur Schule trieb.

Diese Dösperiode genoss er auch in der Höhle, doch es schlichen sich Erkenntnisse in sein Bewusstsein ein, die er so nicht erwartet hatte.

War es nicht immer so, dass der Tag als Regisseur den Menschen einen Film vorschrieb, den sie seit uralten Zeiten anschauen mussten? Zuerst die Nacht, schwarz, mit Untermalung durch Träume. Sie beschert den Menschen eine Ruhe im Gehirn, die sie nach dem Tag wohl auch brauchen. Wenn die Menschen sich im Schlaf langweilen, erfüllt die Nacht auch diese Bedürfnisse, schickt kurze Traumfilme, verrückte, liebe, böse, geile, alles was denkbar und meist später nicht mehr erinnerbar ist.

Irgendwann zieht sich der Schlaf zurück und lässt die Menschen aufstehen und die Helligkeit des Tages wahrnehmen. Das erste, was sie dann spüren, ist der Kontakt mit anderen Menschen, körperlichen Partnern, Eltern, Geschwistern oder anderen Personen.

Davon hängt vieles ab. War der erste Kontakt liebevoll, ging man anders mit dem Tag um, als wenn er sich bösartig gestaltete, man aufgescheucht oder sogar mit Vorwürfen überschüttet wurde. Der Tag ist dann dem Werk vorbehalten. Man denkt, arbeitet, egal, ob man Schüler, Arbeiter oder Rentner ist; hier ist jetzt Zäsur. Denn alles dieses gräbt sich ein, bewusst oder unbewusst, ist jetzt meistens erinnerbar. Allmählich und gnädig kommt dann wieder die Nacht mit dem Schlaf und macht alles neu.

Doch in einer Höhle ist das anders.

Stefan hatte im Schlaf gerade besonders schöne, leider auch nicht mehr erinnerbare Träume genossen, als ihn beim Aufwachen nicht die morgendliche Helligkeit, sondern das Nichts, die Dunkelheit, überrannte, völlig ungewohnt, und er erschrak zunächst. Während er zu sich kam, fiel ihm ein, dass er in einer Höhle in den Schlaf gekommen war und er beruhigte sich.

Das Nichts war aber immer noch da. Stefan tastete hin und her, fand die ausgelöschte Kerze und nach einer ganzen Weile endlich die Taschenlampe. Er leuchtete zu Hartmut, doch der schlief noch. Stefan löschte die Taschenlampe, legte sich auf den Rücken und dachte nach, in das Dunkel hinein.

Später zündeten beide die Kerzen an und frühstückten mit dem, was sie in den Packsäcken hatten. Hartmut sagte:

„Bevor wir uns wieder nach oben machen, möchte ich noch einmal in die zweite Kammer steigen. Hast du was dagegen?" Stefan verneinte.

Also ging es wieder abwärts.

Als sie den Kamin erreichten, blieb Stefan oben und sicherte Hartmut, der eine halbe Stunde in der Kammer blieb, mit dem Seil.

Als er wieder heraufgestiegen war, bot er Stefan an, ihn ebenfalls zu sichern, falls dieser auch noch einmal in die Kammer hinab wolle, doch es bestand kein Interesse.

Hartmut sah Stefan mit glänzenden Augen an.

„Schau, was ich gefunden habe!"

Er zeigte ihm einen ovalen, mit Lehm verschmierten Stein, so groß, dass ihn eine Hand bequem umfassen konnte.

„Das ist doch nichts Besonderes!"

„Doch, er ist nicht einfach ein ovaler Kiesel, sondern er zeigt Bearbeitungsspuren, hier an den Rändern. Ich habe den Stein mit Spucke abgerieben und konnte sie dann sehen. Irgendwann müssen schon einmal Menschen hier gewesen sein."

„Das muss erst einmal bewiesen werden. Du kannst ihn ja mal einem Museum zeigen."

„Das mache ich auf keinen Fall. Die nehmen ihn mir nur weg. Ich behalte ihn, ganz egal, ob er etwas Besonderes ist. Zu Hause habe ich schon eine Steinsammlung. Von allen außerordentlichen Stellen, an denen ich gewesen bin, habe ich immer einen Stein mitgenommen."

Das konnte sich Stefan gut vorstellen. Hartmuts Vater gehörte ein aufstrebendes Baugeschäft in ihrem Heimatort. Weil dessen Innenstadt im Krieg zum Teil zerstört worden war, hatte er Aufträge bis über die Kante. Das zwang ihn und seine überlasteten Mitarbeiter, einmal im Jahr den Betrieb mindestens vier Wochen zu schließen. Die Müllers fuhren dann immer in üppigen Urlaub in Luxushotels, nach Italien sowieso, aber auch in andere europäische Länder, Spanien, Frankreich oder Griechenland. Davon profitierte natürlich ihr einziges Kind, ihr Sohn Hartmut. So etwas war für Stefan undenkbar. Auch er war ein Einzelkind, doch die Urlaube seiner Familie beschränkten sich auf gelegentliche Sommeraufenthalte in den deutschen Alpen; mehr als ein Dreibettzimmer in einer Pension in Krün bei Garmisch konnte sich sein Vater als Beamter bei der Stadtverwaltung nicht leisten. Ohnehin fuhren sie in den Sommerferien meist zu Verwandten oder blieben zu Hause.

Beide stiegen jetzt wieder zurück in die Halle und packten ihr Gepäck zusammen. In zwei Etappen wollten sie es zum Eingang schaffen. Doch am Höhleneingang erwartete sie eine unangenehme Überraschung. Das Seil, an dem sie den Kamin heraufklettern wollten, war weg!

Sie schauten sich an, mit einer Mischung aus Ungläubigkeit und Schrecken.

„Das sieht übel aus", sagte Stefan. „Ohne das Seil kommen wir hier nicht hinaus."

Hartmut wurde wieder gelassen. „Wir wissen nicht, warum das Seil nicht an seiner Stelle hängt. Das ist jetzt auch egal. Wir werden hier nicht verhungern, denn spätestens morgen wird man uns vermissen. Also können wir damit rechnen, dass morgen im Lauf des Tages jemand, wer auch immer, kommt und ein Seil durch den Kamin wirft."

„Das hat für uns allerdings zwei Konsequenzen", erwiderte Stefan. „Erstens müssen wir uns hier am Höhleneingang breit machen, damit wir überhaupt merken, wenn jemand kommt. Zweitens, wir müssen die Taschenlampen schonen, sonst finden wir das Seil nicht. Meine Lampe ist schon schwächer geworden. Wenn wir uns hier endgültig niedergelassen haben, zünden wir die Kerzen an, die brennen noch eine ganze Weile."

Die Jungen gingen jetzt an die Arbeit, transportierten das restliche Gepäck zum Höhleneingang und bauten sich zwei neue Lager auf, unbequemere, weil sie die Luftmatratzen nur auf einer Schräge mit unebenem Boden ausbreiten konnten. Sie lagen jetzt dicht nebeneinander und mussten aufpassen, dass sie sich nicht den Kopf an der Höhlendecke stießen, wenn sie sich aufrichteten. Im Kerzenlicht teilten sie sich eine Tafel Schokolade; Hartmut, der am Lesen überhaupt nicht interessiert war, versuchte zu schlafen, während Stefan sich weiter mit seiner mitgenommenen Lektüre, dem Buch von Hesse, beschäftigte.

Hartmut war tatsächlich eingeschlafen, während Stefan, gebannt durch das Buch, seine missliche Lage vergaß. Als die Kerze zu flackern begann, zeigte das Leuchtzifferblatt auf fünf Uhr am Nachmittag.

Stefan weckte Hartmut.

„Steh auf, denn wenn du jetzt weiterschläfst, wachst du mitten in der Nacht auf! Wir müssen uns so verhalten, als wenn wir nicht in einer Höhle wären, sonst geht alles durcheinander!"

Hartmut gähnte. „Was soll denn durcheinander gehen?"

„Der Tagesablauf! Wenn wir den nicht einhalten, werden wir in der nächsten Woche zuhause und in der Schule enorme Schwierigkeiten bekommen. Wir sollten uns jetzt so verhalten, als wäre es fünf Uhr an einem beliebigen Tag. Bei uns in der Familie gab es dann immer Tee."

„Dann mach man."

Stefan schaffte es, aus den Resten von Wasser und Teeblättern auf dem Esbitkocher ein Gebräu herzustellen, welches beide widerwillig schluckten. Der Kocher brachte genug Licht, sodass sie nicht ihren kostbaren Vorrat an Kerzen und Taschenlampenlicht angreifen mussten.

Danach ging es nur darum, die Zeit in irgendeiner Weise verrinnen zu lassen, denn es gab nun keine Möglichkeiten mehr, sie sinnvoll zu nutzen. Die Jungen unterhielten sich stundenlang über alle Geschehnisse des letzten Vierteljahres in der Schule und in ihrer privaten Umgebung, bis sie wieder schläfrig wurden und sich in ihre Schlafsäcke wickelten.

Doch die Nacht gestaltete sich dieses Mal anders.

Stefan war es wieder, der diesmal um etwa 4:15 Uhr – so zeigte das Zifferblatt seiner Uhr an – aufwachte, wieder in die Dunkelheit starrend. Nach einer Weile wandte er sich an Hartmut. Als er ihn antippte, merkte er, dass Hartmut auch schon wach war.

„Merkwürdiges Gefühl, jetzt schon zum zweiten Mal in der Dunkelheit aufzuwachen, Hartmut!"

„Kann man wohl sagen."

Stefan sagte jetzt zu Hartmut:

„Geht es dir vielleicht auch so? Ich habe nichts mehr gesehen und gehört, das einzige, was ich noch feststellen konnte, sind meine Gedanken. Es war so, als würden sie wie ein Vogelschwarm durch die reine Luft fliegen, ohne dass Bäume oder Wolken sie verdeckten. Ich konnte jeden einzelnen spüren."

„Genau dasselbe habe ich empfunden, das ist ein guter Vergleich. Aber bei mir war auch ein großer bunter Raubvogel dabei, der ab und an nach unten stieß und den Vogelschwarm verscheuchte."

„Raubvögel sind doch gar nicht bunt!"

„Meiner schon, Stefan. Willst du wissen, wie er heißt?"

„Natürlich."

„Sex."

Stefan lachte. „Wenn das so ist, kam auch bei mir der bunte Raubvogel vor, nur war er friedlicher. Er flog zwar ebenfalls manchmal durch den Schwarm, zerstreute ihn aber nicht." Hartmut musste plötzlich grinsen.

„Kannst du dich noch an die Geschichte mit dem Rückenmark und dem Meyer-Degenhoff erinnern?"

Friedhelm Meyer-Degenhoff war der Religionslehrer ihrer Klasse, traditionell in dieser katholischen Schule auch zuständig für sechstes Gebot und Aufklärung der Schüler. An irgendeinem Vormittag vor einem Jahr hatte er sich vor die Klasse gestellt und ihnen zunächst über den peinlichen nächtlichen Erguss berichtet, der immer die Bettwäsche versaute. Es war mucksmäuschenstill in der Klasse.

Es folgte ein Diskurs über Selbstbefriedigung. Meyer-Degenhoff warnte vor dieser schweren Sünde und betonte, es folge nicht nur die allgemeine Sündenstrafe, sondern auch eine zeitnahe weltliche Strafe.

„Bei häufigem Onanieren läuft nach und nach das Rückenmark aus, das hat zur Folge, dass ihr im Alter kaum noch gehen könnt."

Hartmut, der sich nicht vorstellen konnte, dass das glibberige Zeugs mit dem Rückenmark in Verbindung stand, war aufgestanden.

„Kann deswegen der Papst so schlecht gehen, dass er immer in einer Sänfte getragen werden muss, Herr Studienrat?"

Die Klasse feixte.

Der Lehrer wurde zornrot, holte aus und gab Hartmut eine knallende Ohrfeige, sodass er fast aus der Bank fiel. Dies bedeutete an sich nichts Besonderes und kam an jedem dritten Unterrichtstag vor, weil Meyer-Degenhoff ein Choleriker war. Es hatte für Hartmut aber kein Nachspiel, denn er wäre niemals wegen dieser Sache vom Lehrer zum Direktor zitiert worden, dafür war sie zu peinlich und zu lächerlich.

Hartmut lachte. „Und ob du es mir glaubst oder nicht, ich wollte nicht fragen, ob der Papst sich selbst befriedigt. Ich wollte mich nur erkundigen, ob das Rückenmark vom Papst allgemein nicht in Ordnung war."

Das St. Antonius-Gymnasium hatte noch einen weiteren Versuch unternommen, die lästige Pflicht der Sexualaufklärung ihrer Schüler zu meistern, indem es sie an einen anderen abgeschoben hatte.

Ähnlich wie die Eltern der Schüler war die Schule für diese Aufgabe viel zu prüde. Stattdessen engagierte sie dafür einen bekannten Aufklärer, den Jesuitenpater Pereira, der durch die Lande zog, um den Gymnasiasten den Unterschied zwischen männlich und weiblich zu erklären.

Die Massenaufklärung des Paters fand ausgerechnet in der Aula einer Mädchenschule statt, natürlich an einem Nachmittag – so wurden die katholischen Knaben nicht durch den Anblick der Mädchen abgelenkt. Mehr als hundert Schüler hatten sich versammelt, um den Worten des Geistlichen drei Stunden lang zuzuhören.

Es kam nicht viel dabei heraus.

Hartmut bemerkte: „Wie es die Bienen mit den Blüten machen, interessiert mich nicht. Er hätte uns lieber erklären sollen, wie man anständig vögelt." Beide lachten lauthals.

„Das meiste kenne ich von dem Dicken und von den älteren Schülern in der Oberprima. Die haben schon Erfahrung, jedenfalls ein bisschen", sagte Stefan unsicher – und spürte jetzt durch das Dunkel, wie sich das Gesicht seines Freundes zu einem spöttischen Grinsen verzog.

„Das ist nur die Spitze des Eisberges", dozierte Hartmut langsam und überheblich. „Wenn du wirklich etwas wissen möchtest, musst du die Gesellen in unserer Baufirma fragen, so wie ich das gemacht habe. Die haben richtige Erfahrung und können dir erzählen, was Sache ist. Es liegt daran, dass sie Kontakt mit ganz anderen Mädels haben als wir, die meistens nur mit den Schülerinnen von den Oberschulen herumpusseln. Die sind viel offener und kreischen nicht gleich los, wenn man sie mal anfasst." Das Gesprächsthema hielt die beiden noch eine Weile fest, bis sie langsam wieder eindösten.

So merkten sie nicht, wie die Zeit verging. Ein lautes „Hallo", von einem Echo verstärkt, weckte sie und ließ sie aufspringen. Stefan schrie:

„Wir sind hier unten!"

Kurz darauf fiel das Seil durch den Kamin und klatschte neben ihnen auf den Boden. Beide schalteten jetzt ihre Taschenlampen ein. Stefan kletterte als erster nach oben, während Hartmut die Ausrüstung in den Packsäcken verstaute. Als er sich dem Ausgang näherte, wurde es heller und als er durch das Höhlenloch kroch, blendete ihn die Sonne dermaßen, dass er zuerst die Gesichter der beiden gebückten Personen nicht erkennen konnte, die zu ihm hin schauten.

Es handelte sich um Werner Lieke und Johannes, genannt „Hannes", Arbeiter und Fahrer vom Baugeschäft Müller, dem Betrieb von Hartmuts Eltern. Als nächstes zogen sie die Packsäcke nach oben, dann verließ zum Schluss auch Hartmut die Höhle.

„Na, ihr Schulschwänzer", sagte Hannes, „wie habt ihr das denn nun geschafft, uns einen Tag lang in Atem zu halten?"

„Keine Ahnung, wer das Seil hochgezogen hat", antwortete Hartmut. „Denkt ihr vielleicht, wir wären freiwillig in der Höhle geblieben?"

Hannes und Werner waren mit dem Pritschenwagen der Baufirma gekommen, weil sie die Fahrräder verladen wollten. Als Hartmut und Stefan die Räder aus dem Gebüsch holen wollten, erwischte sie der nächste Schreck.

„Unsere Fahrräder sind nicht mehr da! Jemand hat sie geklaut!"

Alle suchten jetzt weiträumig die Gegend ab, doch sie fanden keine Spur von den Rädern. Hannes meinte, alles passe zusammen, denn die Diebe hätten durch das Hochziehen des Seiles gleichzeitig dafür gesorgt, dass niemand sie kurzfristig verfolgen konnte.

„Wenigstens haben sie das Seil vor der Höhle liegen lassen. Wenn wir es nicht gefunden hätten, wären wir langsam zurückgefahren und hätten euch entlang der Strecke gesucht. Wer weiß, wie lange ihr dann noch in der Höhle gehockt hättet!"

Hartmut und Stefan mochten sich das nicht vorstellen, warfen ihr Gepäck auf die Ladefläche des Pritschenwagens, stiegen auf die Sitzbank, wo sie sich mit Werner und Hannes drängten und fuhren nach Hause.

Hannes setzte Stefan als Ersten vor der Haustür seines Elternhauses ab.

Die Familie Maienberg bewohnte eine kleine, etwas verträumt wirkende Villa am Rand der Stadt, direkt an einem kleinen Wäldchen gelegen. Sie war von Stefans Urgroßvater kurz vor der Jahrhundertwende erbaut und seither in der Familie weitervererbt worden. Vor dem zweiten Weltkrieg hatte die Familie ein Möbelgeschäft in der Innenstadt besessen, das aber von Stefans Vater nicht weitergeführt und verkauft worden war. Der Krieg hatte ihm jeglichen Mut und die Hoffnung genommen, dass es jemals wieder aufwärts gehen könne, denn fast die ganzen Kriegsjahre hatte er an der Front im Osten verbringen müssen. Diese Jahre hatten ihn geprägt; zwar konnte er einer körperlichen Verwundung entgehen, doch seine Seele brauchte noch lange, um sich von den miterlebten katastrophalen Ereignissen zu erholen.

Mit großer Mühe gelang es ihm, in der Nachkriegszeit Jura zu studieren und eine Stelle als Beamter bei der Stadtverwaltung zu finden.

Als Stefan das Haus betrat, erwartete ihn seine Mutter voller Anspannung, schon gut informiert von Werner und Peter.

„Was habt ihr da wieder für Sachen gemacht! Ich dachte, ihr wolltet in der Jugendherberge übernachten, und nicht in einer Höhle!"

„Haben wir ja auch. Aber nur in der ersten Nacht."

Stefan erzählte daraufhin seine Geschichte. Die Mutter hörte aufmerksam zu, die Anspannung verlor sich und ihr war die Erleichterung anzumerken, dass Stefan nichts Schlimmes passiert war.

„Aber dein Fahrrad ist nun einmal weg und glaub nur nicht, dass dein Vater dir gleich ein neues Rad kauft!"

„Wird mir schon etwas einfallen", sagte Stefan.

In der Schule hatte sich der Vorfall natürlich herumgesprochen, jedoch gab es keine Sanktionen für Stefan und Hartmut, weil sie einen Tag versäumt hatten. Die Sommerferien würden ohnehin zum Wochenende beginnen und die Lust der Lehrer, jetzt noch neue Unterrichtsstoffe zu behandeln, hielt sich in Grenzen. Zudem hatten sie in den ersten zwei Stunden des Dienstag ausgerechnet bei Wilhelm Krokowski Englischunterricht. Als Krokowski die Klasse betrat, setzte er sich sofort hinter sein Pult und rief Michael Kramer, den Klassensprecher, zu sich.

„Ich bin heute heiser", hüstelte er. „Der mündliche Unterricht fällt aus. Ihr sollt euch mit euren Hausaufgaben beschäftigen und könnt noch einmal die Vokabeln lernen, die wir letztes Mal durchgenommen haben. Pass auf, dass alle Ruhe halten, besonders die Dummen auf den letzten Bänken."

Der Lehrer vermied es, die Schüler mit Namen anzureden, denn die konnte er sich nie merken. Die Klasse feixte, wusste sie doch, worum es ging.

Krokowski war schwerer Alkoholiker, was die Schule geflissentlich zu verheimlichen suchte. Dann und wann schlug er so gewaltig über die Stränge, dass er den Weg nach Hause nicht mehr fand. Ein paar Mal hatte man ihn schon aus dem Straßengraben aufpicken müssen und es war nicht zu vermeiden, dass sich dies in der Stadt herumsprach. Am Abend zuvor musste er sich also wieder einmal reichlich die Kante gegeben haben.

Am Nachmittag ging Stefan zu Hartmut hinüber, der ihn angerufen hatte.

Hartmuts Elternhaus mit dem dazugehörigen Betriebshof der Baufirma lag ebenfalls am Stadtrand, nicht weit von der Villa der Maienbergs entfernt. Die Gebäude hatte Hartmuts Vater vor ein paar Jahren errichtet; vorher hatte die Stadt dort ursprünglich eine Siedlung mit Einfamilienhäusern geplant. Müller musste sich lange mit der Stadtverwaltung herumschlagen, bis man ihm den Bau der Anlage genehmigte. Doch es gelang ihm, unter Einflussnahme auf die Ratsherren der Stadt, die Verwaltung auszutricksen und dafür zu sorgen, dass der Bebauungsplan geändert wurde. Ausschlaggebend war seine Drohung, mit seiner Firma in die Nachbargemeinde umzuziehen.

Das machte wiederum den Ratsherren kalte Füße; Müller war einer der größten Steuerzahler der Stadt und hatte auch oft großzügige Spenden geleistet. Außerdem hielt sich die Lärmbelästigung am Ort in Grenzen, denn die meisten Baustoffe wurden nicht auf dem Betriebshof gelagert, sondern gleich von den Handelsfirmen zu den Baustellen gebracht.

Als Stefan an der Tür klingelte, öffnete das Mädchen – Müllers konnten sich eine Hausangestellte leisten – und führte ihn in das Wohnzimmer, damit er dort auf Hartmut warten solle. Stefan schaute sich um.

Das Wohnzimmer war von Hartmuts Mutter nach der zeitgemäßen Mode eingerichtet worden. Ein langer Esstisch aus Teakholz mit dazugehörigen Stühlen auf schrägen Beinen stand inmitten einer großzügigen Essecke, die mit der Küche über eine Durchreiche verbunden war. Der große, winkelförmig angeordnete Raum war sonst nur spärlich möbliert. Außer einem niedrigen, lang gezogenen Büffet, ebenfalls aus Teak, gab es keine weiteren Schränke darin, dafür aber zwei Sitzgruppen, eine vor dem Fenster und eine vor dem Kamin. Die Sitzgruppen bestanden aus je einem Nierentisch, um den herum schalenförmige, pastellfarbene Sessel und eine hierzu passende Couch angeordnet waren. Daneben hatte man Stehlampen mit spitzen, tütenförmigen Schirmen gestellt. Vor dem breiten, zum Garten gerichteten Fenster standen zwei Gummibäume, deren Blätter wie eine seitliche Umrahmung wirkten.

Die Wände des Raumes waren mit einer Tapete beklebt, die ein abstraktes Muster aufwies, ebenfalls in Pastellfarben. Es gab auch eine Wanddekoration, ein Bild eines Clown von Bernard Buffet, sicher eine Massenreproduktion.

Stefan musste sofort an die Inneneinrichtung seines eigenen Elternhauses denken – hier war alles alt, schwere Eichenmöbel aus der Gründerzeit und ein paar gute antike Stücke, die im Lauf der Zeit von den Vorfahren gesammelt worden waren, dazu dunkle Tapeten und Vorhänge.

Das und die verhältnismäßig kleinen Fenster der Villa führten dazu, dass diese Räume einen wesentlich düsteren Eindruck machten als die Räume in dem Neubau der Familie Müller. Stefans Eltern hatten eben die geerbten Möbel in ihren Räumen belassen und nur dazugekauft, was unbedingt nötig war.

Hartmut kam vom Flur herein und begrüßte Stefan.

„Hallo, Alter, hast du unser Abenteuer gut überstanden? Die Fahrräder haben wir verloren, doch ich habe eine Möglichkeit aufgetan, zu neuen Fahrrädern zu kommen."

„Und wie geht das?"

„Komm erst mal mit."

Hartmut und Stefan gingen in den Garten. Inmitten des großen, gepflegten Rasens stand eine Sitzgruppe mit Tisch und einer Hollywoodschaukel, die mit geblümtem Stoff bezogen war. Auf der Schaukel saß Rudolf Müller, Hartmuts Vater und schaute voller Genugtuung auf seinen Betrieb, der zu seinen Füßen lag. Vor ihm stand neben einem halbleeren Glas Bier ein mit Kippen gefüllter Aschenbecher, der anzeigte, dass Müller wohl zum Kettenrauchen neigte; gerade zündete er sich eine neue Zigarette an.

Auf dem Betriebshof war nicht viel los. In ein paar Tagen würden die Betriebsferien beginnen und seine Maurer und Hilfsarbeiter begannen nichts Neues mehr, sondern räumten auf und sicherten die Baustellen. Auch Müller hatte nun mehr Zeit als sonst. Für den Rest des Jahres fehlte sie ihm. Manchmal wusste er selbst nicht, ob seine Anwesenheit und sein geschäftlicher Erfolg gerade hier an diesem Ort ein Glücksfall war oder ein Fluch. Der Ort hatte schon seine Merkwürdigkeiten; für eine Kleinstadt zu groß und für eine Großstadt zu klein, schien er sich gleichwohl zu schämen, wenn es um wirklich große Dinge ging. Vor einem Jahr hätte er fast das Geschäft seines Lebens gemacht. Jenseits des Flusses zur Innenstadt hin wäre es möglich gewesen, ein Geschäftszentrum zu bauen, mit zwei Kinos, einem Restaurant und einer Ladenzeile für die Geschäfte in der Innenstadt, die sich mit den Räumen in ihren muffigen Fachwerkgebäuden begnügen mussten. Leider hatte ihm der Denkmalschutz einen Strich durch seine Vorstellungen gemacht.

Gerade die Kinos schienen ihm ein Garant für den geschäftlichen Erfolg zu sein. Jeden Samstagabend setzte eine Völkerwanderung zu den Kinos ein, denn die wenigen Einwohner mit Fernsehapparat mussten sich mit flimmrigen Schwarzweißsendungen begnügen, die zudem nur zeitweise zu betrachten waren, dann aber häufig live. Höhepunkte waren allein Fußball oder Quizsendungen, das hieß dann Kulenkampff oder Frankenfeld; sonst produzierte man meistens Dokumentarsendungen oder seichte Unterhaltung. Die Sendungen dauerten bis spätestens zwölf Uhr nachts, samstags beendete ein Geistlicher nach abgesprochenem

Konfessionsklüngel mit dem „Wort zum Sonntag" den Abend. Also gingen die Leute nach wie vor in das Kino, hier konnte man sich die aktuellen Filme mit bekannten Schauspielern ansehen, vor allem groß und in Farbe. Also mit dem Kino waren noch Geschäfte zu machen.

Doch die Stadt hatte noch viele andere Vorteile für einen Bauunternehmer. Die Engländer hatten durch ihre Fliegerbomben gottlob eine Menge Löcher in die Altstadt geschlagen, sodass der Lückenschluss noch für eine Weile Arbeit geben würde. Müller war jetzt stolz darauf, dass an dem Gerüst fast jeder zweiten Baustelle ein Schild hing: „Rud. Müller, Bauunternehmen".

Ein Geschenk – so nahm er es jetzt wahr – waren auch die Flüchtlinge aus den ehemals deutschen Gebieten, Pommern, Sudetenland, Schlesien und Ostpreußen. Die hatten im Osten, ihrer Heimat, fast überall in ihren eigenen Häusern gewohnt und wollten auch wieder Wohneigentum haben. Ihre angeborene Sparsamkeit und ihr Fleiß machten sie zu guten Kunden und das Baugeschäft konnte ihnen dazu verhelfen, freilich nicht in der Stadt, sondern in den Dörfern der Umgegend.

Und dann noch der Wohnungsbau.

Wohnungen wurden massenhaft gebraucht. Die Familien drängten sich in den vom Krieg übrig gebliebenen viel zu engen Wohnungen und brauchten mehr Platz. Müller hatte hier selbst investiert und ihm gehörten einige Wohnblocks, quer über die Stadt verteilt. Natürlich musste man auch hier wie meistens Rat und Verwaltung auf die Füße treten, damit sie genügend viele Grundstücke in den Bebauungsplan aufnahmen.

Im Gegensatz zu dem Vater von Stefan hatte Hartmuts Vater die Kriegszeit ohne größere Unannehmlichkeiten überstanden. Man hatte ihn fast über die gesamten Jahre in Frankreich stationiert, und seine guten Sprachkenntnisse sorgten dafür, dass er mit den Franzosen schnell in Kontakt kam. Später hatte er angefangen, mit ihnen Geschäfte zu machen. Unwillkürlich gewann er dabei Erfahrungen, die ihm zugutekamen, als er kurz nach dem Krieg zusammen mit seinem Vater das Baugeschäft gründete. Hartmuts Großvater, ein einfacher Maurerpolier, wäre von allein nie auf den Gedanken gekommen, eine Firma zu gründen.

Mit den geschäftlichen Entscheidungen hielt er es wie ein Torjäger beim Fußball: geradeaus, möglichst auf kürzestem Weg, alle Bedenklichkeit zur Seite schiebend. Dies führte dazu, dass er stets gezwungen war, eine Gratwanderung zu machen, was seine Skrupel betraf. Natürlich brachte ihm diese Denkweise auch reichlich Feinde ein; deren heftigster war das Finanzamt, mit dem ihn gegenseitiger Hass auf das Tiefste verband.

Auf der anderen Seite führte seine Handlungsweise dazu, dass er mit wenigen anderen Persönlichkeiten der fünfziger Jahre die Wirtschaft der Stadt überhaupt erst anspringen lassen konnte, die sich dann fast explosiv entwickelte. Nicht nur die Arbeitsplätze seiner eigenen Firma entstanden neu, sondern auch die Arbeitsplätze anderer Firmen, die ihn belieferten oder die an seinen Bauvorhaben beteiligt waren.

Als Müller sich auf ein Geräusch hin umblickte, sah er Hartmut und Stefan kommen, begrüßte sie und lud sie ein, sich zu setzen.

„Na, ich kann mir schon denken, warum ihr zu mir kommt."

„Du hast es wahrscheinlich erraten", sagte Hartmut. „Wegen der Fahrräder."

„Das ist überhaupt kein Problem", bemerkte Müller. „Was braucht man, um zwei neue Fahrräder zu besorgen? Geld. Und wie bekommt man Geld? Durch Arbeit. Und die gibt es bei mir, sogar reichlich. Im Moment zwar nicht, aber nach den Betriebsferien. Wenn ihr eine Weile hier arbeitet, habt ihr die Räder wieder. Ich biete euch zwei Mark die Stunde, viel mehr verdienen auch meine Hilfsarbeiter nicht."

„Wir hätten unsere Räder aber lieber gleich."

„Auch das ist kein Problem. Ich leihe euch das Geld für ein Vierteljahr. Wenn ihr in der nächsten Zeit hundert Stunden bei mir arbeitet, sind das für jeden zweihundert Mark, das dürfte für die Räder reichen. Natürlich muss das Geld verzinst werden."

„Und wie hoch sind die Zinsen?"

Müller schmunzelte.

„So hoch wie zurzeit ortsüblich, also vier Prozent. Wenn ihr innerhalb einer Minute im Kopf ausrechnen könnt, wie viel das bei euch in Mark und Pfennig sind, erlasse ich sie euch."

„Ist doch ganz einfach", sagte Stefan. „Vier Prozent für ein Vierteljahr ist ein Prozent. Ein Prozent von zweihundert sind zwei Mark."

„Gratuliere, stimmt, also zahlt ihr keine Zinsen. Doch nun kommt mit."

Müller stand auf und ging mit den beiden Jungen zum Büro hinüber, das sich im Eingangsbereich der großen Halle befand.

Als sie eintraten, war Müllers Sekretärin gerade damit beschäftigt, eine Akte in das dem Schreibtisch gegenüber stehende Regal einzuordnen.

Zu diesem Zweck musste sie sich auf die Spitzen ihrer hochhackigen Schuhe stellen, was zur Folge hatte, dass sie sich den Eintretenden von hinten präsentierte, ihren in den engen Rock eingezwängten Po, die Kniekehlen und eine akkurat gerade verlaufende Strumpfnaht über ihren Beinen zeigen. Müller schaute hin, sein Blick verriet eine Mischung aus Interesse und Gier.

„Fräulein Bartels, ich habe Ihnen hier zwei Herren mitgebracht. Meinen Sohn Hartmut kennen Sie, der andere ist der Freund meines Sohnes, Stefan Maienberg. Bitte geben sie ihnen einen Vorschuss in bar, für jeden zweihundert. Das Geld wird im Herbst abgearbeitet."

„Ist in Ordnung, Herr Müller."

Die Sekretärin setzte sich wieder an ihren Schreibtisch und lächelte Müller an. Stefan fiel auf, dass dieses Lächeln zu direkt war, um neutral zu wirken.

Später, als sie allein waren, sagte Stefan:
„Hat dein Vater mit seiner Sekretärin..."
„Er hat", grinste Stefan. „Was meinst du, was los war, als meine Mutter vergangenes Jahr im Mercedes von dem Alten ein Gummi gefunden hat. Gott sei Dank war es noch unbenutzt, sonst hätte meine Mutter das Auto abgefackelt. Fast zwei Wochen lang hing der Haussegen schief wie der Turm zu Pisa. Die Geschichte hat meinen Alten viel gekostet, einen dicken Brilli und zwei Wochen Winterurlaub in St. Moritz."

Als sie wieder in das Haus der Müllers kamen, saß Frau Müller, die mit ihrem Porsche vom Tennis gekommen war, vor dem Fenstertisch und hatte es sich in einem der Schalensessel bequem gemacht. Vor ihr stand ein volles Sektglas und ein Aschenbecher mit zwei ausgedrückten Zigarettenkippen – hast wohl ähnliche Laster wie dein Ehemann, dachte Stefan.

Todschick sah sie aber aus, Chanelkostüm und hellblonde Haare, die zu einem Farah-Diba-Dutt hochgebunden waren. Die Blondfarbe schien Stefan jedoch nicht von der Natur, sondern vom Friseur zu kommen. Er musste an seine Mutter denken, deren naturbraunes Haar bereits anfing, sich mit grauen Strähnen zu durchsetzen.

Helga Müller fühlte sich offensichtlich gestört, dennoch sagte sie zuckrig:
„Habt ihr euer Abenteuer gut überstanden? Kann ich etwas für euch tun?"
„Nein, Mama", sagte Hartmut. Die Jungen verschwanden.

Die Schule – sie machte natürlich den Freunden von der Bärenhöhle tagaus und tagein die meiste Mühe und bereitete ihnen auch den meisten Ärger. Die Schule hatte in der Stadt einen guten Ruf: das Gymnasium St. Antonius bezeichnete sich als ein katholisches Gymnasium für Knaben und sein Unterrichtsstil war auch so, manchmal mehr, als ihm gut tat. Im pädagogischen Überschwang hatten die Jesuiten im neunzehnten Jahrhundert neben dem Hauptgebäude des Gymnasiums ein kleines Internat gegründet. Es nahm in der Hauptsache Schüler von außerhalb auf, häufig aus schwierigen Familien, die das Geld übrig hatten, ihre Kinder in ein katholisches Internat zu entsenden und damit zum Teil ihr Gewissen besänftigten. Nebenbei hoffte man, dass aus dem Internat Priester hervorgingen, also verstand man sich als eine Art Priesterzuchtinstitut.

Doch es war ein mieses Gerücht in der Stadt entstanden, scheinbar schon ewig, nicht zu fassen und nicht zu widerlegen: „Das Antonius-Internat ist eine Brutstätte der Theologie und Homosexualität!"

Es gab eine Reihenfolge der Personen, die das Gerücht kannten: zum einen die betroffenen Schüler selbst, zum anderen die Einwohner der Stadt, dann die Schüler des Gymnasiums, zum Schluss die Lehrer und am wenigsten die Betreuer des Internates, häufig selbst katholische Geistliche.

Man sprach nicht viel in dieser Stadt über derart peinliche Dinge. Man hatte alles wohlgeordnet, die paar Patzer in der Nazizeit fast vergessen – ganz zu schweigen von dem Militarismus der preußischen Kaiserzeit, auf den ein Großteil der Straßen- und Platznamen hinwies und sich darauf konzentriert, eine neue Ordnung zu schaffen, die sich wieder an der alten Ordnung orientieren sollte, das war doch wohl richtig!

Rudolf Müller, der Bauunternehmer, machte sich dagegen kaum Gedanken um solche Dinge. Das passte nicht zum Geschäft.

Alles nahm seinen althergebrachten Lauf. Die Hälfte der Einwohner der Stadt war katholisch, die andere Hälfte evangelisch.

Also die Schulen trennen. Von den Katholischen und von den Evangelischen war eine Hälfte weiblich, die andere Hälfte männlich. Also wieder trennen. Ein paar Straßen neben dem Antonius-Gymnasium gab es das Hildegardgymnasium, eine katholische Mädchenschule, von Nonnen geführt.

Im Herbst des nächsten Jahres stand dann aber der Tanzkurs an, die von den Eltern geplante und gewünschte Begegnung mit dem anderen Geschlecht für ihre Kinder.

Tanzstunde – für die Jungen war sie so ähnlich wie egal, für die Mädels fast der Grund für einen Herzinfarkt. Für Hartmut, Werner, Peter und Stefan bedeutete dies, dass die Eltern sich auf den Weg machen mussten, ihren Söhnen das gebührende Outfit zu verpassen, zwei Anzüge, einen für den Tanzkurs, einen weiteren für die Bälle.

Zu den Anzügen passte ein praktisches Kunststoffhemd aus Nyltest, welches außer seiner unwiderlegbaren Pflegeleichtigkeit noch einen weiteren Vorteil hatte. An allen Örtlichkeiten, die zum Tanzen gedacht waren, sorgte ein stets eingeschaltetes ultraviolettes Licht dafür, dass die Tänzer sich mit einer gleichsam strahlenden Hemdbrust darstellten, vielleicht sollte das ein Attribut der Männlichkeit sein. Zu einer derartigen Hemdbrust passte dann eine daumenbreite Krawatte, deren farbliche Gestaltung dem Käufer überlassen blieb.

Die Mädels hatten es etwas schwieriger. Die Rocklänge ihrer Kleider sorgte für Diskussionsstoff und provozierte oft einen ersten Krieg zwischen kreischenden Teenagern und ihren Müttern. Doch zum Schluss sahen sie alle ähnlich und fast uniform aus, Mädels wie Jungen, und riefen gerade durch diese Uniformität Begeisterung bei den Eltern hervor, welche die Schritte ihres Nachwuchses bei den Bällen begleiteten, mit einer gewissen Rührseligkeit.

„Wie schön sieht das doch aus, wenn unsere festlich gekleideten Kinder als Paare die Polonaise aufführen", seufzten die Mütter und Väter.

Es war weiterhin üblich, dass die „Herren", also die Gymnasiasten, die Mädchen nach jeder Tanzstunde auf dem Heimweg begleiten sollten, was dazu führte, dass deren Eltern an den Kursabenden in Lauerstellung lagen, die jeweiligen Tanzpartner ihrer Töchter nach Herkunft und Zukunftschancen abklopfend.

Dennoch gab es für Stefan Neues. Ein Mädchen aus seiner Nachbarschaft, ausgerechnet Tochter eines Studienrates an seiner Schule, hatte mit ihm zusammen am Abschlussball teilgenommen, sodass sich die beiden näher kamen. Sie hieß Petra, ging in die zehnte Klasse des Mädchengymnasiums und war fast im gleichen Alter wie Stefan. Normalerweise nahmen die Mädchen zwei Jahre eher als die Jungen am Tanzkurs teil. Als Stefan sie darauf ansprach, lachte sie.

„Kannst dir wohl nicht vorstellen, dass ich absolut keine Lust auf die Tanzstunde hatte, mit dem ganzen Getue und Gehampel? Ich mach lieber Sport, und wenn ich einen Jungen kennen lernen will, schaffe ich das auch ohne so was."

Stefan staunte, denn ein solches Selbstbewusstsein bei einem Mädchen hätte er nicht erwartet. Dabei wirkte Petra keinesfalls männlich, im Gegenteil, sie hatte ein weiches Gesicht mit großen blauen Augen und trug ihre braunen Haare offen und lang. Beide waren sich auf Anhieb sympathisch, obwohl sie noch keine Lust hatten, sich auf eine feste Beziehung einzulassen – was nicht hieß, dass es nicht ab und an eine kleine Knutscherei gab, besonders dann, wenn sie gemeinsam ausgegangen waren und Alkohol getrunken hatten. Manchmal verabredeten sie sich in der „Milchbar im Zentrum", ein in der Leineweberstraße gelegener Treff für die Jugendlichen der Stadt. Doch meistens trafen sie sich zu Hause, entweder bei ihr oder bei Stefan, denn Petra hatte ihn fest in ihren

Nachhilfeunterricht in Mathe eingespannt, dem Fach, in dem sie in einer Grauzone zwischen vier und fünf schwebte und um ihre Versetzung fürchten musste. Stefan verstand das anfangs überhaupt nicht.

„Warum lässt du dir nicht von deinem Vater helfen, der ist doch Mathelehrer?"

„Hast du eine Ahnung! Der gibt zwar jede Menge Nachhilfestunden für bar auf die Kralle, doch das sind immer männliche Schüler, meistens aus eurer Penne. Soll ich den etwa auch noch bezahlen? Zweimal habe ich ihn angesprochen, Antwort: hilf dir selbst!"

In der Milchbar waren außer Stefan auch die anderen Freunde regelmäßig anzutreffen; vor allem Peter Neuwirth, der Dicke, der seinen Stammplatz hatte, von dem aus er gleichsam residierte. Das Ritual war immer das gleiche: Peter ging nach der Arbeit in den Laden, schmiss einen Groschen in die Musikbox Marke Wurlitzer und plärrend drang die Stimme von Connie Froboess durch den Raum. Hinterher kamen meistens Peter Kraus und Connie Francis, die zweite Connie, auf die er stand.

Peter hatte nach der zehnten Klasse in der Schule aufgehört, sich mit der mittleren Reife zufrieden gegeben und eine kaufmännische Lehre angetreten. Das hatte zur Folge, dass ihm mehr Geld zur Verfügung stand als seinen Freunden, die sich mit einem schmalen Taschengeld begnügen mussten. Selbst Hartmut wurde in dieser Beziehung knapp gehalten, weil sein Vater auf dem Standpunkt stand, Geld müsse man sich verdienen. Das war aber möglich, indem man als Aushilfe bei Müller auf dem Bau arbeitete; Hartmut und seine Freunde machten auch häufig davon Gebrauch. Jedenfalls war der Dicke spendabel und schmiss eine Runde nach der anderen in der Milchbar, nachdem er seinen Hunger mit einer Portion Bratkartoffeln und Spiegeleiern gestillt hatte, dem einzigen kleinen Gericht, das es dort gab.

Dazu trank er kurioserweise „Blue Moon", einen widerlich süßen Cocktail mit Curacao-Likör.
Manchmal besuchte ihn Werner zuhause. Neuwirths wohnten in der Nähe eines Parks in einem großen alten Haus. Peters Zimmer lag ganz oben unter dem Dach. An eine Wand hatte er ein Ganzkörperkonterfei von Connie Froboess gehängt, welches er in Segmenten aus verschiedenen Ausgaben der „Bravo" ausgeschnitten und auf Pappe aufgezogen hatte.
Beide hörten Musik, rauchten und tranken. Genau gegenüber vom Gaubenfenster des Dachzimmers stand ein weiteres altes Haus, ein Wohnheim für Schwesternschülerinnen des St. Marienkrankenhauses. Später wurde es spannend.
Sie holten ihre Fernrohre herbei und betrachteten genussvoll die Spielchen der halb bis gar nicht angezogenen Mädchen, wie sie oft abendlich und nach Feierabend unter Gegluckse und Gekicher an ihren Körpern herumspielten. Peter empfand es als Glück, dass die Schlafzimmerfenster keine zwanzig Meter von seinem Zimmer entfernt lagen; zudem hatte die Sparsamkeit der Diakonissen vom Krankenhaus dafür gesorgt, dass sie auf die Verhüllung der Fenster durch Vorhänge verzichtet hatten, in festem und treuem Glauben, niemand könne in diese innerstädtische Villeninsel einsehen. Das Ganze hatte etwas Nervöses und trotzdem Idyllisches inne. Es war nicht ganz unkommunikativ, spiegelten sich doch in ihm die Gewohnheiten beider Seiten wider. Die Handgreiflichkeiten der weiblichen Seite mündeten regelmäßig in die Handgreiflichkeiten der Fernrohrseite, vielleicht etwas getrieben von dem Genuss eines oder zweier Wassergläser Cinzano Bianco, halb warm, verbunden mit dem hastigen Rauchen von Reyno-Zigaretten.

Früher hatten die vier Freunde eine Menge Freizeit miteinander verbracht, waren durch die Wälder gestreift oder mit dem Fahrrad durch die Gegend gefahren. Manchmal dehnten sie ihre Ausflüge über ein ganzes Wochenende aus, zelteten sogar im Wald und unternahmen auch sonst viel zusammen. Damit war nun Schluss, weil Peter und Werner keine Lust mehr dazu hatten, Peter auch nicht mehr so viel Zeit.

Stefan bedauerte dies, weil er sich nach wie vor gern im Freien aufhielt und sich sehr für die Dinge interessierte, die er in der Natur beobachtete. Eines Tages hatte er eine Idee. Sein Onkel Heinrich war Landwirt und Jäger und besaß ganz in der Nähe ein eigenes Jagdrevier, welches Stefan sogar zu Fuß erreichen konnte. Heinrichs zwei kleine Töchter interessierten sich nicht für die Jagd. Deswegen hatte er Stefan schon mehrfach angeboten, ihn auf der Jagd zu begleiten und mit ihm zu jagen; allerdings war die Voraussetzung dafür der Erwerb eines Jagdscheines.

Das bedeutete, ein einjähriger Kurs musste erfolgreich abgeleistet werden, und zwar mit einer Prüfung, die sich gesalzen hatte. Mindestalter für den Erwerb des Scheines waren sechzehn Jahre, das würde jetzt passen. Die Kosten für den Kurs hielten sich in Grenzen, in dieser Hinsicht würde es keine Probleme geben.

Stefan rief Hartmut an und bot ihm an, mitzumachen. Hartmut reagierte erst skeptisch, doch als Stefan ihm erzählte, sein Onkel habe eine Jagdhütte mitten im Wald, die sie auch benutzen könnten, hatte er ihn fast überzeugt. Natürlich konnte sich Stefan denken, woran Hartmut dachte.

„Mach dir aber nichts vor, Hartmut, wir werden im Prinzip das gleiche tun, was wir schon die ganzen Jahre gemacht haben, uns in der Natur bewegen und im Wald übernachten."

„Ja, aber Tiere schießen? Soll man das überhaupt?"

„Hartmut, ich weiß, du isst gern Fleisch. Weißt du noch, wie wir einmal im Süntel beim Hohenstein am Lagerfeuer Rindfleischspieße gegrillt haben, die so zäh waren, dass es uns fast die Zähne aus dem Mund gerissen hätte? Auch Rinder müssen geschlachtet werden. Wildfleisch ist ganz zart und das Wild merkt überhaupt nicht, wenn es geschossen wird. Humaner kann man Tiere nicht umbringen."

Hartmut hatte nun keine Bedenken mehr.

Der Jagdkurs fing im April an. Jeden Donnerstagabend fand Unterricht in der Aula der Berufsschule statt. Mehrere Jäger, meist ältere Herren im Rentenalter, hielten ehrenamtlich Vorträge über die Fächer Wildtierkunde, Waffenkunde, Jagdrecht, Revierkunde und Fleischhygiene. Stefan und Hartmut machten sich während des Unterrichts Notizen und benutzten zusätzlich ein Lehrbuch zum Nachschlagen, es war also kein Problem, den Stoff zu erarbeiten.

Probleme gab es jedoch beim Schießunterricht, der alle vierzehn Tage am Nachmittag anlag. Das Schießen mit der großkalibrigen Jagdbüchse funktionierte zwar, beide konnten die für die Prüfung vorgesehene Anzahl von Treffern erzielen. Doch als sie eine Schrotflinte in die Hand gedrückt bekamen und damit Tontauben treffen sollten, schossen sie jedes Mal daneben. Der Schießtrainer grinste sie an.

„ Kein Wunder, daneben ist immer noch der meiste Platz!"

Als sich in der zweiten Stunde immer noch keine Ergebnisse zeigten, obwohl sie sich durch den Rückstoß der Waffen schon ihre Schultern blau und grün geschossen hatten, nahm sie der Trainer nach vorn und stellte sie dichter an die Wurfmaschine. Die Methode zeigte Wirkung. Hartmut traf gleich beim ersten Mal eine Tontaube, nach zwei Versuchen zog Stefan nach. Nachdem sie jetzt regelmäßig trafen, stellte sie der Trainer wieder ein paar Meter zurück, danach noch ein paar Meter, bis sie wieder auf dem Schießstand landeten. In der Folge trafen sie regelmäßig die Tontauben.

„Das Schrotschießen ist eine reine Gefühlssache, das kann man nicht mit dem Gehirn lernen", bemerkte er dazu.

Die Prüfungen nach einem Jahr bereiteten ihnen keine Schwierigkeiten und sie erhielten ihre Zeugnisse und Jugendjagdscheine. Onkel Heinrich gratulierte und versprach:

„In den nächsten Wochen nehme ich euch mit ins Revier, ihr dürft beide einen Bock schießen."

Er hielt sein Wort, und an einem lauen Frühlingsabend marschierten sie zu dritt über die Feldmark zu einer Stelle, die am Rand einer Wiese lag, etwa achtzig Meter vom Waldrand entfernt. Ein niedriger geschlossener Hochsitz stand hier, umgeben von Büschen.

Der Onkel stieg mit den beiden Jungjägern hinauf und zwängte sich mit ihnen auf die Bank. Er gab Stefan seinen Drilling.

„Du kommst heute dran, aber bevor du schießt, fragst du mich vorher, aber leise!"

Es dauerte dann auch nicht lange, bis sich etwas tat. Eine Weile beobachteten sie drei Hasen, die im Kreis umher liefen. Offensichtlich handelte es sich um eine Häsin mit zwei Hasenmännern, denn die sprangen sich manchmal an und gaben sich Ohrfeigen, während die Häsin ungerührt zuschaute. Kurze Zeit später erregte ein knisterndes Geräusch vom Waldrand her Aufmerksamkeit. Ein Stück roten Fellkleides ließ sich zwischen den Randbüschen erblicken und schließlich schob sich ein Reh, offensichtlich männlich, durch eine Lücke. Stefan klopfte das Herz derart, dass er mutmaßte, die anderen könnten es hören.

„Was ist das?", fragte flüsternd der Onkel.

„Jährlingsbock, schon verfärbt und gefegt, zwei kleine Spieße", flüsterte Stefan zurück.

„Na dann mach man."

Stefan rutschte sich auf der Bank zurecht, hob den Drilling, stützte ihn auf dem Hochsitzfenster ab und machte sich für den Schuss bereit. Dabei stieß er mit dem Lauf des Gewehres gegen den seitlichen Fensterrand. Es gab ein hohles, bollerndes Geräusch.

Der Bock sprang ab, verschwand mit bellenden Geräuschen im Wald und ließ sich nicht mehr blicken.

Onkel Heinrich grinste.

„Musst wohl noch ein paar Mal hierher kommen, bevor du den Bock kriegst", sagte er.

Später, bevor es dunkel wurde, kam noch ein weiterer Bock. Dieses Exemplar war größer, hatte noch Reste grauen Felles und ein mächtiges Gehörn auf dem Kopf, soweit man das noch sehen konnte.

„Den lass man leben, ist jetzt zum Schuss auch schon zu dunkel, außerdem will ich den selber schießen", sagte der Onkel gemütlich.

Die drei kletterten jetzt aus dem Hochsitz heraus und machten sich auf den Heimweg.

Später, an einem anderen Tag, gelang es Stefan doch noch, den jungen Bock zu schießen, und er bekam danach das Lob seines Onkels.

„Das war ein guter Schuss, der Bock lag sofort und du hast uns die lästige Nachsuche erspart!"

Heinrich zeigte den beiden Neulingen, wie man das Reh mit dem Messer fachgerecht an Ort und Stelle ausweidet, zuerst am Hals aufmacht, Luftröhre und Speiseröhre durchschneidet und die Speiseröhre verknotet. Dann zog er die Bauchdecke mit einem Schnitt auf und ließ die Eingeweide sozusagen herausfallen.

„Nun kommt das Schloss, die knorpelige Verbindung zwischen den Schenkelknochen, da müsst ihr schon ein scharfes Messer haben und etwas drücken und biegen, denn das muss aufgebrochen werden, um die Kot- und Harnausgänge sauber zu entfernen."

Stefan und Hartmut schauten interessiert zu, hatten sie doch dies alles theoretisch gelernt, jedoch noch nie in der Realität zugesehen. Ihnen dämmerte es, dass Jagd so etwas wie ein Handwerk ist, in dem die praktische Erfahrung die größte Rolle spielt.

Später gingen sie mit dem ausgeweideten Bock, den Stefan auf der Schulter trug, zur Jagdhütte, wo auch das Auto stand.

„Dein erster Bock wird heute tot getrunken", sagte Heinrich – er hatte gerade den beiden Jungjägern den „Onkel" verboten. „Ich heiß für euch jetzt Heinrich". Unterhalb der Hütte floss ein Waldbach. Heinrich holte ein halbes Dutzend Bierflaschen aus dem kalten Wasser. Sie setzten sich an den Tisch vor der Hütte, denn das Wetter war frühlingshaft warm. Doch die ersten Mücken plagten. Nach zwei Flaschen Bier kam Heinrich mit einer Flasche Korn und Schnapsgläsern. „Einer muss sein, beim ersten Bock immer." Heinrich nahm das nicht so wörtlich, und nach zwei Stunden waren noch ein paar weitere Körner drin. Inzwischen hatte er auch drei dicke Zigarren geraucht; Stefan und Hartmut enthielten sich eines weiteren Schnapses, rauchten aber Zigaretten aus einer Schachtel, die Hartmut etwas verschämt aus der Jackentasche gezogen hatte.

Kurz vor Mitternacht stand Heinrich auf, schon etwas schwerfällig.

„Wir müssen jetzt zu Fuß nach Hause gehen, denn selber fahren ist nicht mehr." Er schaute Stefan an. „Von deiner Tante würde ich sonst das Wort zum Sonntag kriegen, sie hätte ja auch recht. Das andere mit dem Zechen kennt sie."

Sie nahmen den Bock und das Gewehr und gingen durch den Wald zu Heinrichs Bauernhof, wurden von Tante Gertrud jedoch freundlich empfangen, die wusste, dass Stefan seinen ersten Bock geschossen hatte. Nachher sagte Hartmut zu Stefan:

„Höchste Zeit, dass wir den Führerschein machen. Noch ein halbes Jahr, dann können wir anfangen."

Auch Hartmut bekam ein paar Wochen später seinen Bock. Und das kam ganz anders.

Heinrich, mit dem festen Vorsatz, den alten Bock zu erlegen, den sie zusammen im Frühjahr gesehen hatten, kam nicht zum

Zuge, obwohl er fast ständig draußen war. Das lag zum Teil am Wetter. Im Juni jagte ein Tief das andere und brachte dauernd Regen, sodass der Bock keine Lust hatte, sich zu zeigen. Daraufhin erlaubte Heinrich Hartmut, jetzt auf den alten Bock zu jagen. An einem heißen Juliabend sorgte das Glück dafür, dass der sonst scheue und misstrauische Bock am frühen Abend ganz kurz aus dem Wald trat, wohl auf der Suche nach einer vermählungsbereiten Ricke.

Es dauerte keine zehn Sekunden, bis Hartmut den Bock erkannt, das Gewehr hochgerissen und ihn mit einem glatten Blattschuss erlegt hatte. Stefan war erstaunt. Erst hatte Hartmut überredet werden müssen, mit der Jagd überhaupt erst anzufangen, jetzt entpuppte er sich als der geborene Jäger!

Vor ihm lag nun ein acht- bis zehnjähriger Rehbock, Gewicht zwanzig Kilo mit einem mächtigen sechszackigen Gehörn. Bei der regelmäßigen Jagdversammlung der Jäger im Winter sorgte das Gehörn dieses Bockes für erhebliches Aufsehen und auch Neid.

Es kam der Herbst, wichtigste Jahreszeit für die Jagd. Heinrich – aufsichtspflichtig für die beiden Jungjäger, denn noch waren sie nicht achtzehn Jahre alt – begann, die Zügel zu lockern.

„Wenn ihr Hasen oder Hühner schießen wollt, könnt ihr nach Absprache mit mir allein hinaus, aber nur auf meinem Land, auch nur zu zweit, natürlich nicht mit anderen!"

Stefan und Hartmut machten davon gerne Gebrauch. Das Laufen über die speckig glänzenden Schollen der Stoppelfelder war zwar mühsam, weil die Erde an den Stiefeln kleben blieb. Doch die Bewegung, die plötzlich entstand, wenn Hasen aufsprangen oder eine Kette Rebhühner aufflog, entschädigte dafür. Besonders eindrucksvoll empfanden sie den Herbst, wenn eine klare, niedrig stehende Herbstsonne bei warmen Tagen die Felder bestrich und für leichte, dampfige Luft sorgte, die von den Feldern aufstieg, ein seltenes Geschenk des Monats Oktober. Beide hatten sich zu guten Schrotschützen entwickelt, weil sie oft am Schießstand übten und selbst die geliehenen, nicht nach Maß geschäfteten Flinten von Heinrich machten ihnen keine Schwierigkeiten. Für die geschossenen Hasen und Rebhühner war Heinrichs Familie dankbar, auch Stefans und Hartmuts Familien nahmen sie gerne ab.

In der Schule wurden die Lehrer immer nervöser. Die letzte Klasse lag an, Abitur und damit die größte aller möglichen Blamagen, die ihnen passieren konnte. Ausgerechnet die Antoniusschule musste sich gefallen lassen, dass ihr noch andere Kollegen aus dem Ministerium in die Suppe spucken konnten, denn zu den Abiturprüfungen kam die Schulaufsicht regelmäßig, das war nun einmal der Preis einer Konfessionsschule.

Na ja, die Kollegen waren zwar nur eine Kollegin, aber diese eine überaus auffallende. Frau Dr. Hägermann, die amtliche Schulrätin, überragte den größten Lehrer der Anstalt um mindestens einen halben Kopf und wurde durch eine Vor- und Nachhut beim Betreten und Verlassen der Schule planmäßig daran gehindert, ihn sich an den niedrigen Türen im Souterrain der Schule einzustoßen. Das dankte sie ihnen durch ihr mildes Aufsichtsverhalten, und wenn sie schon protestantisch war, dann merkte man es ihr nicht so sehr an.

Trotzdem, der renitente Bodensatz musste vorher entfernt werden, auch wenn das schon zum größten Teil beim Übergang in die elfte Klasse gelungen war. So kam es, dass die Klasse von Hartmut, Werner und Stefan sich noch einmal um zwei Schüler verkleinerte, von denen der eine später Schauspieler, der andere Journalist wurde.

Auch auf ihre Schulkollegen mussten die Lehrer aufpassen. Einen besoffenen Krokowski hätte man nicht so gern in dieser Zeit gesehen, also musste er sich krank melden und zuhause bleiben. Gebildete Schüler, anständig angezogen und mit guten Manieren wollte man im Abitur vorzeigen, das hatte man bis jetzt immer noch geschafft.

Nur, die Schüler hatten sich jetzt geändert. Sie fingen an zu sumpfen. In der Stadt gab es ein paar Kneipen, in denen man sich traf, sogar mit den Mädchen, die sich langsam immer mehr der Kontrolle ihrer Eltern entzogen. In vorderster Reihe standen Rauchfang, Studio Zentral und Westerncity, alles Läden, die Schwof und alkoholische Getränke auch nach Mitternacht boten. Um Mitternacht war Polizeistunde. Dann hatte von den normalen Kneipen nur noch die Stadtstube auf, eine Sauf- und Würstchenkneipe, die bis drei Uhr nachts von Kegel- und Schützenbrüdern heimgesucht wurde, die noch keine Lust hatten, nach ihren Veranstaltungen heimzugehen. Zwei weitere Etablissements am Stadtrand, verschwiegen und dunkel, waren noch länger auf und befriedigten andere, eher heimliche Bedürfnisse der Stadt.

Eine große Rolle spielten Privatpartys. Die vier Freunde, Hartmut, Stefan, Werner und Peter hatten feste Gewohnheiten entwickelt, mindestens einmal im Monat eine Kellerfete zu veranstalten. Erstaunlicherweise geschah dies regelmäßig mit voller Erlaubnis der Eltern, die sich dann meist um Mitternacht zurückzogen. Einen Tag vorher trafen sich alle, um den Kellerraum zu dekorieren, auch die Mädchen machten mit. Am nächsten Tag trank und tanzte man, bis es nachher allen schlecht ging. Zu später Stunde wurde irgendwann mit den Mädchen gefummelt. Hartmut war immer vorn mit dabei, während Stefan sich zurückhielt. Manchmal hatte er Petra mitgenommen, die von dieser Art Feiern nicht besonders begeistert war und meistens früh ging.

Mittlerweile kannte Stefan Petra nun schon zwei Jahre. Auf die Dauer hatte er jedoch keine Lust mehr, mit ihr nur Mathe zu pauken, dazu gefiel sie ihm zu sehr.

Eines Tages war ihm alles egal, er wurde mutig.

Sie saß neben ihm in der Wohnung ihrer Eltern. Es war ein heißer Sommertag. Petra hatte ein T-Shirt angezogen und bückte sich über das Mathebuch. Wenn Stefan über ihre Schulter schaute, konnte er ein Idyll erblicken. Ihre Brüste, klein und spitz, füllten noch nicht richtig den BH aus, sodass dessen Ränder wie Tüten von ihnen abstanden. Er drehte seinen Kopf etwas weiter und sah einen verheißungsvollen braunrosa Rand. Das machte ihn gewaltig an.

Also drückte er sie an sich und zog etwas an den Tütenrändern des BH. Die Reaktion kam umgehend.

Petras Hand flog in sein Gesicht.

„Ob und wann mir ein Junge an die Wäsche geht, bestimme ich selbst!"

Stefan, sehr enttäuscht, drehte seinen Kopf von ihr weg. Als Petra das wahrnahm, tat ihr Stefan leid.

„Lass man, Stefan, ich mag dich wirklich gern. Wahrscheinlich ist unsere Zeit noch nicht gekommen."

Als er Hartmut davon erzählte, erntete er Spott.

„Ach die Paukertochter. Die will nur was von dir, sonst kneift sie die Beine zusammen. Komm mit mir mit, dann läuft das anders." Hartmut hatte wechselnde Freundinnen, die er sich aus dem Betrieb seines Vaters oder in den Kneipen suchte. Vor zwei Monaten war es ihm gelungen, den Führerschein zu machen und sein Vater, der sonst schrappig sein konnte, hatte ihm einen VW Käfer spendiert, natürlich mit Hintergedanken, denn das Auto lief auf Firma und wurde manchmal auch dafür benutzt. Als Autobesitzer hatte er natürlich noch mehr Erfolg bei den Mädchen.

Im Winter gingen Hartmut und Stefan wieder zur Jagd. Mit Hartmuts Käfer konnten sie auf verschneiten Forstwegen zwei Hochsitze mitten im Wald erreichen, die Heinrich mit Teppichen ausgekleidet und winterdicht hergerichtet hatte. Zwischen den Hochsitzen stand eine Fütterung für Rehe, die aber an dieser Stelle nicht bejagt wurden, denn der Platz war ausschließlich für die Jagd auf Wildschweine vorgesehen, die sich im Winter mit Vorliebe an den Rehfütterungen herumtrieben. Tagsüber blieben sie im Wald versteckt, doch in der Dämmerung oder an klaren Vollmondnächten waren sie manchmal anzutreffen.

An einem kalten Abend hatten sich beide wieder auf den Weg gemacht und die beiden Hochsitze besetzt, nachdem sie ein paar Mal vergeblich stundenlang auf die Wildschweine gehofft hatten. Beiden war es noch nie gelungen, Wildschweine zu beobachten.

Die Kälte war klirrend; sie hatten sich mehrere Schichten Kleidung übereinander gezogen und die Füße steckten in dicken Wollsocken, über die sie gefütterte Stiefel gezogen hatten. Stefan verfügte zusätzlich noch über eine Filzdecke, die er bis an den Hals hochgeschlagen hatte. Der Geruch der Decke erinnerte ihn an die Nacht in der Jugendherberge vor dem Abenteuer in der Bärenhöhle, das nun schon lange zurücklag. Heinrich, der Landwirt, bekämpfte die Kälte mit einer anderen Methode: er setzte sich in einen mit Strohhäckseln gefüllten Sack mit Löchern für die Arme und den Kopf. Diese Methode mochten sich Stefan und Hartmut nicht zumuten.

Mehr als eine Stunde passierte nichts. Erst wurde es dunkel, dann wieder heller, als der Vollmond durch die Wolken wanderte. Ein paar Rehe zogen aus dem Walddickicht zur Fütterung und hielten sich dort eine halbe Stunde auf.

Stefan fing an zu frieren, zuerst nur an den Händen und Füßen. Die Hände konnte er zwar in die Hosentasche stecken, doch das Frieren an den Füßen war unausweichlich, obwohl er ständig seine Zehen gegeneinander rieb.

Ein ganz leises, zwischen Schlurfen und Knistern angesiedeltes Geräusch ließ ihn und die Rehe aufmerken.

Die Rehe wendeten sich ab und verschwanden von der Bildfläche.

Ein Pulk grauschwarzer Kugeln erschien geisterhaft auf der beschneiten Lichtung und strebte der Fütterung zu. Das konnten nur die Sauen sein! Innerhalb einer Sekunde schossen Stefan sämtliche seitenlangen Weisheiten durch den Kopf, die er über das Schwarzwild wissen musste, das er noch nie gesehen hatte.

Niemals eine Bache, ein Mutterschwein, schießen!

Nur genaue Schüsse abgeben, Wildschweine laufen verwundet über Kilometer!

Niemals in eine dicht stehende Rotte hineinschießen, nur auf einzelne Exemplare!

Nur die Frischlinge, also die jungen Wildschweine schießen!

Große Wildschweine nur schießen, wenn sie männlich sind!

Er hob das Gewehr, entsicherte es, richtete das Zielfernrohr in den Kugelhaufen und schoss auf die Kugel, die er am klarsten sehen konnte, wobei er genau in die Mitte zielte, wie auf eine Scheibe. Der Knall hallte durch den winterkalten Wald. Die Kugeln stoben auseinander und verschwanden. Eine Kugel war liegen geblieben.

Hast wenigstens getroffen, dachte Stefan.

Und so, dass du nicht nachsuchen musst, frohlockte sein praktischer Verstand.

Weißt nicht genau, was du da geschossen hast, meldete sich sein schlechtes Gewissen.

Nach einer Weile stand Stefan auf, kroch die Hochsitzleiter hinunter und ging zu dem toten Wildschwein. Es war ziemlich groß, schien ihm, und er hatte wirklich in die Mitte getroffen, denn er konnte den Ausschuss der Kugel deutlich sehen, als er es mit der Taschenlampe ableuchtete.

Der Vollmond war mittlerweile hinter einer Wolke verschwunden. Stefan bahnte sich mit der Taschenlampe einen Weg durch die

Dunkelheit, um zu dem anderen Hochsitz zu kommen, auf dem Hartmut saß. Als er ihn erreichte, rief Hartmut:
„Na, Stefan, hast du einen Fuchs geschossen?"
„Nein, eine Sau."
„Was für eine?"
„Weiß ich nicht."
Hartmut kletterte hinunter und ging mit Stefan zu der geschossenen Sau.
„Was machen wir jetzt damit?", fragte Hartmut.
„Die muss so bald wie möglich ausgeweidet werden. Die Kälte würde sonst dafür sorgen, dass innerhalb einer Stunde alles gefroren ist. Wir müssen sie zur Jagdhütte schleppen und alles genauso machen, wie Heinrich es uns bei den Böcken gezeigt hat. Ich habe einen Schlüssel und Licht haben wir auch, weil in der Hütte Petroleumlampen sind. Wenn wir alles erledigt haben, ist die Sau ein Stück leichter und wir können sie in deinen Käfer laden und zu Heinrich bringen."

Stefan holte aus seiner Jackentasche einen Strick und schlang ihn hinter die Eckzähne der Sau. Beide zogen an und ließen sie über den Schnee rutschen, wobei Hartmut mit der Taschenlampe voraus leuchtete. Nach einer Viertelstunde hatten sie die Hütte erreicht.

Stefan fand nach kurzem Suchen an der Wand der Hütte unter dem Dachüberstand einen Haken, an dem sie die Sau aufhängten. Er schloss die Hütte auf, holte zwei Petroleumlampen und befestigte sie an den Dachsparren, links und rechts von dem Tierkörper, der nun bluttropfend vor ihnen hing.

„Willst du anfangen?", fragte Stefan.
„Nein, mach du."
Stefan schnitt mit dem Messer längs durch die dicke Schwarte der Sau, vom Hals angefangen bis nach unten. Hartmut half ihm dabei, indem er die Läufe der Sau auseinander zog.

„Den Schlund brauchen wir diesmal nicht zu verknoten, Wildschweine sind keine Wiederkäuer", sagte er zu Hartmut. Beide wussten das noch aus dem Lehrbuch.

Als der Tierkörper offen war, quoll ihnen ein blutiger Brei entgegen, zerschossene Gedärme und Innereien. Stefan und Hartmut holten alles mit den Händen heraus. Es war nicht unangenehm, denn sie wärmten sich dabei ihre Hände und Arme auf. Das „Schloss" zu knacken machte Probleme; Stefan holte aus der Hütte eine Axt, mit der das schließlich gelang.

Als sie fertig waren, gingen sie in die Hütte, setzten sich an den Tisch und zündeten Kerzen an. Stefan kochte auf dem Petroleumkocher Wasser und bereitete einen Tee. Hartmut legte einen rundlichen weißen Stein auf den Tisch. Stefan schaute ihn sich an.

„Was ist das?"

„Ein versteinerter Ammonit. Ich habe ihn gefunden, als wir das Wildschwein ausgeweidet haben, denn der Boden unterhalb des Dachüberstandes war schneefrei. Solche Steine gibt es manchmal hier im Wald, denn der Boden in der Gegend besteht aus Muschelkalk. Dieser Stein kommt in meine Steinsammlung."

Mittlerweile war es Mitternacht. Die Anstrengungen der letzten Stunden hatten den beiden Jägern zugesetzt.

„Ich hau mich jetzt in einen von den Schlafsäcken und penne bis morgen", gähnte Hartmut.

„Kommt überhaupt nicht infrage. Wenn wir bis morgen warten, ist die Sau ein Eisblock und kann nicht mehr geputzt werden. Du holst jetzt den Käfer, wir packen die Sau ein und fahren zu Onkel Heinrich."

Heinrich hatte seine Tür offen, wie alle Bauern in der Gegend. Stefan ging hinein und bollerte gegen die Schlafzimmertür.

„Onkel Heinrich!"

Heinrich kam im Schlafanzug hinaus und murrte. „Habt ihr was geschossen? Ich heiße übrigens Heinrich ohne Onkel."

„Und ob. Eine Sau."
Heinrich wurde hellwach.
Als er zu der Sau kam, schaute er sie sich genau an, packte sie an den Füßen und hängte sie an eine Federwaage.
„Achtundzwanzig Kilo, Frischling, sehr ordentlich!"
„Was? Wir dachten schon, wir hätten was Verbotenes geschossen, eine Bache oder so!"
„Habt ihr eine Ahnung! Frischlinge sind keine kleinen gestreiften Ferkel, die können nach kurzer Zeit riesig sein! Das Schwein wird jetzt abgespritzt, denn ihr habt es fürchterlich eingesaut, und in die Scheune gehängt, da friert es nicht. Morgen sehen wir uns."
„Danke, Heinrich."
„Hab noch was vergessen."
„Was denn?"
„Waidmannsheil!"

Im Januar wurde es endgültig ernst.

Die schriftlichen Arbeiten für das Abitur mussten heraus, und die Lehrer des St. Antonius-Gymnasiums bemühten sich in selten gekannter Hektik darum, ihren Schülern die Voraussetzungen dafür in einer Gratwanderung zwischen Geheimnisverrat und Anleitung zu vermitteln. Es ging dabei um die Vokabeln in den Fremdsprachen Latein, Griechisch und Französisch, die Rechenaufgaben in Mathe und die Literaturauswahl in Deutsch.

Stefan, der ein überdurchschnittlich guter Schüler war, blieb von den Ermahnungen der Lehrer meist ausgespart. Doch Hartmut Müller musste sich das anhören, was er schon in den letzten Jahren ständig abbekommen hatte:

„Müller, wenn Ihr Kopf so voll wäre wie das Portemonnaie Ihres Vaters, würden Sie als Schüler mehr taugen."

Hinterher mochte es gut gegangen sein, denn die Lehrer wirkten nach der schriftlichen Runde ungewohnt erleichtert, sodass sie diesmal sogar die mündlichen Prüfungen unter der Aufsicht der funkturmgroßen Schulrätin locker nahmen. Zum Schluss ergab es sich, dass niemand beim Abitur zu Fall gekommen war.

Als den Klassen in der Pausenhalle das Ergebnis verkündet wurde, setzte Tumult ein, die Schüler warfen ihre Schultaschen hoch in die Luft, rannten durch die Schule, in der in den meisten Klassenräumen noch unterrichtet wurde und strömten in die Stadt, um ihre Stammkneipen zu bevölkern.

Zwei Monate ohne Pflichten lagen vor ihnen, man konnte tun, was man wollte, das hatte es vorher noch nie gegeben!

Im April würde die Bundeswehr damit beginnen, ihre Soldaten einzuziehen, das Sommersemester an den Universitäten begann im Mai. Der Schulunterricht ging zwar bis zum Ende des Schuljahres weiter, doch keiner nahm ihn ernst, die Lehrer nicht, die Schüler nicht.

Es war ein Karneval, fröhlich und unheimlich zugleich. Denn keiner wusste wirklich, wo er sich in einem halben Jahr wiederfinden würde, räumlich, zeitlich, gedanklich und in wessen Gesellschaft.

Jeden Abend ging es los, egal, wie kalt es war, egal, ob es schneite oder regnete, hinein in alles, was Spaß versprach, Diskos, Kneipen, Events, Hauspartys. Ein Taumel, dem man sich nicht entziehen konnte. Auch die Mädchen machten mit, wirkten wie losgelassen – waren sie jetzt ja auch – und warfen ihre hausbackenen Grundsätze über Bord, wollten endlich ihren Spaß haben.

Es passierte nun viel Verrücktes.

Werner hatte sich im letzten halben Jahr ständig mit zwei bildhübschen Mädchen verabredet, Lore und Silvia. Zum Kummer von ihm waren sie so dicke Freundinnen, dass er sich nicht an jede einzeln heranmachen konnte, dazu hätte er sie trennen müssen. Das gelang ihm aber nicht.

Hartmut, der das wusste, hatte sie in seinen Käfer gelockt und war mit ihnen ab und an durch die Gegend gefahren. Auch er konnte die Mädels nicht trennen und außer einem gelegentlichen Geknutsche und ein paar fröhlichgeilen Griffen war er auch nicht weitergekommen. Doch diese Art von Doppelgriffigkeit törnte ihn gewaltig an, und so erzählte er alles Peter.

Der Dicke berichtete Werner ausführlich darüber, ausgerechnet, als dieser schon vier Halbe Bier im „Rauchfang" drin hatte. Natürlich übertrieb er, und aus dem Gefummel wurde mehr. Werner weinte fast.

Plötzlich kam Hartmut durch die Tür und ging nichtsahnend auf seine Freunde zu. Sofort sprang ihm Werner an die Kehle.

„Du Schwein!"

„Was habe ich denn gemacht?"

„Seine Freundinnen vernascht", sagte der Dicke heimtückisch.

„Hab ich doch gar nicht", sagte Hartmut.

Hin und her, alles endete mit einem grandiosen Besäufnis, das sich bis in die Nacht hinzog. Die drei Freunde hakten sich ein und taumelten nach Hause. An der Brücke musste Werner pinkeln. Irgendetwas in der Koordination schien nicht zu stimmen, denn ein Urinstrahl stahl sich durch seine geschlossene Hose und traf nicht den Fluss, sondern das staubige Brückengeländer.

Peter war kein Abiturient, weil er schon vorher wegen seiner Lehre die Schule abgebrochen hatte. Trotzdem machte er alles mit, was seine Freunde taten. Nach einem Zechgelage im „Westerncity" schaffte er es zwar, bis vor seine Haustür zu kommen, doch an dieser sank er zusammen wie eine abgebrannte Kerze.

Stefan und Hartmut schauten sich bedauernd an.

„Wir müssen den Dicken jetzt hochwuchten, bis zum zweiten Stock."

Sie drückten auf die Haustürklingel, die mit einem krätzigen Geräusch und mit Freigabe reagierte – Peters Eltern schienen noch wach zu sein. Beide nahmen Peter in die Mitte. Der muffige Geruch des alten Treppenhauses machte Stefan fast munter. Als sie zusammen mit dem untergehakten Peter die Wohnungstür erreicht hatten, sagte Hartmut:

„Das gibt jetzt Ärger. Am besten, wir lehnen ihn an die Wohnungstür, gehen nach unten und klingeln noch einmal."

Als sie dies taten, hörten sie, wie oben eine Tür aufgerissen wurde und ein massiver Körper mit dumpfem Schall auf den Boden fiel.

„Lasst euch nicht noch einmal bei uns im Haus blicken", schallte es nach unten.

Das „Westerncity" entwickelte sich immer mehr zum Treffpunkt der Schulabgänger aus den Gymnasien. Die Kneipe mit Diskomusik lag mitten in der Stadt, also günstig, und die Getränkepreise hielten sich in Grenzen. Die im Cowboystil gehaltene Bar und die kleine Tanzfläche bildeten ein Geviert, von Sitznischen umgeben. In der größten Nische saßen regelmäßig die Antoniusschüler mit ihren Mädchen, meist Schülerinnen der Hildegardschule.

Ein Mädchen war fast immer mit dabei. Sie hieß Elke Mertens, war der Typ langbeinige Blondine und ein echter Hingucker. Sie hatte so etwas wie ein Markenzeichen: ihr langes Haar bändigte sie stets mit einem Stirnband, das nur von vorn zu sehen war, denn an den Seiten und am Hinterkopf fielen ihr die Haare über die Schultern. Die Farben ihres Stirnbandes wechselte sie ständig. Sie ging in die Klasse von Petra, war aber eine Einzelgängerin, die selten Freundinnen hatte. Auch Petra mochte sie nicht. Eines Tages sagte Petra gehässig zu Stefan:

„Die wechselt ihre Partner wie die Farben ihres Stirnbandes."

Eines Tages kam sie mit Norbert herein, einem Klassenkameraden von Hartmut und seinen Freunden, diesmal versehen mit einem roten Stirnband. Petra, die auch mit zwei weiteren Mädchen dabei war, schaute missmutig in die Runde. Auch Norbert schien nicht der Typ zu sein, nach dem Petra sich sehnte, obwohl er gut aussah, groß, blond und athletisch, wie ein Recke aus den Nibelungen, wenngleich im Verhalten etwas tumb. Als alle überlegten, was sie bestellen sollten, kam ihnen Norbert zuvor und bestellte großspurig eine ganze Flasche Johnny Walker mit Mineralwasser und Eis.

„Lohnt sich nicht, das Zeug einzeln zu bestellen. Wir saufen jetzt und teilen uns das."

Der Abend zog sich hin, es wurde zwei Uhr nachts, bis sie das Westerncity verließen. Elke hatte bis zum Schluss mitgehalten, während die anderen Mädchen schon kurz nach Mitternacht gegangen waren. Die Männer nahmen Elke in ihre Mitte, hakten sie ein und zogen lautstark durch die Straßen. Wäre nicht in dieser Nacht der Schnee so dicht gefallen, dass er die Geräusche verschluckte, hätten sie mit den Anwohnern erheblichen Ärger bekommen.

Ein paar Wochen später.

Petra hatte die Arme hinter dem Kopf verschränkt und schaute zufrieden nach oben. Die Decke von Stefans Bett, die sie sich bis zum Hals gezogen hatte, verhüllte ihre Nacktheit. Sie genoss jene wohltuende Schläfrigkeit, die sich in so genialer Weise hinterher einstellt.

Stefan, der blank und bloß neben ihr lag, spielte mit ihrem BH, den er vom Fußboden aufgelesen hatte.

Die Gelegenheit war günstig gewesen. Stefans Eltern hatten ihr Haus in der Frühe verlassen, um zu einer Hochzeit im weit entfernten Münster zu fahren. Erst am nächsten Morgen würden sie wiederkommen. Als er dies Petra sagte, hatte sie ihm von sich aus vorgeschlagen, ihn zu Hause zu besuchen, was ihn einerseits erfreute, andererseits aber etwas erstaunte. Zunächst hatten sie sich in der Küche eine Mahlzeit zusammengekocht, Nudeln mit Sauce Bolognese, das einzige Gericht, auf welches sich Stefan zu verstehen meinte, hatte er es doch oft in der Zeit zubereitet, als er noch mit seinen Freunden regelmäßig mit dem Fahrrad unterwegs gewesen war.

Später saßen sie im Wohnzimmer und schauten sich die Fotoalben der Familie Maienberg an, auf denen Stefan zu sehen war, wie er sich vom pummeligen Kleinkind bis hin zum respektablen Jüngling entwickelt hatte.

Gemeinsames Schauen in ein Fotoalbum bedingt Zusammenrücken, und so kam es schnell zu Hand- und Mundgreiflichkeiten, die Petra plötzlich in ungewohnter Weise tolerierte.

Wenig später zog es sie über die Treppe nach oben, in Stefans Zimmer und schließlich in Stefans Bett.

Stefan ließ den BH fallen und drehte sich zu Petra.

„Das hätten wir doch schon längst haben können, warum hast du dich immer dagegen gewehrt?"

„Denk mal ein bisschen nach, du Dummkopf. Als du mir Nachhilfeunterricht gegeben hast, waren wir selten allein, höchstens mal eine halbe Stunde. Hättest du mit mir herummachen sollen, bei der Angst, dass meine Eltern vielleicht irgendwann zur Tür hereingekommen wären? Dir hätte es vielleicht Spaß gemacht, mir aber bestimmt nicht."

Bist verdammt erwachsen, dachte Stefan.

„Und etwas hast du wohl ganz vergessen. Mein Vater ist Pauker, ausgerechnet auch noch an deiner Schule. Was meinst du, was los gewesen wäre, wenn er mitgekriegt hätte, dass es seine Tochter mit einem seiner Schüler in seiner Wohnung treibt? Du hättest keine ruhige Minute mehr an deiner Schule gehabt. Ich mag dich, Stefan, sei mir doch dankbar, dass ich das verhindert habe!"

Petra hat recht, dachte Stefan.

Es gibt wohl eine Regel, die dieser komischen Mischung zwischen Verliebtsein und Geilheit folgt, die dich erwischt hat? Die ist, du schaltest Teile deines Verstandes aus.

„Und was denkst du, Stefan?", fragte Petra.

„Erst einmal bin ich glücklich. Ich möchte mit dir zusammen sein, so oft und so lange, wie es geht, Petra."

„Das möchte ich auch, doch das ist nicht die Realität. Ich werde im Sommer nach Göttingen ziehen, ich habe eine Zusage an der PH für das Lehramtsstudium. Und was ist mit dir?"

„Ich muss zur Bundeswehr. Im April geht es nach Munster in der Lüneburger Heide, zunächst zum Grundwehrdienst. Was danach kommt, weiß ich nicht."

„Siehst du wohl. Ich wusste es von Anfang an, dass wir keine feste Beziehung von Dauer aufbauen können, deswegen habe ich mich auch gegen deine Annäherung gewehrt. Ich weiß noch nicht richtig, was Liebe ist, doch ich weiß für mich, dass sie in mir entstehen wird, wenn ich mehrfach mit einem Mann körperlich zusammen gewesen bin. Weil ich dich immer sehr mochte und mag, hat das auch schon ein bisschen angefangen und verstärkt sich, gerade wegen heute. Ich hoffe, dass ich es überwinden kann, denn eine feste Beziehung werden wir nicht aufbauen können. Insofern bin ich ganz froh, dass es jetzt passiert ist, bevor wir auseinander laufen müssen. Hätten wir schon am Anfang unserer Beziehung miteinander geschlafen, wäre es schwierig geworden."

„Das ist doch aber alles sehr rational", staunte Stefan.

„Einer von uns beiden muss rational sein. Du bist es nicht, besonders, wenn du mich anfasst. Gerade dann will ich es übrigens auch gar nicht."

„Warum hast du es dann überhaupt mit mir gemacht?"

„Weil die Gelegenheit günstig war. Wir konnten es in aller Ruhe machen, ohne Störungen zu befürchten und – ich sehe mal zu dir

hin, können es auch noch weiter? Ich mach das nicht zwischen Tür und Angel, ich bin nicht Elke. Ich möchte schöne Erinnerungen haben, an dich, an mich und unser erstes Mal"
„Und wenn zwischen uns gar nichts passiert wäre?"
„Das ist die andere Seite. Wäre denkbar gewesen, doch dann hätten wir uns beide noch zehn Jahre später womöglich über die verpasste Gelegenheit geärgert. Du kannst es ruhig Torschlusspanik nennen."
„Hör auf damit, Petra. Wenn du so weise bist, finde ich dich gar nicht mehr sexy!"
„Hast ja recht, Stefan. Sex soll nicht dramatisch sein, Sex soll Spaß machen."
Sie lüftete ihre Decke und ließ Stefan schauen.
„Du darfst jetzt unter meine, nein deine Decke kriechen, wenn du möchtest."

Die vier Schulfreunde saßen in Heinrichs Jagdhütte beim Frühstück. Sie hatten in ihr übernachtet – ein letztes Mal wollten sie sich noch einmal zum Wochenende treffen, bevor sie auseinander gehen würden. Heinrich war so großzügig gewesen, ihnen die Hütte zu überlassen.

Stefan hatte ein paar Tage zuvor von der Bundeswehr eine Fahrkarte nach Munster erhalten. Die Anweisung lautete, er solle sich am Dienstag, den zweiten Mai um 10:00 Uhr in der Sanitätsleitstelle der Bundeswehr zur Einkleidung einfinden. Das war in neun Tagen. Er hatte sich für den Sanitätsdienst gemeldet, weil er mit dem Gedanken spielte, vielleicht Arzt zu werden. Wenn er sich während seiner Bundeswehrzeit dafür entscheiden würde, könnte er möglicherweise leichter einen der begehrten Studienplätze für Medizin erhalten, das hoffte er. Auf jeden Fall würde er während des Grundwehrdienstes, also für ein Vierteljahr, überhaupt nicht nach Hause kommen können. Peter blieb noch eine Galgenfrist.

Seine Ausbildung zum Kaufmann würde erst in einem Jahr enden, so lange wurde er von der Bundeswehr zurückgestellt. Nach seiner Dienstzeit hatte er vor, sich zum Großhandelskaufmann weiterbilden zu lassen. Zu diesem Zweck hatte er bereits mit einer Supermarktkette einen Vertrag geschlossen, welche die Kosten für diese Ausbildung bezahlte. Im Gegenzug musste er sich verpflichten, anschließend mindestens fünf Jahre bei der Firma in Dortmund zu arbeiten. Bei der Musterung im Kreiswehrersatzamt musste er sich anhören:

„Also, um ihr Übergewicht brauchen Sie sich keine Sorgen machen. Was meinen Sie, wie schnell Sie schlank werden, wenn wir Sie durch den Grundwehrdienst gescheucht haben!"

Bei Werner gab es eine besondere Situation. Werners Vater war im Krieg tödlich verwundet worden und er hatte keinen Bruder, sondern zwei Schwestern. Aus diesem Grund war er vom Wehrdienst befreit. Seine Berufsentscheidung musste also sofort nach dem Abitur getroffen werden. Nach langer Überlegung hatte er sich entschlossen, Jura zu studieren, hauptsächlich deswegen, weil er meinte, dass ihm nach dem Abschluss seines Studiums viele Tätigkeitsfelder offen stünden, sodass er sich jetzt noch nicht festzulegen brauche. Im Mai würde er sein Studium in Marburg beginnen.

Hartmut ging es ähnlich wie Stefan, fast noch extremer. Er hatte überhaupt noch keine Ahnung, welchen Beruf er wählen könnte. Die anderen lachten ihn aus.

„Das ist doch ganz klar, dass du später den Betrieb von deinem Vater übernehmen wirst!"

„Wahrscheinlich wird das auch so sein. Ich möchte das aber so lange wie möglich hinauszögern. Ihr kennt doch meinen Vater, und ihr kennt auch mich. Zwei Bullen in einer Firma, das wird nicht gut gehen. Vorher muss ich also noch etwas anderes machen."

Bei der Musterung hatte man ihn gefragt, ob er bestimmte Wünsche für den Truppenteil habe, bei dem er ausgebildet werden würde. Hartmut zuckte mit den Schultern. Der Stabsarzt, der die Musterung vornahm, überlegte. Er hatte einen großen, kräftigen, jungen Mann vor sich, dessen Vater Bauunternehmer war. Augenblicklich kam ihm eine Erleuchtung.

„Sie passen doch gut zu den Pionieren!"

Hartmut war es recht, und so kam ein paar Wochen später ein Brief, mit dem er zu den Pionieren nach Minden einberufen wurde.

Stefan schenkte sich noch einen Kaffee ein.

„Wir gehen jetzt auseinander und wissen noch nicht, was wir in ein paar Jahren machen werden. Der einzige, der das halbwegs genau weiß, ist Peter. Kein guter Start!"

„Finde ich überhaupt nicht", lenkte Hartmut ein. „Solange wir noch nichts über unseren späteren Beruf wissen, sind wir jung. Wenn wir das in ein paar Jahren genau wissen, sind wir nicht mehr jung. Und wenn uns unser Beruf zum Halse heraus hängt, sind wir alt."

„Eins ist aber ganz klar", sagte Werner. „Diese Treffen, so wie heute, wird es für uns nicht mehr geben. Das ist unsere Vergangenheit. Könnt ihr euch noch an das Abenteuer in der Bärenhöhle erinnern? Aber Abenteuer werden wir wohl alle noch viele erleben, ab jetzt jeder für sich, und von anderer Art. Lasst uns doch gegenseitig von unseren eigenen Abenteuern berichten, wir können schließlich lesen und schreiben!"

Sie kamen überein, regelmäßig ihre neuen Adressen auszutauschen und nahmen sich vor, dass jeder einen Rundruf starten solle, wenn er nach Hause käme, das würde wohl meistens um Weihnachten herum möglich sein. Sie räumten auf, putzten die Hütte und gingen auseinander.

Als sich Stefan von Petra verabschiedete, ging das doch nicht so leicht, wie sich beide vorgenommen hatten. Das bösartig kalte

Wetter der letzten Apriltage hatte sie gezwungen, in dicken Jacken nebeneinander zu sitzen, auf einer Bank in einem kleinen Park am Fluss. Beider Elternhäuser eigneten sich nicht für ein Treffen dieser Art, zu viel Unruhe.

Petra sagte: „Ich fang mal an, Stefan, du brauchst noch deine Zeit, um zu reden, wie ich dich kenne. Wann wir uns zum nächsten Mal sehen werden, wissen wir beide nicht. Vielleicht werden wir uns überhaupt nicht mehr sehen. Wenn wir jetzt denken, das könnte schlimm sein, machen wir einen Fehler. Es wird alles weitergehen, wir wissen nur nicht, wie.

Wir haben aber eine Erinnerung, und die ist schön und wird es für uns auch bleiben.

Ich rede zu viel, Stefan. Nimm mich in den Arm und mach mit mir, was du willst, alles, was mit den dicken Jacken möglich ist."

Sie rückten zusammen und umarmten sich. Zum letzten Mal.

VERSUCH UND ABBRUCH

Stefan Maienberg saß vor einem kleinen Café am Marktplatz seiner Heimatstadt, vor ihm stand eine große Tasse Kaffee. Heute hatte er seinen freien Tag, ausnahmsweise mitten in der Woche. Das gute Wetter hatte ihn dazu gebracht, einen Rundgang um den alten Ortskern zu unternehmen, den er durch die Brücke über den Fluss erreicht hatte. Die späte Mittagsstunde bescherte dem Platz eine gewisse Schläfrigkeit, ungewohnt, denn sonst wurde er von Menschen durchströmt, die einkauften oder auf dem Weg zu anderen Geschäftigkeiten waren. Manchmal strich eine Katze vorbei, die in einer Seitengasse verschwand, ein Hund bellte oder ein Kind weinte; Geräusche, die von weither zu kommen schienen.

Durchbrochen wurde die Ruhe, wenn eine aufgeregt lärmende Schar von Schülerinnen und Schülern mit schnellen Schritten über den Platz zog, sich in kleinere Pulks auflösend, die in verschiedene Richtungen auseinanderstrebten, denn es war nun Unterrichtsschluss.

Stefan dachte an seine eigene Schulzeit. Undenkbar damals, dass Mädchen und Jungen gemeinsam unterrichtet wurden. Das Reizwort „Koedukation" musste man wohl zu Grabe getragen haben, endlich und Gott sei Dank. Die Kinder und Jugendlichen liefen nicht mehr getrennt nebeneinander her, lachten sich fröhlich an und freuten sich auf ihren freien Nachmittag, den sie vielleicht an dem heutigen warmen Tag zum Baden eingeplant hatten.

Stefan ließ seine Augen über den Platz streifen. Zum Teil wurde er noch von alten Fachwerkhäusern begrenzt. Das war nur überall dort, wo die Bauwut des Bauunternehmens Müller noch nicht zugeschlagen hatte.

Die Bundeswehrzeit in Munster wollte und hatte er vergessen, die beste Methode, damit fertig zu werden. Zumindest hatte sie einen Vorteil: nachdem er sich dazu entschlossen hatte, Medizin zu studieren, brachte sie ihm wirklich die Möglichkeit, nahtlos mit dem Medizinstudium anzuschließen. Den Studienplatz konnte er sich natürlich nicht aussuchen.

Doch es kam eines Tages ein Brief an seine Adresse, die bislang immer noch die Adresse seines Elternhauses war.

Die Ludwig-Maximilians-Universität München teilte ihm mit, dass sie sich beehre, ihm einen Studienplatz in Medizin zuzuteilen, den er bis zum ersten Mai 1963 anzutreten habe, wenn er ihn nicht verlieren wolle.

Zuerst war Stefan begeistert. München sollte toll sein, Deutschlands heimliche Hauptstadt nannte man sie.

Nach längerer Zimmersuche, die sich in München etwas schwierig gestaltete, fasste er Fuß. An seinem Medizinstudium hatte er nichts auszusetzen, München hatte eine lange Tradition in der Medizin und die Inhalte des Studiums gestalteten sich aktuell, wer weiß, wie es ihm in solchen Universitäten in Provinzstädten wie Tübingen oder Würzburg gegangen wäre.

München schien ihm am Anfang eine überaus freundliche Stadt zu sein. Und doch, irgendetwas stimmte nicht so richtig.

Zunächst und auf dem ersten Blick war sie ihm sympathisch. Die Menschen in ihr wirkten zugewandt und strahlten eine gewisse gelassene Behäbigkeit aus. Im Norden, wo er herkam, sorgte allein die Wortkargheit der Bewohner für gefühlte Unfreundlichkeit.

Er erinnerte sich. Wenn man in seiner Heimat an die Kasse eines Geschäftes trat, gab es keine Anrede, keinen Gruß, kein „Grüß Gott" wie in Bayern, nur leidenschaftslose Geschäftigkeit.

Manchmal kam ihm das alles merkwürdig vor. Der Blick in die Weite, der große, strahlendleuchtende Himmel blieb den Menschen im Norden jenseits der Mittelgebirge vorbehalten. In München gab es ihn nicht so. Doch gerade diese Offenheit ließ sich wohl nicht zwangsläufig in die Seelen der Menschen übertragen. Das Gegenteil war der Fall.

Je weiter der Blick in die Landschaft, desto begrenzter schien ihm der Blick ihrer Bewohner auf ihre Mitmenschen in näherer und weiterer Umgebung zu sein. Desto geringer war auch ihre Bereitschaft, die Gedanken anderer aufzunehmen, geschweige denn, sie sich zu Eigen zu machen.

Kein Wunder, traditionell hatten die Menschen hier meistens auf Einzelgehöften gewohnt.

Stefans Heimatstadt war ein Sonderfall. Sie lag bereits in der Mittelgebirgszone Norddeutschlands. Jedoch hier kam noch zusätzlich Beschwernis durch die provinzstädtische Mentalität hinzu, oft geprägt durch Enge, Neid und Klassendenken.

Und hinter der Fassade des so freien, netten München konnte er letztlich das genauso erleben; es dauerte eine Weile, bis er es durchschaut hatte. Die Münchener entdeckte er immer mehr als eine Gesellschaft von Bussikatzen und Bussikatern. Die Freundlichkeit, die sie vorgaben und das Interesse füreinander diente oft dem Ausspähen: was besitzt du, wo bist du einzuordnen, zu welchem Gesellschaftsklüngel gehörst du? Derart elitäre Denkweise machte auch nicht vor den Bierzelten auf dem Oktoberfest halt, nichts mit krachlederner Herrlichkeit. Die Prominenten und ihr Anhang saßen bayerisch verkleidet unter sich und schütteten statt Champagner diesmal Bier in sich hinein. Das alles gab dem weltoffenen München wiederum eine provinzielle Note und wirkte alles andere als großstädtisch.

Richtig bewusst wurde ihm das alles, als er sich nach dem medizinischen Staatsexamen um eine Stelle im Krankenhaus bemühte. Stefan wollte Facharzt für innere Medizin werden, dafür brauchte er eine vierjährige Ausbildung. Die meisten Krankenhäuser in München und Umgebung wiesen ihn ab, trotz seiner Examensnote von „sehr gut". Bei genauem Hinsehen erkannte er schnell, dass die meisten Stellen nach Vitamin B vergeben wurden, dem Beziehungsvitamin. Vor ihm standen bereits die Nachfahren Münchener und bayerischer Ärztedynastien in der Reihe und pflückten sich die lukrativen Stellen heraus, schlecht für einen Norddeutschen.

Gut für ihn wiederum, dass ihm sein Doktorvater half. Stefan hatte schon vor dem Examen eine Doktorarbeit in der Inneren Medizin angenommen und der Chef der Abteilung an der Universität, der ihn mochte, konnte nun seinerseits seine Beziehungen spielen lassen und ihm zu einer Stelle in einer Klinik in Rosenheim verhelfen. Nach zwei Jahren war die Hälfte der Ausbildungszeit abgeleistet und der Doktor abgehakt. Dass Stefan dann wieder in seine Heimatstadt zurückkehrte, hatte mehrere Gründe.

Zum einen war sowieso Veränderung angezeigt. Ein Wechsel des Krankenhauses während der Ausbildungszeit stellte sich immer als vorteilhaft dar, einfach, um mehr Erfahrung zu gewinnen. Als Stefan sich nach einer neuen Stelle in Süddeutschland umsah, erreichte ihn die Nachricht, dass sein Vater krank sei. Bei Helmut Maienberg hatte man vor kurzem Darmkrebs festgestellt.

Stefan sorgte dafür, dass sein Vater nach München kam und in der Universitätsklinik operiert wurde. Als er nach der Operation mit dem Oberarzt der onkologischen Abteilung sprach, klärte ihn dieser knallhart auf:

„Die Chance, dass Ihr Vater überlebt, beträgt höchstens fünfzig zu fünfzig und auch nur dann, wenn das Nachsorgeprogramm mit Bestrahlungen und zelltötenden Medikamenten penibel durchgeführt wird. Am besten, Sie setzen sich mit den Kollegen des Heimatkrankenhauses Ihres Vaters in Verbindung."

Das tat Stefan und nahm Kontakt mit Dr. Haubrunner, dem Chefarzt der Inneren Abteilung des Marienkrankenhauses auf.

Haubrunner, ein väterlich wirkender Senior, war Bayer, also Zugereister und verstand sich mit Stefan, dem ehemaligen Münchner Studenten, auf Anhieb. Als er ihm eine Stelle als Assistent in seiner Abteilung anbot, nahm sie Stefan nach kurzem Zögern an und kehrte zurück in seine Heimatstadt.

Doch für den Vater hatte dies alles nichts gebracht. Nach zwei weiteren kleinen Operationen und einer fast unzumutbaren Serie von Bestrahlungen, die ihn an den Rand seines Lebenswillens gebracht hatte, war er dennoch vor einem halben Jahr gestorben.

Es fügte sich, dass Stefan wieder Kontakt zu Hartmut Müller hatte. Auch Hartmuts Vater, wesentlich jünger als Helmut Maienberg, war vor drei Jahren verstorben, doch auf ganz andere Weise. Im Alter von 56 Jahren erwischte ihn plötzlich ein tödlicher Herzinfarkt – kein Wunder, dachte Stefan, bei dem turbulenten Leben, das er immer geführt hatte, wie eine Kerze, die von beiden Seiten her brennt. Glücklicherweise hatte Hartmut gerade sein Betriebswirtschaftsstudium in Hamburg beendet und war auf dem Sprung nach England, weil er bei einer Bankgesellschaft für zwei Jahre arbeiten wollte.

Dieses Vorhaben musste er jetzt allerdings abbrechen und das nun führerlose Baugeschäft übernehmen.

Und noch etwas anderes gab es. Stefans Onkel Heinrich hatte aus Altersgründen sein Jagdrevier aufgegeben, das daraufhin neu verpachtet werden sollte. Es hatte Hartmut kaum Mühe gekostet, die Bauern des Dorfes am Wald zu überreden, an ihn neu zu verpachten.

So kam es, dass er Heinrichs Jagdrevier und Jagdhütte übernahm. Das bedeutete für Stefan, dass er wieder zusammen mit Hartmut jagen konnte, wie in alten Zeiten. Obwohl er versucht hatte, sich einzureden, dass solche Überlegungen kein Grund für seine Rückkehr waren, musste er sich dennoch eingestehen, dass sie im Hintergrund eine Rolle spielten.

Zu Werner Lieke und Peter Neuwirth hatte Stefan kaum noch Kontakte. Werner hockte irgendwo in einer Kreisstadt im Hessischen, als Richter am Amtsgericht.

Peter war in seiner Dortmunder Firma geblieben, saß auf der Karriereleiter und war damit beschäftigt, überall in Deutschland neue Supermärkte einzurichten. Wahrscheinlich ging es ihm von allen am üppigsten, was die Finanzen anbelangte, obwohl er vor dem Abitur ausgestiegen war. Das schien jedenfalls sein opulenter Mercedes zu bezeugen, mit dem er stets zu den weihnachtlichen Klassentreffen erschien. Wenn man ihn darauf ansprach, wiegelte er immer ab.

„Kostet nichts, den bezahlt doch die Firma!"

Aber das Herumreisen im Auto und der Beruf mit wenig körperlicher Bewegung kostete dann doch wohl etwas. Peter war noch dicker geworden.

Um Weihnachten herum hatte Stefan manchmal Petra getroffen. Alles war so gekommen, wie sie ihm vorausgesagt hatte. Sie wurde nach ihrem Examen in eine Schule nach Braunschweig versetzt, wo sie sich etablierte; zwar war sie nicht verheiratet, doch sie lebte mit einem festen Freund zusammen, wie sie ihm erzählte.

Und doch.

Manchmal hatte sie ihn leise angelächelt, beide wussten Bescheid. Merkwürdigerweise tat das Stefan gut, brachte ihn zum Träumen und bescherte ihm schöne Gedanken, fern jeglicher Enttäuschung. Sie sah noch besser aus als in ihrer Schulzeit, etwas reifer und runder, was ihr ausgezeichnet stand.

Eine Frau mit ihrem Aussehen und mit ihrer Klugheit – wenn man mal von ihren schlechten Fertigkeiten in Mathematik absah – hatte Stefan in seiner gesamten Studienzeit nicht getroffen. Seine Beziehungen waren meist nur von kurzer Dauer gewesen, manchmal überhaupt nicht des Erinnerns wert. Schade um Petra.

Hartmut Müller drehte den Mercedes Cabrio auf. Es machte ihm Spaß, die Kurvenfestigkeit des Fahrzeuges in dem Bergland auszuprobieren, das seine Heimatstadt umgab. Sein Ziel war das Grundstück des Landrates Dr. Westphal, auf dem seine Firma für lau eine Garage gebaut hatte. Westphal, Jurist und langjähriges Mitglied der SPD, hatte die letzte Entscheidung, ob und wann im Landkreis neue Grundstücke zur Erschließung freigegeben wurden. Das machte ihn zu einem wichtigen Menschen für Hartmut und die Firma. Auf den Hacken Westphals saß ihm sein Baudezernent Kurt Schönlein, Fraktionsvorsitzender der CDU, den ihm der Landkreis nach einer turbulenten Sitzung vor die Füße geworfen hatte – dumm gelaufen, denn die SPD hatte im Landkreis nur eine knappe Mehrheit, die sie zu diesem Zeitpunkt verspielte, weil eine Schar von den Genossen zum Karneval nach Braunschweig gefahren war. Die ärgerliche Panne machte die Bauplanung im Landkreis ein Stück komplizierter. Der Landrat und sein Dezernent waren seitens ihrer Parteien gehalten, ein anstandsgemäßes Stück Feindschaft zu unterhalten, sehr schwierig, weil sie sich regelmäßig jedes zweite Wochenende zum Stammtisch trafen. Zu einer richtigen Auseinandersetzung kam es also nur selten, doch der maßgebliche Journalist der örtlichen Zeitung, Walter Kondruleit, ging dem Wunsch der beiden Polithähne freundlich nach, in der Presse eine gewisse Scheinfeindschaft zwischen ihnen zu pflegen. Das lag wohl auch daran, dass er manchmal persönlich an einigen dieser Treffen teilgenommen hatte.

Geht dich alles nichts an, Hauptsache, der Kontakt stimmt, dachte Hartmut. Eigentlich mochte er die Stadt nicht.

Sie betrachtete ihn als ihren Besitz, muffte und log, als wolle sie sagen:

„Du bist mein Produkt. Gehorche mir und du wirst reich, hast alles, was du willst, Geld, Macht, Sex, alles was zählt. Gehorchst du mir nicht, kriegst du alle Plagen der Bibel, Gerücht, Ignoranz, Niederträchtigkeit und Finanzamt."

Neben der Kirche von Berendorf bog er in einen asphaltierten Feldweg ab, der ihn in die Höhe zum Waldrand führte. Dort lag das Grundstück von Westphal, ein opulenter Bungalow mit einem kurzgeschorenen Rasengarten, in dessen Mitte sich ein pompöses Schwimmbad ausbreitete. Von jedem Standpunkt aus konnte man die Flussschleife sehen, welche die Stadt umgab, deren Gebäude und Kirchtürme sich wehrhaft zum Fluss hin zu neigen schienen. Ein wahres Genossengrundstück, dachte Hartmut und wie zur Bestätigung winkten ihm Westphal und sein Parteifreund Günter Heimann, Schulrektor und Bürgermeister der Stadt, zu. Beide lagen neben dem Schwimmbad auf Badetüchern und tranken aus hohen Gläsern etwas, das wie ein Longdrink aussah. Aus dem Haus war stümperndes Klaviergeplänkel zu hören, wahrscheinlich hatten Westphals Kinder Klavierunterricht. Komisch, dachte Hartmut, warum sind alle Roten und Schwarzen, die es zu etwas gebracht haben, entweder Juristen oder Lehrer? Wahrscheinlich ziehen sie nach ihrem Examen ein Los, welches bestimmt, in welche Partei sie eintreten sollen.

Hartmut trat auf sie zu.

„Komm, setz dich", rief Westphal. „Gin Tonic gefällig?"

„Nein danke", sagte Hartmut. „Muss noch mit dem Auto fahren."

„Die Garage ist in Ordnung. Eure Firma muss in der nächsten Zeit nur noch eine Baugrube für einen Keller ausheben und ausmauern, in dem ich eine neue Schwimmbadtechnik einrichten werde, die für ein Hallenbad taugt, das ich auf Dauer an die Garage anbauen möchte."

„Kein Problem. Und was ist mit den Randgrundstücken von Berendorf, wo Einfamilienhäuser gebaut werden sollen?"

„Das läuft. Kleines Anstandsproblem mit Schönlein, werden wir aber beheben. Und jetzt setzt du dich zu uns und trinkst wenigstens einen mit." Die Entscheidung darüber fällt in der nächsten Ratssitzung der Stadt, weil zu ihrem Gebiet ein Teil der Grundstücke gehört. Und nach der Sitzung darfst du uns einladen, wie üblich. Und noch etwas. Dein Schulfreund Stefan arbeitet nun schon eine Weile am Marienkrankenhaus? Der ist doch Internist, wie wir gehört haben. Wäre ganz gut, wenn du ihn mitbringen würdest. Vielleicht brauchen wir ihn irgendwann, wenn uns die Leber juckt oder die Hämorrhoiden plagen."

„Werde ich versuchen", antwortete Hartmut.

Nach einer halben Stunde verließ er zufrieden das Anwesen. Alles war so gelaufen, wie er es sich vorgestellt hatte. Morgen würde er sich mit den beiden Landwirten, mit denen er einen Vorvertrag geschlossen hatte, in Verbindung setzen, um ihnen die Grundstücke abzukaufen.

Stefan fuhr auf den Parkplatz des Marienkrankenhauses und parkte den Opel Kadett. Er ging auf das Krankenhaus zu.

Das Marienkrankenhaus lag ziemlich zentral, in einem kleinen Park, der von der ehemaligen Stadtbefestigung übrig geblieben war und den Rand der Innenstadt berührte. Sein Grundriss erinnerte an einen Schlossbau; die Hauptfront mit einem über eine Freitreppe erreichbaren Portal setzte sich nach hinten in zwei rechtwinklig angesetzte Flügel fort.

Man hatte das um 1900 herum errichtete Gebäude ausschließlich aus dunklen roten Ziegelsteinen errichtet, denen im Lauf der Jahre Abgase und Ruß zugesetzt hatten.

Dies und die Schatten der hohen Bäume machten es finster und ließen den schlossartigen Charakter vermindern, dadurch unterschwellig daran erinnernd, dass manche Menschen es lebend betraten und verstorben verließen.

Natürlich war es im Inneren mehrfach umgebaut worden. Auch fast alle Eingänge hatte man an die Seitenflügel versetzt. Lediglich das Hauptportal erfüllte noch über seine ursprüngliche Eingangsfunktion, jedoch nur für die Besucher.

Neben dem Krankenhaus lag noch ein weiteres schlichtes Backsteingebäude aus der Gründerzeit, ein Wohnheim für die Diakonissen, deren Schwesterngemeinschaft das Krankenhaus betrieb. Ursprünglich waren fast alle Krankenschwestern Diakonissen gewesen, doch im Lauf der Zeit hatte man sie durch weltliche Schwestern ersetzt, da die Gemeinschaft keinen Zulauf mehr hatte. Ein paar ältere Schwestern waren übrig geblieben und arbeiteten jetzt ausschließlich in der Verwaltung. Die Trägerschaft war zwar in ihren Händen geblieben, doch die Stadt hatte sich nach und nach mit eingebracht und betrieb das Haus jetzt auch als kommunales Krankenhaus. Das Wohnheim hatte man schon vor vielen Jahren zum Funktionstrakt umgebaut; hier befanden sich Küche, Wäscherei und anderes.

Stefan ging über einen gepflasterten Hof in die Notaufnahme, durchquerte sie und kam über einen engen kurzen Gang in das Haupttreppenhaus mit seinen breiten Steintreppen, die noch aus der Anfangszeit erhalten waren. Es führte zu drei Geschossen, in denen seitlich der Treppe die Flure der Stationen angeordnet waren. Links und rechts der Flure lagen die Kranken- und Behandlungszimmer. Jedes der Zimmer verfügte über zwei Türen; jeweils die erste Tür war gepolstert und sollte wohl als Geräuschbremse dienen. Hinter ihr ging es durch eine normale Holztür in die Zimmer hinein.

In den meisten Zimmern standen fünf Betten. Im dritten Geschoss gab es sogar Zehnbettzimmer. Das waren kleine Säle mit hohen Decken, für die leichter erkrankten Patienten und für Jugendliche und junge Erwachsene vorgesehen. Immer wenn Stefan sie betrat, musste er an die Jugendherberge am Ith denken.

Eine Anzahl von Zweibettzimmern gab es auf jeder Station. Hier lagen die Privatpatienten. Wenige Einbettzimmer dienten der Aufnahme von Schwerkranken und Sterbenden.

Sein Arbeitsplatz, die Station 3 für Innere Medizin, lag im ersten Geschoss. Stefan betrat sie über eine verglaste Schwingtür, ging in sein kleines Arbeitszimmer und zog sich um. Noch bevor er damit fertig war, hörte er eine weibliche Stimme rufen, hell und gurrend: „Dr. Maienberg, kommen sie bitte bald zum Behandlungszimmer. In einer Viertelstunde kommt der Chef zur Visite!" Sie gehörte zu Schwester Manuela.

Er beeilte sich, schlüpfte in den weißen Kittel und traf schon auf dem Flur mit ihr zusammen. Stefan musste sich wieder einmal dazu zwingen, Manuela voll in ihr Gesicht zu schauen, das ihn lauernd und dreist ansah. Sie hatte es auf Grund ihres zielgenau intriganten Verhaltens geschafft, schon kurze Zeit nach ihrer Prüfung den zweiten Platz auf der Inneren einzunehmen, gleich nach der Stationsschwester Gertraud, einer Vierzigjährigen, deren Familien- und Eheprobleme dafür sorgten, dass sie mittlerweile wenig gewillt war, sich um die Machtkämpfe in der Schwesternschaft des Marienkrankenhauses zu kümmern.

Doch es wäre ein Fehler gewesen, an Manuela vorbei zu blicken, sie hätte es als Schwäche angesehen und das konnte er sich nicht leisten. Dabei war ihr Gesicht nicht zu verachten.

Etwas zu sehr aufgebrezelt wirkte es für eine Krankenschwester, Augenbrauen nachgezogen und die Lippen so mit hellrosa Lippenstift geschminkt, dass sie wie aufgepolstert wirkten. Eigentlich war sie hübsch. Die rotblonden Haare hatte sie zusammengedröselt und mit einem Minihäubchen gekrönt. Den hellblauen Kittel, den sie auf Figur trug, hatte sie genau auf das Maß gekürzt, das ihr noch vertretbar erschien. Wenn sie an den Pflegern und Ärzten vorbeiging, drehten diese sich oft flüchtig um und warfen einen Blick auf ihren Hintern.

Was ihn bei Manuela mächtig auf die Palme brachte, war ihre Schnurstracksigkeit. Genauso schnurstracks, wie sie ihn anmachte, wäre sie wohl auch mit ihm in das Bett gestiegen. Ebenso schnurstracks hätte sie jedes Detail darüber ihren Kolleginnen berichtet, sodass einen Tag später das halbe Krankenhaus Bescheid wissen würde.

Der Gedanke daran ließ jeden Anflug von Lust, der ihn sonst durchaus hätte heimsuchen können, im Keim ersticken.

Wenn Stefan ausging, dann meist mit einer etwa gleichaltrigen Kollegin aus der Kinderabteilung. Sie hieß Ute, eigenartig, die sonst seltenen Vornamen Ute und Frauke schienen unter Ärztinnen weit verbreitet zu sein. Nett war sie auch, zudem hübsch. Doch wenn ihm ehrliche Gedanken kamen – passierte meist vor dem Einschlafen – musste er sich eingestehen, dass ihre Nettigkeit ihre Hübschheit übertraf. Trotzdem war es keine unharmonische Beziehung. Beide verfolgten in ihr ähnliche Ziele, hatten ihren Beruf mehr im Auge als den Gedanken an eine feste Bindung und wollten auf keinen Fall, dass das Krankenhaus mit seiner Gerüchteküche ihre flüchtige Verbindung bemerkte.

Aus diesem Grund trafen sie sich meist außerhalb der Stadt. Manchmal fuhren sie in eine der umliegenden Großstädte, genossen einen Abend mit gutem Essen und gutem Wein, um ihn dann im gemeinsam gemieteten Hotelzimmer ausklingen zu lassen.

Alles dies gestaltete sich zufrieden und angenehm. Ihre Batterien, die sich ab und an fast vorhersehbar leerten, füllten sie sich wieder auf, in einer einverständlichen Harmonie, die keine Sensationen mochte.

Zwischendurch lief ihm sein Kollege Ronald Pietmann über den Weg, der den Nachtdienst auf der Station übernommen hatte. Stefan sollte ihn ablösen. Pietmann, wie immer hektisch und über die Maßen mitteilsam, erstattete Bericht. Seinem geröteten Gesicht war anzusehen, dass er bereits stundenlang sein Gehirn mit seinem speziellen Gedankencocktail strapaziert hatte, sinnvolle und unsinnige Gedanken gleichermaßen enthaltend.

„Herr Kollege, der Patient Kunze hatte wieder einen Schmerzanfall mit Zusammenbruch. Ich habe alles unter Kontrolle gebracht, indem ich ihm Corti, Valium und Dolantin parenteral gegeben habe. Wir müssen ernsthaft überlegen, ob wir ihn nicht besser auf eine andere Klinik mit Onkologie und onkologischer Chirurgie verlegen sollten. Wenn sie mich fragen, liegt nach sorgfältiger Würdigung der Symptome ein Karzinom des Pankreaskopfes vor, wobei ein sarkomatöser Prozess der Gewebe in der Umgebung zuvor ausgeschlossen werden müsste."

„ Mal sehen."

Pietmann war ein Streberdoktor.

Eine Arztspezies, wie er sie schon aus dem Medizinstudium kannte. Als Studenten zeichneten sie sich durch ameisenhafte Geschäftigkeit aus, jedenfalls was das Hineinstopfen überflüssigen Lernstoffes betraf. Regelmäßig blieben sie unter sich. Denn jedermann hütete sich, Fachgespräche mit ihnen anzufangen, um dem dann unvermeidlich folgenden Wortgeprassel zu entgehen, mit dem sie ihr Wissen priesen. Da Medizin ihr einziger Lebenszweck war und sie sich kaum über anderes unterhalten konnten, hatten sie meist auch keine Freunde, natürlich auch keine Freundinnen. Dafür waren sie die ersten, die nach dem Staatsexamen ihren Doktor machten.

Nur wenn es darum ging, für die Kranken eine vernünftige Diagnose zu stellen, bekamen sie Schwierigkeiten. Dann hauten sie todsicher daneben.

Pietmann hatte mit ihm zusammen in der Klinik angefangen. Mit seiner absurden Beflissenheit störte er die Abläufe in der Station. Also gehörte es auch zu Stefans Pflichten, diesen Hektiker in seine Bahnen zu geleiten. Im Fall Kunze handelte es sich um Friedrich Kunze, pensionierter Oberstudienrat, Witwer, Lehrer von

Stefan und Vater von Petra. Kunze war immer ein Extremtyp gewesen, schon in der Schule. Er rauchte von morgens bis abends Pfeife, sogar während des Unterrichtes. Seinen Mathematikunterricht, umgeben von blaugrauen Rauchwolken, meisterte er allerdings bravourös, wie sich Stefan erinnerte.

Petra war es immer peinlich gewesen, dass der Pfeifenrauch ihres Vaters die gesamte Wohnung durchdrang. Wenn Stefan zur Nachhilfe kam, hatte sie immer zuvor ihr Fenster geöffnet und das Zimmer mit Raumduft ausgesprayt.

Ein Egozentriker war er immer gewesen, ein Knasterbart, der sich um nichts scherte. Der große Wendepunkt kam, als vor zwei Jahren seine Frau, Petras Mutter, gestorben war.

Das Alleinsein bekam ihm nicht. Seine Kinder hatten ihn längst verlassen, wohnten weit weg und selbst die ritualhaften Weihnachtsfeiern wurden aufgegeben, zu denen er ohnehin nie eine Beziehung hatte. Und nun kam das Problem.

Kochen konnte er überhaupt nicht, einkaufen schon gar nicht und die Putzarbeiten hätten ihn restlos überfordert, wenn nicht eine Hilfe aus der Nachbarschaft gegen Bares ab und an seine Wohnung gesäubert und seine Wäsche gewaschen hätte.

Die miserable Ernährung, Dosenkost, haltbares Toastbrot, Pfeifenrauchen ohne Ende und der Genuss von ein paar Kognaks am Abend brachten ihm eine chronische Gastritis ein, wegen deren Symptomen er jetzt im Krankenhaus lag. Was er auf Dauer brauchte, war eine vernünftige Ernährung und eine Raucherentwöhnung, jedenfalls den Versuch dazu. In dieser Hinsicht war Zuwendung vonnöten, die hatte er leider nicht.

Stefan betrat das Zimmer.
„Wie geht es Ihnen, Herr Kunze?"
„Übel. Ihr Kollege hat Ihnen bestimmt schon gesagt, dass ich in der letzten Nacht mit Schmerzen aufgestanden bin."

„Und wie oft stehen Sie normalerweise nachts auf?"
„Meistens zwei- bis dreimal, zum Pinkeln."
„Das ist für Ihr Alter fast normal, Herr Kunze. Was Ihre Schmerzen betrifft, die kommen von Ihrem Magen, von Ihrer schlechten Ernährung und von Ihrer Raucherei. Wenn Sie sich vernünftig ernähren und mit dem Rauchen aufhören, regelt sich das von selbst."
Kunze schaute Stefan lange an.
„Ich kenn dich! Du bist doch der Stefan und mein Schüler gewesen. Hast du nicht eine Weile um meine Tochter Petra herum scharwenzelt?"
„Ich hab ihr Nachhilfeunterricht gegeben, ausgerechnet in Mathematik, Herr Kunze."
„Hört sich nicht gut an für mich, weiß ich selber, Stefan. Und nun zu mir. Ich möchte hier so schnell wie möglich hinaus. Wie geht das?"
„Das wird bald der Fall sein. Wir müssen noch ein paar Untersuchungen machen, um andere Dinge auszuschließen. Danach kommen Sie zur Kur nach Bad Pyrmont. Mal sehen, ob die es schaffen, Ihnen das Rauchen abzugewöhnen. Auf alle Fälle bekommen Sie da vernünftiges Essen und eine Trinkkur mit Pyrmonter Wasser könnte auch nicht schaden. Übrigens habe ich gestern gesehen, dass Sie draußen im Park eine Pfeife durchgezogen haben. Wenn Sie das machen, dürfen Sie sich über Schmerzen nicht wundern."
Kunze sagte nichts und grinste nur.
„Wie geht es Petra?"
Stefan merkte, wie Kunze überlegte. Kein Wunder, er hatte ja außer Petra noch zwei weitere Töchter und einen Sohn.
„Petra ist noch immer in Braunschweig, als Lehrerin an der Grundschule, glaube ich."
„Ist sie verheiratet?"

„Nein, das wüsste ich."

Dr. Haubrunner betrat das Zimmer. Kunze war als Lehrer Privatpatient und durfte sich darum chefärztlicher Zuwendung erfreuen.

„Wie geht es Ihnen, Herr Kunze?"

„Sonst gut, wenn nicht die verfluchten Magenschmerzen wären."

Stefan lenkte ein.

„Herr Kunze leidet letztlich unter den Folgen falscher Ernährung und extensiven Pfeifenrauchens. Sein Magen ist völlig übersäuert und es liegt nunmehr eine chronische Gastritis vor, deren Schmerzattacken den Patienten in unser Haus geführt haben. Ich habe für die nächste Woche einen Platz für Herrn Kunze in der Kurklinik am Park in Bad Pyrmont reserviert. Die Kurempfehlung meinerseits habe ich in der Krankenakte festgehalten. Vorläufig soll Herr Kunze auf Schonkost gesetzt werden, mit langsamem Übergang zur Normalkost. Eine Trinkkur mit Pyrmonter Heilwasser soll das angezielte Heilungsergebnis fördern. Zusätzlich sind Bewegungsbäder und leichte altersgemäße Gymnastik vorgesehen. Die Raucherentwöhnung ist ein zentraler Punkt der Therapie, falls Herr Kunze mitmacht."

Stefan schaute Kunze an: „Wäre nicht verkehrt, wenn Sie in dieser Zeit an einem Kochkurs teilnehmen würden, damit Sie sich in Zukunft vernünftiger ernähren!"

Kunze antwortete nicht und vermied es, Stefans Blick zu begegnen.

Haubrunner blickte Stefan an und hob die Augenbrauen etwas nach oben.

„Ihr Kollege Pietmann hat mir gerade seinen Verdacht mitgeteilt, dass hier auch neoplastische Prozesse eine Rolle spielen könnten."

„Möglich ist alles. Doch die körperliche Untersuchung, die Blutwerte und die Kenntnis der Vorgeschichte von Herrn Kunze

lassen einen solchen Verdacht eher abwegig erscheinen. Wir werden morgen und übermorgen zur Sicherheit noch eine Magenspiegelung und eine Kontrastdarstellung der Gallenwege durchführen lassen. Ich bin mir sicher, da wird nichts sein."
Haubrunner sprach jetzt den Patienten an.
„Sie haben doch alles mitgehört, was Dr. Maienberg Ihnen empfohlen hat. Haben Sie Einwände, Herr Kunze?"
„Nein. Ich würde Sie nur bitten, meinen Kurantrag so vorzubereiten, dass ich ihn gleich der Beihilfe zur Genehmigung vorlegen kann."
„Werden wir machen, Herr Kunze." Er drehte sich zu Stefan und erteilte ihm eine Anweisung.
„Nach der Visite kommen Sie bitte noch zu mir in das Büro. Wir haben etwas zu besprechen."

Haubrunner besaß nur ein kleines Büro, weil der Platz auf der Station für die Krankenzimmer gebraucht wurde. Er saß hinter seinem sauber aufgeräumten Schreibtisch, auf dem neben einer Schale mit Schreibutensilien nur ein Bild seiner Frau und seiner beiden Söhne stand.
„Was gibt`s, Chef?", fragte Stefan.
„Wie lange sind Sie schon in unserem Haus, Herr Maienberg?"
„Eineinhalb Jahre."
„Wenn ich die zwei Jahre, die Sie in Rosenheim waren, dazurechne, müsste doch bald ihre Facharztprüfung anliegen?"
„Das wird auch der Fall sein. Ich habe bereits alle Unterlagen zur Ärztekammer geschickt."
„Sehr gut. Ich bin mir sicher, dass Sie die Prüfung bestehen werden, wenn auch vielleicht nicht mit Bestnote. Das ist aber völlig unwichtig. Was Sie vor allen Dingen auszeichnet, ist Ihr klarer klinischer Blick und Ihr Instinkt für die Diagnostik. Das ist für einen so jungen Arzt wie Sie schon außergewöhnlich. Sie kennen ja

meinen Standpunkt: die Geräte- und Labormedizin ist wichtig, ersetzt aber nicht die körperliche Untersuchung und das diagnostische Feingefühl."

Haubrunner lehnte sich in seinem Sessel zurück und schaute Stefan fest in das Gesicht.

„Wenn Sie hier in diesem Haus bleiben wollen, möchte ich Sie so schnell wie möglich zum Oberarzt machen."

„Danke, Chef."

„Das ist aber an Bedingungen geknüpft. Sie wissen, dass die Stelle ausgeschrieben werden muss. Deswegen kann es nicht schaden, wenn Sie noch ein paar Veröffentlichungen vorzeigen könnten. Es gibt sie immer noch, die alte Regel: wer schreibt, der bleibt. Ihr Fachgebiet, die Diabetologie, ist doch ein weites Feld?"

„Ich bin immer mit meinem Doktorvater in München in Verbindung geblieben. Er hat vor, an einer Vortragsreihe über Diabetes teilzunehmen. Dazu will er mich mitnehmen, ich soll mit ihm referieren. Im Rahmen der Vorträge fallen auch Veröffentlichungen an."

„Na bitte! Das haben Sie gut gemacht, Herr Maienberg. Wenn das losgeht, bekommen Sie natürlich frei. Aber beeilen sollten Sie sich. Sie wissen, die Uhr läuft ab und meine Pensionierung wird bald irgendwann kommen."

„Ich werde mir Mühe geben."

Sie verabschiedeten sich. Stefan verließ das Büro.

Ein paar Tage später saßen Stefan und Hartmut am Tisch vor der Jagdhütte, tranken Bier und unterhielten sich. Stefan hatte einen Rehbock geschossen und bereits ausgeweidet; nun hing er zum Auslüften an der Hüttenwand. Nach einem sonnigen Tag war es bereits früher dunkel geworden und der Abend brachte schon eine gewisse spätsommerliche Kühle mit sich, wie oft in der Mitte des Monats August. Ein leichter, sich drehender Wind strich am

Waldrand entlang und brachte die Laubblätter am Waldrand zum Küseln, sodass kleine Wirbel entstanden. Hartmut verschwand in der Hütte, um die Petroleumlampe zu holen.

Die einsetzende Frische der Luft ließ beide leicht frösteln, und sie streiften sich ihre Pullover über.

Die Hütte war von Hartmut gleich nach dem Erwerb vollständig umgebaut worden. Das ehemalige Wohn- und Schlafzimmer mit den Schlafpritschen beeindruckte jetzt als großzügiger Wohnraum mit fellbezogener Sitzgruppe und einer ledergepolsterten Eckcouch. Statt des alten Kanonenofens sorgte nun ein offener Kamin für Wärme. Zum schnellen Aufheizen hatte Hartmut unter der Bank und den Fenstern niedrige Heizkörper aufgestellt, die von einem Gasbrenner im kleinen Schuppen neben der Hütte betrieben wurden. Dort standen auch ein Propangastank und ein kleiner Dieselgenerator für die Erzeugung von Strom. Gegenüber dem Eingang mit dem Windfang hatte er die Hütte um einen Anbau mit einer Küchenecke und zwei kleinen Schlafzimmern erweitert.

„Wie ist das möglich, dass du für die Umgestaltung der Hütte eine Baugenehmigung bekommen hast, hier mitten im Wald?", fragte Stefan.

„Erst einmal gehört das Land mir, jedenfalls der halbe Hektar, auf dem die Hütte steht", antwortete Hartmut. „Ich habe es samt Hütte deinem Onkel Heinrich abgekauft. Zweitens, die Bauern kümmern sich nicht darum, was ich mit der Hütte mache. Die werden mit einem jährlichen Jagdessen und einer großzügigen Jagdpacht ruhig gestellt. Drittens, das Bauamt des Landkreises interessiert sich ebenfalls nicht für den Umbau. Der Chef des Bauamtes, Kurt Schönlein, hat oft genug hier gesessen und meine Bier- und Weinvorräte dezimiert. Also, eine Baugenehmigung gibt es nicht."

„Und warum hast du das überhaupt alles gemacht und dafür Geld ausgegeben, Stefan? Die alte Hütte hatte doch immer gereicht, so wie sie war!"

„Weil ich einen Rückzugsraum brauche. Ich wohne schließlich immer noch bei meiner Mutter. Die interessiert sich zwar nicht dafür, was ich in meinen Räumen mache, doch es kann mal vorkommen, dass ich nächtlichen Besuch habe und es möglicherweise etwas lauter wird. Ich möchte auch nicht, dass meine Mutter am Morgen irgendeiner leicht angezogenen Dame begegnet, die sie nicht kennt. Dafür ist die Hütte da."

Stefan wusste, wovon Hartmut sprach.

Solange er Hartmut kannte, bestand dessen Verhältnis zu den Frauen aus einer Kette kurzfristig endender Beziehungen.

„Warum suchst du dir nicht einmal etwas Festes, Hartmut?"

„Ich suche ja, doch ich habe es bis jetzt noch nicht gefunden. Obwohl – ich gebe zu, die Suche macht auch Spaß", grinste Hartmut. „Und was ist mit dir, Stefan?"

„Ich kenne eine Kollegin aus dem Krankenhaus. Mit ihr gehe ich ab und zu aus."

Hartmut zog seine Augenbrauen zusammen und schaute Stefan ironisch an.

„Wohl so etwas wie deine Paukertochter aus der Abizeit?"

„Könnte so ähnlich sein."

„Pass mal auf, Stefan. Du musst dir einfach mehr Spaß schenken. Wir können doch irgendwann mal zusammen ausgehen, in die Disco oder sonst wohin!

Mädchen haben immer Freundinnen, und was spricht dagegen, dass ich meine Freundin mit ihrer Freundin einlade und du kommst mit?"

Stefan hatte jetzt keine Lust, auf Hartmuts Frage einzugehen und wechselte das Thema.

„Wie geht es der Baufirma?"

"Zur Zeit bestens. Wir werden eine Menge Einfamilienhäuser am Ortsrand von Berendorf bauen."

"Und wie läuft es mit euren Mietshäusern in der Stadt?"

"Gar nicht. Ich habe sie alle nach Vaters Tod verkauft und das Geld in die Firma gesteckt, für Fahrzeuge, Bagger und Kräne. Von den Mietern hatte ich die Nase voll. Es sind immer wieder welche dabei, die die Miete nicht zahlen oder die Wohnung versauen, oder beides zusammen. Ein übler Mieter ist wie eine Zecke am Hintern. Du kriegst ihn nicht allein heraus, dabei müssen dir andere helfen. Und die wollen alle Kohle haben, Rechtsanwalt, Amtsrichter und Gerichtsvollzieher. Deswegen bin ich auch auf den Dreh gekommen, nicht zu vermieten, sondern zu verkaufen. Du verdienst mehr und du stehst dann sogar noch besser da; der Vermieter ist sozusagen ein Dauerbösewicht, der Verkäufer ist zwar ein temporäres Schwein, dessen Schweinezustand aber endet, wenn das Eigentum an den Käufer übertragen ist. Der freut sich dann, spendiert dir Sekt und besäuft sich mit dir.

Natürlich musst du Wühlarbeit leisten. Wenn du nicht dauernd dein Ohr an der Politik hast, erfährst du nicht rechtzeitig, welche Bauvorhaben anliegen. Ich kenne das schon von meinem Vater. Also treibe ich mich bei den Amtsträgern herum. Wenn ich erfahre, dass irgendwo ein Bauvorhaben geplant ist, mache ich Vorverträge mit den Grundstücksbesitzern. Bevor darüber überhaupt im Stadtrat oder in der Kreisversammlung gesprochen wird, habe ich meinen Fuß schon in der Tür. Sind die Bebauungspläne beschlossen, kaufe ich die Grundstücke. Nun kommt mein Architekt in das Spiel. Ich arbeite mit einem Hannoveraner Architektenbüro zusammen, welches komplette Planungsunterlagen für die Häuser mit Gestaltungsvarianten und Kostenrechnungen erstellt. Dafür zahle ich keinen Pfennig, dafür sind die Bauherren da. Anschließend inseriere ich in allen Zeitungen im Umkreis von fünfzig

Kilometern. Meistens kommen dann nach kurzer Zeit soviel Bauwillige zusammen, dass sich das Bauen für die Firma lohnt. Wer partout nicht mit mir bauen will, an den verkaufe ich die Grundstücke, aber mit Gewinn. Das läuft alles wie geschmiert. Da fällt mir gerade ein, geschmiert ist der richtige Ausdruck."
Stefan ließ sich das alles durch den Kopf gehen. Ihm war schwindelig.
Hartmut fiel noch etwas ein. Er sagte zu Stefan:
„Am Freitagabend in der nächsten Woche ist Ratssitzung. Danach bin ich mit dem Bürgermeister, dem Landrat und dem Baudezernenten des Landkreises im Ratskeller verabredet. Du bist auch eingeladen, weil die Herren dich gern kennen lernen möchten. Sie haben schon viel von dir gehört, sagen sie."
„Ich hoffe, nur Gutes", sagte Stefan. „Ich werde kommen."

Die folgende Woche gestaltete sich unnormal hektisch im Krankenhaus. Nach dem Ende der Schulferien stiegen die Belegungszahlen sprunghaft an. Die Alten und chronisch Kranken, auf die Hilfe ihrer Angehörigen angewiesen, hatten in der Urlaubszeit nur eine provisorische Betreuung durch Hilfsdienste und Nachbarn erfahren; nun waren Befindlichkeiten, Krankheitsbilder und Laborwerte milde entgleist und mussten wieder auf ein erträgliches Niveau gebracht werden. Das betraf besonders die Innere.
Stefan hatte also oft bis in die Nacht zu tun.
Haubrunner, jetzt vor seiner Pensionierung jeglichen Stress meidend, hielt sich mehr oder weniger heraus. Stefan traf ihn nur selten. Die Hauptverantwortung lag also bei ihm und Pietmann. Die beiden anderen Assistenzärztinnen waren erst vor kurzem gekommen und hatten noch keine Erfahrung.
Die Oberärztin, Frau Dr. Anna Luise Wagner, half ihnen auch nur eingeschränkt. Sie sehnte sich ebenfalls nach ihrer Pensionierung – sie war noch ein halbes Jahr älter als Haubrunner – und

hatte keinen Ehrgeiz mehr, sich im Krankenhaus noch in besonderer Weise einzubringen.

Die Wagner, körperlich eine Walküre mit einem groben Gesicht und grober Stimme, hatte niemals geheiratet und verkörperte einen Typ von berufstätigen Frauen, den ihm Schule und Elternhaus plausibel zu machen versucht hatten. Stefan erinnerte sich an eine Bemerkung seines Vaters: „Natürlich dürfen Frauen alle Berufe ausüben, wie die Männer auch, wir sind ja liberal. Dann sollten sie aber nicht heiraten, das bekommt der Familie und den Kindern nicht."

Medizinisch war sie nicht schlecht, konnte die Kranken gut einordnen und therapieren, aber in ihren Kenntnissen der Gerätemedizin und der modernen Diagnostik haperte es doch gewaltig. Manchmal brachte sie auch ihren Chef auf die Palme, wenn sie seine Privatpatienten brüskierte.

Solche scheinbar hoch aufgeklärten Patienten, gläubig an die ungeheuren Möglichkeiten, die ihnen die Presse über die moderne Apparatemedizin hinsichtlich Beseitigung und Linderung ihrer Krankheiten suggerierte, wagten manchmal, die Wagner zu fragen, ob es zur Besserung ihrer Beschwerden nicht sinnvoll wäre, den Körper weiteren röntgenologischen und ultraschallmäßigen Untersuchungen auszusetzen.

Diese Patienten – in der Mehrzahl weiblich – bekamen zur Antwort:

„Liebe Frau, einen Pups kann man nicht röntgen."

Als Stefan am Freitag die Stufen zum Ratskeller hinab stieg, schlug die Rathausuhr schon viertel nach zehn.

Das Lokal, zugleich Bierkeller und Restaurant, bestand aus mehreren Gewölberäumen, die verwinkelt angelegt und von seitlichen Nischen umgeben waren. Das wirkte zwar verwirrend, erwies sich aber als außerordentlich praktisch. Die Besucher hatten dadurch die Möglichkeit, sich in kleinen Gruppen so zurückzuziehen, dass niemand ihre Gespräche mithören konnte, besonders wichtig für die Ratsherren. Das muss schon im Mittelalter so gewesen sein, denn das Rathaus war uralt, ging es Stefan durch den Kopf. Um den kellerartigen Eindruck zu mildern, hatte man die Gewölbedecke kreideweiß angestrichen, die Möbel und die Seitenwände allerdings kontrastierten mit dunkelbraunem, schon etwas abgegriffenem Holz. Es dauerte eine Weile, bis Stefan Hartmut und seine Begleiter in einer Seitennische entdeckte. Die vier Männer steckten gerade die Köpfe zusammen, flüsterten sich etwas zu, um sich plötzlich wie auf Kommando auf ihre Sitze zurückzulehnen und dröhnend zu lachen. Sofort danach griffen sie – mit Ausnahme von Hartmut – zu den vollen Schnapsgläsern, die vor ihnen standen, warfen den Kopf zurück und tranken sie in einem Zug leer. Stefan trat an den Tisch. Hartmut stellte ihn der Gruppe vor.

„Meine Herren, das ist Dr. Maienberg, Arzt im Marienkrankenhaus. Sicher habt ihr schon viel Gutes von ihm gehört. Stefan, das sind Kurt Schönlein, Dr. Erich Westphal und Günter Heimann, alte Freunde des Hauses Müller."

Als er ihnen die Hand schüttelte, sagte Westphal:

„Wenn Sie uns im Krankenhaus so gut behandeln wie ihr Freund Hartmut uns heute, wollen wir mit Ihnen zufrieden sein. Sie kommen spät; wie Sie sehen, sitzen wir schon beim Magenschließer. Sie sollten jetzt schnell bestellen, denn um halb elf macht die Küche zu!"

Der Kellner kam, und Stefan bestellte Bier und ein Rumpsteak mit Bratkartoffeln. Hartmut bemerkte dazu:

„Du kannst heute so viel trinken wie du willst, Stefan. Ich fahre euch nachher alle nach Hause."

Das Essen kam, und Stefan hatte Gelegenheit, den Gesprächen zuzuhören. Die drei Amtsträger waren vor einer Stunde aus der

Ratssitzung gekommen, deswegen trugen sie wohl trotz des heißen Wetters noch Anzug und Schlips. Die Kühle des Ratskellers kam ihnen zugute; trotzdem hatten sie ihre Schlipse schon gelockert. Natürlich ging es um den wichtigsten Beschluss, die Ernennung des Berendorfer Haferkamps zum Baugebiet.

„Haben wir das nicht spitzenmäßig hingekriegt? Sauber zwischen zwei unwichtigen Punkten der Tagesordnung versteckt und einstimmig abgehakt! Du solltest uns dankbar sein, Hartmut", sagte Heimann.

„Das zeige ich euch doch gerade", antwortete Hartmut. Westphal schaute einmal in die Runde und verzog sein Gesicht zu einem ironischen Lächeln.

„Was wir hier praktizieren, meine Herren, ist gelebte Demokratie. Wie ihr wisst, gibt es nur zwei Parteien im Rat und Kreistag, das sind die unsrigen. Bislang hat es noch keine andere Partei geschafft, uns in die Suppe zu spucken, was Gott oder das Schicksal oder sonst wer verhüten möge – ich an deiner Stelle würde mich jetzt bekreuzigen, Kurt. Das heißt, hundert Prozent des Volkes stehen hinter uns. Weitergehend heißt das, wenn wir drei uns einig sind, erfüllen wir zu hundert Prozent den Willen des Volkes. Darauf zum Wohl, meine Herren."

Sie tranken sich zu.

Schönlein, der bislang wenig gesagt hatte, fühlte sich bemüßigt, zu kontern.

„Das musst gerade du sagen, Erich. Du alter Heuchler. Wenn du zu deinen Gewerkschaftssitzungen gehst, was zweimal im Jahr passiert, ziehst du dir vorher immer Jacke, Schlips und Oberhemd im Auto aus und ein rotkariertes Hemd an, das weiß ich doch."

Westphal drehte sich zu Schönlein und nahm ihn ins Visier, rückte ihm auf die Pelle und belehrte ihn von Stirn zu Stirn:

„Das ist eine *Uniform*, Kurt, genau wie die Schützenuniform, die du noch öfter als ich anziehst. Falls sie dir überhaupt noch passt."

Schallendes Gelächter. Tor für Westphal.

Mittlerweile hatte Stefan reichlich Zeit gehabt, sich seine Tischnachbarn anzuschauen. Schönlein, im Gespräch der unauffälligste, wies die auffälligste Figur auf.

Er wirkte in allem weich und dick. Kaum vorzustellen, dass er eine Laufstrecke über hundert Meter ohne Keuchen überstand. Sein aufgequollener Körper erinnerte an einen Albinofrosch und wurde von einem Kugelkopf ohne Hals fortgesetzt, den eine glänzende Halbglatze krönte. Aus seinem mehlig aufgeblasenen Gesicht guckten ihn zwei tranige Augen an.

Stefan schätzte sein Alter auf nicht mehr als fünfzig Jahre. Wäre er ihm im Krankenhaus als Patient begegnet, hätte er wahrscheinlich sofort seine Leberwerte überprüfen lassen.

Westphal bot ein Kontrastprogramm.

Objektiv hätte man ihn wohl als gut aufgestellten Fünfzigjährigen bezeichnen können: schlank, gut angezogen, gepflegt, eloquent.

Sein makellos angepasster Anzug ließ italienischen Cerruti-Chic vermuten, zu dem die schmalen schwarzen Schuhe vollendet passten, mit deren Spitzen er unter dem Tisch spielte. Perfekt maniküre Fingernägel und sorgfältig hergerichtete Augenbrauen verrieten den Ästheten, vielleicht auch den Narziss. Seine dunkelbraunen Haare, sichtlich gefärbt, hatte er lang gelassen, sodass sie sich in seinem Nacken kräuselten.

Alles in allem zeichnete er ein Bild gepflegter Geckenhaftigkeit. Doch die üppige Rolex an seinem Handgelenk ließ den Eindruck etwas in das Zuhälterhafte abrutschen.

Und dann noch Günter Heimann, der Bürgermeister.

Sein Gesicht wirkte auf Stefan wie eine hautgewordene Belanglosigkeit, glatt und langweilig. Auf der anderen Seite schien es sich bestens dazu zu eignen, jeden gewünschten Ausdruck nach Bedarf anzuknipsen und tat es auch, wie Stefan während der Gespräche feststellte. Mit seiner Stimme verhielt es sich ähnlich, so erschienen die von ihr artikulierten Redewendungen allzu abgekupfert und von rhetorischer Magerkeit. Zudem zeichneten sie sich nicht durch Vielfalt aus, was die häufigen Wiederholungen bewiesen.

Als es Mitternacht wurde, leerte sich das Lokal nach und nach.

Hartmut erinnerte: „Ihr wisst, dass die jetzt bald schließen. Lasst uns langsam zum üblichen Lokalwechsel aufbrechen. Einverstanden?"

Die Runde nickte. Hartmut rief den Kellner, zahlte die Rechnung, stand auf und ging. Die anderen folgten, bis auf Schönlein, der am Tisch eingenickt war. Westphal ging auf ihn zu, rüttelte ihn an der Schulter und rief:

„Aufstehen, Kurt, es geht weiter!"

Schönlein schreckte auf, erhob sich aber dann langsam – man merkte, dass es ihm schwer fiel – und ging mit.

An der frischen Luft wurde er unversehens munter. Nachdem sie um ein paar Ecken der Altstadt gelaufen waren, fing er an, das Studentenlied „Gaudeamus igitur" anzustimmen. Heimann hielt ihn zurück.

„Hör auf damit, Kurt. Wir wissen alle, dass du CVer bist. Vor fünfhundert Jahren hätten dir die Leute um diese Zeit einen Eimer Scheiße auf den Kopf geschüttet."

Die „Stadtstube" lag im Erdgeschoss eines alten Fachwerkhauses. Schon von außen konnte man hören, dass es im Inneren hoch herging. Hartmut ging als Erster hinein und bahnte sich einen Weg durch dicke Rauchschwaden.

Die Kneipe war fast voll besetzt, jedoch ausschließlich von Männern bis auf die Bedienung, zwei atemlose Kellnerinnen, die zwischen den Tischen hin und her hetzten. Eine von ihnen wies Hartmut einen Tisch neben der Eingangstür zu, der gerade frei geworden war.

Nachdem sie sich gesetzt hatten, orderte Hartmut eine Lage Bier und Korn und für sich eine Cola. Stefan wollte beim Bier bleiben und bestellte den Schnaps ab.

Die Getränke kamen. „Ad exercitium salamandri", rief Schönlein und prostete seinen Zechgenossen zu, jetzt wieder voll in Fahrt.

Der Geräuschpegel im Lokal brachte es mit sich, dass die Runde ihre Köpfe zusammenstecken musste, um sich gegenseitig zu verstehen. Ganz gut, dachte Stefan, denn die Gespräche wurden zunehmend zotiger, Politik war wohl nicht mehr so angesagt.

Hartmut musste noch mehrfach nachbestellen, wobei die Anzahl der Biere ab- und die Anzahl der Schnäpse zunahm.

Eine Wunderlichkeit fiel Stefan auf.

Der Platz an der Eingangstür bewirkte, dass die Gäste, die das Lokal verließen, an ihrem Tisch vorbeigehen mussten. Bürgermeister, Landrat, Baudezernent und auch Hartmut waren vielen dieser Gäste bekannt, sodass die meisten von ihnen stehen blieben und die Runde begrüßten, manche schüttelten auch dem Bürgermeister oder dem Landrat die Hand. In diesem Moment, so schien es Stefan, ging eine Art Ruck durch die drei Funktionsträger, auch eine Verwandlung; drei Leute, die um die Wette soffen, mutierten zu lächelnden Honoratioren, die sich von einer auf die andere Sekunde aufrichteten, ihr Volk zu begrüßen.

Schönlein wirkte jetzt schon merklich angetrunken. Wenn er zur Toilette ging, was ein paar Male passierte, kam er leicht ins Schwanken. Dagegen merkte man Westphal und Heimann ihren Alkoholkonsum kaum an.

Kurz vor zwei Uhr wurde es auch in der Stadtstube leer. Hartmut fragte in die Runde:

„Alles so wie immer?"

„Natürlich alles so wie immer", antwortete Westphal.

Hartmut ging zur Theke, zahlte und verschwand aus dem Lokal.

Heimann bemerkte Stefans erstaunten Gesichtsausdruck und informierte ihn:
„Der holt eben nur das Auto."

Als Hartmut wiederkam, stand der große Mercedes 300 SE der Baufirma vor der Tür. Schönlein nahm auf dem Beifahrersitz Platz, Stefan, Heimann und Westphal klemmten sich auf den Rücksitz. Als Hartmut aus der Stadt herausfuhr, dachte Stefan, er wolle zuerst Westphal nach Hause bringen, zu seinem Bungalow in Berendorf.
Doch er fuhr zur Bundesstraße in Richtung Hannover.
Langsam ließen sie die Lichter der Stadt hinter sich. Der Mercedes rollte nun durch die Dunkelheit. Stefan fragte Hartmut: „Wo willst du denn hin?"
Hartmut antwortete: „Wirst du schon sehen. Ist alles in Ordnung."
Es ging nun durch Dörfer, dann wieder über offenes Land. Nur wenige Lichter waren zu sehen, nirgendwo ein Mensch. Als sie den Landkreis verließen, bog Hartmut in eine Landstraße ein. Ein paar Kilometer weiter ging es wieder durch ein Dorf. Hinter dem Dorf bog die Straße in einer Kurve ab. In der Mitte der Kurve konnte man Lichter sehen. Sie stammten von zwei Laternen, die neben dem Eingang eines einzelnen Gehöftes, wohl eines ehemaligen Kleinbauernhofes, standen. Über dem Eingang thronte ein halbrunder Baldachin, neben diesem war eine rote Leuchtschrift angebracht:

Bar Paradies.

Hartmut fuhr den Wagen auf einen Parkplatz hinter dem Haus. Sie stiegen aus und gingen zu der Eingangstür. Hartmut drückte eine Klingel, Schritte waren zu hören und eine Klappe öffnete sich, durch die ein Augenpaar herausschaute. Das Augenpaar schien zu lächeln und die Tür öffnete sich.

Vor ihnen stand eine üppige Vierzigjährige, angetan mit einer ausgeschnittenen Glitzerbluse und einem engen Rock. Sie umarmte Hartmut.

„Hartmut, welche Freude!"

„Die Freude ist meinerseits, Uschi. Wie geht es dir?"

„Kommt erst mal herein."

Sie ging voraus und geleitete die Gäste in einen spärlich erleuchteten Raum, in dem mehrere Sofas, Sessel und Tische standen. Von den Wänden kam indirektes, rötlichviolettes Licht. Nur die lange Bar an der Seite bildete so etwas wie eine helle Lichtinsel. Die Männer nahmen vor ihr Platz, Uschi öffnete eine Flasche Champagner und schenkte ihnen ein.

„Herzlich willkommen!"

Der Raum war völlig überheizt, wahrscheinlich hatte man hier die Heizung angestellt, obwohl noch Sommer war. Stefan sah auch gleich den Grund.

In dem Halbdunkel neben der Bar saßen fünf oder sechs halbnackte Mädchen, flüsterten, lachten und rauchten. Ein schwerer Duft lag im Raum, eine Mischung aus Zigarettenrauch und süßlichen Parfüms.

„Ist ja nicht viel los hier", sagte Hartmut.

„Sommerbetrieb." Uschi zuckte mit den Schultern und zündete sich eine Zigarette an.

„Viele sind noch in Urlaub, manche müssen zum Wochenende bei ihren Familien bleiben. Das heiße Wetter wirkt wohl als Lustbremse. Unter der Woche und bei schlechtem Wetter ist hier wesentlich mehr los."

Westphal trank sein Glas aus, stand auf und ging zu den Mädchen. Heimann und Schönlein taten es ihm nach. Hartmut und Stefan blieben.

„Ich möchte dir jetzt erst einmal Uschi vorstellen, meine beste Freundin", sagte Hartmut. Uschi lächelte. „Ich kenne sie seit fünf Jahren, solange wie ich Gäste der Firma hierher bringe, damit sie sich entspannen. Uschi ist so etwas wie eine Wirtin, kümmert sich um die Getränke und die Sauberkeit und sorgt dafür, dass es den Gästen und den Mädchen gut geht."

„Aber Sie nehmen nicht selbst am Geschehen teil?", fragte Stefan.

„Du liebe Güte, natürlich nicht", antwortete Uschi. „Aber Sie können ruhig Uschi und Du zu mir sagen. Hartmuts Freunde sind auch meine Freunde."

„Und das macht dir nichts aus, Nacht für Nacht hier zu arbeiten?", erkundigte sich Stefan.

„Besser kann es gar nicht sein. Ich bin allein erziehende Mutter und habe eine kleine Tochter, die in die Schule geht. Ich wohne in Hannover. Wenn ich sie zu Bett gebracht habe, fahre ich los. Ich muss erst um neun Uhr abends hier sein, vorher machen wir nicht auf. In drei Stunden werde ich heute wieder nach Hause fahren und meine Tochter zur Schule bringen. Danach lege ich mich hin. Wenn meine Tochter aus der Schule kommt, können wir also den ganzen Tag miteinander verbringen." Uschi lächelte wieder.

„Kannst du denn deine Tochter die ganze Nacht allein lassen?"

„Das ist überhaupt kein Problem. Sie hat meine Telefonnummer. Sollte irgendetwas sein, kann sie mich anrufen, und ich bin in zwanzig Minuten da. Ist aber noch nie vorgekommen."

„Aber das Milieu! Was machst du, wenn es Randale gibt?"

Jetzt musste auch Hartmut lächeln.

„Hast du eine Ahnung! Wir sind ein hochseriöser Puff und bemühen uns, es den Gästen so angenehm wie möglich zu machen. Unsere Kunden sind meistens Geschäftsleute, Politiker und Beamte. Unser Chef ist ebenfalls Geschäftsmann und besorgt die Mädchen. Sie wohnen übrigens auch hier, in Zimmern, in die die

Gäste nicht hineinkommen, haben eine eigene Küche und ein eigenes Bad. Wenn wir am frühen Morgen schließen, gehen sie zu Bett und ruhen sich aus. Nach einer Stunde kommt dann die Putzfrau und räumt auf. An manchen Tagen kommt auch der Chef, nimmt Getränkelieferungen entgegen und kümmert sich um die Buchhaltung. Zuhälter und andere zwielichtige Gesellen kommen bei uns nicht herein. Hier auf dem Land haben wir ausschließlich Kunden, die niemals in ein Bordell in der Stadt gehen würden, weil sie nicht gesehen werden wollen.

Vorher hatte ich eine Kneipe in Hannover, eine ganz normale Bierkneipe. Was meinst du, wie viel Zoff es da manchmal gab, wenn Lohntütentango war, und wie oft die Polizei gekommen ist, hallo! Hier ist die Ruhe selbst zu Hause."

Auf Stefan kam jetzt ein Mädchen zu, schlank, mit einer schwarzen Netzstrumpfhose und einem schwarzen Top. Unter der Strumpfhose trug sie nichts außer einem String-Tanga. Sie hatte lange dunkle Haare, ihre Lippen waren himbeerrot geschminkt. Sie legte den Arm um Stefan und sprach ihn an.

„Hallo, lieber Freind. Isch kommen aus Ungarn und heißen Julischka. Willst du mit mir auf das Zimmer gähen? Isch machen es särr gutt!"

Stefan vermied es, in ihr Gesicht zu schauen.

„Nein, danke", sagte er. Julischka ging wieder.

Hartmut grinste. „Du solltest es dir noch einmal überlegen, Stefan. Heute Abend ist alles für dich frei."

„Und was ist mit dir, Hartmut?"

Hartmut schaute ihm offen, fast provozierend, in das Gesicht.

„Ich schlafe niemals mit Huren, jedenfalls nicht wissentlich. Das wissen auch Uschi und die Mädchen. Das heißt aber nicht, dass ich sie nicht mag."

Wie zur Bestätigung nickte Uschi und schenkte noch einmal Champagner nach.

Die drei Lokalpolitiker hatten bereits ihre Kontakte geknüpft. Schönlein hatte es sich auf einem der Sessel bequem gemacht. Auf Schönleins Knien saß eine in pinkfarbene Reizwäsche gekleidete, dralle Blondine. Sie sah aus wie ein rosiges Schweinchen. Stefan beobachtete, wie sie Schönlein einen Schmatz auf die Wange gab und ihm etwas in das Ohr flüsterte. Daraufhin erhob sich Schönlein schwerfällig, wobei ihm die Blondine half. Beide gingen jetzt eine Treppe hinauf, die aus dem Halbdunkel nach oben führte, und verschwanden.

Westphal schien sich für eine stämmige Schwarzhaarige zu interessieren. Sie trug schenkelhohe Lackstiefel und ein eng anliegendes Schnürkorsett. Stefan konnte mitansehen, wie Westphal ihr Bein anhob und ihren Stiefel küsste.

Heimann war offensichtlich von einer Mulattin angetan, einer kakaobraunen Schönheit im Bikini. Sie war etwas größer als er, auch lauter, schubste ihn manchmal zur Seite, riss ihn dann wieder an sich und schob seine Hand auf ihr Bikinioberteil. Das Weiß ihrer Augäpfel schien das Halbdunkel zu durchdringen und ihre raue, keifig lachende Stimme drängte sich manchmal durch den Teppich der seichten Hintergrundmusik, einen Potpourri von Audrey Landers und Marianne Rosenberg, gemischt mit Instrumentalstücken von Kaempfert und Mantovani.

Nach einer Weile wurde es ruhig, die Männer außer Stefan und Hartmut waren mit ihren Mädchen im oberen Geschoss verschwunden.

Die drei übrigen Mädchen langweilten sich offensichtlich, saßen in den Sesseln herum, lasen und rauchten.

Nach einer halben Stunde kam Schweinchen herunter und setzte sich zu ihnen an die Bar, neben Stefan.

„Immer das Gleiche mit dem Dicken", sagte sie feixend. „Wenn ich ihn auf das Bett lege, schläft er sofort ein. Solange ich den kenne, ist es noch nie zum Vollzug gekommen."

„Sei doch froh, Moni", sagte Uschi. „Bezahlen muss er trotzdem, das heißt, heute bezahlt Hartmut. Du kannst aber jetzt zulangen. Heute kommt niemand mehr."

Sie schenkte Moni ein Glas Champagner ein. Uschi schaute Stefan an.

„Du warst noch nie in einem Puff, das habe ich genau gemerkt. Wahrscheinlich ist alles falsch, was du darüber gehört hast. Höchstens vierzig Prozent der Männer, die zu uns kommen, wollen wirklich vögeln, davon natürlich die meisten klassisch. Viele gehen mit den Mädchen auf die Zimmer und wollen nur mit ihnen reden, weil das zu Hause mit ihren zugeknöpften Ehefrauen nicht möglich ist. Ein kleiner Teil möchte bestimmte Praktiken, milde Bestrafung oder Teenagerfeeling, darauf sind wir vorbereitet. Doch ein sehr großer Teil kommt und geht ohne andere Wünsche, setzt sich an die Bar, trinkt, raucht und unterhält sich mit mir oder den Mädchen ohne irgendwelche Absichten. Genauso wie du und Hartmut jetzt."

Nach einer weiteren halben Stunde kamen die Mulattin und die Stiefelfrau wieder die Treppe herunter. Heimann und Westphal folgten kurz darauf, gingen an die Bar und tranken ebenfalls noch ein Glas Champagner. Westphal zündete sich eine Zigarette an.

Etwas später sagte Hartmut zu Uschi:

„Jemand muss jetzt den Kurt holen. Wir wollen nach Hause."

Die Mulattin und Moni erhoben sich und verschwanden im Obergeschoss des Hauses. Nach einer Weile kamen sie vorsichtig die Treppe herunter. Sie hatten Schönlein eingehakt und in die Mitte genommen. Hartmut ging mit Uschi in einen Nebenraum. Als er herauskam, sagte er:

„Wir können nach Hause fahren. Es ist alles erledigt."

Uschi begleitete ihre Gäste zur Tür. Hartmut verabschiedete sich von ihr, indem er ihr einen Kuss auf die Wange gab. Die Mädchen halfen ihnen noch, Schönlein in das Auto zu setzen. Auf dem

Nachhauseweg wurde wenig gesprochen, alle waren müde. Hartmut fuhr bei den drei Amtsträgern vorbei und setzte sie an der Haustür ab. Stefan wechselte daraufhin den Platz und setzte sich auf den Beifahrersitz. Sie waren nun allein.

„Kommt so eine Sause öfter vor?", fragte er.

Hartmut nickte. „Meistens nach wichtigen Ratssitzungen, wenn Entscheidungen getroffen wurden, welche die Firma betreffen. Mittlerweile ist das schon fast Gewohnheit und wird von allen so erwartet. Ich bin darüber ganz froh, weil ich auf diese Weise Kontakt mit den wichtigsten Amtsträgern in Stadt und Land halten kann, das sind diese Männer nämlich. Die müssen sich sonst immer verstellen und ihrem Wählervolk und ihren Parteigenossen stets den freundlichen, leutseligen und moralisch integren Gemeindevater vorspielen, bis es ihnen hochkommt. Doch auch sie haben manchmal das Bedürfnis, sich zu besaufen und mal einen Abend über die Stränge zu schlagen. Dabei helfe ich ihnen. Sie brauchen nicht zu fahren und werden von mir dahin gebracht, wohin und solange sie wollen. Das Schäferstündchen in Uschis Bar gehört dazu, warum nicht. Ich fahre sie aus dem Landkreis heraus, die Mädchen und Uschi sind diskret und das Risiko, dass sie gesehen werden, ist minimal. Darauf passe ich auf.

Sie sind nicht dumm, aber wenn sie allein in den Puff gehen würden, wären sie viel zu ungeschickt und man würde sie eines Tages erwischen, oder noch schlimmer, erpressen. Das wissen sie genau. So etwas ist bei Politikern schon öfter passiert und hat ihnen ihre Karrieren versaut. Bei mir sind sie sicher."

„Aber ich war doch auch dabei, ich könnte doch alles weiter erzählen!"

„Du bist außen vor, Stefan. Erst einmal bist du Arzt und arbeitest sogar noch im Krankenhaus. Ärzte sind keine Plaudertaschen, denk an die Schweigepflicht. Das haben sie verinnerlicht. Außerdem bist du mein Freund. Und drittens, was meinst du, was dir passieren würde, wenn du darüber öffentlich erzählen würdest? Dann müsstest du hier im Krankenhaus und in dieser Stadt deinen Hut nehmen. Das alles wissen sie, also haben sie davor keine Angst."

„Ist das nicht alles ziemlich teuer für dich?"

Hartmut musste schmunzeln. „Überhaupt nicht. Das kostet mich nichts, das bezahlt doch die Firma. Wir setzen die ganzen Rechnungen als Bewirtungskosten von der Steuer ab, völlig legal. Natürlich nicht den Minnelohn, dafür schreibt mir Uschi immer eine Rechnung für Champagner auf, der ist eben teuer. Und das „Paradies" ist offiziell eine Bar. Wir sammeln also alle Rechnungen und schicken sie zum Finanzamt. Der Finanzbeamte, der sie bearbeitet, weiß natürlich genau, um was es geht, aber er kann nichts machen, auch wenn er vor Ärger Sodbrennen bekommt. Das zu wissen, genieße ich immer besonders."

Sie waren nun vor Stefans Elternhaus angelangt und verabschiedeten sich.

Im nächsten halben Jahr bereitete sich Stefan in seiner freien Zeit intensiv auf seine Facharztprüfung vor. Zusätzlich ließ er sich wissenschaftliche Literatur und Bücher über Diabetes schicken, um die geplante Vortragsreihe mit seinem Doktorvater zu vertiefen. Oft fuhr er auch nach Hannover, zur Bibliothek der Medizinischen Hochschule.

Im Winter begann die Vortragsreihe, die Stefan zusammen mit seinem Doktorvater durch manche Hauptstädte und die wichtigsten medizinischen Fakultäten Europas führte. Wie versprochen hatte ihn Haubrunner in dieser Zeit von der Arbeit im Krankenhaus freigestellt. Die Abende in den Hotels verbrachte Stefan meist damit, Veröffentlichungen für sich und seinen Doktorvater auszuarbeiten, die später von den maßgeblichen wissenschaftlichen Zeitschriften angenommen wurden.

Nach dem Ende der Vortragsreihe kam die Facharztprüfung. Stefan hatte keine Schwierigkeiten, sie zu bestehen und erhielt im folgenden Frühjahr die Anerkennung zum Facharzt für Innere Medizin. Ein paar Wochen später ging seine Kollegin, Frau Dr. Wagner, in den Ruhestand. Der Vertrag von Chefarzt Dr. Haubrunner, der schon vorher das Pensionsalter erreicht hatte, war von der Krankenhausleitung vorübergehend für ein weiteres Jahr verlängert worden. Eines Tages rief ihn Haubrunner in sein Büro.

„Es läuft alles nicht so, wie ich es mir gedacht habe, Herr Maienberg", informierte er ihn. „Die Oberarztstelle ist ja nun vakant, weil Frau Wagner in den Ruhestand gegangen ist. Ich habe bei der Krankenhausleitung nachgefragt, ob ich Sie jetzt als Nachfolger von Frau Wagner vorschlagen kann. Man teilte mir jedoch mit, im Moment sei man noch nicht an einer neuen Ausschreibung interessiert und wolle abwarten."

„Und was steckt dahinter?"

„Der Bürgermeister. Die Diakonissen, die formal die Träger des Krankenhauses sind, haben faktisch keine Macht mehr, das wissen Sie ja. Alle wichtigen Entscheidungen für das Krankenhaus liegen seit Jahren in den Händen der Stadt, weil sie der größte Geldgeber ist und den Löwenanteil der Verwaltung stellt."

„Und was bedeutet das für mich?"

„Abwarten, Herr Maienberg. Ich bin ja noch für eine Weile da. Sollte das Krankenhaus in dieser Zeit die Stelle ausschreiben, werde ich mich für Sie verwenden. Ich werde mein Wort halten, das ich Ihnen gegeben habe.

Doch wenn meine Zeit abgelaufen ist, gehe ich auf jeden Fall in den Ruhestand. Falls die Klinik mir noch einmal anbieten sollte, den Vertrag zu verlängern, werde ich diesmal darauf nicht eingehen, vor allem deswegen, weil ich wieder zurück nach Bayern ziehen möchte. Auch ich habe mir meinen Ruhestand verdient, das ist doch für Sie einsehbar."

Haubrunner merkte Stefan dessen Enttäuschung an.

„Machen Sie sich keine Sorgen, Herr Maienberg. Mein Nachfolger – wer auch immer das sein wird – wird schnell merken, dass Sie auf der Station kaum zu ersetzen sind. Ich gehe davon aus, dass er Sie ebenfalls für eine neue Oberarztstelle vorschlagen wird, die man mit Sicherheit irgendwann einrichten muss."

Als Stefan sein Auto, den Opel Kadett, vom Parkplatz holen wollte, kam ihm der Verwaltungsdirektor des Krankenhauses in Schlips und Kragen entgegen und grüßte ihn kurz und hochmütig. Stefan sah, wie er in seinem schwarzen BMW verschwand und davon rauschte.

So ist das mit den Schlipsträgern, dachte Stefan. Sie brauchen weder lange zu studieren noch ihren Doktor zu machen. Um vier Uhr nachmittags haben sie Feierabend, nichts mit Nacht- und Schichtdiensten und ihre Verantwortung besteht darin, dass sie ihren Papierkram in Ordnung halten. Aber Geld verdienen sie ohne Ende, dahin kommst du niemals.

Als Stefan Hartmut bei der Jagd von diesen Vorgängen erzählte, hatte der auch gleich eine Erklärung parat.

„Na klar, Stefan, ich weiß, was dahinter steckt. Der Heimann und sein Rat wissen doch ganz genau, was sie an dir haben. Nachdem sie sich auch persönlich ein Bild von dir gemacht haben, sind sie zu dem Schluss gekommen, dass alles an deiner Abteilung am besten so läuft, wie es jetzt ist und die Heraufstufung von dir zum Oberarzt nur überflüssige Kohle kosten würde. Die verwenden sie lieber dafür, ihren Parteigenossen Posten zuzuschieben, wie eurem Verwaltungsdirektor. Raffiniert sind sie und gierig, vergiss das nicht! Schweine sind sie alle."

Es war an einem Freitag im folgenden Frühjahr. Stefan konnte auf dem Parkplatz beobachten, wie ein silbergrauer 5er BMW hielt und ein Mann ausstieg, etwa um die fünfzig Jahre alt. Der Mann verschwand im Krankenhaus.

Als um achtzehn Uhr Schichtwechsel anlag, sodass fast alle Ärzte der Station anwesend waren, ging Haubrunner über den Flur und rief sie zu sich in sein Büro. Vor seinem Schreibtisch saß der Mann vom Parkplatz und lächelte ihnen zu. Er war schlank und sehr gepflegt, trug einen Anzug nach englischem Schnitt und dazu ein offenes Hemd ohne Krawatte. Haubrunner stellte ihn vor.

„Das ist Privatdozent Dr. Lindermann aus Düsseldorf, Ihr zukünftiger Chef. Wie Sie wissen, werde ich in acht Wochen in den Ruhestand gehen."

Lindermann erhob sich und ging auf jede Ärztin und jeden Arzt zu, um sie persönlich zu begrüßen, während Haubrunner die einzelnen Namen nannte.

„Herr Kollege Haubrunner hat mir heute Nachmittag schon viel über Sie erzählt", sagte er zu ihnen. „Bitte nehmen Sie das positiv auf, denn Klagen habe ich bis jetzt noch nicht gehört. Sie werden nun in Zukunft mit mir vorliebnehmen müssen; ich meinerseits werde mich bemühen, das Erbe meines Vorgängers zu pflegen und für Sie ein ebenso verständnisvoller Chef zu sein wie Herr Haubrunner. Lassen sie uns gemeinsam für unser Krankenhaus einstehen, zum Wohl der Patienten und Mitarbeiter."

Haubrunner zeigte ihm nun die Räume der Station und stellte ihn den Krankenschwestern und Pflegern vor.

Die Verabschiedung von Haubrunner und die Neueinführung von Lindermann wurden als gemeinsame Veranstaltung zelebriert, in feierlich rühriger Weise, wie es einer Provinzstadt gebührt. Sie begann mit einem Gottesdienst in der Kapelle des Krankenhauses und setzte sich in der Kantine mit einem Festakt fort, von einem Streichquartett musikalisch begleitet. Mehrere Reden dienten der öffentlichen Selbstdarstellung und wurden von dem Vertreter der Presse in Form von Kurznotizen mitgeschrieben, so auch die von

Bürgermeister Heimann und Landrat Dr. Westphal. Nach der Feierstunde gab es vom Krankenhaus ein kaltes Büffet und einen Sektempfang. Währenddessen stand Lindermann neben seiner Familie, die offensichtlich nur aus Frau und Tochter bestand. Frau Lindermann, eine sportlich wirkende Endvierzigerin, sah in ihrem cremefarbenen Seidenkostüm sehr elegant aus. Die Tochter, zierlich und blondlockig, hatte ein kleines Schwarzes angezogen und zog die Blicke auf sich. Stefan empfand ihren Anblick als einen Lichtpunkt in der sonst öden Veranstaltung, die ihn dazu genötigt hatte, sich wieder in seinen Examensanzug zu zwängen. Seit geraumer Zeit fristete der ein ungenutztes Dasein hinten in seinem Schrank. Pietmann schien auch von Lindermanns Tochter beeindruckt zu sein. Stefan konnte beobachten, wie er sich am Büffet an sie heranschlängelte und ein paar Worte mit ihr wechselte, worauf sie lachte. Als Stefan sie musterte, warf sie ihm einen freundlichen Blick zu.

Die Zusammenarbeit mit dem neuen Chefarzt gestaltete sich vernünftig. Fachlich konnte er mit breitem Wissen und Erfahrung glänzen; man merkte ihm seine lange Mitarbeit in einer Universitätsklinik an. Doch es fehlte ihm manchmal die fast haudegenhafte Väterlichkeit von Haubrunner, die dieser auch gegenüber den Patienten ausstrahlte. Haubrunner konnte es fertig bringen, selbst lange am Bett eines todgeweihten Patienten zu sitzen und mit ihm zu sprechen; dergleichen war bei Lindermann nicht vorstellbar.

Auch eine gewisse Eitelkeit war ihm anzumerken, von der Haubrunner völlig unberührt gewesen war. So pflegte er manchmal seine Untergebenen in einer ihm wohl nicht bewussten herabwürdigenden Art zu duzen, wobei er selbst es als Affront empfunden hätte, wenn er zurück geduzt worden wäre. In dieser Weise hatte er die karikaturhafte Marotte des Chirurgen Sauerbruch übernommen, die den Medizinern scheinbar endlos und unvernünftig das Etikett des Halbgottes in Weiß beschert hatte, jedenfalls ihren oberen Chargen. Stefan führte diese Eigenheit auch auf die lange Anwesenheit seines Chefs in Düsseldorf zurück; möglicherweise hatte die Eitelkeit der Bewohner dieser Stadt, insbesondere die der Finanzkräftigen, auf seinen Chef abgefärbt. Solches unterließ er aber gegenüber seinen ärztlichen Mitarbeitern. Insofern war Stefan zufrieden.

Was seine Integration in die wirtschaftliche, politische und gesellschaftliche Seele der Stadt betraf, so entwickelte er eine ungewohnte Geschäftigkeit, wiederum im Gegensatz zu Haubrunner, der sich stets mehr seiner bayerischen Heimat verbunden gefühlt hatte. Binnen kurzem war Lindermann Mitglied im Schützenverein, Kirchenvorstand, Stadtverschönerungsgesellschaft, Kulturverein und Vereinen der Männergeselligkeit wie dem Rotary Club. Weil Lindermann auch Jäger war – diesen Punkt betrachteten Stefan und auch Hartmut eher als eine für ihn und für sie vorteilhafte Konstellation – sahen sie ihn manchmal auf Jagdversammlungen des Landkreises.

Am Rand der Stadt, unweit der Häuser von Stefans und Hartmuts Eltern hatte Lindermann die Villa eines früheren Bürgermeisters mit einem ausgedehnten Gartengrundstück erworben und in kurzer Zeit renoviert. Praktischerweise lag sie fast neben dem Gelände des Tennisvereins der Stadt, dem die Familie Lindermann natürlich auch angehörte.

Nach ein paar Wochen lud Lindermann seine beiden dienstältesten Ärzte, Stefan und Pietmann, zu einer privaten Teestunde in seine Villa ein. An der Tür empfing sie freundlich Frau Lindermann, sehr stilsicher zurechtgemacht und gekleidet. Stefan spürte dennoch, wie sie eine gewisse Unnahbarkeit ausstrahlte und dachte an seine Mutter mit ihrem grauen Haar, die sich sicher zu diesem Zeitpunkt und an diesem Ort unwohl gefühlt hätte. Lindermann kam ihnen auf dem Weg in das Wohnzimmer laut und jovial entgegen und bat sie, in einer sonnigen Sitzecke an einem Erker zum Garten Platz zu nehmen. Während der Teestunde plätscherten die Gespräche vor sich hin; Lindermann schien zu versuchen, mehr über die innere Ordnung und die Hierarchien im Marienkrankenhaus von seinen Ärzten zu erfahren, die ihm aber nicht besonders helfen konnten, weil sie selber vieles nicht wussten.

Während Frau Lindermann ihnen bereits Cognac und Petit Fours anbot, wurde die Tür zum Wohnzimmer aufgerissen und die Tochter des Chefarztes wirbelte herein, noch verschwitzt in ihrem Tennisdress, lief zu ihrem Vater und gab ihm einen Kuss auf die Wange.

„Hat lange gedauert, Papa, leider habe ich auch noch verloren. Sag deinen beiden Doktoren, ich komme gleich hinunter und sorge dafür, dass sie sich nicht langweilen."

Sie verschwand nach oben.

„Das war meine Tochter Eva", sagte Lindermann schmunzelnd und stolz. „Sie ist ein Temperamentsbolzen, ich weiß gar nicht, ob sie das von mir oder meiner Frau hat."

Eva kam nach einer Weile hinunter, hatte ihre langen Locken gebändigt, sich eine Designerjeans und ein hellblaues T-Shirt angezogen und sah überhaupt spitzenmäßig aus. Sie schaute in die Runde, stopfte sich ein paar Petit Fours in den Mund und machte gleich einen grandiosen Holperer, indem sie Pietmann auf Medizin ansprach, wahrscheinlich, weil sie mit ihm als einzigem Arzt länger auf der Einführungsveranstaltung ihres Vaters im Krankenhaus gesprochen hatte.

„Bin ja von medizinischen Kenntnissen unberührt, Herr Dr. Pietmann. Gibt es denn einen qualitativen Unterschied zwischen der Behandlung im Marienkrankenhaus und in einer Universitätsklinik, wie der in Düsseldorf?"

Pietmann explodierte förmlich. Fast eine Dreiviertelstunde langweilte er die Teegesellschaft mit seinen Monologen. Nach einer Weile standen Stefan und Eva auf und brachten das benutzte

Geschirr zur Küche. Als sie zusammen neben dem Abwaschbecken standen, sagte Eva, ohne Stefan anzuschauen:

„Ihr Kollege scheint ja über ein hochgradiges medizinisches Wissen zu verfügen, Herr Dr. Maienberg."

Stefan grinste Eva an.

„Sie haben heute Abend einen Fehler gemacht, Eva – ich hoffe, ich darf Sie so nennen, denn Fräulein Lindermann hört sich fast unerträglich bescheuert an. Mein Kollege Pietmann ist ein rechtschaffener und untadeliger Mann. Man darf ihn nur niemals auf den Themenbereich „Medizin" ansprechen, dann knipst man ihn an und muss sich alles von ihm anhören, was man wusste, nicht wusste oder nie wissen wollte."

Jetzt drehte sich Eva zu ihm hin und lächelte ihm in das Gesicht.

Eva hatte sich angewöhnt, ihren Vater regelmäßig im Krankenhaus zu besuchen. Manchmal traf sie im Büro ihres Vaters auf Stefan.

Eines Tages sah er sie, wie sie ihrem Vater gegenüber saß und ungeduldig mit ihren Beinen wippte.

Lindermann erklärte: „Meine Tochter Eva hat die Stadt seit Wochen kreuz und quer durchlaufen. Ich selbst kenne die Stadt überhaupt nicht. Wenn wir einkaufen wollen, fahren wir nach Düsseldorf oder nach Hannover. Gibt es hier in der Nähe Dinge, die sich anzusehen lohnen?"

„Sicher", antwortete Stefan. „Gegend, Gegend und noch mehr Gegend. Wir sind hier im Mittelgebirge und nicht in Düsseldorf, wo die die Erde platt ist wie eine Flunder. Ich würde vorschlagen, sehen Sie sich das Weserbergland an. Das ist hier in der Nähe."

„Und wie kommen wir dahin?"

„Das ist alles kein Problem", sagte Stefan. „Ich, das heißt wir, könnten mit meinem Kadett die Weser hinunter fahren und Ihnen und Ihrer Tochter alles zeigen: Berge, mittelalterliche Städte, Nebenflüsse, drei Bundesländer und mehr."

„Ich bin festgenagelt, Herr Maienberg", sagte Lindermann. „Morgen Kongress in Berlin, übermorgen Treffen im Rotary Club, nächsten Tag Sitzung Krankenhausvorstand. Sie müssten also dies alles allein mit meiner einzigen Tochter Eva unternehmen. Kann ich sie Ihnen anvertrauen?"

„Sie ist erwachsen, Chef!"

„Für mich ist sie das nicht. Einzige Töchter sind für Väter niemals erwachsen."

Stefan merkte, dass Lindermann hier einen menschlichen Zug zeigte, der ihn auf ungewohnte Weise sympathisch machte. Vielleicht hatte er genau dies beabsichtigt. Nur Eva war verschnupft, verständlich.

Sie stand auf, schmiss den Stuhl fast in die Ecke und schimpfte:

„Wiedersehen. Ich hör mir den Unsinn nicht mehr an." Und ging.

Es kam dann doch zu einer Verabredung mit Eva. Stefan holte sie vom Tennisplatz ab. Eva hatte sich schon gewaschen und umgezogen und trug ihre Tennistasche. Als sie sich Stefan näherte, verbreitete sie einen angenehmen Duft nach parfümierter Seife. Doch sie zögerte zunächst, in den Kadett einzusteigen.

„Ich würde lieber mit meinem Triumph fahren, Doktor", sagte sie.

„Ist Ihnen mein Kadett nicht gut genug?"

„Unsinn", erwiderte sie. „Der Triumph ist ein Cabrio, wir könnten das Verdeck öffnen und offen spazieren fahren. Es ist warm und sonnig, gerade der richtige Tag dafür."

„Dann mache ich Ihnen einen Vorschlag, Eva. Ich fahre Ihren Triumph, weil ich mich besser als Sie in der Landschaft auskenne. Sie können derweil nach draußen schauen, ohne sich anzustrengen."

Eva war einverstanden.

Stefan stieg aus und schloss den Kadett ab. Sie gingen zu Evas Auto, einem kleinen roten Triumph Spitfire.
„Lassen Sie sich nicht irritieren", sagte sie. „Rot bin ich nicht, höchstens mal ganz kurz alle vier Wochen."
Stefan machte es Spaß, den kleinen Sportwagen durch die bergigen Straßen rechts und links der Weser zu fahren. Sie fuhren zunächst nach Bodenwerder, machten hier Halt und schauten sich das mittelalterliche Fachwerk der Innenstadt an. Stefan zeigte Eva das Heimatmuseum mit seinen Einrichtungsgegenständen aus der Zeit von Münchhausen und erklärte ihr die Zusammenhänge zwischen dessem wirklichen Leben und den Niederschriften über den berühmten Lügenbaron. Weiter ging es zur Burgruine von Polle, wo sie die Weser mit einer Autofähre überquerten. Nach weiteren Abstechern in Höxter und Holzminden ging es nach Bad Karlshafen, der hessischen Barockstadt, die der Landgraf Carl zu Hessen für die Hugenotten erbaut hatte. Hier fanden gerade Filmaufnahmen für einen historischen Spielfilm statt, die sich Eva interessiert anschaute. Kurz vor Hannoversch Münden schaute Stefan besorgt auf den Himmel, an dem sich dunkle Haufenwolken gebildet hatten.
„Wir werden wohl zurückfahren müssen, Eva", sagte er. „Wenn wir Pech haben, werden wir noch von einem Gewitter eingeholt."
Stefan wechselte bei Gieselwerder über die Brücke auf die andere Seite der Weser, um durch den Solling zurückzufahren.
Mitten im Solling passierte es dann.
Ein Blitz zerriss den nun schon dunklen Himmel mit einem gewaltigen Krachen; fast augenblicklich fing es an, dicke Tropfen zu regnen. Stefan hielt am Straßenrand, um das Verdeck des Triumph zu schließen.
Doch es klemmte und es gelang weder ihm noch Eva, es aus seiner Halterung zu ziehen, obwohl sie mit Leibeskräften daran zerrten und rissen.

„Es hilft nichts, Eva!" rief Stefan. „Wir müssen weiter und versuchen, uns irgendwo unterzustellen, bis das Gewitter vorbei ist."
Das war aber zunächst kaum möglich, denn sie kamen lange Zeit durch keine Ortschaft. Stefan fuhr so schnell wie er konnte; die Waldbäume schienen neben dem Auto vorbei zu fliegen. Der Regen nahm immer mehr zu. Der Himmel hatte wohl alle seine Schleusen geöffnet. Evas T-Shirt und Stefans Oberhemd waren bis auf die Haut triefend durchnässt, das Wasser pladderte ungehindert in den Innenraum des Triumph. Eva zog ihr Shirt über den Kopf und saß nun in ihrem Sport-BH neben Stefan, lachte laut, was das Zeug hielt, warf ihre blonden nassen Locken nach hinten und schleuderte das Hemd auf die rückwärtigen Notsitze. Stefan hatte nur Augen für die Straße, auf der sich mitunter ein gefährlicher Wasserspiegel gebildet hatte.

Nach einer langgezogenen Kurve kam endlich mitten im Wald ein Gebäude zum Vorschein, eine Scheune mit einem weiten Dachüberstand. Daneben befand sich eine Gaststätte.

Stefan fuhr unter den Dachüberstand und hielt.

„Wir müssen uns innen aufwärmen", sagte er zu Eva. „Hoffentlich hat die Gaststätte auf."

Er holte aus dem Kofferraum sein Jackett, das er glücklicherweise zu Anfang der Fahrt hier verstaut hatte und legte es Eva über die Schultern. Sein nasses Oberhemd zog er jetzt auch über den Kopf, wrang es aus und legte es neben Evas T-Shirt.

Die Tür zur Gaststätte war offen.

Als sie den Raum betraten, mussten sich ihre Augen erst an ein geiziges Dunkel gewöhnen, nur zum Teil erhellt durch drei Lampen mit trüben Glühbirnen unter verschlissenen Schirmen. Die Einrichtung mit altersschwachen Möbeln und einer fleckigen, angestoßenen Wandverkleidung aus Holz war in düsterbraun gehalten und äußerst angejahrt. Es roch nach altem Staub und alten Menschen, etwas überlagert von einem säuerlichen Bierdunst.

Eva und Stefan setzten sich auf eine Holzbank neben einem Kachelofen, der leider nicht in Betrieb war.

Nach einer Weile kam ein verhutzeltes kleines Pärchen hinter der Theke hervor, wohl der Wirt und seine Frau. Sie sahen so alt aus wie ihre Gaststätte und schauten Eva und Stefan verdutzt an.

Als diese sich klar machten, welchen Anblick sie ihnen boten – ein Mann im Unterhemd und eine Frau im BH mit einem Herrenjackett – prusteten sie lachend los und machten die Wirtsleute noch verlegener.

„Entschuldigung für unsere Aufmachung", sagte Stefan zu dem Wirt. „Wir sind in den Platzregen geraten und wollen uns hier aufwärmen."

„Wir haben euer Auto schon gesehen", antwortete der Wirt. „Ihr habt wohl das Verdeck nicht rechtzeitig dicht gekriegt? Wir geben euch nachher Zeitungspapier, damit könnt ihr den Innenraum trocken reiben."

„Gibt es hier etwas zu essen?", fragte Stefan.

„Eigentlich nicht, denn heute ist Ruhetag. Aber Bratkartoffeln mit Spiegeleiern könnt ihr haben."

„Dann nehmen wir zweimal Bratkartoffeln mit Spiegeleiern", entschied Stefan. Die Frau verschwand in der Küche. Als Stefan das Brutzeln der Pfanne hörte, wandte er sich zu Eva.

„Nach diesem Abenteuer sollten wir uns das Du anbieten", schlug er vor. Eva nickte.

„Herr Wirt!", rief er. „Können wir auch eine Flasche Sekt haben?"

Die Spiegeleier und der Sekt landeten gleichzeitig auf dem Tisch. Stefan schenkte Eva und sich ein. Sie verschränkten ihre Arme mit den Gläsern, schauten sich tief an und tranken. Als Stefan ihr den obligatorischen Wangenkuss geben wollte, drehte Eva den Kopf so, dass er mit seinen Lippen auf ihrem Mund landete.

„Ich mag es gerne süß", flüsterte sie.

Nach den Spiegeleiern mit Sekt fragte Stefan sie, was sie anderes mache außer mit ihm durch das Weserbergland zu fahren. Eva gab bereitwillig Auskunft.

„In Düsseldorf habe ich Kunst und Kunstgeschichte studiert, bei Jupp Beuys, war ganz lustig. Geht natürlich nicht mehr, muss wohl bald nach Hannover und Kunst für das Lehramt studieren, zu meinem Schrecken. Doch erst einmal habe ich jetzt meinen Hauptberuf: bin Tochter."

Stefan blickte sie entgeistert an. Eva machte eine Schnute und schaffte es, Treuherzigkeit und Spott auf ihren Gesichtszügen zu vereinen, schaute Stefan fest an und verhieß ihm rätselhafte Kindlichkeit.

„Bei uns zu Hause dreht sich alles um den Säulenheiligen. Das ist der Große Weiße Riese. Er wäscht alles rein, die Familie, unser Haus, unsere Sorgen, unsere Finanzen und vieles mehr. Meine Mutter ist also von morgens bis abends damit beschäftigt, ihn zu pflegen, damit es ihm wohl ergehe und er lange lebe auf Erden – wusstest du, dass meine Mutter Ärztin ist, aber ihren Beruf noch nie ausgeübt hat? Ich bin nun Tochter. Großer Weißer Riese schätzt mich über alles, kauft mir Auto, lässt mich Tennis spielen und freut sich, wenn es mir gut geht. Das macht Spaß. Ich bin gerne Tochter. Vielleicht fehlt mir noch ein kleines bisschen? Kann doch sein, dass du mir hilfst, es heraus zu finden?"

Eva schmiegte sich an ihn und machte ihn verlegen.

Auf dem Nachhauseweg schien Eva bester Laune zu sein. Sie summte mehrere Lieder und sah manchmal zu Stefan, der sich wieder auf die Straße konzentrierte. Der Regen hatte aufgehört und das Auto wurde durch den Fahrtwind langsam wieder trocken.

„Wenn du zu Hause bist, solltest du dich warm anziehen, Eva, damit du dich nicht erkältest", sagte Stefan zu Eva, als er sich verabschiedete.

„Werde mich mit der wollenen Reizwäsche meiner Großmutter umhüllen, kannst ganz unbesorgt sein, Doktor", lachte Eva und gab Stefan einen Abschiedskuss, diesmal auf die Wange.

Stefan setzte sich in seinen Kadett und fuhr nachdenklich nach Hause. Eva war schon ein Knaller. Sie sah unglaublich gut aus und war zudem amüsant, Langeweile konnte es wohl mit ihr nicht geben. Andererseits hatte ihr Vater sein Chefarzttöchterlein maßlos verwöhnt, vermutete er. Und dachte: hüte dich vor dem Lotterleben, Eva, irgendwann geht das schief!

Als er in die Auffahrt zu seinem Elternhaus einbog, fiel ihm ein, dass er sich langsam daran machen müsse, sich eine eigene Wohnung zu suchen. Mittlerweile war er über dreißig Jahre alt und wohnte noch zu Hause, das ging nicht mehr. Die ersten beiden Jahre hatte er noch nicht gewusst, ob er überhaupt in der Stadt bleiben würde. Jetzt hatte sich alles normalisiert, wahrscheinlich würde es keinen Umzug mehr geben.

Als er dies seiner Mutter erzählte, verstand sie sofort.

„Ich habe mich schon lange darüber gewundert, warum du hier im Haus geblieben bist, Stefan. So gern ich dich um mich habe, so vernünftig ist dein Wunsch nach einer eigenen Wohnung. Was irgendwann einmal kommen muss, ist, dass auch ich hier ausziehen werde. Das Haus ist zu groß für mich allein und ich werde älter, um nicht zu sagen, alt."

Am nächsten Tag rief ihn Eva an.

„Du bist bei uns zum mittäglichen Sonntagsritual eingeladen, Stefan, ganz allein. Der Große Weiße Riese wird dich wohlwollend begrüßen. Deinen Kollegen Pietmann haben wir diesmal nicht eingeladen, weil wir in der letzten Zeit zu viele Sprechsendungen im Radio gehört haben."

„Und wie soll ich dann bei euch auftauchen? Wahrscheinlich Dinner Jacket, schwarze Fliege und so! Dazu hab ich keine Lust."

Stefan konnte Eva am Telefon lachen hören.

„Komm, wie du willst. Mein Vater läuft zu Hause auch immer locker herum, der freut sich, wenn er sich nicht in Schale schmeißen muss."

Stefan kam, und das Mittagessen verlief ganz normal, fast wie bei den Maienbergs. Eva war in Hochform und sorgte dafür, dass niemand am Tisch sich langweilte. Sie scherzte, machte Witze, versuchte ihrem Vater das Weinglas mehrfach zu füllen und brachte die Familie und Stefan zum Lachen.

Lindermann blieb es nicht verborgen, dass Eva seinen Stationsarzt manchmal stupste und ihn mehrfach spöttelnd oder anzüglich ansah.

„Wir ziehen uns jetzt zum Mittagsschlaf zurück und lassen die Kinder allein", sagte er und blickte seine Frau an, die sofort verstand.

Eva und Stefan legten sich im Garten auf eine Decke, denn das Wetter hatte gehalten und ihnen noch einen warmen Spätsommertag beschert.

Eva blickte in den Himmel und sagte zu Stefan: „Siehst du, wie schön es heute ist, Stefan? Wenn du jetzt noch meine Hand nimmst, könnte ich glücklich sein."

Stefan war sehr irritiert.

„Du bist ein hübscher Kobold, Eva. Dass ich dich mag, weißt du, und dass du mich magst, weiß ich auch. Doch das reicht nicht. Du musst erwachsen werden! Willst du ewig bei deinen Eltern hocken bleiben und darauf warten, dass irgendein Karrierehüpfer dich schnappt und unglücklich macht? Du tätest dir selbst den größten Gefallen, wenn du ausziehen und endlich vernünftig studieren würdest!"

Eva schaute ihn böse an, zum ersten Mal.

„Du bist ein Miesmacher, Doktor, hör auf damit. So etwas kannst du mir sagen, wenn ich im Keller bin, aber nicht an einem so schönen Tag."

Stefan bemühte sich in der nächsten Zeit, eine Wohnung in der Innenstadt zu mieten. Eines Tages besichtigte er eine Wohnung, die ihm auf Anhieb gefiel. Eigentlich war es keine Wohnung, sondern ein Haus, ein uraltes kleines Fachwerkhaus mit zwei Etagen. Nach hinten heraus hatte es einen Garten, wie ein Handtuch geschnitten, aber für einen Terrassenplatz zum Wohlfühlen und Weintrinken gab es genug Raum. Vorher musste die Wohnung aber renoviert werden, denn einige Holzbalken waren von Würmern befallen.

Eva hatte ihn bereits voll in ihre Aktivitäten eingespannt, die meistens um Tennis, Shopping oder Familie kreisten. Tennisspielen hatte er nie gelernt und wollte es auch nicht, zu Evas Bedauern. Zu dem jährlich stattfindenden Ball des Tennisvereins musste er sie allerdings begleiten und traf natürlich dort auf Westphal, Schönlein und Co.

Im Winter konnte er umziehen, der größte Teil seiner Möbel passte in das alte Haus. Für sein Schlafzimmer hatte er ein neues Bett gekauft, mehr als einen Meter und achtzig breit, ein enormer Gegensatz zu seinem Jugendbett, das höchstens neunzig Zentimeter breit war.

Einen Tag, nachdem er umgezogen war, besuchte ihn Eva.

Sie stand vor der Tür, mit einem Blumenstrauß und einer Flasche Champagner. Stefan machte auf, sie strebte auf die Küche zu und öffnete die Flasche.

„Stefan, wo ist eine Blumenvase?"

„Hab ich nicht."

Eva suchte nach leeren Behältnissen, wurde fündig und steckte die Blumen in eine alte Saftflasche, die Stefan in den Mülleimer geworfen hatte.

Sektgläser hatte er im Küchenschrank, Eva füllte sie mit dem Champagner und prostete Stefan zu. Beide saßen auf dem Sofa in Stefans Wohnzimmer. Eva begann, ihre Bluse aufzuknöpfen, über ihren knutschapfeligen Brüsten. Stefan war irritiert und sah Eva verwirrt an. Sie bemerkte mit einem ironischen Seitenblick: „Was ist los mit dir, Doktor? Warum schaust du mich so kariert an? Bist du schwul oder was?"

Eva besuchte ihn oft. Sie kannte seinen Dienstplan, der im Büro ihres Vaters hing. Manchmal brachte sie Lebensmittel mit, frischen Fisch oder etwas aus dem Feinkostgeschäft. Durch die dünnen Fenster des Fachwerkhauses konnte er das typische Motorengeräusch ihres Triumph hören, wenn sie vor der Tür hielt, sodass er schon voller Vorfreude zur Tür eilte. Wenn sie hereinkam, nahm er sie erst lange in seine Arme und saugte ihr fast die Zunge aus dem Mund, bis sie sich losmachte. Meist lief sie dann gleich in das Wohnzimmer, warf sich auf das Sofa und erzählte ihm unter Kichern und Lachen, was sie in den vergangenen Tagen alles erlebt hatte. Weil sie sich jetzt schon mit der Stadt und ihren Bewohnern gut auskannte, erfuhr er auch die aktuellen Klatschnachrichten, Gerüchte und Beziehungskrisen, alles, was in einer Stadt dieser Größenordnung reichlich anfällt. Eva konnte wunderbar kochen, und Stefan genoss die Abende mit ihr, an denen sie ihn bekochte. Meist landeten sie hinterher in Stefans Bett.

Weil es für Eva lästig war, spät in der Nacht wieder nach Hause zu fahren, kam sie eines Tages mit einer großen Tasche Wäsche und anderen persönlichen Sachen und räumte sie bei Stefan ein. Stefan gab ihr bei dieser Gelegenheit einen Schlüssel für die Haustür. Eva blieb jetzt auch oft über Nacht.

Natürlich blieb ihre Beziehung niemandem in der Stadt verborgen. Lindermann sprach Stefan jedoch nie darauf an, schien damit aber mehr als einverstanden zu sein. Stefans Mutter war sogar sehr stolz darauf und sagte zu ihm:

„Stefan, ich habe deine Freundin heute in der Stadt gesehen. Sie ist ja wirklich sehr hübsch! Und aus einem gutem Haus kommt sie!"

Im Krankenhaus fielen die Reaktionen seiner Kollegen unterschiedlich aus. Pietmann konnte seinen Neid kaum verbergen, denn er war selbst auf Eva scharf gewesen. Schwester Manuela guckte ihn noch dreister an als sonst, so kam es Stefan vor. Seine Kollegin Ute aus der Kinderklinik, mit der er früher mehrfach ausgegangen war, ging ihm aus dem Wege und mied jeden Blickkontakt mit ihm, wenn sie sich zufällig begegneten.

Mit Hartmut ging er nach wie vor zur Jagd. Hartmut gab offen zu, auf Eva neugierig zu sein und lud beide zu einem Hüttenabend in seine Jagdhütte ein.

Als beide kamen, hatte Hartmut schon eingeheizt, sodass Eva ihre Felljacke sofort ausziehen konnte, die sie in der Erwartung mitgenommen hatte, eine ungeheizte Jagdhütte betreten zu müssen. Darunter trug sie eine eng geschnittene, schwarze Designerbluse, die ihr genial stand. Hartmut war schwer beeindruckt von ihr.

Nachher holte er aus der Küche eine Schüssel mit selbst zubereitetem Wildragout, einen Korb voll Brot und eine Flasche Rotwein.

Es wurde ein vergnügter Abend. Die quirlige Eva, die niemals Probleme hatte, sich in neuer oder fremder Gesellschaft zu bewegen, machte ihre Späße mit den beiden Männern und brachte sie oft zum Lachen. Natürlich ging es bei den Gesprächen häufig um die Jagd.

Eva zeigte sich interessiert und schlug den Männern vor, sie bei der nächsten Hasenjagd als Treiberin mitzunehmen. Stefan und Hartmut waren einverstanden.

Am nächsten Tag rief Hartmut Stefan an.

„Was hast du da für einen Treffer getan, Stefan? Dein Evchen ist eine Granate! Ich möchte jetzt nicht mit der Geschichte von dem blinden Huhn anfangen, aber eine solche Freundin hast du noch nie angelandet."

„Das ist alles nicht so einfach, wie du denkst, Hartmut. Immerhin ist sie die einzige Tochter meines Chefs."

„Macht doch nichts, umso besser! Kannst ja gleich seinen Chefsessel mit übernehmen, wenn er älter wird."

„Hast du eine Ahnung! Bis das soweit sein sollte, müsste ich noch die ganze Ochsentour durchziehen, die man braucht, um Chefarzt zu werden. Ich weiß gar nicht, ob ich das überhaupt will. Im Übrigen kenne ich Eva noch nicht so lange. Mal sehen, was wird."

Die Weihnachtszeit kam und brachte Veränderungen. Es ergab sich, dass Stefan über die Feiertage dienstfrei hatte. Eva wollte Stefan zu Weihnachten wenigstens an einem Tag bei sich zu Hause haben; sie einigten sich in der Weise, dass beide am Heiligen Abend bei ihren Familien bleiben würden, denn etwas anderes konnte Stefan seiner Mutter nicht zumuten. Am ersten Weihnachtstag würde Stefan tagsüber zu Lindermanns kommen und abends mit Eva zusammen seine Mutter besuchen. Doch den zweiten Weihnachtstag wollten sie ganz für sich allein haben.

Am Vormittag dieses Tages kam Eva zu Stefan, weckte ihn und bereitete das Frühstück. Beide waren froh, dass sie die Weihnachtsrituale ihrer Familien hinter sich hatten, diesmal erstaunlicherweise auch Eva. Tagsüber knabberten sie die Reste ihrer Weihnachtsteller auf, kochten Tee und entspannten sich. Sie lasen in den Büchern, die sie als Geschenke bekommen hatten, ab und zu schalteten sie den Fernseher an. Eva hatte es sich bequem gemacht, ihre Jeans ausgezogen und räkelte sich mit Slip und T-Shirt auf dem Sofa.

Gegen Mittag schien es ihnen, als ob ein unerwartetes Dunkel von draußen die Helligkeit aus der Wohnung herausziehe. Stefan schaute aus dem Fenster und bemerkte, dass sich schwarzgraue

Wolken in den seit dem frühen Morgen blassblau gefärbten Himmel geschoben hatten. Kurze Zeit darauf begann es, leise zu schneien; der erste Schnee in diesem Jahr.

Als die normale Dunkelheit einsetzte, etwa um vier Uhr, gingen die alten Straßenlaternen an, welche die Stadt wegen der geringen Bedeutung dieser vom Zentrum abgelegenen Straße noch nicht erneuert hatte. Sie warfen ihr gelbwarmes Licht in die Luft und ließen den Schnee erst jetzt wirklich und plastisch erscheinen.

Stefan setzte sich neben Eva, schmiegte sich mit ihr, schaute mit ihr aus dem Fenster und beobachtete, wie sich die Gestalt der Schneeflocken vom dünnen Geriesel zu butterigen Riesenflocken wandelte. Sie ähnelten jetzt Bettfedern und mussten wohl Eva zu eigentümlichen Gedanken verführt haben, denn sie hatte Ihren Mund leicht geöffnet und ihre Miene drückte Erstaunen aus, wie Stefan bemerkte, wenn er sie von der Seite ansah.

Auf einmal stand Eva auf und ging nach oben. Stefan trank noch eine Tasse Tee und folgte ihr. Eva hatte sich umgezogen und guckte aufmerksam aus dem Fenster des Schlafzimmers hinaus. In ihrem weißen Nachthemd und ihrer blonden Lockenpracht sah sie für ihn aus wie ein weihnachtlicher Rauschgoldengel, eigentlich ganz passend für heute, fand er.

Es kam leichter Wind auf. Die Schneeflocken, die vorher fallende Schnüre darstellten, ließen sich seitwärts treiben und bildeten nunmehr schwankende Vorhänge. Das Fenster des Schlafzimmers lag sehr niedrig über dem Fußboden, nicht einmal einen Meter.

Eva drehte sich zu Stefan.

„Hilf mir bitte, das Bett zum Fenster zu schaffen, Stefan. Wir wollen aus dem Fenster schauen, wenn wir miteinander schlafen."

„Warum, Eva?"

„Weil ich möchte, dass wir das Gefühl haben, es schneit auf uns herab, wenn wir uns lieben."

„Das verstehe ich nicht."

„Doktor, du bist dumm. Was gibt es Schöneres als das Gefühl, sich eingehüllt zu fühlen? Man fühlt sich unverletzlich."

Der Rauschgoldengel kam auf ihn zu. Er war kein richtiger Engel, weil sich unter seinem Nachtkleid verführerische Rundungen abzeichneten. Die bildende Kunst musste wohl über die Jahrhunderte etwas übersehen haben.

Nachher lagen sie auf dem Bauch und schauten aus dem Fenster. Es war ganz ruhig draußen. Sie hatten ihre Köpfe aneinander gerückt und musterten die Straße. Stefan hatte Evas Locken zwischen seine Finger genommen und spielte mit ihnen.

Eva fragte Stefan plötzlich:

„Wie soll es mit uns weitergehen, Doktor?"

„Das liegt an dir, Eva", sagte Stefan und ließ ihre Locken los.

„Solange du dich nicht wenigstens ein bisschen bemühst, von deinem Elternhaus loszukommen und eine Berufsausbildung anzufangen, haben wir zusammen kaum eine Chance. Das ist keine Forderung von mir, das ist eben die illusionslose Realität."

Eva war jetzt ganz still.

Am nächsten Morgen stellte sich die Straße wie eine Spielstraße dar. Kinder schoben Schlitten, warfen Schneebälle, tobten herum und versuchten vergeblich, mit Schlittschuhen auf den vereisten Gehwegen zu fahren, bevor die Stadtverwaltung mit ihren hässlichen Straßenfahrzeugen kübelweise Salz quer über die Straße verspritzen würde. Die Helligkeit des Schnees, das Spielen der Kinder und die Kulisse der Fachwerkhäuser schufen eine zeitlose Atmosphäre; so mochte es auch schon vor hundert Jahren ausgesehen haben.

Stefan war schon früh aufgestanden, weil er Dienst in der Klinik hatte. Eva schlief sich aus, kratzte die Scheiben ihres Autos frei und fuhr nach Hause.

Eine Woche nach Weihnachten machten Stefan und Hartmut ihr Versprechen wahr. Der Hasenbesatz im Revier war in diesem Jahr reichlich gewesen, sodass sie sich noch eine kleine Treibjagd leisten konnten.

Beide luden dazu außer anderen auch Stefans Chef ein, der dankend annahm; besonders freute er sich, dass seine Tochter als Treiberin mitkommen wollte.

Eva und Lindermann kamen an einem Sonnabendvormittag pünktlich zum vereinbarten Treffpunkt zu Hartmuts Jagdhütte.

Eva, die sich mit dunkelgrünen Stiefeljeans und einer weiten Wachstuchjacke eingekleidet hatte, sah gleichzeitig attraktiv und putzig aus, weil ihre Locken unter einem Jägerhütchen hervorragten, das sie sich auf den Kopf gesetzt hatte. Stefan sah, dass die Sachen, die sie trug, funkelnagelneu waren. Sofort war sie natürlich Blickfang innerhalb der kleinen Jagdgesellschaft, was Hartmut zu der Bemerkung veranlasste:

„Wir machen es jetzt immer so, dass wir ein hübsches Mädchen zur Jagd einladen, statt immer nur alte Knochen und hitzige Jungjäger. Auf diese Weise haben wir vor der Jagd schon einen Anblick, der euch hoffentlich beflügelt, besser zu schießen als sonst."

Dann ging es los, über die verschneiten Felder. Das Wetter hatte es gut mit ihnen gemeint, es schneite nicht und regnete auch nicht, sogar die Sonne ließ sich manchmal blicken. Als der erste Hase aufsprang und die Flinten knallten, verjagte sich Eva so, dass sie den Mund vor Schrecken aufriss. Später hatte sie sich gewöhnt und ging ganz ruhig mit den Jägern über die Felder, als sei sie schon immer bei der Jagd dabei gewesen.

Am Mittag machten sie Schluss. Vor Hartmuts Hütte lagen zwölf Hasen, zwei Rebhühner und ein Fuchs. Den Fuchs hatte Lindermann geschossen, der deswegen nach altem Brauch zum Jagdkönig ernannt wurde.

Bei dem sich anschließendem Essen und Umtrunk – dem sogenannten Schüsseltreiben – musste Lindermann also die Königsrede halten. Bei dieser Gelegenheit bot er seinen Jagdkameraden das Du an, wie es unter Jägern meist üblich ist.

Stefan war darüber ganz froh. Auf diese Weise hatte es sein Chef verstanden, dem Krankenhausgerede den Wind aus den Segeln zu nehmen, wenn er sich mit seinem Chef duzte.

Sehr geschickt gemacht, dachte Stefan. Im März hatte Eva neue Pläne mit ihm. Die Familie Lindermann wollte zum Skiurlaub nach Lech in die Alpen fahren, wie jedes Jahr. Eva bat ihn, mitzukommen.

„Das kann ich nicht, Eva. Erst einmal kann ich nicht Ski fahren und außerdem muss ich im Krankenhaus bleiben, wenn dein Vater Urlaub nimmt."

„Das ist doch kein Problem, Doktor! Du gehst eine Woche in den Skikurs, dann kannst du Ski fahren. Das andere regele ich mit meinem Vater."

Lindermann sprach ihn am nächsten Tag an.

„Ich wäre sowieso nur eine Woche mitgekommen, Stefan. Du kannst die andere Woche nachkommen, kein Problem."

Also so hatte sich Eva das vorgestellt. Stefan hatte nicht die geringste Lust, eine Woche mit Eva und ihrer Mutter in den Alpen zu verbringen und sagte das auch Eva.

Eva war sauer.

„Du lässt mich also für vierzehn Tage ganz allein, Stefan? Meine Mutter ist doch keine alte Hexe!"

Stefan beruhigte Eva.

„Sei nicht traurig, Evchen. Wir holen alles nach."

Stefan saß einige Wochen später mit Hartmut in der Jagdhütte und besprach mit ihm die Pläne für die Jagden im kommenden Jahr. Irgendwann kamen sie auf Stefans Beziehung zu Eva zu sprechen. Es war Hartmut, der ihn ansprach, sicher nicht aus Neugier, sondern aus Freundschaft.

„Bei dir müsste doch alles gelaufen sein, Stefan. Du hast deine Beziehung, das Mädchen ist bildhübsch, die Eltern sind wohlhabend und mögen dich, ihr Vater ist sogar dein Chef!"

„Vorsichtig, Hartmut. Ich bin sehr glücklich mit Eva, sie ist lieb und sexy, ich mag sie sehr, doch ob ich sie liebe, weiß ich nicht. Liebe muss auch etwas Geschwisterhaftes haben, sonst wirkt sie nicht auf Dauer. Es scheint mir alles zu sehr nach Plan zu laufen, obwohl es das nicht ist. Chefarzt kommt, hat tüchtigen Stationsarzt, der vielleicht bald Oberarzt wird und hübsches einziges Töchterlein, wie schön, soll sie ihn doch heiraten. An Eva hängt es. Sie ist immer noch ein Kind. Sie meint, es wird schon alles gut gehen, man muss nur abwarten. Vor hundert Jahren hätte das wahrscheinlich auch so funktioniert, wie in den Romanen von Courths-Mahler. Doch wir leben jetzt im zwanzigsten Jahrhundert, und es ist alles anders.

Eva muss auf die Beine kommen. Sie verlässt sich auf ihre Eltern, ein großer Fehler. Ihre Mutter ist berufslos, jedenfalls hat sie ihren Beruf nie ausgeübt. Wenn Evas Vater, der Hauptern ährer, ausfällt, ist es mit dem Wohlstand der Chefarztfamilie vorbei.

Und auch ich bin weder reich noch abgesichert. Ich will damit sagen: Eva braucht einen Beruf, das ist alles. Solange sie das nicht einsieht, werde ich mit ihr zusammen nicht über unsere Zukunft nachdenken können."

Hartmut gefiel das alles nicht.

„Du bist ein Träumer, Stefan. Liebe ist kapriziös und lässt sich nicht in Bahnen lenken."

Damit gab er Stefan das Stichwort.

„Es ist doch immer das gleiche", sann Stefan nach. „Interesse, Verabredung, Romantik, Verliebtsein, Sex, Liebe. Die klassische Reihenfolge; unsere Mütter und Väter hatten wohl immer herumgesponnen, weil sie meinten, es gehöre sich, dass das letzte mit dem vorletzten ausgetauscht würde."

„Die hatten überhaupt keine Ahnung!", höhnte Hartmut. „Die Rolle vom Sex, Reihenfolge fünf, hätten sie erst gar nicht ins Spiel bringen sollen. Der ist ein Kasper, ein Clown, lässt sich nicht einordnen und tritt immer auf, wann es ihm passt, vom Anfang bis zum Ende einer Beziehung. Was du versäumt hast, kann ich dir sagen. Du hast dich immer nur in den Wohnzimmern von Mädcheneltern herumgetrieben, Eva ist keine Ausnahme. Du bist in deinem ganzen Leben noch nie richtig ausgegangen. Ich schlage dir vor: wir treffen wir uns irgendwann einmal mit meiner derzeitigen Freundin Sonja und machen einen drauf. Sie bringt ihre Freundin Monique mit und die Runde ist komplett. Dann wirst du schon merken, ob du Eva liebst oder nicht."

Stefan dachte lange nach. Dann sagte er: „Ich bin einverstanden."

Die Woche darauf, an einem Freitag, holte Hartmut Stefan von seiner Wohnung ab. Es war schon dunkel. Stefan konnte auf dem Rücksitz zwei Mädchenköpfe erkennen, die miteinander tuschelten. Als Hartmut die Tür öffnete, strömte eine auffordernde Parfümwolke aus dem Auto.

Es ging nach Hannover, in eine Disko am Raschplatz. Stefan guckte sich die beiden Mädchen genau an, als sie ausstiegen. Beide trugen Miniröcke mit Strumpfhosen und darüber knallige Tops. Sonja, vollbusig und mit langen dunkelbraunen Haaren ausgestattet, war die derzeitige Freundin von Hartmut und arbeitete in einer Boutique. Ihre Freundin Monique, die eigentlich Monika hieß, führte ein Kosmetikstudio, trug ihre roten Haare kurz geschnitten und hatte ihren Mund durch einen grellen Lippenstift derart betont, dass Stefans Blick sofort auf ihm landete.

In der Disko ging es dann richtig los. Sie tobten sich auf der Tanzfläche aus, schoben ihre Körper gegeneinander und rissen ihre Arme hoch. Alle tranken zwischendurch reichlich Cocktails. Die Mädchen rauchten fast pausenlos.

Nachdem sie während drei Stunden alles mitgenommen hatten, was in einer Diskothek möglich war, sagte Hartmut: „Zeit zu fahren, Hütte ist angesagt." Er fuhr trotz seines Alkoholkonsums. Stefan hatte ebenfalls viel getrunken, noch mehr als Hartmut. Er saß auf dem Rücksitz und lehnte sich an Monique. Hartmut fuhr mit Schwung in die Einfahrt zur Jagdhütte. Als er die Tür aufriss, entwich ihr warmer Dunst und zeigte an, dass Hartmut in erwartungsvoller Voraussicht die Räume schon vorgeheizt hatte. Die Mädchen verschwanden auf der Toilette und Hartmut machte sich in der Küche zu schaffen.

Er kam mit einem gefüllten Tablett voller Gläser, Sektflaschen, Whisky und Mineralwasser zurück. Sie setzten sich nun zu viert auf das Ecksofa, schenkten sich ein und prosteten sich zu. Hartmut griff nach Sonja, hob sie und setzte sie auf seinen Schoß. Sonja kicherte, zog Hartmut an den Ohren, hatte aber nichts dagegen, dass er ihren Minirock aufknöpfte. Die Männer tranken nun Whisky mit Mineralwasser, die Mädchen Sekt. Stefan, der vorher selten Whisky getrunken hatte, merkte nicht, wie ihm langsam die Kontrolle entglitt. Monique rückte dicht an ihn heran und sah ihm erwartungsvoll ins Gesicht. Stefan packte sie, schob seine Zunge zwischen ihre grellroten Lippen und fasste sie unter die Bluse.

Der Rest der Nacht verschwand für Stefan in einem Nebel aus Whiskydunst, Zigarettenrauch und Mädchenparfüm.

Er würde sich später an nichts mehr erinnern können.

Eva stand früh auf und hörte, wie der Briefträger die Post in den Kasten warf. Sie fand einen dicken braunen Briefumschlag, der an sie gerichtet war.

Der Umschlag kam von der Pädagogischen Hochschule Hannover und enthielt die Zusage für einen Studienplatz zum Lehramt, Hauptfach Kunst. Eva hatte sich vor einem Vierteljahr beworben und Stefan nichts davon gesagt. Voller Vorfreude packte sie den Brief ein und fuhr zu Stefan, der heute am Sonnabend dienstfrei hatte, wie sie wusste. Vor dem kleinen Fachwerkhaus stand sein Kadett, also musste er zu Hause sein. Als auf ihr Klingeln niemand öffnete, zog sie ihren Schlüssel aus der Handtasche und öffnete.

Die Wohnung war leer.

Eva stieg über die kleine Treppe in das Schlafzimmer und sah, dass Stefans Bett nicht benutzt war. Doch vielleicht hatte er bei seiner Mutter übernachtet.

Als Eva bei Elisabeth Maienberg anrief, erfuhr sie, dass diese auch nicht wusste, wo Stefan war.

„Am wahrscheinlichsten ist es, dass Stefan bei Hartmut Müller übernachtet hat. Die beiden treffen sich oft, das weiß ich."

Doch auch Helga Müller hatte keine Ahnung, ob Stefan bei Hartmut übernachtet hatte.

„Wir haben unsere Wohnbereiche im Haus schon lange getrennt. Ich kann aber gern nachsehen, ob Hartmut zu Hause ist", sagte sie kühl.

Nach einer Weile kam sie zurück.

„Nein, Fräulein Lindermann, Hartmut war letzte Nacht auch nicht hier im Haus. Wahrscheinlich waren beide zur Jagd und haben in der Hütte übernachtet."

Das war es wohl. Eva fragte sich, warum sie nicht längst darauf hätte kommen können, dass Stefan und Hartmut in der Jagdhütte übernachtet hatten. Sie summte ein Lied und stieg in den Triumph.

Auf der Strecke dorthin war es feucht und glatt. Der Waldweg im Licht des späten Winters öffnete sich zu einem Tunnel, den die Fichten und kahlen Buchen umsäumten. Manchmal, wenn ein Windstoß kam, wehten trockene Blätter in die Höhe.

Schon von weitem konnte sie einen silbrigen Fleck vor der Hütte erkennen, Hartmut Müllers Mercedes. Als sie näher kam, sah sie, dass er über und über mit Dreck bespritzt war. Das rechte Hinterrad musste sich wohl im Waldboden festgefahren haben, denn es steckte zu einem Drittel in der Erde, sodass der Wagen schief stand. Die Tür zur Hütte war auf. Eva trat hinein. Im Wohnraum herrschte Durcheinander. Ein Stuhl lag auf dem Boden, der Fußboden hatte Dreckspuren und auf dem Tisch befanden sich benutzte Sekt- und Schnapsgläser, manche waren umgekippt. Der große Aschenbecher mitten auf dem Tisch starrte vor Zigarettenkippen. Nebenan in der offenen Küche standen auf der Arbeitsplatte drei leere, zwei halbvolle Sektflaschen und eine halbleere Schnapsflasche. Eine penetrante Geruchsmischung hing in der Luft, eine Kreuzung zwischen abgestandenem Zigarettenrauch, säuerlichem Alkohol und süßlichem Parfüm, unangenehmer Gegensatz zu dem angenehm holzigen Geruch, wie ihn die Hütte sonst ausstrahlte, normalerweise behäbige Wohnlichkeit vermittelnd.

Als sie noch einmal genau auf den Boden sah, entdeckte sie eine zerknüllte schwarze Strumpfhose und eine mit Strasssteinen besetzte schwarze Handtasche.

Es wurde auf einmal heller in der Hütte. Ein einsamer Sonnenstrahl hatte sich durch den grauen Himmel gestohlen und drang durch ein Fenster in sie hinein.

Langsam öffnete sich die Tür eines der Schlafzimmer.

Stefan trat heraus, nur mit einer Unterhose bekleidet.

Er schaute Eva mit verquollenen Augen an. Eva konnte hören, wie eine Frauenstimme aus dem Zimmer hinter ihm nach ihm rief.

Eva blieb für einen langen Moment stehen und blickte Stefan in die Augen. Ihren Gesichtsausdruck hätte sie in diesem Moment selbst nicht beschreiben können. Dann bückte sie sich, nahm die Strumpfhose und die Handtasche und schleuderte beides in Richtung Stefans Kopf. Der duckte sich, die Tasche flog gegen die Tür. Eva rannte zum Eingang, wollte nur noch hinaus.

An der Tür stutzte sie, drehte sich, ging mit schnellen Schritten in die Küche und wirbelte den Wasserhahn auf, dass es nur so spritzte. Sie wusch sich die Hände mit rasenden Bewegungen unter dem Hahn, als wolle sie ihnen die Haut abschmirgeln. Dann ging sie wieder zurück.

In der Tür drehte sie sich nochmals um und blickte Stefan wütend in das Gesicht. Über ihrer Nase hatten sich messerscharfe Zornesfalten gebildet.

„Lass dich bloß nicht noch einmal bei mir blicken!", fauchte sie ihn an.

Und verschwand. Nur heraus aus diesem Wald.

Stefan war am Boden. Mühsam versuchte er, mit Hartmut über das vergangene Geschehen zu sprechen. Hartmut wehrte müde ab.

„Da kann ich auch nichts machen. Das mit Eva hast du wohl endgültig verkackt."

Als er in seine Wohnung zurückkehrte, sah er, dass Eva ihre Sachen aus dem Schrank geräumt hatte. Im Briefkasten lag ein unbeschriebener Briefumschlag, der ihren Schlüssel enthielt.

Lindermann begegnete seinem Stationsarzt ab sofort mit der größten Reserviertheit. Korrektheit war noch ein milder Ausdruck für die Kontaktarmut, die sich zwischen ihnen beiden entwickelte. Pietmann merkte das sofort und schlich sich an Lindermann heran.

Stefan kam zu der Einsicht, dass er an diesem Krankenhaus wohl keine Zukunft mehr haben würde. Lindermann würde ihn niemals mehr zum Oberarzt vorschlagen, das hatte er sich versaut.

Weil es in der Stadt kein anderes Krankenhaus gab, würde er wohl den Wohnort wechseln müssen.

Zum Glück konnte er mittlerweile über eine nicht unerhebliche Anzahl von Veröffentlichungen über Diabetes verfügen. Als im Deutschen Ärzteblatt eine Stelle zum Oberarzt im Westend-Krankenhaus Berlin ausgeschrieben wurde, einer Ausbildungsstätte der Freien Universität, bewarb er sich und erhielt ein paar Wochen später die Zusage.

Die Wohnung musste aufgelöst werden. Stefan hatte sich in Berlin in der Nähe der Heerstraße eine Wohnung mit zwei Zimmern gemietet, in einem Neubaugebiet. Stück für Stück schaffte er seine Möbel dorthin. Den Rest stellte er bei seiner Mutter unter. Im April musste er seine neue Stelle in Berlin antreten. Doch vorher wollte er sich wenigstens von Eva verabschieden. Als er bei ihr anrief, meldete sich ihre Mutter.

„Eva wohnt nicht mehr bei uns", sagte sie kühl. „Sie ist verzogen und studiert jetzt."

„Könnten Sie mir ihre Adresse und ihre Telefonnummer geben", fragte er.

„Nein", sagte sie. „Eva hat uns das ausdrücklich verboten."

VERWIRRUNGEN UND IRRTÜMER

BERLIN, IM FRÜHJAHR 1974

Es war nicht schwer für Stefan gewesen, sich in Berlin zurechtzufinden.

Vorher hatte er Berlin noch nie kennengelernt, doch die Stadt hatte immer eine gewisse Sogwirkung gehabt, zog Auswärtige an, wirbelte sie durcheinander und verschmolz sie problemlos miteinander, schon seit Jahrhunderten.

Das Westend-Krankenhaus, ebenfalls ein Altbau mit permanenten Renovierungsproblemen, ließ sich jedoch allein durch seine Größe nicht mit dem Marienkrankenhaus vergleichen. Die Innere verfügte über mehrere Stationen, denen jeweils ein Oberarzt vorstand. Stefan kam auf eine Station, in der besonders viele Alters- und Diabetespatienten lagen.

Mit den drei Chefärzten kam es außerhalb der Visiten nur zu wenigen Begegnungen. Meist waren sie mit Forschungsaufgaben beschäftigt und zudem häufig abwesend, weil sie zu Kongressen reisen mussten. Selbst ihre Privatpatienten schienen sie nur nebenbei zu behandeln. Insgesamt war die Atmosphäre unpersönlicher als im Marienkrankenhaus, auch außerhalb der Arbeit hatte er weniger Kontakt zu seinen Kollegen und anderen Mitarbeitern.

Dafür nahm er an der Studentenausbildung teil, einer ganz neuen Aufgabe, die ihm Spaß bereitete. Alle paar Wochen reiste er nach Hause, um seine Mutter und Hartmut zu treffen. Die Anfahrt war immer etwas aufwendig und mühselig, weil er auf jedem Weg durch die langatmigen Grenzkontrollen der DDR musste.

Mit Hartmut ging er nach wie vor zur Jagd, insofern hatte sich nichts geändert. Doch was alles in seiner Heimatstadt passierte, wusste er nicht mehr, ihm fehlte jetzt jeglicher Zugang zu Informationen.

Ein Jahr war vergangen. Stefan saß an einem warmen Sommertag mit Hartmut vor der Hütte. Hartmut schaute still vor sich hin, irgendetwas schien ihm im Kopf herumzugehen. Plötzlich drehte er sich zu Stefan.

„Ich habe etwas zu erzählen, Stefan, und zwar in eigener Sache. Du bist bald nicht mehr der einzige, der die Stadt verlassen hat. Ich werde demnächst auch von hier verschwinden."

„Wie?"

„Eine lange Geschichte. Das meiste hängt mit Schönlein zusammen."

„Und was hat der mit deiner mir abwegig erscheinenden Absicht zu tun?"

„Mit Schönlein hatte ich noch eine Rechnung offen, der hat mich fies beschissen. Und das kam so: ich habe, wie du weißt, mit einem großen Hannoveraner Architektenbüro zusammen gearbeitet. Das war wie eine Symbiose, ich hatte das Bauland und die Bauaufträge, die Architekten die Pläne. Wir haben also zusammen an den Kunden gut verdient, zu unserem gegenseitigen Nutzen. Das müsste auf Dauer reichen, hatte ich gedacht. Doch ich habe die Gier der Menschen unterschätzt. In Hannover gibt es eine Baufirma, Willendorf GmbH & Co. KG, ein Gigant mit fast zweihundert Mitarbeitern, kein Vergleich mit unserer Firma. Ich wusste nicht, dass Willendorf seit vielen Jahren ebenfalls mit unserem Architekturbüro zusammengearbeitet hatte, mein erster Fehler. Wahrscheinlich haben sie die Architekten geschmiert, ich nicht, zweiter Fehler.

Nun haben es die Bauunternehmen generell zunehmend schwieriger, Aufträge an Land zu ziehen. Die Nachkriegszeit ist vorbei und damit die Zeit, in der die Kunden den Anbietern von

Bauleistungen hinterher liefen. Willendorf kam also unter Druck und musste sich nach anderen Kundenrevieren umsehen. Ich gehe davon aus, dass irgendjemand aus dem Architekturbüro der Geschäftsführung von Willendorf einen Tipp gegeben hat, dass in unserem Landkreis noch etwas zu machen sei. Die Schweinerei besteht darin, dass die Architekten ohne mein und Westphals Wissen Willendorf den Kontakt zu Schönlein vermittelt haben. Das sind auch keine Sekretärinnen oder Praktikanten gewesen, sondern Insider aus der Firmenleitung, vielleicht sogar die Inhaber. Nachzuweisen ist gar nichts.

Schönlein hatte zu dieser Zeit große Schwierigkeiten. Mit Geld konnte er noch niemals umgehen. Seine Frau saß ihm ständig im Nacken und war unzufrieden, weil Westphal, der Landrat und Sozi, ihr mit seiner Lebensweise die gesellschaftliche Eifersucht hochtrieb. Schönleins Frau stammt aus einer angesehenen Textilhändlerfamilie und hat eine repräsentative Villa in der Nähe des Stadtzentrums geerbt, welche die Schönleins bewohnen. Die Villa war in die Jahre gekommen; umfangreiche Erhaltungsmaßnahmen standen an, Erneuerung von Fenstern und Heizung, Trockenlegung der Fundamente, Erneuerung des Dachstuhles und vieles mehr. Doch Schönlein hatte dazu kein Geld.

Es begab sich, dass er mit dem Ortsbürgermeister von Aldersum, einem kleinen Dorf am Rand des Landkreises, wegen eines Baugebietes am Ortsrand ins Gespräch gekommen war. Aldersum hat den Vorteil einer erträglichen Entfernung zur Großstadt Hannover, und beide kamen überein, diesmal eher zu klotzen und zu versuchen, ein Neubaugebiet für mindestens achtzig Einfamilienhäuser auszuweisen.

Normalerweise wäre ich jetzt in das Spiel gekommen. Ich hätte wie immer Vorverträge mit den Landbesitzern geschlossen. Aber Schönlein sagte mir nichts und bahnte bei den Bauern vor, die dann prompt die Verträge mit Willendorf abschlossen. Die Sache ging weiter ihren Lauf. Als ich von der ganzen Schweinerei erfahren hatte, lag dem Landkreis schon ein fertiger Bebauungsplan vor, erstellt von Schönlein und Konsorten.

Ich ging natürlich sofort zu Westphal. Westphal fing jetzt an, zu drucksen. Er sagte mir auch, er selbst habe von den Vorgängen bis jetzt nichts erfahren, es sei aber nicht möglich, sie noch zu stoppen. Der Bürgermeister von Aldersum sei alter Parteigenosse der SPD, sogar Mitglied des Kreisvorstandes, und im Übrigen müsse ich an die Arbeitsplätze in der Region denken.

Schönlein wurde immer glücklicher. Um sein Haus herum errichtete man ein Gerüst, die alten Wände wurden sandgestrahlt, die neuen Fenster blinkten und um das Gebäude hatte man einen Graben gezogen, um die Fundamentmauern zu säubern und zu teeren. Am Gerüst hing eine Tafel von Willendorf.

Ich bin damals vor Wut fast explodiert. Und dann kam mir eine Idee."

Hartmut rückte näher an Stefan heran.

„Ich muss jetzt etwas ausholen. Du weißt, dass ich meine Bundeswehrzeit bei den Pionieren in Minden verbracht habe. Die Pioniere mussten viel körperliche Arbeit leisten, deshalb hat man für den Job nur kräftige, große Kerle ausgesucht. Einer unserer Kameraden, ein wahrer Schrank von einem Mann mit Vollglatze, hatte einen seltsamen Beruf: Tätowierer in Hamburg. Es kam bei uns in Mode, sich ein kleines Tattoo von ihm anfertigen zu lassen, hab ich bei mir zwar nicht machen lassen, doch ich habe ihm oft bei dieser Arbeit zugesehen. Doch nun zurück zu Schönlein.

Für die drei Amtsbrüder war wieder einmal eine Sause fällig. Ich habe diesmal den Schönlein noch mehr abgefüllt als sonst. Als wir nach Hause fahren wollten, lag er wie immer in einem der Zimmer von Uschis Bar und schlief.

Ich sage zu Uschi, ich geh mal nach oben und wecke den Kurt. Da liegt er auf dem Bett, Bauch nach unten und streckt mir den nackten Hintern entgegen. Ich hole den Tätowierapparat aus der Tasche, den ich mir von meinem ehemaligem Bundeswehrkameraden geliehen hatte, stelle ihn an und tätowiere ihm drei Buchstaben auf die linke Arschbacke: SPD.

Das ging alles ganz schnell, dauerte keine zwei Minuten. Der Schönlein hat keinen Mucks von sich gegeben. Ich werfe ihm die Decke über und gehe wieder nach unten.

Ich sage zu Uschi, der Dicke ist nicht wach zu kriegen, schick doch mal ein paar Mädchen nach oben, die können das besser, mir allein ist er zu schwer. Nach ein paar Minuten kommt er, fällt fast die Treppe herunter, so kaputt ist er, alles war gelaufen, wir konnten abfahren."

An dieser Stelle bekam Stefan einen Lachanfall, sodass er sich verschluckte.

„Wo hast du denn den Apparat angeschlossen, der braucht doch Strom?", fragte er Hartmut.

„Ach wo, der war batteriebetrieben, sozusagen die Feldausführung, wir waren doch Pioniere."

„Hast du das vorher geübt?"

„Natürlich", sagte Hartmut. „An einem Eisbein."

Stefan verschluckte sich noch einmal.

„Hat denn niemand in der Bar gemerkt, was du dir da geleistet hast?"

„Davon gehe ich aus. Uschi und die Mädchen hatte ich ganz bewusst nicht eingeweiht. Westphal und Heimann saßen unten an der Bar. Im Zimmer konnte man nicht viel erkennen, wegen der schummrigen Beleuchtung. Die Buchstaben, die ich Schönlein eintätowiert hatte, waren höchstens eine Daumenbreite hoch. Die Mädchen, die ihn holten, waren mit Sicherheit schwer damit beschäftigt, ihn zu wecken und aufzurichten und hatten keine Zeit und keine Lust, sich seinen Hintern anzugucken. Aber kannst du dir vorstellen, wie es dem Schönlein hinterher gegangen sein muss?

Wahrscheinlich hat er erst nach mehreren Tagen gemerkt, was er da auf der Arschbacke hatte, und nicht einmal er selbst, denn niemand kann sich so einfach seinen Hintern ansehen. Hundert Pro muss das seine Frau gewesen sein, welche die Inschrift als erste gesehen hat. Und nun wollen wir schweigen und uns diese Szene genüsslich vorstellen."

Beide lachten sich scheckig.

„Der Schönlein muss auf der Stelle in heftigste Erklärungsnot geraten sein. Um sich für so etwas eine plausible Erklärung auszudenken, braucht es Jahrhunderte. Wie auch immer, das gemütliche Miteinander unsererseits, Schönlein, Westphal, Heimann und ich, geriet ins Wanken. Ich bin mir nicht ganz sicher, wen der Schönlein für die Tätowiergeschichte verdächtigte, doch nach einigem Nachdenken muss er wohl auf mich gekommen sein. Mir war das egal, denn seine fiese Masche mit Willendorf hätte unserer Firma sowieso auf die Dauer den Boden unter den Füßen weg gezogen. Also habe ich mich seitdem bemüht, sie zu verkaufen. Wir waren jetzt noch gesund, hatten unsere Aufträge bis ins nächste Jahr und konnten noch einen anständigen Preis erzielen. Aber das würde sich bald ändern. Der größte Kaufinteressent war Willendorf, völlig klar, denn sie hatten bereits einen Fuß in der Tür. Also habe ich allen ähnlichen Unternehmen im Umkreis von hundert Kilometern Verkaufsofferten gemacht; die Presse hat davon so gut wie nichts mitbekommen. Natürlich kam es so, wie es kommen musste, Willendorf übernahm. Es tat mir nicht leid, denn ich wusste, dass bei den Baugeschäften auf Dauer nur die ganz Großen und die ganz Kleinen überleben würden, sicherlich eine Folge der schleichenden Firmenkonzentration, wie wir sie im Moment haben und die als erstes den Mittelstand verschluckt.

Den Verkaufserlös habe ich nun in eine Baugesellschaft im Rheinland gesteckt. Mein Elternhaus habe ich von der Firma abgetrennt und meiner Mutter überschrieben, denn sie wohnt darin und möchte nicht wegziehen. Einen anderen Teil habe ich als Altersversorgung für meine Mutter gebunkert, in langfristigen Geldanlagen bei der Bank und in Lebensversicherungen.

Diese ganzen Vorgänge haben meinen Steuerberater, meinen Rechtsanwalt und das Finanzamt mindestens ein Vierteljahr beschäftigt. Zum Schluss hielt sich meine Steuerbelastung für den Verkauf in Grenzen, weil ich im Prinzip nur eine Firma mit der anderen getauscht habe und damit kein Firmenvermögen in Privatvermögen überführt habe, mit Ausnahme des Hauses und der Anlagen."

„Der Schönlein hätte dich doch wegen des Tattoos anzeigen können?"

„Lustig, lustig. Der Rat der Stadt und die Abgeordneten des Landkreises hätten dann erfahren, der Schönlein hat dem Müller eine Anzeige aufgedrückt, weil er ihm ein Tattoo auf die Arschbacke gebrannt haben soll, als er gerade besoffen im Puff lag."

„Und was ist aus unserer Jagd und der Jagdhütte geworden?"

„Ich habe alles verkauft und werde die Möbel aus der Hütte räumen. Ursprünglich war dein ehemaliger Chef Lindermann daran interessiert. Das hat sich zerschlagen, als Eva ihm sagte, dass sie die Hütte nie wieder betreten würde. Sie gehört jetzt einem Rechtsanwalt aus Hannover, der auch den Pachtvertrag für die Jagd übernommen hat. Wenn ich in Köln bin, werde ich mir natürlich wieder eine neue Jagd suchen."

An diesem Abend redeten sie noch lange miteinander. Hartmut versprach Stefan, ihn anzurufen und einzuladen, wenn er in Köln eine vernünftige Wohnung gefunden habe.

Stefan fuhr zurück nach Berlin. Ihm gingen eine Menge Gedanken durch den Kopf. Mit seinem Freund Hartmut verband ihn die Erfahrung der zusammen erlebten Kindheit und das gegenseitige Verstehen. Doch Verstehen ist nicht Ähnlichkeit. Der impulsive

Hartmut, irgendwie Ebenbild dessen Vaters, passte eigentlich überhaupt nicht zu ihm, dem Nachdenklichen und eher Zögernden, empfand er. Trotzdem passierte ihnen jetzt fast das gleiche. Beide waren bei dem Versuch gescheitert, in ihrer Heimatstadt wieder Fuß zu fassen. Beide hatten das ursprünglich auch gar nicht gewollt, es hatte sich eben so ergeben. Die Stadt war ein Stall. Sie wartete immer darauf, dass animalisch blökende Schafe freiwillig und glücklich in ihn hinein strebten, möglichst reinweiß oder schwarz, Fehlfarben mochte sie nicht. Mit Eva hatte das alles nichts zu tun.

Geschwindigkeitsbegrenzungen, Schilderwälder und Uniformen zeigten ihm an, dass er den Grenzpunkt Marienborn erreicht hatte, hinter ihm die BRD, vor ihm die DDR. Als er das Fenster hinab kurbelte, stieg ihm ein stinkender phenolischer Geruch nach Desinfektionsmitteln in die Nase. Für ihn würde der wohl immer der Geruch des Sozialismus sein, überlegte er.

Als er eine Ameise erschlug, die auf seinem Arm herauf krabbelte, fiel ihm eine andere Parallele ein. Hartmut und er, das waren vielleicht zwei tote Fliegen, die von einer Schar von Ameisen aus ihrem Bau hinausgeschafft wurden. Das Absurde war nur, die Fliegen lebten und die Ameisen waren tot.

Am Montagmorgen ging Stefan sehr früh in die Klinik, um beim Schichtwechsel dabei zu sein. Das Wochenende hatte sich ruhig gestaltet, niemand war gestorben und es musste auch keiner auf die Intensivstation verlegt werden. Die Notaufnahme hatte sie lediglich mit einem einzigen Neuzugang heimgesucht.

Zu der Morgenbesprechung, an der die Nachtdienstler noch teilnahmen, fehlte der Chefarzt, wie meistens. Die Chefärzte kamen fast nur noch zu den Visiten, der Wochenbesprechung oder betreuten ihre Privatpatienten. Am Anfang der vergangenen Woche hatten zwei neue ärztliche Mitarbeiter ihren Dienst angetreten, frisch nach dem Staatsexamen. Stefan wusste aus eigener Erfahrung, was das zu bedeuten hatte. Während des ersten Vierteljahres im Haus konnte man so gut wie nichts bei ihnen voraussetzen.

Das lag am Wesen des deutschen Medizinstudiums, welches in seiner Struktur noch aus dem neunzehnten Jahrhundert stammte. Traditionsgemäß schwankte es zwischen einem überflüssigen und idiotischen Vorlesungsbetrieb, den man ersatzlos streichen konnte, dem Hineinstopfen sinnlosen und schnell vergessenen Wissens vor den Prüfungen und absurd langen Semesterferien, mit denen nutzbringende Zeit verplempert wurde. Vorlesungen hatten vielleicht im 19. Jahrhundert einen Sinn, als es noch keine oder keine erschwinglichen Bücher gab, nicht aber in der zweiten Hälfte des zwanzigsten Jahrhunderts. Im sogenannten vorklinischen Teil hatte man es sträflich unterlassen, mehrere halbwegs notwendige Fächer zusammenzufassen, um so Leerlauf zu beseitigen und das Studium zu verkürzen, was bitter notwendig gewesen wäre. Das sinnvolle Lernen in kleinen Gruppen, überall im Ausland üblich, konnte sich in Deutschland nicht durchsetzen.

So kam es dazu, dass scheinbar fertige Ärzte mit einem sinnlosen Wissensballast durchsättigt waren, aber ohne jegliche praktische Kenntnisse und nach einem viel zu langen Studium in die Krankenhäuser strömten.

Stefan hatte sich immer bemüht, diesen Zustand wenigstens zu mildern, indem er versuchte, den Studenten, die ihre Praktika im Westend-Krankenhaus ableisteten, die Vorgänge und Regeln im Gesundheitsbetrieb eines Krankenhauses nahe zu bringen. Manchmal handelte es sich um ganz einfache Regeln. Trotzdem waren sie nur schwer zu vermitteln. Oft sagte Stefan zu den Studenten: „Es gibt eigentlich nur vier Möglichkeiten, mit den Patienten umzugehen. Zwei davon sind falsch. Fangen wir mit den falschen Möglichkeiten an.

Erstens: der Patient hat was, eine behandelbare Krankheit, und wir machen nichts. Ein Fehler, leuchtet jedem ein. Zweitens, der Patient hat nichts, aber wir machen was. Auch ein Fehler, sogar ein sehr häufiger. Drittens: der Patient hat nichts und wir machen auch nichts. Das ist grundrichtig, doch oft nur gegen Widerstände durchsetzbar. Viertens: der Patient hat was und wir machen auch was. Dafür sind wir da, und das ist unsere Aufgabe als Ärzte. Damit verbringen wir selbstverständlich die meiste Zeit. Es gibt aber hier Ausnahmen. Es kann sein, dass es besser ist, auch jetzt nichts zu machen. Das kann viele Gründe haben, beispielsweise Alter oder eine unheilbare Krankheit. Und hier sinnvolle und menschliche Entscheidungen zu treffen, auch und gerade im Sinne des Patienten, das ist es, was uns erst zu Ärzten macht."

An dieser Stelle schwiegen die Studenten zumeist. Wenn ich sie jetzt zum Nachdenken gebracht habe, ist mehr erreicht, als es das ganze Vorlesungsgebrabbel bringt, dachte Stefan.

Bei den beiden Newcomern handelte es sich um einen Arzt und eine Ärztin.

Stefan hielt sie zurück, während die anderen Kollegen entweder in die Krankenzimmer ausschwärmten oder im Stationszimmer die Akten vollschrieben.

Klaus Münthe, der männliche Part, muskulös und sportlich, hatte ein paar Semester in München studiert. Stefan kam es recht, er konnte sich wegen seiner Studienzeit in München gut mit ihm unterhalten und war auch sonst mit ihm zufrieden, weil er keine übertriebene Beflissenheit an den Tag legte, die ihm die Sorgenfalten auf die Stirn trieb.

Mit der ärztlichen Kollegin hatte sich Stefan bis jetzt nur wenig beschäftigt. Offensichtlich schien sie eine Asiatin zu sein, eine sehr ansehnliche dazu, was den Zustand ihrer Körperregionen betraf.

Sie trug eine Frisur, wie sie nur Asiatinnen mit ihren kräftigen lackschwarzen Haaren tragen können. Am Hinterkopf hatte sie die Haare zusammengebunden, doch vor und hinter ihren Ohren umrahmten zwei geschlossene, lange Haarsträhnen ihr mandeläugiges Gesicht. Ihr Nachnamen – Brinkmann – gab ihm zunächst ein Rätsel auf, das sich löste, als er ihren Vornamen erfuhr: Aiko, offensichtlich japanisch.

Stefan ging in das Schwesternzimmer. Schwester Agnes reagierte sofort, ließ alles stehen und liegen und widmete sich Stefan. Neben ihr stand Lernschwester Silke, ein junges, pummeliges Blondchen, deren Gesichtsausdruck ihn stets an die Augen eines erschreckten Kaninchens erinnerte. Agnes wirkte auf den ersten Blick etwas knochig, vielleicht auch etwas zu sehr dominant, doch sie war die beste Mitarbeiterin, die Stefan jemals hatte, wusste alles, konnte alles und machte alles.

„Agnes, geben Sie mir doch bitte die übliche Thoraxaufnahme", sagte Stefan.

Agnes wusste sofort Bescheid. Stefan hatte eine Angewohnheit, den Neulingen eine ganz normale Brustkorbaufnahme eines kerngesunden Patienten zu präsentieren und sie um deren Beurteilung zu bitten. Es war immer interessant, was dabei herauskam und was die mit klinischer Blindheit geschlagenen Hochschulabsolventen an abenteuerlichen Interpretationen des simplen Bildes von sich gaben.

Stefan drückte Aiko Brinkmann das Bild in die Hand.

„Haben wir gestern gemacht, bei der Patientin Erika Franzke. Wir würden Sie die Aufnahme befunden?"

Die Patientin Franzke war eine ehemalige Kioskbudenbesitzerin aus dem Wedding, fast siebzig Jahre alt, übergewichtig, versoffen und Kettenraucherin. Auf diese Weise hatte sie sich ein Lungenemphysem mit Herzinsuffizienz zugelegt.

Aiko schaute sich die Aufnahme an.

„Eigenartig. Die Aufnahme passt irgendwie nicht zu der Patientin. Es ist eine ganz normale Lunge mit einem ganz normalem Herzen darin."

Jetzt war Stefan angenehm überrascht. Offensichtlich hatte er ein medizinisches Talent freigelegt, Bingo. Er fing an, Aiko zu mögen.

Nachher übten sie zusammen das Anamnesegespräch, diese Mischung aus Zuwenden und Ausforschen, das Wichtigste überhaupt, das ein Arzt beherrschen muss, um einen Patienten einschätzen zu können. Sie gingen in ein Privatzimmer, belegt von einem Patienten um die sechzig Jahre, grämlich darein schauend, als er sie erblickte. Auf seinem Nachtschrank hatte er seine Utensilien, Pillen, Telefon, Zeitung und Schreibzeug in preußischer Ordnung aufgereiht. Bestimmt ein Lehrer, kurz vor oder nach der Pensionierung, dachte Stefan.

„Fangen Sie an", sagte er zu Münthe.

Münthe schaute kurz auf die Karteikarte und trat an das Bett.

„Guten Tag, Herr Voigt", sprach er den Patienten an. „Mein Name ist Münthe. Was für Beschwerden haben sie denn?"

„Der Kaffee ist kalt", sagte der Griesgram. „Und außerdem ist das Bett zu hart."

Aiko trat dicht an Stefan heran und legte ihm eine Hand auf den Ellenbogen. Die andere Hand benutzte sie, um ihren Mund zu verschließen, damit der Patient ihr Kichern nicht hörte.

Die beiden Neulinge entwickelten sich prächtig, besonders Aiko. Wenn sie gemeinsam Dienst hatten, suchte sie vordringlich Stefans Nähe. So konnte er ihr vieles zeigen, was im üblichen Krankenhausbetrieb sonst untergegangen wäre. Nach ungefähr sechs Wochen hatte er Aiko so weit, dass er ihr allein den Nachtdienst überlassen konnte. Stefan hatte dann natürlich Hintergrunddienst, wie alle Oberärzte, doch Aiko kam allein sehr gut zurecht und außer ein paar Anrufen von ihr, bei denen er sie telefonisch anweisen konnte, passierte nichts, was ihn gezwungen hätte, in die Klinik zu kommen.

Eines Tages fragte er sie, wie sie zu ihrem deutschen Namen – Brinkmann – gekommen sei.

„Ach", sagte sie, „das ist ganz einfach. Meine Mutter ist Japanerin und mein Vater ist Deutscher. Die Spermien meines Vaters sind wohl beim Wettkampf um den Nachwuchs den Genen meiner Mutter restlos unterlegen gewesen. Glücklicherweise war der Briefträger kein Japaner, sonst wäre mein Vater noch misstrauisch geworden. Ich bin auch sehr froh, dass meine Mutter darauf bestanden hat, dass ich einen japanischen Vornamen bekam. Es würde sich etwas dämlich anhören, wenn ich Lore oder Erika hieße, bei meinem japanischen Aussehen."

Die Weihnachtszeit kam in Sicht, der jährlich wiederkehrende Schrecken.

Um diese Zeit füllte sich das Krankenhaus mit multimorbiden, alten Patienten, Pflegefällen, die von Altersheimen und auch aus den Familien stammten. Das waren alles Patienten, die Pflege rund um die Uhr brauchten – leicht verständlich, denn im letzten Monat des Jahres waren die pflegenden Personen derart geschlaucht, dass sie sich ein paar Tage der Ruhe gönnen wollten. Die Hausärzte halfen ihnen dabei, indem sie Gefälligkeitsdiagnosen auf ihre Einweisungspapiere schrieben. Besonders Stefans Station war davon betroffen. Stefan wurde bei der morgendlichen Besprechung deutlich.

„Lassen Sie sich nicht auf das Kreuz legen. Das sind alles Patienten, die wir schon kennen und die mehrfach in unserem Haus gelandet sind. Natürlich sind sie alt und krank, doch ihre Krankheitswerte haben einen welligen Verlauf, der stabil ist und den wir nicht stören sollten. Ich warne vor Aktionismus! Überprüfen Sie ihre Werte, möglichst mit wenig invasiven Methoden und wenn

alles so ist, wie es regelmäßig war, sehen sie zu, dass die Patienten entlassen werden. Wenn wir das nicht so machen, quellen uns in ein paar Tagen die Betten über und es gibt Chaos. Sollten sie wirklich das Gefühl haben, ein ernster Fall ist herein gekommen, sagen Sie mir bitte Bescheid. Wir klären das dann zusammen."
„Und was ist mit den Privaten?", warf Münthe ein.
„Von denen lasst die Finger. Sie gehören den Chefs. Guten Tag, wie geht es Ihnen, pillepalle und so weiter. Die Chefs haben die gleichen Probleme wie wir. Normalerweise hätten sie nach den Einweisungen das übliche Großreinemachen angeordnet, doch das geht im Moment nicht, wir haben keine Zeit. Das wissen sie auch. Also, macht einen Bückling und tut das, was sie wollen. Sie werden ihre Patienten schon nicht umbringen. "

Jeder wusste, wovon Stefan sprach. Das Großreinemachen bestand darin: alle Medikamente absetzen, alle klinischen Werte fortlaufend überprüfen, alle Untersuchungen veranlassen, die nicht töten und die Medikamente langsam so hochfahren, bis der Zustand wie vor der Einweisung erreicht war. Auf diese Weise spuckten die Patienten Kohle ohne Ende aus.

Im Westend-Krankenhaus gab es eine Tradition.

Alle Mitarbeiter, die Familie hatten, bekamen über die Weihnachtsfeiertage frei und mussten über Neujahr arbeiten. Alle Singles – das war fast die Hälfte – mussten über Weihnachten arbeiten und hatten zu Silvester und Neujahr frei. Stefan, der Oberarzt, konnte seinen Dienstplan besser steuern als seine anderen Kollegen. Seine Mutter würde zum Weihnachtsfest nicht gern auf ihn verzichten, das wusste er. Also ließ er sich über Weihnachten vertreten und bekam dafür den Dienst über Silvester und Neujahr, der sowieso nur ein Hintergrunddienst war.

Aiko ging es ähnlich. Zu Weihnachten würden die Verwandten ihrer Mutter aus Japan kommen. Da dies selten vorkam, wollte sie über Weihnachten zuhause bleiben. Dafür war sie bereit, über

Silvester und Neujahr zu arbeiten. Nach vielem Hin und Her mit der Krankenhausverwaltung gelang es ihr, ihren Plan durchzusetzen.

Weihnachten mit seiner Mutter zu feiern, war für Stefan eine Pflicht; dass sie ihm etwas lästig war, verscheuchte er aus seinem Kopf. Elisabeth Maienberg wurde müde und älter und sagte wieder zu Stefan:

„Das Haus wird mir zu groß, Stefan. Ich brauche deine Hilfe. Lass es uns verkaufen, damit ich hier ausziehen kann. Ich brauche nur eine kleine Wohnung in der Stadt. Ob als Eigentum oder zur Miete, interessiert mich nicht."

Stefan versprach, sich darum zu kümmern.

Zu Silvester war es im Haus Tradition, dass die Singles, die dienstfrei hatten, in der ausgeräumten und dekorierten Kantine eine Silvesterparty feierten. Weil Stefan als Oberarzt sowieso Hintergrunddienst hatte, würde er auf keinen Fall normal Silvester feiern können. Also bot es sich an, dass er gleich im Krankenhaus blieb und den üblichen Stationsdienst mit übernahm. Auf diese Weise würde Aiko zu der Party gehen können, die den Dienst sonst hätte übernehmen müssen. Als er dies Aiko vorschlug, nahm sie es dankbar an und freute sich.

In der Notaufnahme war am Silvestertag die Hölle los. Die meisten Einlieferungen gingen letztlich auf den Alkoholgenuss und dessen Folgen oder die Silvesterknallerei zurück, sogenannte Alkis und Knallis. Mehrfach rückten die Sanitäter an und brachten Nachschub. Schon am Nachmittag wurden die ersten Knallis eingeliefert, Kinder, die sich an den Fingern oder am Kopf verletzt hatten. Stefans Station blieb weitgehend unbehelligt, denn die Innere verzeichnete meistens zu Silvester eher weniger Neuaufnahmen, anders als zu Weihnachten. Auf ein paar Alkoholvergiftungen hatte man sich vorbereitet.

Den Chirurgen ging es nicht so. Vorsorglich hatte man den Nachtdienst verstärkt, um die vielen Behandlungen von Brüchen, Prellungen, Verbrennungen und Schnittverletzungen zu bewältigen. Es war ohnehin schon immer so gewesen, dass häufig nicht Krankheit und Leiden durch die Tür der Notaufnahme traten, sondern Dummheit und Maßlosigkeit. Das traf besonders auf Silvester zu.

Gegen Mitternacht wurde die Lage in der Notaufnahme immer schwieriger, weil die Patienten, bedingt durch den Alkohol, immer aggressiver wurden. Als ein betrunkener Patient, der bei einer Schlägerei zwei Zähne eingebüßt hatte, einen Zahnarzt verlangte, setzte der diensthabende Arzt ihm ruhig und freundlich auseinander, dass das Krankenhaus nicht über einen Zahnarzt verfüge. Er solle sich zu Neujahr in der nächsten zahnärztlichen Notfallpraxis melden, ohnehin wäre nichts versäumt, wenn man ihn nicht sofort behandele. Eine Kiefer- oder Gesichtsfraktur läge nicht vor, die habe man gerade röntgenologisch ausgeschlossen.

Die Antwort des Patienten bestand darin, dass er den Arzt drohend am Kragen packte und anbrüllte.

Die Schwester, die den Vorgang beobachtete, hob den Telefonhörer und rief die Polizei. Sie wusste, dass zu dieser Zeit vorsorglich ein Polizeiwagen in der Nähe des Krankenhauses parkte. Nach ein paar Minuten, in denen man versuchte, den Patienten zu beruhigen, kamen zwei Polizeibeamte und führten den aggressiven Mann ab.

Stefan hatte insgesamt einen ruhigen Abend. Als er drei Jugendliche, darunter ein Mädchen, und einen chronischen Alkoholiker wegen Alkoholvergiftung an den Tropf gelegt hatte, ging er noch einmal durch die Zimmer und schaute nach den übrigen Patienten. Nachdem er Schwester Agnes, die anscheinend ständig im Krankenhaus anwesend war, ein Frohes Neues Jahr gewünscht hatte, zog er sich in sein Dienstzimmer zurück.

Er legte sich auf sein Bett und es gelang ihm, sich in den Halbschlaf zu dösen, trotz der Silvesterknallerei.

Es war kurz vor ein Uhr nachts. Aiko hatte sich ins Zeug gelegt, Sekt getrunken, gelacht und getanzt und mit ihren Singlekollegen auf Teufel komm raus geflirtet. Irgendwann merkte sie, dass sie heute zu mehr aufgelegt war als zu einem kleinen Flirt.

Ihren Oberarzt, der ihr die Teilnahme an der Party überhaupt erst ermöglicht hatte, sollte sie wenigsten noch einmal aufsuchen, um ihn zum Neuen Jahr zu grüßen, fiel ihr ein. Sie machte sich auf den Weg und lief durch die langen, verwinkelten Gänge des Hauses, hinauf zur Station. Im Stationszimmer saß Schwester Agnes, aß einen Apfel und las in einem Buch.

„Ein gutes Neues Jahr, Schwester Agnes. Wo ist Dr. Maienberg?", fragte Aiko.

„Danke, Ihnen auch. Dr. Maienberg ist in seinem Dienstzimmer."

Aiko ging hin und klopfte an die Tür.

Stefan schreckte etwas aus seinem Halbschlaf auf, als er das Klopfen an der Tür hörte. Gerade hatte er ein paar unbeschreibliche Träume geträumt. Er antwortete.

Aiko kam herein und trat an sein Bett. Sie trug einen kurzen schwarzen Rock mit einem weinroten Top darüber, dazu eine Glitzerstrumpfhose.

Stefan, dösend, schaute auf zwei glitzernde Oberschenkel, die seinen Bettrand berührten. Eine Art Reflex brachte ihn dazu, seine Hand auszustrecken und über einen ihrer Schenkel zu streichen. Er fühlte das seidige Knistern ihrer Strumpfhose.

Im selben Moment erschrak er über sich selbst und erwartete entweder einen Schlag auf die Finger oder eine lautstarke Zurechtweisung.

Nichts davon geschah. Aiko lächelte ihn an und sagte:
„Is was, Doc?"

Es machte ihm Mut.

Er umfasste ihre Schenkel und zog sie sachte an sich. Aiko wand sich los und ging zur Tür.

Auf Wiedersehen, dachte Stefan.

Sie schloss die Tür ab und, Halleluja, kehrte zu ihm zurück.

Es wurde eine normale Krankenhausaffäre, wie sie in jedem Krankenhaus mindestens zehnmal jährlich aufblüht, wie eine Blume im Hinterhof, hundertmal in den Krankenhäusern Berlins, tausendmal in den Krankenhäusern Deutschlands, hunderttausendmal auf der Welt.

Aiko und Stefan schliefen mehrmals im Monat miteinander, normalerweise in seinem Dienstzimmer. Alle wussten es, keinen interessierte es. Die Frequenz ihres körperlichen Zusammenseins regelte der Dienstplan, auch ganz normal, eben die Pflicht. Die Pflicht war es also, die bestimmte, wann und wo sie sich ihren körperlichen Freuden hingeben konnten. Das zu wissen, ärgerte Stefan, wenn er den pfirsichsamtenen japanischen Hintern von Aiko beknabberte, ihr leises Lustkichern erwartend, denn es galt, den Geräuschpegel ihrer Aktivitäten niedrig zu halten.

Manchmal gab es auch die Kür, immer wenn ihr Dienstplan ihnen ein gemeinsames freies Wochenende übrig ließ. Aiko liebte klassische Musik und ließ sich gern von Stefan ins Konzert oder in die Oper einladen. Anschließend belohnte sie ihn, indem sie über Nacht bei ihm blieb.

Es war eine Beziehung zwischen Gestern und Heute, über ein Morgen sprachen sie nie.

Arbeit gab es für Aiko viel, mehr als für ihre ärztlichen Kollegen, denn sie war die einzige Ärztin auf Stefans Station. An einem Montagmorgen musste Stefan die Neuaufnahmen des Wochenendes durchforsten. Neben dem Stationszimmer, im Aufnahmezimmer, lag eine derbe Kopftuchtürkin offenbar mittleren Alters mit

Unterbauchbeschwerden und unklaren Leberwerten. Ihre schwarzen Augenbrauen waren in der Mitte fast zusammengewachsen. Solche sehr häufigen Fälle mussten differenziert werden: waren die Patienten ernstlich krank oder hatten sie die Mittelmeerkrankheit? Die Mittelmeerkrankheit trat regelmäßig bei weiblichen Patienten aus den Anrainerstaaten des Mittelmeeres auf. Ihr Merkmal war heftigste Schmerzen unlokalisierbarer Art, die dazu führten, dass die Patientinnen die Arztpraxen zusammenweinten und zusammenschrien, bis die genervten Praktiker das Überweisungsformular für das Krankenhaus ausschrieben. Die Entstehung der Mittelmeerkrankheit war ganz einfach zu erklären.

Diese Frauen entstammten einer Machogesellschaft, die ihnen einiges zumutete.

Erst einmal wurden sie früh, manchmal gegen ihren Willen, verheiratet und mussten gleich am laufenden Band Kinder gebären. Sofort nach den Geburten wurden sie in die Küche gescheucht und zusätzlich noch ihren Schwiegermüttern überlassen, die sie nach Strich und Faden schikanierten. Nebenher wurden sie noch von ihren geilen Ehemännern benutzt, die abends aus dem Haus gingen und sie betrogen, wann immer sich die Gelegenheit ergab. Mit dreißig Lebensjahren sahen sie dann so aus wie andere mit fünfzig. Die Schwiegermütter, die jetzt Rache für das Leben übten, welches ihnen von ihren Ehemännern in gleicher Weise aufgezwungen worden war, passten auf, dass ihre Enkelsöhne wie Prinzchen behandelt wurden, damit sich das Spiel in gleicher Weise fortsetzen konnte. Was mit den Enkelinnen passierte, interessierte wenig, außer dass man aufpassen musste, dass sie Jungfrauen blieben, bevor man sie verheiratete.

Damit schloss sich der Kreis.

Kein Wunder, dass diese Frauen alles daran legten, wenigstens für kurze Zeit diesem Höllenzirkus zu entgehen, auch wenn es nur um ein paar ruhige Tage im Krankenhaus ging.

Als Stefan die Türkin untersuchen wollte, stieß sie ihn weg und machte ihm in ihrem unbeholfenen Deutsch klar, dass sie sich nur von einer Frau untersuchen lassen wolle. Stefan holte Aiko. Derartiges passierte oft.

Irgendwann im April wurde Stefan von Hartmut angerufen. Er habe jetzt eine feste Wohnung, berichtete er. Stefan solle ihn doch im Mai besuchen, dann ziehe der Frühling in Köln ein und es sei dann dort sehr schön.

Stefan hatte keine Lust, mit seinem Kadett nach Köln zu fahren, weil es ihm vor den Grenzkontrollen bei Drewitz und Marienborn grauste, die er schon so oft hatte überwinden müssen. Darum entschloss er sich, diesmal mit dem Zug zu fahren.

Bei der Einfahrt des Zuges in Köln, das er vorher noch nie gesehen hatte, beeindruckte Stefan zunächst wie alle Besucher die scheinbar endlos zum Himmel ragende Silhouette des Domes. Doch der Eindruck seiner Prächtigkeit reduzierte sich für ihn wegen der betonkalten Umgebung mitsamt dem Bahnhof. Besser hätte er ihn sich in der Mitte eines Gassengewirres mit niedrigen Häusern vorstellen können, so wie es vielleicht früher einmal ausgesehen hatte, empfand er.

Hartmut wartete schon auf ihn, winkte und stieg aus einem schwarzglänzenden Porsche, offensichtlich brandneu. Sie umarmten sich.

„Willkommen in Köln, Stefan!"

„Grüß dich Alter. Was hast du da für einen Boliden? Fährt der auf Rädern oder auf Wechseln?"

Hartmut klopfte Stefan auf die Schulter und lachte.

„Das erste ja, das zweite nein. Dä Waren is zwar düer, doch ät is ä Träumsche", äffte er den Kölner Dialekt nach.

Sie fuhren nun quer durch die Stadt zu Hartmuts Wohnung. Das, was Stefan von Köln sah, enttäuschte ihn. Eine Mischung aus gesichtslosen Neubauten, schlichten Wirtschafts- und Behördengebäuden und geschmacklosen Versicherungspalästen schien das Zentrum der Stadt Köln zu sein, alles verhunzte Nachkriegsarchitektur, durchzogen von grauen Asphaltstraßen.

„Die Kölner Innenstadt ist bis auf ihren Dom und die Kirchen von den Alliierten fast restlos zerstört worden", entschuldigte Hartmut.

Sie fuhren nun nach Westen und erreichten ein Gebiet, welches wenigstens teilweise von den Bomben verschont geblieben schien, denn eine rechtwinklig angeordnete Ansammlung von Miet- und Geschäftshäusern mit verrußten roten Backsteinfassaden zeigte noch einen Rest von Urbanität an. Zwischendurch entdeckte Stefan Lücken mit Ruinenresten, als wenn man dem Gebiss der Straßen einen Teil der Zähne gezogen hätte.

Der Porsche überquerte nun eine Art Ringstraße und Hartmut sagte:

„Gleich sind wir da."

Unweit der Ringstraße hielt er vor einem hohen, opulent verzierten Backsteinhaus, vermutlich aus der Gründerzeit stammend. Sie keuchten sich mit Stefans Gepäck acht Treppen hoch. Hartmut öffnete eine unscheinbare niedrige Tür und ließ Stefan eintreten. Stefan war überrascht.

Die Wohnung war riesig, ein umgebauter, mit weißen Materialien verkleideter Dachboden. Auch einen Teil der Balken hatte man in die Zimmer mit einbezogen und ihre Oberfläche aus Naturholz belassen. Alle Decken liefen spitzwinklig zu. Zu den Seiten der Wohnung breiteten sich zwei großflächige offene Balkone aus. Der stadteinwärts gerichtete Balkon erlaubte zwar nicht die Sicht auf den Rhein, doch der Blick richtete sich auf die Silhouette Kölns mit den vielen Kirchen. Das einfallende Licht der Frühlingssonne ließ sie vielfarbig und figürlich erscheinen. Die Einrichtung der Wohnung war minimalistisch. Nur wenige Möbel standen im Wohnzimmer, darunter die lederne Eckcouch aus Hartmuts Jagdhütte.

Das Schlafzimmer besaß einen weißen, modernen Kleiderschrank, der eine ganze Wand ausfüllte und ein breites, niedriges Bett ohne übrigen Zierrat. Die Küche beeindruckte Stefan besonders. Hartmut hatte sie als Einbauküche mit viel Marmor und Edelstahl eingerichtet. Alle Geräte darin verfügten offensichtlich über modernste Küchentechnik.

Hartmut bemerkte dazu:

„Die Küche hat mir ein Innenarchitekt zusammengestellt. Er erzählte mir, solche Küchen seien meist für Kunden bestimmt, die am seltensten darin kochen. Der Mann hatte recht. Ich esse mittags kaum oder nie und abends meist auswärts."

Hartmut führte Stefan nun in einen kleinen Nebenraum, der mit den Möbeln und dem Bett aus seinem Zimmer im Elternhaus ausgestattet war.

„Hier schläfst du", sagte Hartmut.

Später bereitete er mit seiner Espressomaschine zwei doppelte Espressos. Die warme Frühlingsluft erlaubte es, dass sie sie draußen trinken konnten. Sie setzten sich beide auf den stadtseitigen Balkon und schauten auf Köln.

„Für heute Abend gibt es einen Plan", sagte Hartmut. „Wir werden mit dem Bus in die Altstadt fahren und uns mit einigen meiner Partner treffen. Es sind ortsansässige Kölner, richtige Eingeborene. Sie sprechen und denken anders als wir, mach dir erst einmal einen Eindruck. Später werde ich dir manches erklären. Der Abend kann lang werden, wir fahren mit der Taxe zurück. Morgen muss ich nicht arbeiten, dann fahren wir zusammen an die Mosel. Einer meiner Geschäftspartner hat mir in der Nähe von Zell ein Jagdrevier vermittelt, in das ich einsteigen kann; der kölsche Klüngel hat schon so seine Vorteile. Wir schauen es uns an und überlegen zusammen, denn ich gehe davon aus, dass du manchmal mitkommen wirst?"

Nahe der Kirche Groß St. Martin stiegen sie abends aus dem Bus. Stefan erblickte eine Reihe zusammengerückter schmächtiger Giebelhäuser, die gleichwohl eine gewisse Stattlichkeit, auch Geschäftigkeit ausdrückten. Sie waren wohl der Rest jenes Gassengewirrs, das sich Stefan als Umgebung des Doms vorgestellt hatte.

Durch die Straßen der Altstadt schlenderten die Menschen; händehaltende Pärchen, kamerabewehrte Touristen und grölende Anhänger des FC Köln mit einem Ziegenbock auf ihren Shirts, alle den warmen Frühlingstag genießend. Auf den wenigen Bäumen mit ihrem frischen Grün hatten sich Scharen von Staren versammelt, zwitschernd und keifend, wahrscheinlich palaverten sie über ihren Plan zur Suche nach Plätzen für Niederlassung und Futter.

Nach kurzer Zeit erreichten sie ein schlichtes Gebäude, signiert mit der Leuchtschrift:

Brauhaus Päffgen

Sie traten ein und schauten in ein mit krummgescheuerten Holztischen ausgestattetes Gasthaus.

Fast alle Tische waren besetzt, zwischen ihnen liefen Kellner mit Leinenschürzen und Ledertaschen umher, die Tabletts mit gefüllten Biergläsern oder fettig riechenden Speisen über den Köpfen ihrer Gäste balancierten.

„Die nennt man hier in Köln Köbes", belehrte ihn Hartmut.

Ein Pfiff aus einer Ecke rief sie zu einem Tisch, an dem bereits zwei Männer mit dunklen Hosen und weißen Hemden saßen.

Beide, wohl eingeborene Kölner, schienen Stefan eine Etage niedriger ausgefallen zu sein als Stefan und er, obwohl sie saßen und insofern ihre Größe schlecht zu beurteilen war.

Der Mann an der Gangseite des Tisches stand auf und schaute Stefan aus braunblitzenden Augen an.

„Isch bin dä Hannes, dat is dä Jupp. Nachher komm noch dä Schäng. Isch sach „Du" zu dir. Dä Fründe vonne Hartmut, unsere Imi, sin och unsere Fründe."

„Köbes", rief er dann, „jibbe uns nochene Runde Kölsch!"

Der Köbes kam und bot ihnen ein Tablett mit kleinen Zylindergläsern an, die mit dem typischen hellen obergärigen Bier gefüllt waren.

Jeder nahm sich ein Glas, sie prosteten sich zu.

Nach einer Weile kam ein weiterer Mann dazu, korrekt gekleidet mit dunklem Anzug und Schlips und setzte sich.

„Wo bissä denn gewesen, Schäng?"

„In Düsseldorf."

„Ä, hasse dich nit da verjiftet en dä achte Jeisel Jottes?"

„Im Jejenteil. Dä han isch ne Kolleje jetroffe un jehört, wo dat nächste Baujebiet in Kölle jeplant is. Dä Käl sett bei dä Behörde von dä Landtag. Dem han isch mal jehollfe"

Die drei Kölner lachten meckernd.

Es ging nun hin und her, die Runden überpurzelten sich. Irgendwann rief „Schäng":

„Köbes, komm noch emal und jib uns nochene Runde Schabau!"

Schabau heißt Schnaps, sagte Hartmut zu Stefan.

Nach einer Weile hatte es gereicht, mit Schabau und Kölsch. Hartmut rief eine Taxe, sie fuhren nach Hause.

Beim Frühstück erzählte ihm Hartmut mehr über seine Geschäftspartner.

„Das waren gestern nur drei von insgesamt sechs Miteigentümern der Firma Heimbau, an der ich auch beteiligt bin. Wir haben uns auf einer Baumesse kennengelernt, kurz bevor ich unser Baugeschäft verkaufen wollte. Fast den ganzen Rest des Verkaufserlöses für die alte Firma habe ich in die neue Firma gesteckt, anders wäre es auch nicht gegangen, sonst hätte das Finanzamt sofort seinen Rüssel in meine Bankkonten hineingesteckt. Die

Firma existiert erst ein paar Jahre. Ich bin jetzt der Geschäftsführer, bekomme ein anständiges Gehalt und meinen Anteil vom Ertrag."

„Und was macht die Firma?"

„Im Prinzip das gleiche, was ich vorher gemacht habe. Wir sehen zu, dass wir früh erfahren, wo Baugebiete geplant sind, schließen Vorverträge mit den Landeignern ab und bieten Bauinteressenten Einfamilienhäuser und Eigentumswohnungen schlüsselfertig an. Doch das spielt sich natürlich in ganz anderen Dimensionen ab. Der Großraum Köln-Düsseldorf verfügt über ein schier unerschöpfliches Potential von Bauwilligen; unsere jährlichen Projekte gehen in die Hunderte. Die meisten Häuser bauen wir im Bergischen Land, weil die Grundstückspreise in der unmittelbaren Nähe der beiden Großstädte viel zu hoch sind. Wenn sich zufällig noch andere lohnende Projekte ergeben, nehmen wir sie natürlich auch mit."

„Das muss ja ein riesiges Bauunternehmen sein!"

Hartmut nahm einen Schluck Kaffee.

„Wir sind kein Bauunternehmen im landläufigen Sinn, Stefan. Wir haben nur etwa fünfzig Mitarbeiter, genauso viele wie in der väterlichen Firma. Wir schreiben aus und lassen andere für uns bauen. Und genau das ist meine Aufgabe. Ich entwerfe die Ausschreibungen, kontrolliere die Eingänge und bestimme zusammen mit meinen Partnern, wer den Zuschlag bekommt. Ich beobachte die Ausführung und führe zum Schluss die Qualitätskontrolle durch. Ich bin auch die Verbindung zu den Architektenbüros. Meine Partner sind reine Geschäftsleute und haben vom Bauen keine Ahnung. Sie sind aber waschechte Kölner, haben eine Menge Verbindungen und hören die Fliegen husten, wenn irgendwo gebaut werden soll. Für so etwas tauge ich hier nicht. Jetzt kennst du unser Geschäftsmodell."

„Müsst ihr auch noch so etwas wie deine Sausen machen, in der Weise, wie ich das miterlebt habe?"

Hartmut lachte.

„Das ist vorbei, Stefan, das war Provinz. So etwas Ähnliches gibt es hier auch, nur diffiziler. Die Rheinländer haben dafür ihre eigene Art. Unterschätze sie nicht! Ein Rheinländer ist zunächst ein geselliger Mensch, klopft dir auf die Schulter und bietet dir das Du an, tut so, als wärst du sein bester Freund. Doch es besteht immer die Gefahr, dass er dich bescheisst, wenn du ihm den Rücken zudrehst."

„Ich hatte gestern das Gefühl, dass die Kölner Düsseldorf nicht mögen."

„Das ist wohl wahr. Dafür gibt es mehrere Gründe. Der erste Grund ist paradoxerweise die Ähnlichkeit. Beide Städte sind Großstädte, liegen am Rhein und dazu noch nahe beieinander. Also sind sie Konkurrenz, und Konkurrenz liebt man nicht.

Der zweite Grund ist ihre Verschiedenheit. Die Düsseldorfer sind abgehoben, guck dir doch mal ihre Königsallee an, Schickimicki ohne Ende.

Die Kölner sind bodenständig und direkt. Das drückt sich sogar im Karneval aus. Leitfiguren des Düsseldorfer Karnevals sind Prinz und Prinzessin. Leitfiguren des Kölner Karnevals sind außer dem Prinz eine Jungfrau, die ein verkleideter Mann ist und ein Bauer. Das hat alles seine Gründe.

Zum Ärger der Kölner sitzt die Landesregierung von Nordrhein-Westfalen nicht im bevölkerungsreicheren Köln, sondern in Düsseldorf. Also sitzt auch das Geld in Düsseldorf, Firmenvertretungen, Lobbyisten und wer weiß was sonst noch. Aber Köln ist zweitausend Jahre alt, hat den Dom, seine vielen Kirchen, seine Römervergangenheit und seine Kultur. Köln ist eine Medienstadt, hier gibt es den WDR, Fernsehstudios, Künstler und alles, was daran hängt.

Düsseldorf ist keine achthundert Jahre alt, hat nur eine versoffene Altstadt und eben keine Kultur.

Man könnte kurz sagen, Düsseldorf hat das Geld und die Macht, Köln hat die Kultur."

„Gehst du auch zum Karneval, Hartmut?"

„Nein, mache ich nicht. Wir beide können den Kölner Karneval nicht verstehen, der passt auch nicht zu uns. Während der letzten Tage des Karnevals lief in Köln nichts, die Firma war geschlossen. Ich bin dann nach Hause gefahren und habe meine Mutter besucht."

Nach dem Frühstück fuhren sie mit Hartmuts Porsche über die Autobahn nach Süden, in Richtung Mosel. In der Nähe von Koblenz wechselte Hartmut auf eine andere Autobahn, die abknickte und nach Trier führte. Es ging nun durch die Eifel, durch dunklen Wald, der sich zu beiden Seiten auftürmte. Die Mosel musste dicht an der Autobahn liegen, doch bislang hatte Stefan noch nichts von ihr erblickt.

An irgendeiner Abfahrt bog Hartmut ab und öffnete das Schiebedach des Porsche. Ein kalter Luftzug strömte in den Wagen.

„Ist das nicht zu kalt?", fragte Stefan.

„Wir fahren jetzt in das Tal hinunter, damit wir von der Mosel etwas sehen", entgegnete Hartmut. „Ich gehe davon aus, dass es unten warm genug ist."

Abwärts ging es nun, die Straße drehte sich um schwarze Fichten, steil und rodelbahnartig. Ein kleiner Nebenfluss der Mosel erschien an der Seite, erst plätschernd, dann strömend. Nachdem sie eine verfallene Wassermühle passiert hatten, die sie aus ihren leeren Fensterhöhlen finster anschaute, vereinzelten sich die Fichten. Die Straße führte nach einer Haarnadelkurve auf eine Streuobstwiese, wo sie sich nach links und rechts gabelte. Unerwartet öffnete sich eine Landschaftsbühne, ein Sonnenhimmel fiel ihnen entgegen. Ein Schwall warmer Frühlingsluft erfüllte das Auto. Die Sonne hatte einen Teil ihrer Glut in das Moseltal abgegeben und brachte die Landschaft zum Strahlen. Umgekehrte Verhältnisse, sann Stefan, oben war es kalt und dunkel, hier im Keller war es leuchtend und warm.

Entlang der Moselstraße erschienen schlichte Winzerdörfer, gespickt mit Gasthöfen, Pensionen und den überall gegenwärtigen Tafeln: Weinverkauf.

Die Winzer krochen aus ihren Kellern. Sie waren eins mit ihren Reben auf der gegenüberliegenden Seite des Flusses, die frischgrüne Blätterexplosionen aus ihren Knubbeln sprießen ließen. Es war wie eine Symbiose. Im Frühling und im Sommer lebten sie dicht mit ihnen zusammen und berührten sich gegenseitig, gewohnheitsmäßig, wie ein altes Ehepaar. Im Herbst opferten sie einander, der Rebstock die Trauben, der Winzer die Arbeit, um dann gleichzeitig in den Winterschlaf zu fallen. Der Rebstock zog die Blätter ein, der Winzer zog in den Keller, um den Wein zu bereiten.

Die Uferstraße, öde und kahl im Winter, hatte sich schon belebt. Das erste warme Wochenende sorgte dafür, dass die Menschen aus den Großstädten in das Moseltal einfielen, um den Winter zu vergessen und den Frühling zu spüren.

Irgendwann fuhr Hartmut über eine Brücke und wechselte auf die andere Seite der Mosel.

Der Porsche kroch jetzt auf kleinen Straßen bergauf, nun durch die Weinberge. Doch die Wärme hielt sich, bis sie die Talkante erreichten. Ein Streifen verwilderter Ginsterbüsche bildete einen Übergang, bis der Wald wieder drohend, kalt und finster vor ihnen stand.

„Du bist jetzt im Hunsrück", sagte Stefan. „Und hier ist mein neues Jagdrevier."

Sie setzten sich auf eine Bank am Waldrand und schauten eine Weile still auf die Mosel. Gerade Reihen von Reben, sorgsam gepflegt und beschnitten, liefen in das Tal und mündeten in behäbigen Winzergütern, Zufluchten aus Naturstein, die Nahrung, Wärme und Wohlstand versprachen. Doch hinter ihnen lag der Wald, wie ein Urwald, Wildnis, Chaos und Kälte ausstrahlend.

Das Bild wirkte für Stefan wie ein Abglanz der menschlichen Existenz, die ursprünglich in der Wildnis wurzelte. Über die Zeit hatte sie es verstanden, sich die Wildnis gefügig zu machen, um sie zu verwandeln, damit sie ihre Bedürfnisse stille.

Nicht eine Wolke stand am Himmel. Das Sonnenlicht des späten Mittags fiel ungehindert auf die Schleife des Flusses und brachte sein frühlingstrübes Wasser zum Glänzen.

Stefan und Hartmut waren etwas eingedöst und erwachten unerwartet aus ihren Träumen, als ein Winzer mit einer Schubkarre, gefüllt mit grauen Schiefersteinen, an ihnen vorbeirumpelte.

Hartmut fiel etwas ein. Er bückte sich, hob ein handgroßes Stück Moselschiefer vom Boden auf und nahm es an sich.

„Das ist wohl für deine Steinsammlung?", fragte Stefan. Hartmut nickte

„Der Schiefer ist übrigens gleichzeitig ein Segen und ein Problem für die Winzer, Stefan. Die Schiefersteine bedecken seit jeher den Boden unter den Reben wie ein Teppich. Das hat den Vorteil, dass die Wärme des Tages von ihnen gespeichert und nachts an die Reben abgegeben wird. Besonders wichtig ist das während der Rebblüte, wenn mal Nachtfrost aufkommen sollte, was passieren kann. Außerdem halten sie das Unkraut zurück.

Der Nachteil ist, dass der Schiefer an den steilen Hängen permanent nach unten rutscht. Die Winzer müssen ihn also ständig umschichten. Und das bedeutet Arbeit, schwere sogar, denn das lässt sich nicht bis zum letzten Arbeitsgang mit Maschinen durchführen, wie du eben gesehen hast.

Aus diesem Grund sind viele Winzer dazu übergegangen, den Boden unter den Reben mit Gras einzusäen. Doch angeblich soll die Qualität des Weines der Schieferlagen nicht von den Graslagen zu erreichen sein. Und es kommt noch etwas anderes in das Spiel: die Wildschweine. Darüber sprechen wir nachher."

Hartmut hatte für die Übernachtung einen Gasthof direkt an der Mosel ausgesucht. Nach dem Abendessen saßen Hartmut und Stefan noch bei einem Glas Wein aus der Gegend zusammen. Stefan sprach Hartmut auf die neue Jagd an. Hartmut nahm einen Schluck und erzählte:

„Mein neues Jagdgebiet erstreckt sich von den Weinbergen bis tief in den Wald oben hinein. Drei Kölner haben es gepachtet, ein Arzt und zwei Geschäftsleute. Ich konnte mich mit in die Gemeinschaft einklinken; den Kontakt haben mir meine Geschäftspartner verschafft. Die weite Entfernung zu Köln bedeutet leider, dass wir in der Woche normalerweise nicht heraus können, sodass die Jagd fast nur an den Wochenenden stattfindet. Das ist hier aber nahezu normal, denn die hiesigen Jäger können sich die hohen Pachtpreise nicht leisten, welche die Winzer und Bauern fordern. Noch viel extremer geht es in der Eifel auf der anderen Seite der Mosel zu. Da haben Großfirmen aus dem Raum Köln-Düsseldorf und Großindustrielle, richtig reiche Leute, komplette Landstriche für die Jagd gepachtet und laden Politiker und Geschäftspartner aus ganz Deutschland zur Jagd ein. Manche folgenreichen, wirtschaftlichen Entscheidungen, die Tausende von Arbeitsplätzen betreffen, sind dort schon auf der Jagd getroffen worden.

Davon kann bei unserer Jagd keine Rede sein, vergleichsweise geht es noch idyllisch zu. Das Land gehört den Winzern und ein paar Bauern aus dem Hunsrück. Von ihnen haben wir die Jagdrechte gepachtet. Natürlich wissen die auch, was eine Jagdpacht kosten kann."

„Und was für Wild gibt es hier?"

„Wildschweine vor allem. Rehwild auch. Rot- oder Damhirsche haben wir bei uns nicht, in anderen Gegenden aber schon, besonders auf der anderen Moselseite. Niederwild, Hase oder Fasan, ist bei uns wohl ausgestorben. Das Rebhuhn, trotz seines Namens, haben wir noch nie hier gesehen. Rehe und Füchse gibt es hier überall, sogar zwischen den Weinbergen. Die Sauen, also die Wildschweine, sind für uns die wichtigste Wildart. Normalerweise waren sie nur im Wald oder im Buschwerk oberhalb der Weinberge anzutreffen. Weil die Winzer zum Teil dazu übergegangen sind, Gras unter die Weinreben zu säen – ich habe dir davon berichtet – hat sich das geändert. Im Frühjahr, wenn die Sauen kaum etwas zu beißen haben, ziehen sie neuerdings in die Weinberge und reißen auf der Suche nach Würmern und Insektenlarven die Grasnarbe auf. Das wäre allein nicht so schlimm und lässt sich noch mit etwas Aufwand wieder reparieren. Aber wo sie schon einmal hier gewesen sind, haben sie gemerkt, dass an den Weinreben im Herbst leckere Trauben sitzen, die man gut naschen kann.

Das macht natürlich richtigen Schaden und bringt die Winzer auf die Palme.

Aus diesem Grund müssen wir jedes Jahr mindestens zwei große Treibjagden veranstalten, um die Sauen zu dezimieren.

Aber nun erzähl mir von dir, wie hast du dich in Berlin eingelebt, und wie läuft das bei dir im Krankenhaus?"

Stefan überlegte, nahm auch einen Schluck Wein.

„Berlin ist kein Problem, Hartmut, im Gegenteil. Die Stadt ist schon immer voll von Zugezogenen gewesen und darauf eingestellt. Mehr als die Hälfte meiner Kolleginnen und Kollegen kommen nicht aus Berlin. Die Arbeit im Krankenhaus ist im Prinzip die gleiche wie im Marienkrankenhaus, nur der persönliche Kontakt zu den Kollegen und dem Chef findet nicht so richtig statt. Fachlich hat das keine Auswirkungen, nur auf die Atmosphäre, die sich sehr viel nüchterner gestaltet. Das Krankenhaus ist eben auch sehr viel größer als das Marienkrankenhaus und ich lebe in einer Großstadt, nicht in der Provinz. Eine Eva werde ich hier wohl nicht kennenlernen."

„Da wir gerade davon sprechen, bist du noch immer solo?"

„Nicht ganz. Es hat sich etwas angebahnt, ich weiß aber nicht, ob es in eine langfristige Beziehung mündet."

„Du wirst dich wundern, Stefan, bei mir ist es ähnlich!"

Stefan flogen vor Überraschung die Augenbrauen nach oben.

„Was ist los mit dir, Hartmut? Kein Spaß mehr, kein Mädchenroulett?"

„Der Mensch wird eben älter. Aber lassen wir das. Lass uns lieber nach oben gehen, wir müssen früh aufstehen. Um acht kommt ein Winzer mit einem Unimog und fährt uns durch das Revier."

Nach dem Frühstück kam der Winzer, ein kleiner drahtiger Mann in den Fünfzigern, in die Gaststube und holte Stefan und Hartmut ab. Sie rückten auf den Frontsitzen zusammen und nahmen den gleichen Weg durch die Weinberge, den Hartmut einen Tag zuvor mit dem Porsche gefahren war. Bei der Bank bogen sie auf einen schmalen Waldweg ab, links und rechts schlugen Ginsterzweige an die Ladefläche. Nach einer Weile öffnete sich das Buschwerk und gab den Blick auf ein Kiefernwäldchen frei, das eine kleine ebene Fläche besiedelte, ein freundlicher Wächter auf der Höhe des Tales. Nach etwa hundert Metern stürzte der Weg in die Tiefe. Der Fahrer des Unimogs fuhr im Schritttempo, dabei genau den Weg beobachtend, der mit Furchen und Steinen durchsetzt war. Zur Linken und Rechten stand Mischwald, hauptsächlich Buchen und Eichen, manchmal Birken und Kirschen. Unter den Bäumen wucherte Unterholz.

„Hier fühlen sich die Sauen wohl", sagte Hartmut.

Sie erreichten den Grund einer Schlucht, die zwar kein Wasser führte, doch die feuchte Bodenbeschaffenheit ließ vermuten, dass weiter talwärts eine Quelle zu erwarten war. Der Unimog rutschte und stellte sich quer; sein Fahrer ließ den Motor aufheulen, bis die Räder durchdrehten. Einen Moment später hatte er das Fahrzeug wieder in der Gewalt und strebte einem gegenläufigen Weg zu, der sich auf der anderen Seite der Schlucht hinauf schraubte.

Weiter ging es, bis sie die Höhe erreichten, ein kleines, baumloses, mit Trockenrasen bewachsenes Plateau. An seinem nördlichen Rand zeigten aufgeworfene, braune Erdschollen an, dass jemand hier vor kurzem einen Streifen Land gepflügt hatte. In der Mitte des Plateaus stand ein mächtiger Hochsitz mit vier Fenstern, deren Läden geschlossen waren.

„Vor vielen Jahren stand hier noch ein Acker", informierte der Winzer. „Die Bauern haben ihn aufgegeben, weil die Erträge zu schlecht waren. Jetzt ist alles Brache."

„Bis auf einen kleinen Teil", ergänzte Hartmut. „Der Streifen da vorn ist unser Wildacker, den wir noch mit Topinambur, Hafer und Klee einsäen werden. Der Wildacker wird sozusagen einer der Treffpunkte des Wildes aus allen Richtungen sein. Von der großen Kanzel her werden wir es beobachten und bejagen können. Man kann darin sogar schlafen, wenn man sich dementsprechend anzieht."

Als sie die Brache hinter sich gelassen hatten, teilte sich der Weg. Der Unimog bog nach links ab und erreichte eine weitere Schlucht. Beim Hinunterfahren knisterte es im Gebüsch. Kurz darauf hörten sie das heisere Blaffen eines Rehes, einem Hundegebell nicht unähnlich. Der Unimog blieb stehen. Der Laut wiederholte sich noch ein paarmal. Schließlich raschelte es anhaltend und kräftig im Gebüsch, eilige Flucht des Rehes vermeldend. Einige Male war der Laut noch zu hören, mehr echoartig, bis er sich in der Weite des Waldes verlor. Der Unimog setzte sich wieder in Bewegung.

Diese Schlucht war tiefer als die erste. Auf ihrem Grund sprudelte bereits ein kleiner Waldbach hervor, umgeben von Pestwurz und Farnen. Sie überquerten ihn auf einer Brücke. Hinter der

Brücke fuhren sie wieder hinauf. Nun bog der Unimog nach rechts ab und fuhr längere Zeit auf einem Kammweg entlang, gesäumt von Stangenholz. Links und rechts von ihm ging es steil in die Tiefe. Anschließend durchquerten sie wieder Schluchten. Der Wald musste von oben wie ein zerfurchtes Altersgesicht wirken, dessen Tränen als Bäche in die Mosel liefen, dachte Stefan.

Irgendwann erreichten sie den Waldrand und damit eine andere Landschaft.

Gerundete Hügel boten sich ihrem Blick dar, teils Wiesen mit schwarzbunten Kühen darauf und teils Felder mit auflaufendem Wintergetreide. Zwischen und an den Hügeln streuten sich kleine Dörfer.

Die Häuser und Höfe sahen sehr einfach aus, einfarbig, ohne Zierrat. Doch die Bewehrung der Dächer und Fenster zeigte an, dass man hier wohl mit strengen Wintern rechnen musste.

Der Winzer sagte in seinem rheinischen, singenden Dialekt:

„Wir an der Mosel sind verwöhnt, was das Wetter anbelangt. Wenn wir nach oben in den Hunsrück fahren, kommt es uns da vor wie in Sibirien. Die haben auch nur eine miserable Landwirtschaft, die Böden und das Wetter sind zu schlecht. Viele Höfe haben schon aufgegeben, die Leute suchen sich Arbeit in Koblenz, Trier oder sogar Mainz und fahren jeden Tag."

Nachdem der Winzer sie bei ihrem Gasthof abgesetzt hatte, packten Stefan und Hartmut wieder zusammen und fuhren nach Köln zurück.

Auf der Rückfahrt sagte Hartmut:

„Wenn es dir recht ist, Stefan, könnten wir im Herbst zusammen jagen. Zehn Tage könnte ich am Stück frei nehmen. Wie sieht es bei dir aus?"

„Ähnlich. Länger kann ich auch nicht, sonst wird mein übriger Jahresurlaub zu kurz. Ich muss mich gleich darum kümmern, wenn ich in Berlin bin. Wie wäre es mit dem Beginn der Jagdtage während der ersten Woche im September? Dann könnten wir noch gut etwas vom Rehwild sehen, denn die Tage sind dann noch lang!"

„Einverstanden. Wir versuchen das so und bleiben in Verbindung. Wenn wir Glück haben, können wir in meiner eigenen Hütte übernachten, ich bin gerade auf der Suche nach einer Jagdhütte. Wäre aber auch nicht schlimm, wenn es nicht klappt, dann übernachten wir eben im Gasthof."

Als sie sich am Bahnhof in Köln verabschiedeten, sagte Hartmut noch:

„Gute Fahrt und auf Wiedersehen im Herbst!"

Es war ein erfreuliches Wiedersehen mit Aiko, besonders für sie, als er am Montagmorgen in gewohnter Weise um sieben Uhr das Stationszimmer betrat.

Aiko hatte zusammen mit Münthe den Wochenenddienst in vorbildlicher Weise gemeistert. Stefans Kollege Dr. Sablowski, der den Hintergrunddienst übernommen hatte, musste nicht ein einziges Mal aus dem Schlaf gerufen werden. Die beiden Assistenzärzte hatten alles richtig gemacht, problematische Fälle als solche erkannt und zur Chirurgie oder gleich an die Intensiveinheit weitergeleitet und die leichteren und eigenen Fälle bei Komplikationen versorgt und sie anschließend aufgenommen und der Fürsorge der Schwestern anheimgestellt.

Aiko war sehr stolz auf sich gewesen. Ihr fehlten nur Stefan, seine Kompetenz, seine konstruktive Kritik, auch ihre gegenseitigen heimlichen Berührungen.

Stefan war etwas müde wegen des ausgefüllten Wochenendes. Er saß an seinem Schreibtisch und war gerade mit der Durchsicht der Karteiblätter der Wochenendpatienten beschäftigt, als sie neben ihn trat. Nach einem Blick zur Tür umfasste er ihre Hüfte und zog sie an seine Seite. Aiko fuhr ihm mit den Fingern durch das Haar, beugte sich zu ihm hin und gab ihm einen Kuss auf die Stirn. Stefan drehte sich zu ihr um und wurde ernst.

„Ich muss mir jetzt darüber Gedanken machen, wie wir unseren Dienstplan für den Sommer in trockene Tücher bringen, Aiko. Wenn es irgendwie geht, möchte ich es hinkriegen, dass wir wenigstens eine Woche zusammen Urlaub machen können. Ist dir das recht?"

Aiko, die nicht aufgehört hatte, seinen Kopf zu kraulen, fasste ihn an den Ohren und zog sein Gesicht zu sich.

„Dann sieh mal zu, ob es klappt, Stefan. Erst einmal wollte ich heute Abend deine Wohnung besichtigen, kenne sie kaum. Hast du Sekt im Kühlschrank?"

Es stellte sich heraus, dass der Dienstplan es nicht erlaubte, dass beide zusammen eine Woche dienstfrei nehmen konnten, jedenfalls nicht im Sommer. Zu viele Tage waren schon für Mitarbeiter mit Familien vorgemerkt, und die gingen vor, erst recht während der Sommerferien. So konnte Stefan nur vierzehn Tage für sich allein reservieren, jedoch gelang es ihm, die zehn Tage im September für die Jagd zu belegen.

Wenigstens ein Wochenende wollte er aber mit Aiko verbringen, und so begann er, sich nach einer Unterkunft an der Ostsee umzusehen. Auch das erwies sich schon als schwierig, denn die meisten Zimmer in den großen Ferienorten wie Timmendorf und Grömitz waren an den Wochenenden bereits ausgebucht. Schließlich gelang es ihm, in dem kleinen Küstenort Hohwacht in einer Frühstückspension ein Doppelzimmer zu bekommen.

Auf der Fahrt dorthin mussten sie wieder die DDR durchqueren, diesmal nicht auf einer Autobahn, sondern auf einer Straße, die sie während des Transits nicht verlassen durften. Die Straße führte zum Teil mitten durch die Orte. Über ihren miserablen Zustand wunderten sie sich nicht, denn die Autobahnen in der DDR sahen nicht besser aus. Aber dass die Hausfassaden der Häuser, die sie sahen, fast durchgängig verdreckt und verfallen waren, hätten sie so nicht erwartet. Hier war wohl über dreißig Jahre nichts mehr renoviert worden. Die Straße nach Hohwacht führte sie durch ein idyllisches kleines Buchenwäldchen. Als sie ankamen, sahen sie, dass sie eine gute Wahl getroffen hatten. Der Ort schmiegte sich malerisch an eine hohe, mit Bäumen und Büschen bewachsene Steilküste. Sie erstreckte sich mehrere hundert Meter entlang der Strandpromenade und des Badestrandes. Der feinsandige Strand machte einen gepflegten Eindruck, verlief sanft in das Meer und schien nicht übervölkert zu sein.

Stefan parkte seinen VW Golf, der den alten Kadett ersetzt hatte, vor einem mit blühenden Büschen umsäumten Häuschen, das direkt oberhalb der Steilküste stand. Den Strand konnte man von hier aus über ein paar Treppen erreichen. Die Pension war nicht sehr groß und hatte nur wenige Zimmer. Aber eine nette, etwa fünfzigjährige Wirtin begrüßte sie freundlich und führte sie zum Dachgeschoß hinauf, in eine Art Giebelraum. Das Zimmer erwies sich als klein, aber gemütlich. Außerdem erlaubte es einen großartigen Blick weit über die Ostsee. In der Ferne konnten sie große Schiffe sehen, die in der Bucht unterwegs waren. Besonders Aiko war beeindruckt. Sie stellte sich minutenlang an das Fenster, die Aussicht genießend.

Das warme Juliwetter erweckte in ihnen den Wunsch, gleich zu baden; sie zogen sich im Zimmer um und gingen mit ihren Badesachen zum Strand. Als sie das Wasser erreichten, fassten sie sich an der Hand und liefen fröhlich hinein. Das Meer hatte eine spiegelglatte Oberfläche. Irgendwie ähnelte es einem großen See; in der Nähe zogen auf ihm außer den Möwen sogar Schwäne ihre Kreise. Auch schien es nicht sehr salzig zu sein, denn sie konnten beobachten, wie ein Hund das Wasser schlabberte.

Nachdem sie aus dem Wasser kamen, breiteten sie ihre Decken aus und legten sich auf den Sand, um sich zu sonnen. Aiko trug einen knappen schwarzen Bikini, lag auf dem Rücken und streckte ihren Körper der Sonne entgegen. Stefan hatte sich seitlich auf seinen Ellenbogen gestützt und betrachtete sie genussvoll. Noch nie hatte er ihren Körper so in der hellen Sonne gesehen. Wenn sie in seinem Dienstzimmer zusammen waren, ließen sie es dunkel, um sich einen Rest von Intimität zu bewahren. Die paar Male, wenn ihn Aiko zu Hause besucht hatte, war es bereits Nacht, weil sie vorher ausgegangen waren. Also konnte er ihre Nacktheit bei Tageslicht noch nicht würdigen. Ihr Körper kam ihm nicht so zierlich vor, wie man es bei einer Japanerin erwartete. Er war kräftig und rundlich, mit breiten Schultern und reizvollen, fülligen Brüsten. Sie hatte auch nicht die oftmals kurzen Beine der Asiatinnen, vielmehr waren ihre Beine lang und schlank.

Aiko hatte ihn aus den Augenwinkeln beobachtet.

„Du guckst mich ja an, als wolltest du mich verschlingen, Stefan! Willst du dir Appetit auf heute Abend machen, wenn wir allein sind?"

Stefan lachte.

„Nein, Aiko. Bevor mich Appetitlosigkeit heimsucht, werden noch ein paar Jährchen vergehen, hoffe ich wenigstens. Ich stelle nur fest, dass dein Körper weniger japanisch aussieht als dein Gesicht."

„So ist es auch. Ein paar Gene von meinem Vater müssen wohl doch durchgeschlagen sein. Kennst du die Durchschnittsgröße der Japanerinnen? Ganze 155 cm. Ich habe es auf 170 cm gebracht."

Als es schon etwas kälter wurde, standen sie auf und zogen sich ihre Strandpullover über, um noch eine Weile am Strand entlang zu laufen. Das Krankenhaus, die Probleme mit den Patienten und die Großstadt Berlin verschwanden allmählich aus ihren Köpfen.

Hinter dem Ort fing ein Naturstrand an, durchsetzt mit rundgewaschenen, großen Kieseln. Ab und zu lag etwas grüner Tang auf dem Sand, doch es war gut möglich, sich auch hier niederzulassen und zu baden, wie es ihnen ein paar Unentwegte zeigten. Ein paar Gebäude in der Ferne machten sie neugierig, sie gingen hin.

Vor ihnen erstreckte sich ein kleiner Hafen, hinter dem ein Flüsschen in die Ostsee mündete. Ein paar Segel- und Motorboote reihten sich an seiner Mauer entlang. Eine kleine Werft und eine Bootshebeanlage mit Kran verrieten Geschäftigkeit, die sie eine Weile später wahrnahmen, als ein größeres Boot mit Aufbauten anlegte. Offensichtlich war es ein Fischkutter.

Sie hörten die rufenden Stimmen von Männern, wie sie Kisten mit Fisch aus ihm in ein schlichtes niedriges Holzgebäude brachten. Hier verkaufte man den frischen Fisch gleich nach dem Fang. Aiko und Stefan schauten sich den Fang an. Er bestand aus Dorsch, Makrelen, Flundern und ein paar Aalen. Der unaufdringliche, nur nach Salz und Meer duftende Geruch der Fische machte ihnen Appetit. Als sie in den Ort zurückkamen, suchten sie ein Strandrestaurant auf.

Ein großer Teller mit gebratenem Ostseefisch, zerlassener Butter und frischen neuen Kartoffeln, dazu ein Glas Wein, half ihnen, ihren Hunger zu stillen.

Etwas später am Abend gingen sie in ihre Pension zurück und freuten sich aufeinander.

Seinen Sommerurlaub hatte Stefan für eine Woche allein auf Mallorca verbracht. An den restlichen Tagen besuchte er seine Mutter.

Es gab für ihn keine Anlaufstelle in seiner Heimatstadt mehr, im Gegenteil, er war froh, als er sie wieder verlassen konnte und wollte gern zurück nach Berlin.

Ein Wunsch und eine Absicht, derer er sich vielleicht längere Zeit nicht bewusst gewesen war, beschäftigten allmählich sein Denken. Die vielen Veröffentlichungen und Kongressvorträge über Diabetes, mit welchen er sich befasst hatte, boten eine Fortsetzung seiner wissenschaftlichen Arbeit an und ließen ihn eine Chance erspüren, sich auf diesem Gebiet zu habilitieren. Sein Chef im Westend-Krankenhaus hatte sich wenig mit Stefans Thema beschäftigt und verwies ihn an seinen Kollegen Professor Thomsen am Virchow-Krankenhaus in Berlin. Dieser war überrascht und erfreut, als sich Stefan bei ihm vorstellte.

„Ich kenne Sie doch, Herr Maienberg, aus Ihren Veröffentlichungen! Bei uns gibt es jetzt viel zu tun. Die Pharmafirmen werfen ein orales Antidiabetikum nach dem anderen auf den Markt, und wir wissen viel zu wenig von diesen Medikamenten, weder über ihren Anwendungsbereich noch über die Nebenwirkungen."

Stefan kannte das Problem. Diabetiker mussten bislang oft mehrmals am Tag Naturinsulin spritzen, um ihre Erkrankung in den Griff zu bekommen. Die neue Entwicklung ging dahin, dass bestimmte Formen von Diabetes mit Tabletten behandelbar waren, nur wusste niemand so richtig, wie weit man damit gehen konnte. Was fehlte, war eine Langzeit- und Intensivuntersuchung bei den Patienten. Thomsen machte Stefan klar, dass hier eine Chance für ihn lag, sich mit dem Thema zu habilitieren. Natürlich würde es dafür notwendig sein, neue Testmethoden für die fortlaufende Prüfung des Blutzuckers und anderer klinischen Parameter zu entwickeln und auszuprobieren. Das war aber durchaus machbar und lief auf eine Koordination mit den dafür zuständigen Instituten der Freien Universität Berlin hinaus. Stefan gab zu bedenken, dass er im Westend-Krankenhaus arbeite und insofern keinen Zugriff auf die Patienten im Virchow-Krankenhaus habe. Thomsen konnte diese Bedenken zerstreuen.

„Das ist doch gerade Ihr Vorteil, Herr Maienberg! Bei mir haben Sie natürlich sowieso Zugriff, und das Westend kommt doch dazu! Ihr Chef kennt mich gut und wird nichts dagegen haben, wenn Sie Ihre Patienten in die Untersuchung einbeziehen. Wenn man die Patienten aus beiden Häusern zusammenrechnet, kommt man fast auf das halbe Westberlin und das ist doch eine Menge Patientengut!"

Natürlich auch eine Menge Arbeit, dachte Stefan, und sagte es Thomsen.

„Das verlangt doch keiner, dass Sie das alles allein machen", beruhigte er. „Sie müssten das ganze große Thema in Einzelstudien zerlegen. Und auf die Einzelstudien setzten Sie je einen Doktoranden an. Ihre Aufgabe ist es, die Einzelstudien zu koordinieren und zum Schluss in einer Habilitationsschrift zusammenzufassen und zu diskutieren. Das können Sie! Spätestens in fünf Jahren sollten Sie damit fertig sein, wenn die Doktoranden nicht oberfaul sind."

Als Stefan nach Charlottenburg zurückfuhr, fielen ihm gleich zwei potenzielle Doktoranden ein: Aiko und Klaus Münthe. Beide hatten ihren Doktor noch nicht.

Am nächsten Tag rief er sie in sein Dienstzimmer und erklärte ihnen seinen Plan. Sie waren begeistert und sagten sofort zu.

Der Herbst rückte näher und damit der Termin für die Moseljagd. Eines Abends rief ihn Hartmut an.

„Gute Nachricht, Stefan! Ich habe eine Jagdhütte gemietet, und was für eine! Es ist ein Häuschen zwischen den Weinbergen, genau auf halber Höhe des Moselhanges. Früher hat darin ein Arbeiter eines Winzers mit seiner Familie gewohnt, sozusagen ein Knecht. Weil es keine Knechte mehr im Weinbau gibt, sondern nur Saisonarbeiter während der Lese, ist es schon seit Jahren unbewohnt. Es ist nicht groß; ich habe es mit wenigen Maßnahmen so umgebaut, dass es Heinrichs Jagdhütte ähnelt. Ich hoffe nur für dich, dass deine schlechten Erinnerungen an die Hütte nicht wiederkommen."

„Keine Angst, wird nicht passieren. Wer weiß, wozu das Ganze damals gut oder nicht gut war. Ich freue mich schon auf den achten September, wenn wir uns wiedersehen."

Geplant waren zehn Jagdtage, vom achten bis zum achtzehnten September.

Hartmut machte eine Pause. Stefan spürte durch das Telefon hindurch seine Verlegenheit.

„Eines muss ich dir noch sagen, Stefan. Ich kann am Mittwoch noch nicht dabei sein. Unsere Firma ist dabei, mit einem ausländischen Bauunternehmen in Verbindung zu treten, gelobt sei die EU. Dazu braucht man mich. Ich kann also noch nicht am Mittwoch kommen, bin aber zum Wochenende da."

„Und was soll ich allein mit deiner Jagdhütte und deiner Jagd anfangen?"

„Dafür ist gesorgt, Stefan", sagte Hartmut eilig, „meine Freundin ist seit Montag in der Hütte, wird heizen, falls nötig, und Lebensmittel und Getränke sind reichlich gebunkert. Sie wird dich empfangen. Du wirst überrascht sein, wenn du sie siehst!"

Stefan war enttäuscht und ärgerlich.

„Hör mal, Hartmut, wir hatten uns zusammen für zehn Tage Jagd verabredet. Ich habe nicht die geringste Lust, mich mit einer wie auch immer gearteten Freundin von dir zu überfressen und zu besaufen, von anderen Assoziationen ganz zu schweigen."

„So war das doch nicht gemeint, Stefan! Du sollst vom ersten Tag an zur Jagd gehen, wie geplant. Sie kennt das Revier und du auch, wir haben alles vorbereitet, die Sauen angefüttert, die Rehböcke haben noch Jagdzeit und können erlegt werden. Meine Freundin kann dich zu jedem Hochsitz bringen, sie hat einen Renault 4, und der kommt überall durch. Sowieso hätten wir auf getrennten Hochsitzen angesessen. Es wird alles so sein wie geplant, nur dass ich etwas später nachkomme." Stefans Ärger ebbte etwas ab, ohne in Zufriedenheit zu münden. Er verabschiedete sich von Hartmut und legte den Hörer auf.

Als er wenige Wochen später das Moseltal hinab fuhr, überraschte ihn ein früher, tagsüber von warmen Sonnenstrahlen durchdrungener, aber abends schon kühler Herbst, seine anfangs schlechte Laune besserte sich. Auch die Winzer, die er nach der Adresse von Hartmuts Jagdhütte fragte, schienen bestens gelaunt zu sein. Er erfuhr, dass sie sich so ein Wetter vor der Weinlese erhofft hatten. Es sei genau richtig für den Riesling, so kämen die Trauben in perfekter Weise zur Vollreife, um einen idealen Wein zu erzeugen.

Er schaute wegen der schönen Aussicht und der blendenden Sonne nicht so sehr auf den Weg, als er die Weinberge abfuhr. Doch nach einer kleinen Irrfahrt fand er das Häuschen. Es lag atemberaubend schön zwischen den Weinbergen, so wie es Hartmut beschrieben hatte.

Sein Fundament aus grauem Sandstein trug weiße, verputzte Wände, die von einem mit grauschwarzen Schiefern bedeckten Dach gekrönt wurden. Vor dem Haus wiesen eine hölzerne Terrasse mit Sitzen und einer Eckbank Behaglichkeit aus. Neben ihm führte ein kleiner Schotterweg hinter das Haus, wohl zu einer Parkbucht, in der er die Umrisse eines roten R 4 erkennen konnte.

Er parkte sein Auto vor dem Haus und klopfte an die Tür. Schritte kamen und man öffnete. Elke Mertens stand im Eingang, jene Elke, die in seiner Abiturzeit mit ihm und seinen Freunden durch die Kneipen seiner Heimatstadt gezogen war.

„Komm rein", sagte sie.

Seine Miene, die zwischen Verblüfftheit und Skepsis schwankte, hatte sie mit Freundlichkeit zur Kenntnis genommen, doch hinter ihrer Stimme verbarg sich eine Art hintergründiger Zorn.

„Du wirst dich fragen, Stefan, warum du mir hier begegnest", rief sie ihm über ihren Rücken zu, während sie ihm in das Haus vorausging, „aber bevor ich dir den ganzen Sermon erzähle, warum du mich hier triffst, schau dir erst einmal das Haus an."
Das Haus war zweigeschossig und bestand im Prinzip aus zwei Teilen. Im linken Teil hatte Hartmut die Zwischendecke entfernt, sodass eine Art kleine Halle entstanden war. An ihrer Ostseite stand ein mächtiger Eisenofen, der seine Abgase in ein mit Silberbronze bestrichenes Ofenrohr blies. Es mündete in einen Schornstein, der sich oberhalb des sichtbaren Dachstuhles befand, den es durchstieß. Der Ofen schien alt zu sein, wahrscheinlich hatte ihn Hartmut belassen, als er das Haus umbaute. Auf der rechten Seite ging es in zwei Räume, eine offene Küche mit Küchenzeile und ein Schlafzimmer. Ein zweites Schlafzimmer lag darüber und konnte nur über eine schräge, offene Holztreppe mit Geländer erreicht werden, die aus der Halle heraufstieg.

Als Stefan sich suchend umschaute, merkte Elke auf.

„Du suchst wahrscheinlich das Bad. Dieses Stück Erde, auf dem das Haus steht, verfügt über eine Besonderheit, die es für die Menschen erst bewohnbar gemacht hat. Das ist eine Quelle hinter dem Haus, die schon die Römer kannten und die zwischen den Weinbergen entspringt. Sie ist seit langem verrohrt und mündet in ein kleines Sammelbecken, das sie aus einem anderen Rohr verlässt, bevor ihr Wasser weiter moselabwärts fließt. Aus diesem Sammelbecken pumpen wir unser Wasser in die Küche und in das Bad. Weil wir nur eine einzige Leitung haben, liegt das Badezimmer hinter dem Schlafzimmer und hat keinen eigenen Eingang."

Elke öffnete die Tür zum Schlafzimmer und führte ihn durch eine weitere Tür in das Bad, welches Hartmut komfortabel eingerichtet hatte.

„Wenn du also sanitäre Bedürfnisse jedweder Art hast, würde ich dich bitten, vorher an die Tür des Schlafzimmers zu klopfen."

„Und wo schlafe ich?"

„Oben, im Dachzimmer. Es ist schön eingerichtet, wir haben uns Mühe gegeben."

Stefan nahm seinen Koffer und die Gewehre und stieg über die Treppe hinauf. Ein breites Bett erwartete ihn, der hölzerne Fußboden war mit Fellen bestückt und durch das Giebelfenster schien eine freundliche Sonne herein. Er war zufrieden.

Später rief ihn Elke herab, er solle auf die Terrasse kommen. Die Sonne hatte sich bereits gesenkt, ruhte sich über den Bergen der Eifel aus und beschien den Weinberg mit ihrer letzten Kraft. Elke hatte gedeckt; eine Platte mit verschiedenen Fleisch- und Wurstsorten stand auf dem Tisch, daneben ein Holzbrett mit einem Kanten Käse und ein Korb mit Landbrot. Aus einem Kübel mit Wasser und Eiswürfeln guckten die Flaschenhälse von Weißwein und Mineralwasser hervor. Elke öffnete die Flaschen und schenkte Stefan und sich ein.

Sie aßen schweigend.

Zwischendurch sah Stefan sie gleichmütig und fraglos an, was sie irritierte. Er hatte wieder seinen Tunnelblick, so hatte es Aiko immer genannt, wenn er an seinem Schreibtisch über den Patientenakten saß oder einen Kranken genau betrachtete. In solchen Momenten war er hoch konzentriert und hätte es nicht gemerkt, wenn neben ihm ein Eisenbahnzug explodiert wäre, wie sie über ihn scherzhaft spottete.

Elke hatte sich wenig verändert, stellte Stefan fest. Ihr sanftes, blondes Gesicht mit den großen blauen Augen zog ihn genauso an wie früher, doch es schien seltsam im Gegensatz zu ihrem sonst temperamentvollen Verhalten zu stehen, das schon immer ihr Markenzeichen gewesen war – das heißt, ob es jetzt noch so war, konnte er nicht beurteilen. Wenigstens trug sie nicht mehr eines dieser dämlichen Stirnbänder, die ihr damals eine Art hausmütter-

lichen Touch Richtung Doris Day gegeben hatten. Er beschloss, es ihr zu sagen und das Schweigen zu brechen.
„Ich stelle fest, dass du jetzt kein Stirnband mehr trägst, Elke. Steht dir gut, keine Ahnung, warum du dich früher damit verschandelt hast."
Das Eis war getaut. Elke lachte, lehnte sich zurück und trank einen Schluck Wein.
„Nein, die Stirnbänder sind vernichtet. Ich weiß selbst nicht mehr, warum ich sie damals getragen habe. Vielleicht wollte ich mir damit ein Stück Biederkeit überstreifen. Es kann auch sein, dass ich nur vermeiden wollte, dass mir die Haare in die Kneipengläser fielen. Du weißt, wovon ich spreche?"
„Nicht so genau."
„Stell dich doch nicht so dumm, Stefan. Von allen Mädchen am Hildegardgymnasium hatte ich den schlechtesten Ruf. Das kam mir alles wieder hoch, als du vor der Tür standest.
Übrigens, dein damaliger Schwarm Petra hatte daran einen großen Anteil. Keiner hat damals gewusst, wie es mir wirklich ging."
„Und wie ging es dir?", fragte Stefan.
„Um dir das zu erklären, muss ich etwas in die Vergangenheit gehen. Meine Eltern kamen beide aus Schlesien. Meinen Vater habe ich nie kennen gelernt, er ist bis heute verschollen oder vermisst, wie man im Amtsdeutsch sagt. Vermutlich hat er den Krieg in Russland nicht überstanden. Meine Mutter wurde kurz nach dem Krieg mit mir aus Schlesien vertrieben und kam nur durch Zufall in unsere Stadt, weil sie ein paar weitläufige Verwandte in der Gegend hatte, die heute längst verstorben sind. Sie kämpfte während ihres ganzen beschissenen Lebens mit einem Riesenproblem, und das war ihre fehlende Berufsausbildung. Damals dachte man wohl, es genüge für eine Ehefrau, wenn sie sich darum kümmere, dass es ihrem Mann gut gehe, das Essen

pünktlich auf den Tisch komme und Wohnung und Wäsche sauber seien. Ein schwerer Irrtum.

Sie musste sich trotz ihrer Berufslosigkeit eine Arbeit suchen, um uns zu ernähren und mich aufzuziehen. Hat sie auch bekommen, in einer gnadenlosen Art und Weise. Sie wurde Haushälterin bei einer ehelosen, ältlichen und arroganten Studienrätin, die uns großzügigerweise erlaubte, zusammen ein Zimmer in ihrer großen Altbauwohnung zu bewohnen. Zum Mittag- und Abendessen, welches meine Mutter bereitet hatte, saßen wir mit ihr gemeinsam bei Tisch und durften uns nicht mucksen. Nebenbei musste meine Mutter noch bei anderen Adressen putzen, um über die Runden zu kommen. Die Kriegsrente meines Vaters hätte niemals dafür ausgereicht. Als ich älter wurde und sah, wie es meinen verwöhnten Mitschülerinnen aus ihren guten Elternhäusern ging, hatte ich natürlich keine Lust, in der Ecke stehen zu bleiben. Mein Problem war nur, ich hatte so gut wie kein Geld. Aber Anlauf von den Jungen hatte ich genug! Was sollte ich machen, ich wollte auch meinen Spaß haben, wie alle. Also habe ich mich einladen lassen, von einem zum anderen.

Und das von einem zum anderen wurde dann auch mein Problem. Meine Mitschülerinnen, diese Heuchlerinnen, haben verbreitet, ich würde von einem Bett in das andere hüpfen. In Wirklichkeit war es genau umgekehrt. Ich machte immer dann Schluss, wenn ich merkte, dass ich es nicht vermeiden konnte, mit meinem jeweiligen Freund in das Bett zu steigen, um die Beziehung zu erhalten. Dann kam immer ein Neuer dran. Es gab aber auch Vorteile für mich. Meine Mutter hatte mir immer eine Menge Freiheit gegeben und kümmerte sich nicht darum, wann ich nachts nach Hause kam, wenigstens tat sie so. Das war damals keine Selbstverständlichkeit, als die Eltern meiner Schulkameradinnen mit der Stoppuhr vor der Tür standen, um den Ausgang ihrer minderjährigen Töchter zu kontrollieren. In Wirklichkeit haben sich andere Mitschülerinnen heimlich durch die Betten gevögelt, ohne dass es jemand merkte, davon kann ich dir noch viel erzählen. Dass sie mich damals so niedergemacht haben, erkläre ich mir heute daraus, dass ich mehr Freiheiten hatte als sie, der Neid war es, nichts anderes. Ich weiß jetzt auch, warum meine Mutter mir so viel Spielraum gelassen hatte. Vermutlich wollte sie mir das gönnen, was sie selbst nie bekommen hatte. Leider ist sie vor zwei Jahren gestorben. Ich habe sie sehr geliebt.

Dein Freund Hartmut hat übrigens immer gewusst, was mit mir los war. Natürlich war er ein Schürzenjäger und als solchem bin ich ihm damals auch begegnet. Doch er hat ein feines Gespür dafür, wie es in einer Frau aussieht. Du, Stefan, bist irgendwie ein Träumer, aber ein lieber.

Als ich die Stadt verließ, wusste ich, dass es für immer war. Ich habe sie nie wieder betreten, außer zu Besuch bei meiner Mutter. Ich bin nach meinem Abitur nach Wiesbaden gegangen und habe eine Ausbildung zur Krankenschwester gemacht. Für eine Hochschulausbildung hätte das Geld nicht gereicht.

Hartmut habe ich in Köln zufällig getroffen, sozusagen auf der Straße. Ich bin gerade mit einer Fortbildung in einem anderen Krankenhaus beschäftigt. Er lud mich ein und wir kamen uns näher. Und jetzt ist alles so, wie es ist. Noch Fragen?"

„Ja", sagte Stefan. „Die Jagd bedeutet Hartmut sehr viel. Wirst du auch auf die Jagd gehen?"

„Im Moment nicht", sagte Elke. „Ich habe allerdings vor, im nächsten Jahr einen Lehrgang für den Jagdschein mitzumachen."

Stefan erzählte nun von sich. Elke wusste von Hartmut, dass er ausgebildeter Internist war. Als er ihr erzählte, dass er an Lehrtätigkeiten beteiligt war und sich habilitieren wolle, hörte sie ihm interessiert zu.

Später saßen beide über einer Karte von Hartmuts Jagdrevier und überlegten, in welcher Ecke des Revieres sich Stefan mit einiger Aussicht auf Erfolg ansitzen könne. Elke bot an, ihm ihren R4 zu überlassen. Stefan lehnte dankend ab.

„Ich werde wohl mit dem Golf überall hinkommen. Sollte das nicht der Fall sein, komme ich zurück und wechsele auf den R4."

Es stellte sich heraus, dass die Wege im Revier so trocken waren, dass Stefan von Elkes Angebot keinen Gebrauch machen musste, denn es hatte schon lange nicht mehr geregnet.

Der erste Jagdabend verlief enttäuschend für Stefan. Weder Reh noch Wildschwein ließen sich blicken; lediglich ein einsamer Waldhase hoppelte auf dem Laub vom letzten Jahr daher. Als Stefan zurückkam, saß Elke auf der Terrasse und war dabei, eine Flasche Wein zu leeren, denn das Wetter hatte sich nicht geändert und erlaubte immer noch das abendliche Sitzen im Freien. Sie hatte über ihr ausgeschnittenes Shirt lediglich eine dünne Strickjacke gezogen und wirkte schon etwas angeschickert. Stefan setzte sich zu ihr, sie schenkte ihm ein. Ihm fiel auf, dass sie etwas melancholisch blickte.

„Geht es dir nicht gut?", fragte Stefan.

„Es geht mir in Maßen", antwortete Elke, „ich hatte mir den Jagdausflug anders vorgestellt. Wir wollten ursprünglich zu dritt hier sein, und natürlich fehlt mir Hartmut. Das geht aber nicht gegen dich!"

Stefan ging in die Küche und holte eine neue Flasche Wein. Beide saßen eine Weile still zusammen. Stefan war es dann, der das Schweigen brach.

Er erzählte Elke von Petra, wie sie ihn solange zurückgewiesen hatte, bevor sie letztlich doch mit ihm in das Bett ging – später bedauerte er fast, dass er überhaupt mit ihr über dieses Thema gesprochen hatte.

Elke verstand alles sofort.

„Irgendwie hat Petra in allem, was sie machte, recht gehabt. Sie war eben sehr vernünftig. Was dabei heraus gekommen ist, hast du doch selbst erfahren. Du hast mit ihr geschlafen, und weg war sie. Das gleiche wie mit dir wird ihr noch mehrfach passiert sein. Um eine wirklich befriedigende Bindung hinzukriegen, muss man eben auch eine Portion Irrationalität mitbringen, man könnte es auch den Spaßfaktor nennen. Die andere Seite ist, dass Petra von ihrer Mutter elendiglich geknechtet wurde. Ihren Vater kannst du vergessen, der machte, was er wollte, und ihre Mutter hat ihre vielen Kinder nur aufziehen können, indem sie sozusagen ein Familiengefängnis aufgebaut hatte. Die sind alle auch gleich nach ihrer Schulausbildung geflohen, wie deine Petra. Dass sie mich nicht mochte, liegt doch allein daran, dass sie die Freiheit nicht hatte, die mir meine Mutter gelassen hat!"

Irgendwann in der Nacht war es genug, sie räumten den Tisch auf und gingen zu Bett.

Am nächsten Tag versuchte es Stefan oberhalb einer Schlucht, die er schon früher mit Hartmut erkundet hatte. Es kamen diesmal ein paar Rehe in seine Sichtweite, Ricke mit Kitz und ein junger Bock, alles Wild, welches er nicht schießen mochte. Doch er freute sich schon darauf, wieder mit Elke zusammen zu sein. Doch als er zurückkam, lag Elke schon in ihrem Bett und ihm blieb nichts anderes übrig, als nach einem Schlummertrunk auf der Terrasse sein Zimmer aufzusuchen.

Am nächsten Morgen war Elke dabei, das Haus zu säubern. Sie lief mit Schürze und Besen umher; ihre blonden Haare hingen ihr wirr in das Gesicht. Stefan half ihr dabei, holte den Staubsauger und fing an, die Böden abzusaugen.

Er spürte ein angenehmes Gefühl, als er den Körpergeruch von Elke in die Nase bekam. Gerüche sind archaische Signale und verleiten, zu was auch immer. Auch wenn sie sich vermutlich vorher nicht gewaschen hatte, zerzaust und abgelenkt war, strahlte sie einen Geruch aus, der ihn verwirrte und zugleich anregte. Manchmal dachte er an die Tomatenstauden in seinem Elternhaus. Auch sie sahen auf die Entfernung unordentlich und zerzaust aus, wenn die Tomaten reif waren. Doch wenn man sich ihnen näherte, verspürte man einen köstlichen Geruch.

Als sie fertig waren, setzten sie sich auf die Terrasse und frühstückten. Der Blick über die Moselschleife war grandios. Stefan drehte seinen Kopf mehrfach, um die Horizontale in den Blick zu bekommen, denn es gab so viele Bezugspunkte für das Auge, dass der Anblick ihn im ersten Moment irritierte. Die Winzer hatten sich schon auf die Weinlese vorbereitet, wie man der Anwesenheit von Minitreckern und den Klappergeräuschen der Gerätschaften auf den Höfen entnehmen konnte.

Auch der dritte Jagdabend brachte für Stefan wenig. Als er einen Erfolg versprechenden Rehbock gesichtet hatte, krachte es im Unterholz und ein Pärchen trat auf den Waldweg. Der Bock flüchtete mit hohen Sprüngen – ein typischer Freitagabend bei schönem Wetter, wie es Stefan schon oft erlebt hatte. Als er zurückkam, berichtete ihm Elke über einen Anruf von Hartmut.

„Hartmut kann immer noch nicht kommen", sagte sie und zuckte mit den Schultern. „Er hat noch zu tun und wird erst am Dienstag hier sein."

„Wo ist er denn überhaupt?"

„Das weiß ich nicht, ich habe ihn auch nicht gefragt. Nach dem Laut seiner Telefonstimme zu urteilen muss er ziemlich weit weg sein."

„Dann mache ich dir einen Vorschlag, Elke. Du kommst mit mir mit, wenn ich mich abends ansitze. Dann langweilst du dich nicht den ganzen Abend und es kann dir auch nicht schaden. Du willst doch im nächsten Jahr die Jägerprüfung machen?"

Elke war einverstanden und ging am nächsten Tag mit ihm hinaus. Ausgerechnet an diesem Tag war absolut nichts los, nicht einmal ein Waldhase oder ein Eichhörnchen ließen sich blicken. Elke saß dicht neben ihm auf der Bank des Hochsitzes. Stefan konnte die Wärme ihrer Hüfte spüren.

Als sie beide zurück waren, tranken sie noch eine Flasche Wein, wie immer. Hartmut fehlte ihnen. Sie redeten nicht viel miteinander und gingen früh zu Bett. Das Wetter hatte sich geändert, es war kälter geworden. Elke nahm sich vor, am nächsten Tag den Ofen in Betrieb zu setzen.

Am Sonntagmorgen lag bereits Tau auf den Weinblättern, als sie aus dem Haus traten. Elke holte mit Stefan ein paar Armvoll Holz aus einem Verschlag hinter dem Gebäude. Stefan hockte sich vor den Ofen, knüllte das Papier von ein paar Zeitungen zusammen, legte eine Schicht Anmachholz darüber und begann, zu feuern. Als die erste Glut zusammensank, packte er den Ofen mit den Scheiten voll und schloss die Tür. Nach einer halben Stunde fing der Ofen an zu bullern und strahlte wohlige Wärme aus. Sie frühstückten diesmal in der Halle. Irgendwann klingelte das Telefon. Stefan nahm den Anruf an. Hartmut war am Apparat. Sie begrüßten sich.

„Es klappt am Dienstag immer noch nicht, Stefan", informierte er ihn. „Ich kann erst am Donnerstag kommen. Sieh zu, dass du bis dahin was erlegst, dann feiern wir zusammen."

Stefan, der enttäuscht war, ließ es sich anmerken und gab das Telefon an Elke weiter, die noch eine Weile mit Hartmut sprach.

Elke zuckte wieder mit den Schultern und sah Stefan fragend an.

„Ich mache dir einen Vorschlag", sagte er. „Ich lade dich für heute Abend zum Essen im Ort ein. Wir gehen früh und setzen uns danach kurz vor dem Dunkelwerden an der gleichen Stelle an wie gestern. Mal sehen, ob später noch Wild zu sehen ist."

Elke war es recht, und sie fuhren um achtzehn Uhr zu dem Gasthof, in dem Stefan mit Hartmut schon einmal gewohnt hatte. Nach dem Abendessen kamen sie noch einmal zum Haus zurück. Eine kleine dünne Rauchsäule kringelte sich aus dem Schornstein, und sie verspürten einen angenehm holzigen Geruch, als sie aus Stefans Golf traten. Sie zogen sich warme Kleidung an und fuhren in den Wald.

Als sie auf dem Hochsitz saßen, konnten sie noch die Stimmen der Vögel wahrnehmen, die allmählich verebbten, als es dunkel wurde. Die Luft war aber klar, und so konnten sie gut den aufgehenden Mond sehen. Etwa eine Stunde lang passierte nicht viel, Stille umgab sie und sie hörten wenig mehr als ihren eigenen Atem. Von einem Moment auf den anderen vernahmen sie ein knackendes, knisterndes Geräusch, welches aus einem Gebüsch vor ihnen kam. Nach kurzer Zeit schälte sich ein Pulk von grauen Schatten aus der Dunkelheit – Wildschweine. Stefan hob sein Gewehr und versuchte, ein Exemplar in sein Zielfernrohr zu bekommen, doch es gelang ihm nicht, denn die Tiere waren zu schnell und in ihrer dunklen Umgebung schlecht zu orten. Er schaute aufmerksam hinter ihnen her, um festzustellen, zu welchem Ort sie verschwanden. Seine Aufgeregtheit hatte sich nach kurzer Zeit gelegt; er gab Elke ein Zeichen und sie stiegen von dem Hochsitz herab.

Später, als sie nach Hause gekommen waren, sagte er zu Elke:

„Heute Abend hätte es keinen Zweck mehr gehabt, länger auf dem Hochsitz zu bleiben. Die Wildschweine kommen nicht mehr wieder. Allerdings habe ich mitbekommen, wohin sie verschwunden sind: nämlich genau in die Richtung der Brache mit dem Wildacker. Dort steht der Hochsitz mit der großen Kanzel, in der man übernachten kann. Das werde ich morgen auch tun. Vielleicht klappt es dann."

Am nächsten Abend packte Stefan außer seinen Jagdwaffen und dem Fernglas Decke, Kissen, Mantel, eine Packung mit Sandwichs und zwei mit heißem Tee gefüllte Thermoskannen zusammen. Schon früh am Abend brach er auf. Der Hochsitz war innen mit Teppichboden bespannt und machte einen trockenen Eindruck. An einer Seite war eine einfache Pritsche mit Matratze aufgestellt, zur anderen Seite eine Bank. Stefan packte aus und machte sich ein Lager zurecht. Eine halbe Stunde schaute er aus dem Fenster, zum Wildacker hinüber, dann legte er sich hin. Irgendwann schlief er ein.

Als er spät in der Nacht aufwachte, stand der Mond hoch am Himmel. Stefan schlich sich zu der Bank und spähte aus dem Fenster. Er konnte ein paar Rehe erkennen, die auf dem Acker ästen und ab und zu die Köpfe nach oben warfen. Nach einer Weile zogen sie sich langsam in den Wald zurück.

Ein geheimnisvolles Rascheln ließ ihn aufmerken. Ein einzelnes Wildschwein trat auf den Acker und fing sofort an, den Boden zu durchwühlen. Stefan nahm sein Fernglas und erkannte, dass es ich um eine männliches Tier mittlerer Größe handelte, vermutlich einen Überläufer, also um einen halbwüchsigen Keiler. Das Mondlicht beschien ihn und ließ seinen Körper gut erkennen. Langsam nahm er sein Gewehr auf und entsicherte es mit einem leisen Klicken.

Der Schuss zerriss die Luft mit einem deutlichen Nachhall. Das Tier sackte etwas zusammen, flüchtete jedoch sofort und lief in den Wald zurück.

Stefan wartete ein paar Minuten, stieg dann mit Gewehr, Revolver und Taschenlampe vom Hochsitz und ging auf den Wildacker zu. An der Stelle, an der er den Keiler beschossen hatte, fand er ein paar Tropfen Blut. Nachdem er sie mit einem Zweig markiert hatte, machte er sich mit der Taschenlampe auf die Suche, in die Richtung, in der das Tier geflüchtet war.

Weitere Blutstropfen wiesen ihm den Weg. Nach etwa hundert Meter verlor sich die Spur in einem Gebüsch mit Hasel- und Ginsterbüschen. Stefan blieb stehen und spannte seinen Revolver. Wenn der Keiler lebte, könnte es für ihn gefährlich werden. Er horchte angestrengt, um ein Lebensgeräusch wahrzunehmen. Das war nicht der Fall. Es machte ihn mutig und er drückte sich vorsichtig in das Gebüsch hinein. Zwischen zwei Ginsterbüschen meinte er einen Tierkörper zu erkennen.

Er leuchtete hinein.

Da lag der Keiler, offensichtlich sauber in das Blatt getroffen und lebte nicht mehr. Doch bei der weit vom Auto entfernten Lage des Wildes würde es für ihn schwierig sein, den Tierkörper zu bergen. Nach kurzem Überlegen beschloss Stefan, zum Jagdhaus zu fahren und Elke zu wecken.

Als er an ihre Zimmertür klopfte, kam sie verschlafen im Morgenmantel heraus. Stefan erklärte ihr die Lage. Sie streifte sich schnell Jeans und Pullover über und stieg zu ihm in das Auto. Vor der großen Kanzel hielten sie, Stefan holte Stricke heraus und sie machten sich auf den Weg. Nach einiger Mühe fanden sie den Keiler wieder.

Mit aller Kraft zogen sie ihn an den Stricken aus dem Unterholz. Mitten auf der Brache blieben sie stehen und legten ihn auf den Rücken. Elke leuchtete mit ihrer Taschenlampe, während Stefan den Keiler ausweidete. Die Leber und das Herz schnitt er gesondert aus dem Tierkörper, packte beides in Plastiktüten und hob es auf. Das nun merklich leichtere Wildschwein schafften sie zum Auto und hoben es in den Kofferraum. Es war nun spät nach Mitternacht. Als sie in der Jagdhütte ankamen, schleppten sie den Keiler in den Holzschuppen hinter dem Haus und hängten ihn an einen massiven Haken an der Wand. Elke holte eine Federwaage aus dem Haus, um das Gewicht festzustellen. Stefan maß nach und stellte fest:

„Der wiegt immer noch gut 75 Kilo. Das ist kein Überläufer, sondern ein richtiger Keiler. Über die Nacht wird er auskühlen. Wenn wir die Tür und das Fenster vom Schuppen schließen, kommen Fuchs und Katze nicht an ihn heran."

Müde gingen sie zu Bett.

Am nächsten Tag wurde es wieder wärmer, die Sonne schien. Sie holten den Keiler aus dem Schuppen und brachten ihn auf den Terrassentisch. Elke holte zwei scharfe Messer aus der Küche und sie fingen an, dem Wildschwein die borstige, dicke Schwarte abzuziehen. Dazu arbeiteten sie sich mit den Messern Strich für Strich zwischen Schwarte und Speckschicht entlang. Stefan staunte, wie flink das Elke von der Hand ging.

„Hast du das irgendwo gelernt?"

Elke lachte.

„Nein, Stefan, habe ich noch nie gemacht. Eine OP-Schwester sollte das aber können."

„Wie, du bist OP-Schwester? Ich dachte, du bist Krankenschwester?"

„Habe ich dir das noch nie gesagt? Das ist doch die Fortbildung, mit der ich in Köln gerade beschäftigt bin!"

Eine OP-Schwester war im Krankenhaus eine begehrte Arbeitskraft, hatte große Verantwortung und verdiente in der Regel auch wesentlich mehr als eine normale Krankenschwester.

Elke sagte zu Stefan:

„Wenn wir fertig sind, sollten wir den Keiler gleich portionsgerecht zerteilen und eintüten, damit er uns bei der warmen Witterung nicht verdirbt. In der Küche haben wir eine Menge große, stabile Gefriertüten für diesen Zweck."

Stefan schnitt ein Stück Zwerchfell für die Trichinenbeschau aus dem Tierkörper heraus und hob es auf. Sie zerteilten nun das Wildschwein mit Messern und Säge in mehrere große Stücke, die sie eintüteten. Den Schädel mit den gewaltigen Hauern packten sie gesondert ein.

„Und wo bringen wir alles hin, Elke?", fragte Stefan. „In den Kühlschrank passt das doch nicht!"

„Kein Problem. Oben im Hunsrück gibt es ein Dorf, da haben die Bauern einen gemeinschaftlichen Kühlraum mit Gefriereinrichtung. Die Jagdpächter haben mit ihnen abgesprochen, dass sie ihr Wild dort unterbringen können."

Nachdem sie alles Fleisch verstaut und eingefroren hatten, fuhr Stefan noch zum Tierarzt und gab die Trichinenprobe ab. Inzwischen war es später Mittag.

Auf dem Rückweg sagte er zu Elke:

„Weißt du, was wir nachher machen könnten? Wir ruhen uns jetzt eine Stunde aus, und ich fahre anschließend in den Ort und kaufe Zwiebeln, Äpfel, Kartoffeln und ein paar gute Flaschen Wein vom Winzer ein. Wenn ich wiederkomme, braten wir zwei Portionen frische Wildschweinleber und trinken ordentlich Wein dazu. Ich möchte den Jagderfolg ein bisschen mit dir feiern, und zur Jagd gehe ich heute sowieso nicht."

„Schön, Stefan, ich bin einverstanden. Können wir denn die Leber schon essen, bevor wir das Ergebnis der Fleischbeschau kennen?"

„Das ist kein Problem, Elke. Die Trichinen, falls überhaupt welche vorhanden sind, sitzen im Muskelfleisch und nicht in der Leber. Wenn wir die Leber richtig durchbraten, kann absolut nichts mehr passieren. Wildschweinleber ist sehr zart, das macht in diesem Fall nichts."

Später saßen sie auf der Terrasse und genossen das Essen, den Wein und das jetzt wieder warme Wetter. Sie erzählten sich gegenseitig aus ihrer Abiturzeit, lachten viel und waren bester Laune; der Wein hatte seine Wirkung getan, Nüchternheit wich Euphorie. Elke hatte in dieser Zeit noch viel mehr erlebt als Stefan, gerade und auch mit Hartmut. Stefan bedauerte, dass er damals nicht immer dabei gewesen war.

Irgendwann am Abend zog Elke sich zurück. Auch Stefan suchte sein Zimmer auf. Elke ging ihm nicht aus dem Kopf. Er konnte sie nicht aus ihm vertreiben, alles was sie war und hatte und was ihn anmachte, in jeder Beziehung.

Als er, in diesen Gedanken verweilend, an die Tür ihres Zimmers klopfte, hatte er wieder seinen Tunnelblick. Elke reagierte nicht auf sein Klopfen. Er trat ein und öffnete die Tür zum Badezimmer.

Elke war gänzlich nackt, schaute ihn verblüfft an und drehte gerade das Wasser der Dusche an, deren Prasseln ihn in seiner Verlegenheit geradewegs zurück in ihr Schlafzimmer trieb.

Stefan überlegte. Sofort hinaus zu gehen und nichts zu sagen, wäre irgendwie peinlich gewesen. Also warten, bis Elke fertig war, sich entschuldigen und dann zurück. Stefan setzte sich hin und wartete. Auf dem Nachtschrank neben Elkes Bett entdeckte er ein kleines, akkurat eingebundenes Buch. Er nahm es und las:

Kurt Tucholsky
Rheinsberg
Ein Bilderbuch für Verliebte

Stefan kannte natürlich diese Erzählung. Sie war ein kleines Meisterwerk der Poesie.

Elke trat nun durch die Tür, nur mit einem weißen BH und Slip bekleidet. Stefan sagte:

„Ich muss mich entschuldigen, ich wusste nicht, dass du im Bad warst."

„Macht mir nichts aus. Hast du dich in meinem Schlafzimmer gelangweilt?"

„Überhaupt nicht. Ich habe in dem schönen Büchlein auf deinem Nachtschrank gelesen."

„Das ist meine Lieblingslektüre und liegt immer neben meinem Bett. Wenn mir nicht gut ist, lese ich darin."

„Und was gefällt dir an ihr so gut?"

„Es kommt mir so vor, als wenn die Liebe durch jede Zeile dringt."

Stefan konnte das fast nicht glauben, was Elke sagte. In dieser Novelle passierte wenig, fast gar nichts, schon gar nichts Aufregendes. Und trotzdem hatte Elke recht; es war so, genauso, wie sie empfand, auch er empfand ähnlich.

Er ging auf sie zu. Zum ersten Mal berührte er sie nicht zufällig, sondern bewusst.

Er strich ihr zart mit dem Handrücken über die Beuge zwischen Kinn und Hals und schaute ihr in die Augen.

Elke drückte sich jetzt an ihn, mehr: sie presste und schob ihr linkes Knie an seinem Körper hoch. So geriet er aus der Fassung und umarmte sie, fast brutal, nahm sie hoch und legte sie auf das Bett, jetzt durchaus zärtlich.

Es war eine frische, wie aufgeschäumte Körperlichkeit, die beide ineinander verwickelt hatte. Sie glich einem Geheimnis, einem schicksalhaften Ereignis, doch dies war vielleicht eine Ausrede. Beide empfanden das gleichermaßen so. Die Schuldgefühle würden kommen, das merkten sie genau.

Als die Wellen sich verlaufen hatten, versuchten sie, miteinander zu sprechen.

„Das, was wir gerade getrieben haben, ist eine bodenlose Gemeinheit gegenüber Hartmut", sagte Elke zu Stefan und schaute ihn zornig und traurig zugleich an.

„Ich bin daran schuld, ich habe schließlich angefangen. Entschuldigen kann ich mich weder bei dir noch bei Hartmut, es ist nun einmal passiert. Auf keinen Fall hatte ich vor, meinen besten Freund zu betrügen."

„Das nützt jetzt auch nichts mehr", warf Elke zurück. „Ob du schuld bist, ist sowieso eine müßige Frage; zu so etwas gehören immer auch zwei. Warum ich mir das geleistet habe, weiß ich selber nicht. Vielleicht haben wir vorher zu viel getrunken, oder du hast mich in dem Moment an Hartmut erinnert. Ich will das auch gar nicht so genau wissen. Viel wichtiger ist die Frage, wie wir uns jetzt verhalten sollen. Fällt dir dazu etwas ein?"

„Wollen wir es Hartmut erzählen?", fragte Stefan.

„Du bist dran."

„Wahrscheinlich würde Hartmut es uns irgendwann verzeihen. So gut kenne ich ihn. Aber ein Riss würde bleiben, was deine Beziehung und meine Freundschaft zu ihm anbelangt."

„Und könnte der Riss ebenfalls irgendwann ausheilen?"

„Das weiß ich selber nicht, Elke. Die Alternative dazu ist, wir sagen es ihm nicht. Dann haben wir ein weiteres Fragezeichen und das betrifft uns beide allein. Nämlich, ob wir mit dem Geheimnis und der Lüge auf Dauer leben können."

„Jetzt muss ich dir sagen: das weiß ich für mich nicht. Ob du das kannst, musst du für dich selbst wissen."

Stefan unterbrach. „Mir geht es wie dir. Wir sollten es aber probieren. Wenn es gar nicht geht, müssen wir ihm eben später berichten, was wir uns hier in seinem Haus geleistet haben. Schön ist das auch nicht, aber wahrscheinlich im Moment immer noch der vernünftigste Weg."

Elke holte eine Schachtel aus der Schublade und zündete sich eine Zigarette an. Stefan hatte sie vorher noch nie rauchen sehen. Nach einer Weile drückte sie die Zigarette aus und sprach zu Stefan:

„So gut und so schlecht, wir machen das so. Das ist aber an eine Bedingung geknüpft. Du packst deine Sachen zusammen und verschwindest morgen in der Frühe aus dem Haus. Wenn du noch da bist, wenn Hartmut kommt, werde ich nämlich sonst verrückt. Deine Ausrede kannst du dir selbst überlegen."

Stefan nickte.

Als er am nächsten Tag in sein Auto steigen wollte, kam Elke auf ihn zu. Sie überlegte einen Moment, dann gab sie ihm doch einen Kuss auf die Wange. Stefan sah, dass sie Tränen in den

Augen hatte. Ihm war, als drehe sich sein Magen um. Er nickte noch einmal kurz und heftig, dann schlug er die Autotür zu und gab Gas, damit ihm nicht übel wurde. Er hätte heulen mögen.

Spät am Abend kam er in Berlin an. Kaum war er fünf Minuten zu Hause, klingelte das Telefon. Hartmut war am Apparat. „Waidmannsheil, Stefan, für deinen Keiler. Warum bist du nicht geblieben?"

„Ach Hartmut, mehr als einen Keiler kann und wollte ich in der Woche auch nicht schießen. Die Lust dazu ist im Moment vorbei. Es gibt jetzt hier zum Wochenende noch eine Menge zu erledigen. Du weißt ja, dass ich an meiner Habilitation arbeite!"

Hartmut lachte. „Dann wünsche mir Jagdglück, Stefan. Ich werde versuchen, zum Wochenende noch einen Bock zu erlegen. Nächstes Mal machen wir es anders. Grüße bekommst du übrigens auch von Elke, sie sitzt neben mir."

„Ebenfalls Grüße." Stefan legte auf.

Im Krankenhaus gab es Veränderungen.

Aiko hatte das Haus verlassen und arbeitete jetzt im Virchow-Krankenhaus, dort, wo ihr Stefan die Doktorarbeit verschafft hatte. Natürlich war das zu verstehen und von ihr aus richtig, Stefan hätte es genauso gemacht. Ihre gemeinsamen Treffen in seinem Dienstzimmer gehörten also von einem auf den anderen Tag der Vergangenheit an.

Auch die Treffen mit ihr außerhalb des Krankenhauses fanden nicht mehr statt. Vielleicht hatte das mit dem Ereignis in Hartmuts Jagdhütte zu tun, sann Stefan. Überhaupt schien er wohl zu Jagdhütten ein gespaltenes Verhältnis zu haben, vielleicht sollte er sie besser meiden.

Aiko schlug von sich aus auch kein Treffen mehr vor, wenn er sie manchmal im Virchow-Krankenhaus traf. Doch sie war fröhlich wie eh und je, trank Kaffee mit ihm in der Kantine und ließ sich nicht anmerken, dass sie irgendetwas vermisse. Ihrer körperlichen Beziehung ging es wie einem Fluss in der Wüste: er versickert im Sand, ohne je sein Meeresdelta zu erreichen. Das war nur die eine Seite. Die andere Seite bestand darin, dass ihr gegenseitiges Verhältnis zu ihrem beiderseitigen Erstaunen so unerwartet übergangslos und unkompliziert in eine intensive Freundschaft hinüber glitt, wie sie es sich nie hätten vorstellen können. Auf diese Weise blieb alles gleich.

Ein Jahr war seit dem Jagdausflug an die Mosel vergangen. Stefan hatte mehrfach seine Mutter besucht und ihr eine Wohnung in der Innenstadt verschafft, nicht weit von der Wohnung entfernt, in der er selbst vor Jahren gelebt hatte. Was an Möbeln und Einrichtungsgegenständen übrig geblieben war, befand sich jetzt in einer gemieteten Garage. Es waren hochwertige Möbel aus dem Nachlass der Maienbergs, eine Barockkommode, Schränke und Sitzmöbel aus der Biedermeierzeit, die Stefan auf jeden Fall behalten wollte. Das Haus am Waldrand war verkauft und der Erlös in festverzinslichen Papieren für seine Mutter und ihn angelegt worden. Mit Hartmut hatte er in der ganzen Zeit keinen persönlichen Kontakt gehabt; sie riefen sich aber regelmäßig an.

Eines Tages holte ihn Schwester Agnes aus seinem Dienstzimmer heraus.

„Zimmer fünf, privat. Nadine Schwarzer hat sich wieder gemeldet und trägt Wünsche vor."

Ärgerlich klappte Stefan sein dickes Buch zu, ein Kompendium über Diabetes. Nadine war die Tochter eines bekannten Berliner Filmregisseurs, verwöhnt, unausstehlich und dazu noch Patenkind seines Chefs. Sie hatte einen grippalen Infekt nicht vernünftig auskuriert, wahrscheinlich wegen ihrer vielen Partyverpflichtungen, und sich dabei eine Herzmuskelentzündung zugezogen. Mit so etwas war nicht zu spaßen. Er hatte ihr eine Menge Medikamente verschrieben, die sie nach Lust und Laune einnahm, und ihr strenge Bettruhe verordnet, damit ihr Herz wieder in Ordnung kam. Das Mädchen war kaum sechzehn und kam sich vor wie eine Diva auf dem Weg zum roten Teppich. Als er ihr Zimmer betrat, stank ihm ein Hauch von „Balenciaga" entgegen. Nadine lag ausnahmsweise einmal in ihrem Bett und rannte nicht in ihrem Zimmer oder auf der Station herum. Ihre Lippen und Augen hatte sie sich mit dem Inhalt der Schminktöpfe aufgebrezelt, die rundum auf dem Nachtschrank standen. Sie telefonierte den ganzen Tag mit ihren Freundinnen und legte den Hörer auf, als Stefan in ihr Zimmer kam.

„Doktor, wann komme ich endlich hier raus?"

„Wenn Sie mich ausgenervt haben, Nadine. Sie wissen ganz genau, dass Sie noch mindestens vierzehn Tage Bettruhe halten müssen.

Und weil Sie die zuhause sowieso nicht einhalten, bleiben Sie hier, und zwar solange, bis Ihr EKG in Ordnung ist. Wenn Sie sich durch die Herzmuskelentzündung einen Herzfehler holen sollten, ist das gar nicht lustig – den behalten Sie nämlich für Ihr ganzes Leben."

„Mir geht es doch wieder gut!"

„So gut, dass Sie ein paar Mal am Tag nach draußen gehen und rauchen, was? Denken Sie, wir haben das nicht gemerkt?"

„Können Sie mir nicht wenigstens einen Videorecorder besorgen? Das Fernsehprogramm ist mir zu langweilig."

„Sie wissen doch ganz genau, dass das nicht geht, weil das Fernsehgerät an der Decke befestigt ist. Seien Sie froh, dass Sie überhaupt einen Fernseher haben. Die gibt es nämlich nur in den Privatzimmern."

Die Göre war nicht zufrieden zu stellen, zog einen Flunsch und maulte ihn an:

„Warum kann ich mir nicht mein Essen vom Cateringservice meines Vaters bringen lassen? Das Essen hier im Krankenhaus ist saumäßig!"

„Weil wir hier im Krankenhaus Hygienevorschriften haben. Und die könnte kein Mensch einhalten, wenn sich jeder hier sein eigenes Essen bringen lassen würde, Nadine! Das, was Sie wollen, kommt überhaupt nicht infrage!"

„Ich werde mich bei meinem Vater beschweren. Und der wird es an Ihren Chef weitergeben!"

„Soll er!"

Stefan war es leid, er ging hinaus und knallte die Tür zu.

Als er sich nach seiner Dienstzeit in sein Auto setzte, war sein Ärger bereits abgeschwollen. Er überlegte, was er mit dem angebrochenen Abend anfangen solle. Hartmut hatte ihn schon lange nicht mehr angerufen. Er nahm sich vor, in den nächsten Tagen mit ihm Kontakt aufzunehmen. Auch Aiko ging ihm im Kopf herum. Vielleicht sollte er sich doch einmal wieder mit ihr treffen.

Es kam alles ganz anders.

Als er die Tür zu seiner Wohnung aufschließen wollte, sah er, dass Elke Mertens auf der Treppe oberhalb seiner Wohnung saß.

ELKE

BERLIN, IM SEPTEMBER 1977

Sie hatte zwei Koffer neben sich stehen. Er schrak zusammen und schaute in ihr Gesicht. Ihren Gesichtsausdruck würde er nie wieder vergessen können. Niedergeschlagenheit wäre ein untertriebener Begriff für das, was er sah. Er half ihr hoch und umarmte sie sehr kurz.

„Komm herein, Elke", sagte er.

Er nahm ihre zwei Koffer und ging mit ihr in seine Wohnung. Sie setzten sich an den Küchentisch und Stefan machte sich daran, Kaffee zu kochen. Während die Kaffeemaschine plätscherte, sagte Elke plötzlich:

„Hartmut ist verschwunden, seit zwei Monaten."

„Wie?", durchfuhr es Stefan.

„Er hatte sich zwei Tage bei mir nicht gemeldet. Das kam öfter vor. Ich wollte ihn anrufen, doch das Telefon war gesperrt. Ich machte mich am Abend auf den Weg zu seiner Wohnung.

Hartmut war nicht zu Hause. Als ich die Tür aufschloss und mich in der Wohnung umsah, dachte ich, ich hätte einen falschen Eingang genommen.

Kahle Fußböden und Wände starrten mich an. Die Wohnung war restlos leer. Nur die Einbauküche stand noch an ihrem Platz, mit allen ihren Geräten, allerdings ohne den Inhalt der Schränke. Im ersten Moment dachte ich an einen Einbruch. Doch dazu war alles zu sauber hinterlassen. Irgendeine Nachricht von Hartmut habe ich nicht gefunden. Keinen Brief, nicht einmal einen Zettel oder sonst was. Am nächsten Tag bin ich in Hartmuts Firma gefahren und habe nach ihm gefragt. Man erklärte mir, Hartmut sei für eine Woche auf einer Geschäftsreise. Von der leeren Wohnung erzählte ich seinen Mitarbeitern kein Wort. Ich habe dann nichts mehr unternommen und noch eine Woche und ein paar Tage dazu abgewartet. Nichts, keine Nachricht von Hartmut, kein Anruf, kein Brief. Ich habe dann wieder mit seiner Firma telefoniert. Man sagte mir, Hartmut sei nach seiner Reise nicht in die Firma zurückgekommen, man verstehe das auch nicht.

Drei Wochen nach Hartmuts Verschwinden bin ich noch einmal in seine Firma gefahren. Sein Büro war jetzt besetzt, und hinter seinem Schreibtisch saß ein fremder Mensch. Er sei von dem Firmenvorstand als provisorischer Geschäftsführer eingesetzt worden, informierte er mich. Aber über den Aufenthalt von Hartmut konnte auch er mir keine Auskunft geben.

Ich habe dann versucht, mit Hartmuts Mutter Kontakt aufzunehmen – du weißt, dass ich sie überhaupt nicht kenne. Wenigstens wusste ich Ihre Adresse und habe so ihre Telefonnummer herausbekommen. Ich erklärte ihr alles, auch dass ich Hartmuts Freundin bin. Das machte keinen großen Eindruck auf sie; die Dame präsentierte sich als äußerst zugeknöpft. Ich blieb aber hartnäckig und bekam heraus, dass auch seine Mutter nicht das Geringste darüber wusste, wann und warum Hartmut verschwunden war und wo sein momentaner Aufenthaltsort ist.

Das ist mein Kenntnisstand bis heute. Und danach kam nichts Neues mehr dazu, jedenfalls was das Verschwinden von Hartmut betrifft. Wann hast du denn das letzte Mal Kontakt mit Hartmut gehabt?"

„Vor etwa zwei Monaten. Hartmut rief mich an und ich erzählte ihm viel von meiner Arbeit im Krankenhaus."

„Das muss also auch eines seiner letzten Kontaktzeichen gewesen sein. Hat er etwas Ungewöhnliches von sich erzählt?"

„Er hat überhaupt nichts von sich erzählt. Mir fiel nur auf, dass er einen etwas gehetzten Eindruck machte. Aber das kam bei ihm öfter vor. Weißt du denn, was aus seinem Porsche geworden ist, Elke?"

„Das habe ich herausbekommen, das Fahrzeug ist ja auffällig. Ich habe den Wagen zufällig in Köln auf einem Parkplatz gesehen und auf den Besitzer gewartet. Er berichtete mir glaubhaft, dass Hartmut ihn schon vor seinem Verschwinden an ihn verkauft habe."

„Bist du oder ist jemand zur Polizei gegangen?", fragte Stefan.

„Weiß ich nicht. Ich jedenfalls nicht, ich stehe außen vor. Wenn das jemand getan hat oder tun will, dann soll das seine Mutter oder seine Firma machen."

Stefan überlegte lange und schenkte Elke Kaffee ein.

„Das ergibt überhaupt keinen Sinn, Elke. Nach dem, was du erzählt hast, hat Hartmut sein Verschwinden von langer Hand geplant, davon bin ich überzeugt. Die Polizei, falls überhaupt irgendwann irgendjemand sie einschaltet, wird also davon ausgehen, dass kein Verbrechen vorliegt und deswegen auch nichts unternehmen. Hartmut hat das wahrscheinlich auch einkalkuliert. In einer Weise möchte ich dich beruhigen: ich glaube nicht, dass hinter Hartmuts Fortgang eine Frau steckt. Er war zwar einmal ein Frauenheld und hat viele Freundinnen gehabt, doch angelogen hatte er sie niemals. Außerdem weiß ich von ihm seit einiger Zeit, dass er in einer festen Beziehung leben wollte. Zwar hat er nicht direkt von dir gesprochen, doch er kann damit keine andere gemeint haben als dich."

„Das weiß ich alles, Stefan, darüber mache ich mir keine Sorgen. Die Sorge ist eben, dass Hartmut verschwunden ist. Leider gibt es noch ein paar andere Probleme für mich. Seit einem Monat ist meine Fortbildung als OP-Schwester beendet und ich musste mir eine neue Stelle suchen. Normalerweise hätte ich das mit Hartmut besprochen und wäre in Köln oder Umgebung auf die Suche gegangen. Dann kam alles anders, und in Köln wollte ich unter diesen Umständen auf keinen Fall bleiben. Als mir eine vernünftige Stelle als OP-Schwester in Berlin angeboten wurde, habe ich sie angenommen."

„Hat der Umstand, dass ich in Berlin lebe, bei deiner Entscheidung eine Rolle gespielt?"

Elke sah ihn an, mit einer undefinierbaren Mischung aus Trotz und Zorn.

„Bilde dir nur nichts ein, Stefan. Natürlich gehe ich lieber an einen Ort, wo ich jemanden kenne. Das hat nichts mit der alten Sache zu tun, die wir beide verbockt haben. Wenn du mit mir nichts zu schaffen haben willst, sag mir das ehrlich und ich nehme meine beiden Koffer und gehe. Und nun hör zu, es kommt nämlich noch dicker.

Ich arbeite ab der nächsten Woche ebenfalls im Westend-Krankenhaus. Dass du auch da arbeitest, weiß ich erst seit heute, nachdem ich deinen Namen auf den Schildern im Eingang gelesen hatte. Ich habe nach deiner Adresse gefragt und sie bekommen, und nun sitze ich hier."

Stefan hätte sich am liebsten selbst geohrfeigt. Dass Elke gerade so unglücklich gewirkt, Rührung in ihm erzeugt und er sich vermessen hatte, Fragen an sie zu stellen, die auf sie überheblich wirken mussten, schien ihm der Gipfel seiner selbstgefälligen Tölpelhaftigkeit zu sein.

„Es war eine dumme Frage, Elke. Lieber eine praktische Frage. Was ist aus deiner Wohnung und deinen Möbeln in Köln geworden und was kann ich für dich tun?"

„Das erste ist nur ein kleines Problem, Stefan. Die Wohnung ist gekündigt und meine paar Möbel sind untergestellt. Der R4 ist verkauft. Mein großes Problem ist, mir jetzt in Berlin eine Unterkunft zu suchen. Das dauert eine Weile. Weißt du jemanden, bei dem ich ein paar Wochen unterkommen kann?"

Stefan dachte nach. Spontan fiel ihm Aiko ein.

Aber Aiko wohnte immer noch bei ihren Eltern. Also blieb im Moment nur eine Möglichkeit.

„Du kannst bei mir wohnen, ich habe genug Platz."

Elke wurde skeptisch. „So habe ich dir das nicht gesagt und auch nicht gewollt!"

„Ach, hör auf, Elke. Ich tu das gerne."

„Es gibt noch eine Nachricht, die meine Probleme gewissermaßen krönt."

„Rück raus damit."

„Ich bin schwanger. Ich erwarte ein Kind von Hartmut."

Stefan überlegte eine Sekunde. Dann schaute er sie an und sagte einfach:

„Dann wollen wir mal sehen, ob wir hinkriegen, dass du dich darauf freust."

Sie schwiegen, lange Zeit mit ihren eigenen Gedanken beschäftigt. Stefan schlug vor, Elke solle zunächst sein Bett benutzen und er wolle im Wohnzimmer auf seiner Couch übernachten. Sie schlug es aus; anderes hätte er auch nicht erwartet.

Alles, über was sie gerade miteinander sprachen, kam ihm so mittelmäßig vor, dieses Getue um Anstand, Schuldgefühl und Freundschaft. Natürlich war Elke verzweifelt, so galt es, einen Berg von Dramatik abzuarbeiten, bevor man an die sachlichen Probleme ging, die jedoch viel wichtiger waren. Es pulste in ihm hoch, er bemerkte, wie er selbst in das Spießerhafte abrutschte und ärgerte sich immer mehr. Irgendwann platzte in ihm alles wie ein reifes Geschwür, dessen Inhalt die alten Ärzte als „pus bonum et laudabile" bezeichnet hatten. Mit aus plötzlicher Klarheit gewonnener Eindringlichkeit redete er auf Elke ein.

„Es ist alles doch ganz einfach, Elke! Du brauchst eine Wohnung, ich habe eine. Sie hat zwei Zimmer, wir richten sie so ein, dass jeder eines für sich hat. Wer nun das Schlafzimmer oder das Wohnzimmer benutzt, ist völlig nebensächlich. Küche und Bad benutzen wir gemeinsam. Das ist die vernünftigste Entscheidung für heute. Was morgen kommt, weiß keiner. Wenn Hartmut sich melden sollte, was wir hoffen, ziehe ich mich zurück und du besprichst alles weitere mit ihm. Sollte er sich nicht melden, musst du dir auf Dauer hier in Berlin eine eigene Wohnung suchen. Ich helfe dir dabei. Wir haben sogar den gleichen Arbeitsweg, das solltest du bei deiner Entscheidung bedenken. Für mich ist die Entscheidung leicht. Ich bringe kein Opfer. Du bist die Freundin meines besten Freundes und ich mag dich. Das ist kein Nachteil, das ist ein Vorteil!"

Elke stützte ihren Kopf in die Hände und überlegte lange. Dann hob sie ihn wieder und schaute ihn an. Offensichtlich schwankte sie zwischen Unwilligkeit und Dankbarkeit. Leise, doch entschlossen, sagte sie zu ihm: „Ich danke dir, Stefan!"

Elke zog in das Schlafzimmer ein, ganz so, wie es Stefan anfangs vorgeschlagen hatte. Sie richtete es mit ihren wenigen Möbeln aus Köln ein, die während der nächsten Wochen über eine Spedition nachgekommen waren. Im Wohnzimmer hatte sich Stefan mit seinen übrigen Möbeln eingerichtet. Es wurde noch nicht einmal eng für beide, weil die Zimmer viel Platz boten.

Ihr Arbeitsplan im Krankenhaus machte es ihnen möglich, oft zusammen zur Arbeit zu fahren. Elke hatte regelmäßig frühmorgens Dienst, weil die geplanten Operationen stets zu dieser Zeit angesetzt waren und sich dann meist bis Mittags hinzogen. Stefan fuhr oft mit ihr gemeinsam, obwohl sein Dienst später anfing. So hatte er Gelegenheit, an seiner Habilitation zu arbeiten und konnte nebenher kontrollieren, was sich alles in seiner Station abspielte. Schnell stellte er fest, dass Klaus Münthe ihn mittlerweile von vielen Aufgaben entlastete; besonders wichtig, weil Aiko jetzt im Virchow-Krankenhaus arbeitete. Am frühen Nachmittag hatte Elke häufig Dienstschluss, wenn sie nicht zur Bereitschaft eingeteilt war.

Deswegen blieb Zeit zum Einkaufen und Kochen, sodass Stefan oft ein gedeckter Tisch erwartete, wenn er ein paar Stunden später nach Hause kam. Dann redeten sie noch eine Weile miteinander, bevor sie sich zum Lesen und Fernsehen in ihre Zimmer zurückzogen. Elke hatte sich einigermaßen gefangen, so schien es ihm wenigstens, manchmal war sie ausgelassen und spontan wie zuvor, wenn auch ein bitterer Zug ihr Gesicht streifte, wenn die Rede auf Hartmut kam. Zusammen hatten sie dann und wann auch an den Wochenenden Shoppingtouren unternommen. Solange Elke noch keine Veränderungen ihrer Figur durch die Schwangerschaft anzusehen waren, hatten sie es sogar genossen, die Boutiquen rund um den Savignyplatz oder die Uhlandstraße zu durchstreifen. Elke probierte pausenlos an, drehte sich, lachte und machte Stefan verlegen, wenn sie ihn fragte, was ihr am besten stehe. Vielleicht beobachtete er hier an Elke einen letzten Rest ihrer gewohnten mädchenhaften Fröhlichkeit, dachte Stefan und musste an ihre Schwangerschaft und Hartmut denken.

Seine Verlegenheit steigerte sich stets und wandelte sich etwas zur Erregung, wenn sie nach Hause kamen und Elke vor seinen Augen die neu erworbenen Kleidungsstücke anprobierte, dabei ihn fragend oder lachend anblickend. Sie sah immer noch spitzenmäßig aus, mit ihrer schlanken Figur und ihren blonden langen Haaren. Er dachte an den Abend in dem Jagdhaus und sah zu, dass er sich bald in sein Zimmer zurückziehen konnte.

Sie gingen auch ein paarmal aus, ins Kino oder Theater und nutzten das Berliner Kulturangebot. Einmal trafen sie sich mit Aiko, zum Besuch einer Aufführung der Deutschen Oper. Sie hörten und sahen eine legendäre Inszenierung von „Tannhäuser", dirigiert von Lorin Maazel. Aiko war überaus begeistert. Ouvertüre und Venusbergmusik entstammten bei dieser Aufführung der „Pariser Fassung" von Wagner mit ihren bacchantischen Streicherklängen und Stefan konnte es sich nicht verkneifen, zwischendurch zu Aiko zu blicken, die ihn sofort verstand und anlächelte. Später ließen sie den Abend noch in einem Restaurant ausklingen, bevor Aiko sich verabschiedete.

Er hatte Elke alles von Aiko erzählt. Sie schlug ihm einmal vor, er könne doch Aiko ab und an bei sich übernachten lassen. Stefan fand das irgendwie rührend von Elke, es schien ihm fast so, als wolle sie sich um seine körperliche Zufriedenheit sorgen. Sie hatte nicht verstanden, so empfand er.

„Mein Verhältnis zu Aiko ist eine seltene Ausnahme, Elke. Wir waren eine Weile sehr intensiv zusammen und auch glücklich miteinander, doch wir wussten beide, dass es nur ein Verhältnis auf Zeit sein konnte. Wir haben uns jetzt auf unsere Weise zusammengefunden, sie ist meine beste Freundin, so wie Hartmut mein bester Freund ist. Und daran werden wir nichts mehr ändern."

Und was ist mit mir? dachte Elke sofort.

Mit der Schwangerschaft hatte Elke zunächst keine Probleme. Das änderte sich jedoch, als der vierte Schwangerschaftsmonat kam.

Eines Abends klagte sie über ziehende Schmerzen im Unterleib. Stefan versuchte zunächst, sie zu beruhigen, doch die Schmerzen kamen wieder, sodass er ihr riet, ihren Frauenarzt aufzusuchen. Stefan hatte sie an den Chef der Frauenklinik im Westend-Krankenhaus, Prof. Dr. G. Warnecke vermittelt, der ihre Schwangerschaft begleitete. Warnecke schaute sich Elke kurz an, legte ein einfaches hölzernes Hörrohr an ihren Bauch und wusste sofort Bescheid.

„Sie haben vorzeitige Wehen, Frau Mertens, und müssen wohl den Rest der Schwangerschaft im Bett verbringen, wenn es zu keinem Abgang kommen soll."

Elke wusste nicht, wie ihr geschah.

„Wieso passiert mir das? Ist das häufig?"

„Nein, häufig ist das nicht. Aber bei einer Personengruppe kommt es gehäuft vor, welche wir Medizinmänner die alten Erstgebärenden nennen. Wir müssen Sie vorerst stationär aufnehmen und den Befund durch eine Kardiotokografie objektivieren; ich sage Ihnen aber gleich, dass sich an meiner Einschätzung nichts ändern wird. Sie bekommen dann eine Infusion mit Wehen verhindernden Medikamenten, und später sehen wir weiter."

„Aber ich bin doch noch gar nicht so alt!"

Warnecke schmunzelte.

„Sehen Sie auch nicht aus. Aber wenn wir beide ehrlich sind, müssen wir doch feststellen, dass Sie bereits einunddreißig Jahre alt sind, und das ist nach medizinischen Maßstäben eine alte Erstgebärende, auch wenn sich das nicht sehr charmant anhört."

Elke war geschockt. Als sie im Bett auf der Station lag, rief sie sofort Stefan an, der nach kurzer Zeit kam. Er war von Warnecke schon informiert worden.

Er nahm Elke an die Hand und lächelte sie an.

„Nun haben wir uns so auf das Kind gefreut, also müssen wir doch jetzt alles tun, damit es bleibt, was, Elke?" Elke jammerte.

„Ich möchte nicht im Krankenhaus bleiben, Stefan. Kannst du nicht dafür sorgen, dass ich nach Hause komme?" Stefan versuchte, mit Warnecke zu sprechen, der sich zunächst zugeknöpft zeigte.

„Keine Chance, Herr Kollege. Frau Mertens muss für den Rest ihrer Schwangerschaft überwacht werden. Ich würde Ihnen noch zugestehen, dass Sie die Infusion zuhause legen können, doch was ist mit der regelmäßigen Kardiotokografie? Sie ist unumgänglich. Das Gerät verleihe ich Ihnen auf keinen Fall."

Stefan sprach lange mit ihm. Zum Schluss zeigte er sich bereit, Elke unter bestimmten Voraussetzungen aus dem Krankenhaus zu entlassen.

„Nur, wenn die vorzeitigen Wehen zurückgehen, Herr Maienberg! Und nur, wenn Sie Frau Mertens alle drei Tage liegend ins

Haus bringen, damit ein CTG durchgeführt wird! Dafür, dass die Infusion korrekt angelegt und überwacht wird, stehen Sie mir gerade!"

Elke konnte auf dem Schreiber des Gerätes genau erkennen, wann eine Wehe sie erwischte. Immer wenn sie den Schmerz im Unterleib spürte, schlug er aus. Doch die andere, gleichmäßige Kurve, der Herzschlag ihres ungeborenen Kindes, fesselte und beglückte sie gleichermaßen. Es war das erste, frühe Signal an sie, die Mutter, als wolle es ihr Nachricht von sich geben.

Stefan beobachtete sie, wie sie mit ihren Augen an dem Gerät hing und begriff sofort. Als er ihr mitteilte, dass sie in den nächsten Tagen nach Hause kommen könne, war sie in Versuchung, sich aufzurichten und ihn dankbar in ihre Arme zu schließen. Als er ging, wurde Elke nachdenklich. Sie merkte, wie sich Stefan in ihre Gedanken einschlich und immer mehr den Platz von Hartmut einnahm.

Stefan hatte seinen Golf etwas umgebaut, den Beifahrersitz nach vorn gerückt und die Rückenlehne umgekippt, damit er sie liegend transportieren konnte. Zum Wochenende war es soweit; Agnes und Silke halfen ihm, Elke auf eine Trage umzubetten und samt Infusionsständer mit der Flasche zum Auto zu rollen. Stefan und Silke packten an und legten sie auf den Beifahrersitz. Als Stefan mit ihr zu Hause ankam, musste sie aufstehen und ein paar Schritte bis zur Tür gehen. Glücklicherweise hatte das Haus einen Fahrstuhl.

Ihr Zimmer war von Stefan vorbereitet worden, so gut wie er konnte. Vor ihrem Bett hatte er den Fernseher aufgestellt und an der Seite auf dem Nachtisch stand das Telefon, damit sie jederzeit mit ihm in Verbindung treten konnte. Stefan kontrollierte noch einmal die Infusion und ging dann aus dem Haus, weil noch zwei Stunden Dienstzeit abzuleisten waren und er anschließend einkaufen wollte. Als er zurückkam, kochte er ein Abendessen und nahm es mit ihr gemeinsam ein. Neben ihr Bett hatte Stefan einen kleinen Tisch mit Stuhl gestellt, sodass er während der Mahlzeiten oder beim Fernsehen in ihrer direkten Nähe bleiben konnte.

Elke hatte sich schnell an diesen Zustand gewöhnt und fing sogar an, ihn zu genießen.

Die Wehen waren bereits zurückgegangen, zwar nicht ganz, weil sie manchmal noch ein Ziehen im Unterleib verspürte. Dies war jedoch meist nicht sehr schmerzhaft. Sie konnte sich in dieser Zeit ausruhen und auf das Kind freuen. Stefan besorgte ihr aus der Bibliothek Bücher, die sie schon immer lesen wollte, aber aus Zeitgründen bisher nicht konnte. Wenn er morgens aus dem Haus ging, ließ er ihr eine Thermoskanne mit heißem Tee und eine Packung mit Sandwichs für ihren Durst und Hunger zurück. Jeden Abend kaufte er ein, sodass sie gemeinsam zu Abend essen konnten. Stefan achtete immer darauf, wegen der Schwangerschaft gesunde und vitaminreiche Lebensmittel zu verwenden. Manchmal musste er die Infusionsnadel entfernen und an anderer Stelle eine neue Infusion legen, was aber für ihn als Arzt nichts Besonderes war.

Eines Abends kam Stefan etwas später nach Hause. Er brachte eine gute Nachricht für Elke mit.

„Ich habe längere Zeit mit unserer Nachbarin unterhalb unserer Etage gesprochen. Du hast sie wahrscheinlich auch schon einmal gesehen. Sie ist Stewardess und wird nach Frankfurt versetzt. Deswegen wird ihre Wohnung im Mai des nächsten Jahres frei. Wenn du sie möchtest, werde ich mich darum kümmern, dass du sie bekommst."

„Was ist das für eine Wohnung?"

„Eine Zweizimmerwohnung mit Balkon, Küche und Bad. Gerade richtig für dich, meine ich."

„Grandios. Ich würde sie gerne haben. Doch wer garantiert mir, dass ich sie bekomme?"

„Ich, Elke. Die Mieterin kann ihre Kündigungsfrist nicht einhalten. Der Vermieter muss jedoch ihren Auszug akzeptieren, wenn ihm die Mieterin einen geeigneten Nachmieter benennt, der bereit ist, die Wohnung zu den gleichen Bedingungen nahtlos zu übernehmen. Und dieser Nachmieter bist du."

„Aber wie bringst du die Mieterin dazu, gerade mich zu benennen? Auf die Wohnung sind bestimmt noch andere scharf?"

„Indem du ihr die Einbauküche abkaufst, die sie vor zwei Jahren angeschafft hat. Ich habe sie mir angesehen, sie ist technisch völlig okay und gefällt mir auch. Ob du sie magst, weiß ich nicht, wir können sie uns in den nächsten Tagen zusammen ansehen. Das spielt aber letztlich keine Rolle, weil die Dame dafür keinen sehr hohen Preis fordert. Die Wohnung ist das wert, meine ich."

Am nächsten Tag gingen sie hinunter und schauten sich die Wohnung an. Die Einbauküche nötigte Elke ein paar „Na ja`s" ab, was Stefan nicht weiter wunderte. Frauen möchten eben vielen Dingen ihren persönlichen Stempel aufdrücken, meist in ihrer Kleidung und Aufmachung, hier vielleicht auch in einer Einbauküche, stellte er wieder einmal fest. Und das war grundsätzlich richtig, das musste man eben akzeptieren.

„Du kannst die Küche ändern und sie umbauen, wenn sie dir nicht gefällt", sagte er. „Hauptsache, du bekommst die Wohnung."

Elke überlegte einen Moment und entschied sich. Vier Wochen später lag der unterschriebene Mietvertrag auf ihrem Nachtschrank.

Etwas lästig fielen die regelmäßigen Abstecher in das Westend-Krankenhaus. Stefan hatte immer alles generalstabsmäßig vorbereitet. Elke stand auf, fasste den Ständer mit der Infusionsflasche und rollte ihn die paar Schritte zum Fahrstuhl und zum Auto, die sie zu Fuß gehen musste. Wenn sie dann im Krankenhaus ankam, warteten Agnes und Silke schon mit der Trage, um sie zur Frauenstation zu bringen.

Auf der Station von Warnecke wurde sie dann an den Kardiotokografen angeschlossen, der die Herztätigkeit des Kindes und ihre Wehen, soweit sie vorkamen, aufzeichnete. Insgesamt verbrachte sie jeweils einen halben Tag im Krankenhaus, bevor Stefan sie wieder zurückholte.

Ihr Frauenarzt kam zwischendurch und schaute sich die Ergebnisse an. Er schien zufrieden zu sein.

„Wenn Sie noch zwei Monate durchhalten, Frau Mertens, haben Sie es geschafft. Dann bringen Sie vielleicht ein Frühchen zur Welt, aber das bekommen wir schon durch. Trotzdem kann keiner garantieren, dass es zwischendurch nicht doch noch zum Abgang kommt. Also nicht leichtsinnig werden!"

Im Winter nahm Elkes Bauchumfang allmählich zu. Eines Tages spürte sie voller Glück zum ersten Mal die Bewegungen des Kindes. Diese Bewegungen hatten etwas Forderndes, evolutionär Eigennütziges, als wolle das Kind sagen:

„Ich bin hier, Mutter, ich bin dein Mittelpunkt, du hast ab jetzt für mich zu sorgen und alles andere ist unwichtig!"

Dafür war Elke dem Kind dankbar. Denn damit war vorerst der Widerstreit der Gedanken und Gefühle beendet, der sie seit einiger Zeit plagte. Sie liebte Hartmut noch immer, nahm ihm noch nicht einmal sein plötzliches Verschwinden übel; sicher musste es dafür einen wichtigen Grund geben. Auf der anderen Seite hatten sich ihre Gefühle für Stefan verändert. Sie bestanden nicht mehr allein aus Dankbarkeit und Sympathie, sondern sie wandelten sich ebenfalls zu Liebe und Verlangen, auch körperlich. Das musste sie sich eingestehen, wenn sie sich nicht selbst belügen wollte. Kein Wunder, dachte sie, Stefan war eben Hartmut ähnlich, und der Zustand, dass sie so eng zusammen wohnten, tat sein Übriges.

Stefan dagegen litt. Dass er Elke begehrte, wusste er spätestens seit dem Ereignis in Hartmuts Jagdhaus. Dafür konnte er zwar nichts, doch das Zusammenwohnen mit Elke hatte sein Begehren gesteigert, leider ebenfalls auch die Schuldgefühle gegenüber seinem Freund Hartmut. Auch merkte er, wie sich aus diesem Begehren ein Zustand entwickelte, der ihm Liebe zu sein schien, diese besondere Form der Zuneigung. Mit einem solchen Gefühl hatte er bislang wenig zu tun gehabt, vielleicht während seiner Beziehung zu Eva oder, vor langer Zeit, zu Petra.

Elke war viel direkter; es machte ihr keine Mühe, ihre Gefühle zu erkennen. Ihr Kopfzerbrechen bestand jedoch darin, wie sie mit diesen Gefühlen umgehen solle.

Als der Schnee des Winters schmolz und die ersten Krokusse ihre Köpfe aus dem Boden steckten – Elke konnte dies beobachten, weil Stefan ihr Bett in der Nähe des Fensters aufgebaut hatte – war wieder einmal eine Untersuchung im Krankenhaus fällig. Dr. Warnecke machte einen hochzufriedenen Eindruck.

„Ihr Zustand ist nicht besser, aber auch nicht schlechter geworden, Frau Mertens. Zum Glück ist die Situation nun eine andere. Wir können Sie jetzt auf Tabletten umstellen, und Sie müssen auch nicht mehr ständig Bettruhe halten. Arbeiten dürfen Sie bis zur Entbindung sowieso nicht. Es genügt, wenn Sie einmal in der Woche in meine Sprechstunde kommen. Bitte melden Sie sich sofort, wenn wieder stärkere Wehen kommen, dann müssen Sie wohl wieder an den Tropf."

Als Elke in den achten Schwangerschaftsmonat kam, spürte sie überraschenderweise keine Wehen mehr, wohl aber noch die Bewegungen des Kindes. Der Vorfrühling hatte die Abende bereits verlängert und erlaubte kurze Spaziergänge in der Abendsonne. Stefan, wenn er vom Dienst kam, stieg mit Elke meist in das Auto und fuhr sie an die Havel oder an den Schlachtensee. Sie gingen langsam spazieren und unterhielten sich, lachten viel miteinander und freuten sich, dass es Elke wieder gut ging. Lange Zeit dachten sie kaum noch über die Schwangerschaft nach, außer über die Tatsache, dass Elkes mächtiger Bauch ihren Bewegungen und

Verrichtungen ständig im Wege stand. Die Vorfreude auf das Kind nahm zu. Beide hatten bereits zusammen die Erstausstattung, Körbchen, Bett, Wäsche und anderes für das Baby eingekauft. Elke hielt Stefan zurück, als er schon Strampelanzüge und Jäckchen besorgen wollte.

„Das ist zu früh, Stefan, wir wissen noch nicht, ob es ein Mädchen oder ein Junge wird!"

„Ganz klar, Elke, es stammt von Hartmut, also wird es ein Junge."

An einem Freitagmorgen in der dritten Aprilwoche, einem regnerischen Tag, packte Elke in der Frühe beim Zähneputzen eine derart schmerzhafte Wehe, dass sie fast ohnmächtig wurde. Stefan lag noch im Bett und schlief. Sie lief im Nachthemd in sein Zimmer und rüttelte ihn wach.

„Steh auf, Stefan, wir müssen heute Morgen in die Klinik fahren. Ich glaube, es geht los!"

Stefan stand auf, packte Elke in das Auto und fuhr in das Krankenhaus. Während der Fahrt fasste Elke Stefan an den Arm und schaute ihn verzweifelt an.

„Stefan, ich habe Angst!"

„Ich bin bei dir, Elke! Alle Frauen haben vor der Geburt Angst, jedenfalls beim ersten Mal!"

„Du musst mir etwas versprechen!"

„Alles, was du willst."

„Du musst während der Geburt dabei sein!"

Stefan blieb für einen Moment still.

Er hatte kein Problem damit, Blut zu sehen oder medizinische Manipulationen durchzuführen oder zu beobachten. Bei vielen komplizierten Operationen war er zugegen gewesen, auch bei Eingriffen, nach denen Menschen später zu Tode gekommen waren. Doch hier war alles anders. Es ging um die Freundin seines besten Freundes und wahrscheinlich auch um die Frau, die er liebte. Er musste sich überwinden.

Er strich ihr sanft über die Stirn und sagte:

„Ich verspreche es dir!"

Als sie die Station von Dr. Warnecke erreichten, schaute sich Warneckes Oberarzt kurz Elke und ihre Akte an und entschied, sie sofort in den Kreißsaal zu schicken. Stefan war schon spät dran, drückte Elke die Hand und machte sich auf den Weg zu seinem Dienstzimmer. Elke sah ihm traurig hinterher.

Etwa um neun klingelte das Telefon in der Zentrale seiner Station. Schwester Agnes gab ihm den Hörer. Eine weibliche Stimme erreichte ihn.

„Sind Sie Dr. Maienberg? Eine Patientin Frau Mertens, die wir gerade unter der Geburt betreuen, möchte, dass Sie kommen."

Stefan eilte.

Elke lag mit schweißüberströmtem Gesicht auf dem Entbindungsbett. Die Geburt war schon fortgeschritten und der Muttermund geöffnet. Stefan schaute mit der Hebamme zusammen hinein und konnte schon einigermaßen deutlich das Köpfchen des Kindes mit Haaren darauf erkennen. Nach kurzer Zeit erwischte Elke eine Wehe, sie schrie und Stefan nahm ihre Hand und wischte ihr das Gesicht ab. Warnecke kam herein, schaute nach, schien aber zufrieden zu sein und wendete sich an Stefan.

„Läuft alles bestens, Herr Kollege. Ich lasse Sie jetzt mit meinen Mitarbeiterinnen allein, bin aber in der Nähe. Falls noch irgendwelche Komplikationen auftreten sollten, piepen Sie mich bitte an."

Nach einer halben Stunde und mehreren schmerzhaften Wehen passierte es. Kopf und Schulter des Kindes glitten aus dem Geburtskanal, Stefan und die Hebamme packten an und zogen den Säugling heraus. Einen Jungen. Stefan hatte mit seiner Prognose recht gehabt.

Um die Geburt herum entwickelte sich Geschäftigkeit; das Kind wurde abgenabelt und geputzt, die Nachgeburt kam, und die Hebamme kümmerte sich um die Geburtswunde. Das EKG zeigte, dass es Elke gut ging. Stefan stand an dem Tisch, auf dem das Kind versorgt wurde, hob es auf und brachte es zu seiner Mutter. Elke, erleichtert darüber, dass die Schmerzen nun vorbei waren, fasste es vorsichtig an und legte es auf ihre Brust. Ihr Gesichtsausdruck rührte Stefan, in ihm war nichts Glückliches oder Theatralisches zu sehen, sondern er wirkte eher verdutzt, als sie den Säugling mit seinen kleinen Händchen und Füßchen betrachtete.

„Ein bisschen zerknautscht sieht er ja aus, was, Stefan?"

Stefan lachte. „Das bist du schuld, Elke, du hast ihn ja mit deinen vorzeitigen Wehen ständig verprügelt. Das gibt sich, in ein paar Tagen ist er glatt."

Er gab ihr einen Kuss auf die Wange und kehrte wieder zu seiner Station zurück. Nach seinem Dienst besuchte er Elke. Man hatte sie in einem Zweibettzimmer untergebracht, der Kleine stand in einem Kinderbett neben ihr. Elke wirkte etwas genervt.

„Hast du ein Problem?"

„Ach, ich versuche, ihn zu stillen, es klappt aber noch nicht."

„Das dauert, Elke, du musst es immer wieder versuchen. Welchen Namen willst du ihm denn geben?"

„Ich hatte tatsächlich an „Hartmut" gedacht. Gefällt mir aber jetzt nicht mehr, das sieht so nach einem Schlussstrich aus, als wenn ich davon ausgehen würde, dass ich Hartmut niemals wiedersehen werde. Wenn das alles mit Hartmut nicht passiert wäre, hätte das Kind den Namen „Stefan" bekommen. Ich bin jetzt bei „Benedikt" gelandet. Benedikt ist der Vorname meines Großvaters aus Schlesien, des einzigen Großelternteiles, den ich noch gekannt habe."

Als Stefan am nächsten Tag Elke besuchte, lag der kleine Benedikt friedlich nuckelnd an der Brust seiner Mutter. Er trat an ihr

Bett und drückte ihr die Hand, sie sah ihn beglückt an. Elke blieb mit dem Kind vier Tage auf der Geburtsstation.

Im Krankenhaus dachten alle, Stefan sei der Vater, nur Schwester Agnes und Dr. Warnecke wussten Bescheid. Außerhalb der Klinik war nur Aiko eingeweiht. Wenn sich der gleiche Vorgang im Marienkrankenhaus ereignet hätte – Stefan mochte sich das gar nicht vorstellen – wäre er wochenlang zum Gesprächsstoff in seiner Heimatstadt geworden.

Hier in Berlin erregte er kein Aufsehen, die Großstadt mit ihrer Anonymität und Toleranz legte sich wie eine schützende Hülle um sein Privatleben.

Das Zimmer von Elke hatte Stefan bereits zusätzlich für das Kind hergerichtet, mit Wickeltisch, Kinderbett und Wäscheschränkchen. Vor dem Fenster stand ein breiter Sessel, damit Elke es bequem hatte, wenn sie den Säugling stillte. Der Fernseher war vorerst in die Küche verbannt.

Elke wurde immer zufriedener. Während des Stillens summte sie Kinderlieder vor sich hin und wenn der Säugling schlief, ging sie in der Wohnung umher, erledigte anfallende Tätigkeiten und kümmerte sich um das abendliche gemeinsame Essen. Auch Stefan beschäftigte sich mit dem Kind und reinigte und wickelte es manchmal. Es hatte sich stillschweigend eine Regel herausgebildet, nach der er kurz vor elf Uhr abends Benny zum letzten Mal wickelte und zu Elke in das Zimmer brachte, weil sie um diese Zeit meistens schon sehr müde war. Stefan konnte noch nicht so früh einschlafen. Nachts gab der Kleine meistens Ruhe, darüber waren beide sehr froh.

Elke brachte Benny bei gutem Wetter einmal am Tag nach draußen und ging mit dem Kinderwagen eine halbe Stunde um das Eck. An den Wochenenden fuhren sie mit dem Auto in den Grunewald oder an die Seen, gingen spazieren und genossen den Frühling, der gerade die Knospen der Laubbäume aufbrach. Sie lebten zusammen wie eine Familie, wenn man davon absah, dass Elke und Stefan nicht miteinander schliefen. Das machte Stefan ständig zu schaffen. Durch die Schwangerschaft war Elke noch attraktiver geworden, fand er. Ihr Körper wirkte rundlicher, weicher und ihre Brüste voller, obwohl sie immer noch eine schlanke Figur hatte, denn ihr Schwangerschaftsbauch war schnell verschwunden. Auch ihr Gesicht hatte sich verändert. Ihr Gesichtsausdruck schien milder und gelockerter als vorher zu sein; ihm fehlte das Überschäumende, Gehetzte, das sie früher manchmal zeigte und das nun einer neuen Entspanntheit und Gelassenheit Platz machte. Dazu trug auch ihre Stimme bei, die sich etwas tiefer und sanfter anhörte. Sein Verlangen nach Elke nahm immer mehr zu.

Zu Ende des Monates April war die Mieterin der unteren Wohnung ausgezogen, sodass Elke hätte umziehen können. Als sie mit Stefan darüber sprechen wollte, winkte Stefan ab.

„Das lass man lieber jetzt bleiben, Elke. Du hast noch bis zum ersten Juli Mutterschaftsurlaub. Danach wirst du das Kind nicht mehr regelmäßig stillen können, oder kannst oder willst du während der OP`s im Krankenhaus hinauslaufen? Das heißt, du wirst während der letzten Juniwoche sowieso abstillen müssen. Dies allein bedeutet schon Stress für das Kind. Wir sollten es nicht noch zusätzlichem Stress aussetzen, denn Benny hat sich an seine Umgebung gewöhnt und ist im Moment glücklich und zufrieden. Ich spreche mit Aiko; wir nehmen uns beide zu Anfang Juli zwei Tage frei, wenn du wieder arbeiten musst und regeln die Versorgung von Benny und deinen Umzug. Ich gehe davon aus, dass Aiko damit einverstanden ist."

Elke erwischte sich bei dem Gedanken, dass es ihr nicht passe, wenn Stefan mit Aiko ohne sie in der Wohnung zusammen war. Doch Stefan hatte recht, und man musste vernünftig sein.

Sie stimmte zu.

An einem Freitag in der vorletzten Juniwoche war es soweit. Elke steckte ihrem Kind zum ersten Mal den Schnuller der Flasche mit Babymilch in den Mund. Benny wollte erst nicht trinken und greinte. Elke war in Versuchung, ihrem Kind wieder die Brust zu reichen, überwand sich aber und wartete eine halbe Stunde ab, bis er richtig hungrig wurde und schrie. Jetzt nahm er die Flasche an und nuckelte sie leer. Der Vorgang wiederholte sich noch ein paar Mal, dann war es soweit, dass sich Benny an die Flasche gewöhnt hatte. Als Elke wieder ihre Arbeit aufnahm, lief alles wie geplant; Stefan und Aiko fuhren Elke in die Klinik und brachten ihre Möbel und Bennys Babyausstattung in die untere Wohnung. Elkes Zimmer in Stefans Wohnung richteten sie wieder als Wohnzimmer her, so wie es vor Elkes Einzug ausgesehen hatte. Benny selbst machte keine Probleme beim Füttern und Windeln, schien aber zu merken, dass sich irgendetwas verändert hatte; sehr glücklich sah er nicht aus.

Elke kam spät, weil sie nach ihrer langen Abwesenheit wieder neu in die Abläufe der chirurgischen Station eingewiesen werden musste. Als Aiko sich verabschiedete, nahmen Stefan und Elke sie in den Arm und bedankten sich.

„Keine Ursache", sagte Aiko, „und ich wünsche euch alles, was dem Kind gut tut und auch euch beiden bekommt."

Als die Tür in das Schloss gefallen war, ging Elke sofort in die Küche, holte eine kalte Flasche Weißwein aus dem Kühlschrank und knackte sie.

Stefan hob fragend die Augenbrauen.

„Du wunderst dich, Stefan? Auf mein erstes Glas Wein habe ich mich schon seit mindestens einem halben Jahr gefreut. Ausnahmsweise rauche ich jetzt noch eine Zigarette, habe gerade vorhin noch eine Packung gekauft."

Eine Stunde saßen sie noch zusammen in der Küche. Stefan hielt mit und die zweite Flasche Wein näherte sich ihrer Neige.

Später, eine Stunde vor Mitternacht, schaute sie nach dem Kind. Benny schlief sanft und selig. Sie packte ihn in sein Körbchen und ging mit ihm nach unten in ihre Wohnung. Stefan schaute betrübt hinter ihr her. Er fühlte, dass es auch Elke nicht besonders gut ging.

Elke merkte, dass sie immer mehr in einen Zwiespalt geraten war. Sie gehörte irgendwie immer noch zu Hartmut, soviel wusste sie. Für sie war er zwar nicht greifbar, doch er hatte ihr wenigstens körperliche Nähe hinterlassen, nämlich durch sein Kind. Normalerweise hätte der Kontakt mit ihm ihr Zärtlichkeitsbedürfnis erfüllen müssen, und so war es auch, solange sie stillte. Doch dies war in erster Linie gegebene Zärtlichkeit. Jetzt wurde wieder alles anders und sie vermisste auf einmal die Art empfangener Zärtlichkeit, die sie von Hartmut erfahren hatte, sein Begehren und Zupacken, während sie sich ausliefern konnte. Wenn sie daran dachte, liefen ihr Schauer über den Rücken. Und sofort rückte ebenso Stefan in ihr Bewusstsein, der ihr nah war und dessen Verlangen sie spürte.

Gerade, als Elke langsam einschlief, fing das Baby an zu weinen. Sie versuchte, es mit der Flasche zu beruhigen, doch Benny wollte nicht trinken. Als sie ihn auf den Tisch legte, um ihn neu zu windeln, hörte er einen Moment auf, fing aber wieder an, als sie ihm eine neue Windel angelegt hatte. Elke nahm ihn auf den Arm und ging langsam mit ihm im Zimmer umher. Nach einer Weile war Ruhe. Doch als sie ihn in sein Bettchen legte, fing er wieder an zu weinen. Mittlerweile war es Mitternacht.

Elke zog sich einen Bademantel über, nahm Benny, ging zu Stefan und schloss die Tür auf.

Stefan merkte im Schlaf, dass jemand in die Wohnung gekommen war und stand auf. Er stand in seinem Schlafanzug Elke gegenüber, die ihn bekümmert ansah.

„Der Kleine weint die ganze Zeit. Weißt du, was man machen kann, Stefan?"

„Das kann mehrere Gründe haben, Elke. Vielleicht ist er krank, das werden wir aber erst morgen wissen. Es kann auch sein, dass er mich vermisst, weil ich in den letzten Tagen mehr als du mit ihm zusammen gewesen bin. Ich kann ihn mit in mein Bett nehmen, du ruh dich man aus und geh in deine Wohnung. Du kannst aber auch mit in das Bett kommen und wir nehmen ihn in die Mitte."

Elke zögerte einen Moment.

Dann ging sie in das Schlafzimmer, schlüpfte in Stefans Bett und legte den Kleinen neben sich. Stefan kroch auf die andere Seite, wandte sich zu Benny, nahm sein Händchen und flüsterte liebevoll mit ihm. Einen Moment weinte er noch, dann verzog er plötzlich sein Gesichtchen und lachte Stefan an. Elke hatte alles beobachtet. Die Rührung schnürte ihr den Hals zu und als Stefan zu ihr hinüber lächelte und den Finger an den Mund legte, konnte sie ohnehin nichts mehr sagen. Nach fünf Minuten schloss das Baby die Augen, steckte den Daumen in den Mund und war eingeschlafen. Auch Elke und Stefan schliefen ein.

Irgendwann am frühen Morgen wachte Stefan auf. Elke schien schon aufgestanden zu sein und lag nicht mehr im Bett. Als er nach ihr suchte, sah er sie in ihrem Nachthemd in der Küche stehen.

Es ging nicht mehr.

Er trat von hinten auf sie zu und fasste mit seinen Händen über sie. Durch den dünnen Stoff konnte er ihre warmen Brüste spüren. Er legte seinen Kopf auf ihre nackte Schulter und sog ihren Duft ein, der ihn benebelte. Seine aufgerichtete Männlichkeit lag auf ihrer Hüfte. Elke drehte sich zu ihm und taumelte in seine Arme. Beide wankten zum Sofa, rissen sich die Kleider vom Leib und ließen sich hinein gleiten. Sie waren sehr hungrig.

Stefan ging es wie einem Bogenschützen, der seine Sehne zu lange gespannt hielt. Der Pfeil schoss ohne Kontrolle los. Elke lächelte ihn an und flüsterte:

„Vergiss nicht, ich bin Krankenschwester. Ich werde dich behandeln. Wir kriegen das besser hin."

Sie umfasste ihn, und nach kurzer Zeit wuchs er wieder in ihrer Hand.

Sie pressten sich aneinander, er drang in sie ein und sie rollten sich auf dem Sofa. Nach einer ganzen Weile ließen sie erschöpft voneinander. Stefan streichelte ihren Rücken und knabberte an ihrem Hals und ihrer Schulter. Sie schauten sich erlöst und zufrieden in die Augen. Dann fassten sie sich an den Händen und gingen wieder zu Bett. Benny schlief fest und tief zwischen ihnen, mit einem entspannten Lächeln im Gesicht.

Nachher fragte Stefan, wobei er es vermied, Elke anzuschauen: „Müssen wir jetzt wieder Schuldgefühle haben?"

Elke beugte sich zu ihm und legte den Zeigefinger an ihre Lippen.

„Sei still, du Dummkopf. Natürlich nicht. Es ist alles in Ordnung."

Elke zog nicht wieder nach unten. Sie räumte ihre Sachen wieder in die Schränke von Stefan ein und blieb bei ihm. Benny schien damit sehr einverstanden zu sein, quietschte sie fröhlich an und entwickelte sich wie eine Made im Speck. Elke und Stefan kamen darin überein, dass sie die untere Wohnung als Spielzimmer für Benny und als Fremdenzimmer nutzen wollten. Es würde ohnehin so kommen, dass sie auf fremde Hilfe angewiesen waren, wenn sie weiterhin ihren Beruf ausüben wollten. Es ergab sich, dass ihre Probleme durchaus lösbar waren; zum einen konnte Stefan ihre Dienstzeiten oft so koordinieren, dass fast immer jemand zu Hause war. Zum anderen gab es aus dem Kreis der Lernschwestern im

Westend-Krankenhaus genügend Anwärterinnen, die sich gern in ihrer Freizeit mit der Pflege eines Kleinkindes beschäftigten und auf diese Weise auch zusätzliches Geld verdienen konnten. Auch Aiko half viel und kümmerte sich um Benny, wann immer sie es konnte.

Stefan und Elke schliefen in der ersten Zeit fast jeden Tag miteinander. Der Hunger war groß. Stefan sagte zu Elke: „Es ist für mich, als müsse ich ein ganzes Jahr nachholen. Mir kommt es fast so vor, als ob alles noch viel schöner ist, weil wir Benny haben."

Elke lachte ihn an.

„Er ist immer noch Hartmuts Kind. Das ist mir egal, ich genieße es trotzdem, mit dir zusammen zu sein, Stefan. Komm zu mir und zeig mir, was wir alles versäumt haben. Ich hab dich lieb, dass es fast weh tut."

Nach Hartmut suchten sie immer noch in regelmäßigen Abständen. Elke wollte nicht mehr persönlich mit Hartmuts Mutter Kontakt aufnehmen, die sie damals so schroff abgewiesen hatte. Stefan rief sie manchmal an und erhielt immer die gleiche Auskunft von ihr.

„Es tut mir leid, Stefan. Hartmut hat sich immer noch nicht gemeldet. Keiner weiß, wo er geblieben ist, es ist zum Verzweifeln."

Es gab noch eine andere Schwierigkeit, und dies war Stefans Mutter.

Auf Dauer konnte und wollte er ihr nicht länger verheimlichen, dass er mit Elke und Benny zusammenlebte. Er sprach mit Elke darüber, als sie abends zusammen im Bett lagen.

„Wir müssen nachdenken, Elke. Ich kann meine Mutter nicht ständig allein lassen; sie hat außer mir keine Familie mehr. Ich muss ab und an zu ihr hin, das ist meine Pflicht. Ich habe das auch in der Vergangenheit getan. Mir wäre es lieber, wenn wir zu dritt zu ihr kommen und ihr die Wahrheit über unsere Beziehung berichten würden, wenn auch nicht die ganze."

„Damit habe ich kein Problem, Stefan. Andere wissen doch auch über uns Bescheid, warum nicht deine Mutter?"

Stefan machte einen Moment Pause, weil es ihm sehr schwer fiel, über diesen Punkt mit Elke zu sprechen.

„Dann müssen wir uns aber sehr genau überlegen, wen wir als Vater von Benny angeben. Meine Mutter kennt Hartmut und auch Hartmuts Mutter. Sie wohnen auch noch in der gleichen Stadt. Hier in Berlin wissen nur wenige, dass ich nicht der Vater von Benny bin. Wenn wir meiner Mutter alles über Benny erzählen, werden es irgendwann vielleicht auch andere aus unserer Heimatstadt erfahren. Ich weiß nicht, ob das gut für uns und das Kind ist, denn dann kommen wir auch nicht mehr an Hartmuts Mutter vorbei. Benny wird in ein paar Monaten „Papa" zu mir sagen, weil er keinen anderen Papa kennt. Glaubst du, dass es für ein Kleinkind gut ist, wenn es von anderen hört, dass sein Papa nicht sein richtiger Papa ist? Ich halte es für viel besser, wenn du gegenüber allen, auch meiner Mutter, zunächst mich als seinen Vater ausgibst."

Elke hatte sich bislang wenig Gedanken über solche Probleme gemacht. Es ging ihr mit Stefan und dem Kind so gut wie selten zuvor und sie hatte keine Lust, wieder in die unangenehmen Gefilde der Wirklichkeit zurückgestoßen zu werden. Aber sie war eigentlich stolz darauf, dass Hartmut der Vater von Benny war.

„Und was sagen und machen wir dann, wenn Hartmut vor der Tür steht?"

„Falsche Frage, Elke. Wenn Hartmut zurückkommen sollte – und wir wissen nicht, ob das überhaupt einmal der Fall sein wird, wenn wir ehrlich zu uns sind – ergibt sich eine neue Problematik, die auch wieder neu gelöst werden muss. Was dann geschieht und wie wir aus ihr herauskommen, können wir heute noch nicht einmal ahnen. Wichtiger ist doch die Gegenwart. Es ist wie im Krankenhaus. Wir beschäftigen uns mit dem Hier und Jetzt, um den Patienten zu helfen. Was mit ihnen in ferner Zukunft passiert, wissen wir ohnehin nicht. Und das Wichtigste für uns im Moment ist Benny, für den wir zu sorgen haben, damit er spannungsfrei und harmonisch aufwächst."

Elke fühlte sich einerseits bewegt, weil Stefan mit seiner praktischen Vernunft Verantwortung für die Zukunft ihrer kleinen Familie zeigte und Türen öffnete, von denen sie vorher nichts geahnt hatte. Dafür liebte sie ihn. In diesem Fall bestand die Tür darin, dass Stefan versuchte, ihrem Kind eine Großmutter zu verschaffen, denn Kinder lieben Großmütter. Sie selbst hatte nie eine Großmutter gehabt. Andererseits wollte sie im Moment noch nichts zementieren. Hartmut steckte noch sehr stark in ihr.

Sie ging in das Wohnzimmer zum Kinderbett und gab Benny seine Abendflasche. Als er fertig war, streckte er ihr die Arme entgegen und brabbelte etwas, das sich so ähnlich wie „Mmpama" anhörte. Elke kehrte in das Schlafzimmer zurück, kroch zu Stefan und sagte zu ihm:

„Wir machen das so, wie du vorgeschlagen hast."

Vierzehn Tage später, an einem Sommerwochenende, reisten sie zu Stefans Mutter. Stefan hatte sie zwar auf seinen Besuch vorbereitet, jedoch wusste sie nichts davon, dass Elke und Benny mitkommen würden. Entsprechend groß war ihre Überraschung, als sie die Tür öffnete und ihren Sohn mit einer Frau und einem Baby erblickte. Stefan umarmte seine Mutter kurz und bat sie:

„Lass uns erst einmal hereinkommen, dann erklären wir dir alles."

Während sie noch im Wohnzimmer standen, stellte ihr Stefan seine Familie vor:

„Mutter, das ist Elke, meine Freundin, und das wunderschöne Baby auf ihrem Arm ist Benedikt, dein Enkelsohn!"

Es traf Elisabeth Maienberg zunächst wie ein Schlag, und ihre Gesichtszüge schwankten zwischen ungläubigem Erstaunen und Unverständnis, doch Wellen von Freude liefen immer wieder über ihr Gesicht.

„Stefan, warum hast du mir nichts davon gesagt? Ich habe mir ein Enkelkind immer so gewünscht! Ich muss mich erst einmal setzen."

„Das ist eine lange Geschichte, Mutter. Ich erkläre sie dir später. Beschnuppert euch erst einmal. Elke kommt übrigens auch aus unserer Stadt."

„Haben wir uns früher schon einmal gesehen, Elke?" Elke lachte. „Wahrscheinlich schon, aber nicht wissentlich, Frau Maienberg. Es sei denn, Sie haben während unserer Abiturzeit hinter dem Fenster gestanden, wenn wir nachts durch die Straßen gezogen sind."

„Ach was, früher haben die Maienbergs doch fast im Wald gewohnt. Ich bin übrigens Elisabeth und du, und ich sage natürlich Elke zu dir! Darf ich jetzt einmal den Kleinen haben? Auf so einen Moment habe ich lange gewartet!"

Elke legte Stefans Mutter das Kind in den Arm. Benny schaute sie neugierig an.

Sie wiegte ihn hin und her und sprach zärtlich mit ihm. Benny schien das zu gefallen, denn nach einer Weile lachte er sie an und griff nach ihrer Hand. Irgendwann stand sie auf und gab das Baby an Elke zurück, um in die Küche zu gehen und das Mittagessen vorzubereiten.

Am Nachmittag tranken sie zusammen Kaffee. Stefan versuchte, seiner Mutter klar zu machen, dass er sich nicht gemeldet habe, weil es zwischen ihm und Elke noch Unsicherheiten über ihre Beziehung gegeben habe. Elke hielt sich aus dem Gespräch heraus. Mit Erstaunen bemerkte sie, dass dies seine Mutter nicht besonders zu interessieren schien.

„Das ist doch alles egal, Stefan, jetzt seid ihr eine Familie und ich habe ein Enkelkind. Wenn ihr wollt, komme ich auch gern nach Berlin und passe auf Benny auf, wenn ihr einmal etwas allein unternehmen wollt oder keine Zeit habt. Jetzt ist das vielleicht noch zu früh, denn er braucht seine Eltern noch jeden Tag. Aber später ist das alles machbar."

Elke hatte anfangs ein unsicheres Gefühl, um nicht zu sagen Angst vor dem Besuch bei Stefans Mutter gehabt, auch und gerade deshalb, weil sie wusste, dass in dieser Stadt das Kleinbürgertum zu Hause war. Als Elisabeth Maienberg gerade einmal herausgegangen war, lehnte sie sich an Stefan und flüsterte ihm in das Ohr: „Hast wieder einmal alles richtig gemacht, Stefan, wie immer!"

Sie machten von dem Angebot der Großmutter Gebrauch, als Benny älter wurde und langsam das Kriechen lernte. Elisabeth kam öfter nach Berlin und wohnte dann in der unteren Wohnung. Weihnachten feierten sie zusammen und zu Silvester passte sie auf ihren Enkel auf, sodass Elke und Stefan zu ihren Freunden gehen konnten, bei denen sie eingeladen waren.

Stefan arbeitete wie gewohnt auf seiner Station und an seiner Habilitation. Elke hatte sich in die Chirurgische Abteilung des Westend-Krankenhauses eingewöhnt und Benny wurde größer, kräftiger und anstrengender. Als er ein Jahr alt war, konnte er „Mama", „Papa" und ein paar andere Worte sagen und versuchte manchmal schon, sich an Tischen und Stühlen aufzurichten.

Elke hatte nach ihren schwierigen Zeiten und der Schwangerschaft einen Urlaub nötig, fand Stefan. Im fiel der Urlaubsort Hohwacht an der Ostsee ein, in dem er vor zwei Jahren mit Aiko gewesen war. Die Ostsee war nicht weit von Berlin entfernt und der flache Sandstrand kam gelegen, um Benny mitzunehmen. Es gelang Stefan, seinen Urlaub mit Elkes Urlaub zusammenzuführen, sodass sie zwei Wochen Familienferien für sich hatten. Sie mieteten sich in der gleichen Pension an der Steilküste ein, in der Stefan damals mit Aiko gewohnt hatte. Die Pensionswirtin machte zuerst einen erstaunten Eindruck; war doch der nette Arzt aus Berlin statt mit einer Asiatin jetzt mit einer deutschen Frau und einem Kind gekommen! Benny spielte den ganzen Tag am Sandstrand. Manchmal nahmen sie ihn mit in das Wasser, wo er planschte und vergnügt krähte. Jeden Tag lernte er neue Wörter kennen. Abends war er so müde, dass er schnell einschlief. Elke und Stefan konnten also abends allein ausgehen.

Mit zwei Jahren konnte er seine Windeln ablegen, sprach ganze Sätze und unterhielt sich mit seinen Eltern in der Kindersprache. Es gab nun Probleme mit der geteilten Wohnung, denn die obere Wohnung besaß kein Kinderzimmer und war für drei Personen zu klein. Zwar diente die untere Wohnung nach wie vor als Spiel- und Fremdenzimmer. Doch Benny war lebhaft und lief wie ein Hase umher, wollte mal nach oben, dann wieder nach unten. Sie würden wohl auf Dauer eine neue Wohnung beziehen müssen, merkten sie. Stefan machte sich also auf die Suche nach einem geeigneten Objekt. Natürlich sollte es nicht zu weit entfernt vom Krankenhaus liegen, also in den Stadtteilen Wilmersdorf, Charlottenburg, Zehlendorf oder Steglitz.

Nach einer Weile wurde Stefan fündig.

In der Nähe des Mexikoplatzes, nicht weit entfernt von der U-Bahn Station Krumme Lanke, wurde ihm eine Erdgeschosswohnung in einer alten Villa angeboten. Schon auf der Hinfahrt zum Besichtigungstermin beeindruckte ihn der Charme der Gegend, wohl ein Baugebiet, welches in den Zwanzigerjahren inmitten einer dörflichen Landschaft entstanden war. Man merkte ihm seine Vergangenheit an; kleine, übrig gelassene, eingeschossige Landarbeiterhäuser im typischen märkischen Stil wechselten ab mit Einfamilienhäusern und teils opulenten Villen, alles eingebettet in eine parkartige Landschaft. Neben den Straßen, die hier gewunden verliefen und Rechtwinkligkeit verschmähten, neigten sich märkische Kiefern über die Fahrbahn, was den Eindruck einer Siedlung im Wald vermittelte. Dazwischen Gärten; hier konnte man in dieser Großstadt sogar noch Gemüse und Obst anbauen und ernten, alles, was sich Stefan erträumte, ohne dass es ihm direkt bewusst war.

Das Haus selbst strahlte großbürgerliche Behäbigkeit aus. Es musste wohl schon vorher, um die Jahrhundertwende entstanden sein und spiegelte den Wunsch seiner Erbauer nach Unverwechselbarkeit wider. Erker, Eckchen und Vorsprünge zergliederten die massive Fassade, um ihre Mächtigkeit zu mildern und dem Haus einen Anstrich von Leichtigkeit zu verschaffen. Das Erdgeschoss hatte man hochgesetzt, wie es der Logik der Zeit entsprach; um es zu erreichen, musste man eine kurze Eingangstreppe überwinden und damit seinen Erbauern ersten Respekt zeigen. Gleichzeitig schaffte man im Souterrain Platz für die Zimmer der Dienstboten und die Küche, alles Einrichtungen, die ursprünglich darauf abgestellt waren, den Bewohnern Bequemlichkeit zu verschaffen.

Als Stefan die Tür geöffnet wurde, erwartete ihn ein älteres Ehepaar.

Sie hatten das Haus von ihren Vorfahren geerbt; der Ehemann, pensionierter Verwaltungsbeamter, erklärte ihm, dass er kurzfristig vorhabe, zusammen mit seiner Ehefrau nach Oberbayern umzusiedeln.

„Wir sind allein, Herr Dr. Maienberg, und unsere Kinder sind schon vor zehn Jahren nach München gezogen. Das Haus ist umgebaut, das Obergeschoss ist jetzt über eine separate Treppe zu erreichen, und wir haben die Villa geteilt und daraus zwei Eigentumswohnungen gemacht, die wir ab jetzt separat vermieten wollen. Die untere Wohnung verfügt über fünf Zimmer, dazu über das Souterrain und hat verbriefte Gartennutzung. Sie können sie von uns mieten und später vielleicht sogar kaufen. Wir würden Ihnen ein Vorkaufsrecht einräumen."

Stefan wusste, dass er die Wohnung gefunden hatte, die er schon lange suchte.

Später, als er mit Elke im Bett lag und gerade seine Arme um sie geschlungen hatte, sprach er sie darauf an.

„Es würde alles passen, Elke. Benny hätte genug Platz zum Spielen, sogar einen Garten, und Kindergärten und Schulen gibt es genug in der Gegend. Was noch fehlt, ist, wie wir unsere Beziehung nach außen definieren wollen. Ich liebe dich, ich liebe Benny, so wie ich niemals zuvor Menschen geliebt habe, und das ist doch schon einmal ein Ausgangspunkt. Wir sollten heiraten und endlich einen Anfang machen, denn wir werden älter und brauchen den Halt, um uns gegenseitig zu stützen, wenn es einmal schwierig werden sollte. Ich weiß, dass ich jetzt kralle, Elke, und ich tue das aus vollem Bewusstsein. Zweimal habe ich schon gescheiterte Beziehungen hinter mir, aus denen etwas Festes hätte werden können, weil ich sie leichtfertig aufs Spiel gesetzt habe. Ein drittes Mal passiert mir das nicht."

Elke schaute Stefan jetzt ernst an. Eine Spur von Trotz lag auf ihrem Gesicht.

„Ich lass mich aber nicht so einfach krallen, Stefan, und das weißt du ganz genau. Du weißt auch, dass ich noch viel an Hartmut denke!"

„Elke, Hartmut ist seit fast drei Jahren verschwunden. Ich habe gerade vor ein paar Wochen wieder mit seiner Mutter gesprochen. Es gibt nichts Neues von ihm und es wird wohl auch in Zukunft nichts Neues geben. Du musst ihn endlich aus deinem Kopf bekommen, auch wegen Benny."

„Das kann ich aber nicht. Ich liebe Hartmut immer noch, jedenfalls ein Teil von mir tut es, und ich kenne meine Gefühle. Soll ich vor ihnen davonlaufen?"

„Und was ist mit mir?"

„Stefan, was soll ich dir jetzt sagen? Natürlich liebe ich dich über alles, oder denkst du, ich würde sonst mit dir ins Bett gehen? Es ist nun einmal so, dass ich zwei Männer liebe. Das macht vieles schwierig, aber es ist so. Du und Hartmut, ihr seid euch eben auch sehr ähnlich."

„Das stimmt doch nicht! Wir sind total verschieden!"

„Nein, das ist die Wahrheit. Klar, Hartmut ist impulsiver als du und hat das hitzigere Temperament. Du bist der Besonnenere und Vernünftigere von euch beiden. Aber es gehen euch oft gleichartige Überlegungen im Kopf herum und ihr habt übereinstimmende Empfindungen, das ist mir schon häufig aufgefallen. Außerdem seht ihr euch auch äußerlich ähnlich."

Stefan überlegte einen Augenblick und sah ein, dass Elke recht hatte.

„Deine Gedanken und Gefühle nehme ich natürlich ernst, Elke. Doch sie nützen uns nichts, denn Hartmut ist und bleibt verschwunden. Ich mache dir einen Vorschlag. Ich fahre in der nächsten Woche nach Köln und suche überall, ob ich noch eine Spur von ihm finde. Wenn das nicht der Fall ist, mieten wir die Wohnung in Zehlendorf und ziehen um. Alles Weitere wird sich finden."

Elke drückte Stefan an sich und küsste ihn lange.

„So könnte es wohl sein. Manchmal wüsste ich nicht, was ich täte, wenn ich dich nicht hätte, mein Schatz."

Stefan suchte in Köln zuerst die Dachwohnung auf, die Hartmut damals gemietet hatte.

Auf einem Klingelschild aus Messing stand der Name „Schmitz" und die Berufsbezeichnung „Architekt".

Herr Schmitz, ein drahtiger Fünfzigjähriger, war zu Hause und ließ Stefan hinein.

Offensichtlich hatte er einen Teil der Wohnung als Atelier oder Werkstatt umgebaut.

Stefan fragte ihn nach Hartmut.

„Oh ja, Hartmut Müller kenne ich, er war mein Vormieter. Vor drei Jahren ist er ausgezogen. Ich habe ihm seine Einbauküche abgekauft. Als ich damals mit ihm verhandelte, war er gerade dabei, seine Möbel in einen Container packen zu lassen."

„Hat er Ihnen eine Adresse hinterlassen oder Ihnen mitgeteilt, wohin er verzogen ist?"

„Nein. Ich habe niemals wieder etwas von ihm gehört."

Stefan bedankte sich bei Schmitz und fuhr zu Hartmuts alter Firmenadresse. Er konnte sie ausfindig machen, weil er noch eine alte Visitenkarte gefunden hatte. Es handelte sich um einen gesichtslosen dreistöckigen Bürobau in einer Kölner Vorstadt. Über dem Eingang sprang ihm ein auffälliges Firmenschild in das Auge:

Fringe & Werner
Ex- und Import

Stefan stieg eine Treppe empor und erreichte ein Büro mit einer Glaswand. Eine Angestellte, wohl eine Sekretärin, nahm kaum Notiz von ihm. Stefan grüßte sie und fragte:

„Entschuldigung, wissen Sie, ob hier im Gebäude eine Firma „Heimbau" ihren Sitz hat?"

Die Dame schaute ihn etwas belustigt an.

„Ach, die Heimbau! Die gibt es schon lange nicht mehr. Die Firma hat sich vor zwei Jahren aufgelöst, in welcher Form, ob sie in Konkurs gegangen oder einfach erloschen ist, kann ich Ihnen nicht sagen. Sie können sich ja bei der Industrie- und Handelskammer erkundigen."

Stefan bedankte sich und ging.

Sechs Wochen später zog er mit Elke und Benny in die Zehlendorfer Villa ein. Die Möbel aus seinem ehemaligen Elternhaus fanden jetzt ihren endgültigen Platz.

Es war an einem Sonnabend, als Stefan frühmorgens auf der Terrasse saß und Kaffee trank. Elke und Benny schliefen noch. Er hörte dem sommerlichen Gesang der Vögel zu, als er plötzlich wahrnahm, wie etwas in den Briefkasten eingeworfen wurde. Als er ihn leerte, hielt er einen dicken Briefumschlag in der Hand, den ihm seine Mutter geschickt hatte. Er öffnete ihn. Ein Luftpostbrief fiel aus ihm heraus. Zuerst las er ein Anschreiben seiner Mutter, das dem Brief beilag.

Lieber Stefan,

Ich habe dir diesen Brief weitergeschickt, der auf deinen Namen an unsere alte Adresse gerichtet ist. Ich habe ihn vorgestern von den Leuten bekommen, die unser Haus gekauft haben. Viele Grüße an dich, Elke und mein Enkelkind.

Deine Mutter.

Stefan bückte sich, nahm den Brief auf und schaute ihn sich an. Offensichtlich war er in Boston, Massachusetts, abgestempelt worden. Auf der Rückseite entdeckte er in der linken oberen Ecke zwei Buchstaben: H. M.

SUCHE UND EINSICHT

BERLIN, IM SOMMER 1980

Stefan spürte, wie ihm das Herz bis zum Hals schlug, als er den Brief aufriss. Auf dem dünnen Papier stand etwas Handgeschriebenes. Die Schrift konnte er nicht erkennen, kein Wunder, dachte er, denn wenn es Hartmut war, der ihm schrieb, wäre das der erste Brief, den er von ihm erhielt, seit er zurückdenken konnte. Er las:

Lieber Stefan,

es wird Zeit – nein, es geht überhaupt erst seit kurzem –, dass ich dir ein Zeichen von mir schicke. Vor vier Jahren ist viel in Köln geschehen. Du konntest davon nichts wissen; irgendwann werde ich es dir erklären. Es ist aber nicht so, dass ich Köln Hals über Kopf verlassen musste. Alles, was seither passiert ist, hatte ich Monate vorher geplant. Mein Problem war, dass ich niemanden davon erzählen konnte, Elke nicht, dir nicht und schon gar nicht meiner Mutter. Doch im Nachhinein denke ich, ich habe alles richtig gemacht. Du wirst es verstehen, dessen bin ich mir sicher.

Mir geht es nun gut, ich bin gesund und lebe zufrieden. Nur Elke fehlt mir; ich wusste bis jetzt nicht, dass sie mir so wichtig ist. Aber gerade sie konnte ich nicht mit dem belasten, was ich vorhatte. Ich habe vor ein paar Wochen versucht, über die Telefonauskunft ihre Adresse herauszubekommen. Auf diese Weise habe ich auch erfahren, dass sie nicht mehr in Köln lebt. Doch eine neue Adresse konnte mir niemand geben.

Du wirst mir die Frage stellen wollen, wo ich jetzt lebe. Wenn das so einfach wäre, hätte ich dir hier im Brief einfach meine neue Adresse mitgeteilt. Das kann ich mir jedoch nicht leisten, jedenfalls nicht in diesem Moment, denn mein Brief könnte abgefangen werden. Also wirst du nach mir suchen müssen. Das ist nicht so schwierig, wie du denkst. Es gibt übrigens überhaupt nur einen Menschen, der dazu erfolgreich in der Lage wäre, und dieser Mensch bist du. Vielleicht wird es ein langer, steiniger Weg sein, doch ich glaube, du wirst es schaffen.

Bitte sprich mit meiner Mutter nicht über diesen Brief, auch wenn du sie brauchst, um zu mir zu kommen. Sie war seit jeher fast nur mit sich selbst beschäftigt.

Und noch eine Bitte: wenn es geht, versuche herauszufinden, wo Elke geblieben ist.

Ich hoffe, dich bald wiederzusehen.

Hartmut

Stefan lehnte sich zurück und überlegte. Seine Erregung ebbte ab und beschleunigte gleichzeitig in seinem Kopf eine Reihe von weiterführenden Gedanken. Er bekam wieder seinen Tunnelblick.

Elke kam mit verschlafenen Augen heraus, küsste ihm einen „Guten Morgen" auf die Wange, setzte sich zu ihm und schenkte sich einen Kaffee ein. Stefan schob ihr wortlos den Brief hinüber. Während sie ihn las, beobachtete er sie aus den Augenwinkeln. Ihre Gesichtsfarbe wechselte von morgenbleich zu glutrot, höchste Aufregung anzeigend.

„Wir müssen ihn finden, Stefan!", sagte sie. Er zog seine Stirn in Falten und antwortete ihr.

„Dann sag mir, wie das gehen soll! Es gibt nur wenige Hinweise in seinem Brief."

„Wir haben doch den Poststempel von Boston! Vielleicht wohnt er in Boston oder Umgebung!"

„Der Stempel nützt uns nichts. Selbst wenn deine Vermutung stimmt, müssten wir in einem Großraum suchen, in dem um die fünf Millionen Einwohner leben, völlig aussichtslos, ihn zu finden. Aus dem Brief entnehme ich, dass Hartmut seine Adresse für andere verschleiern will und seine Hinweise an mich deswegen so rätselhaft sind. Der Stempel von Boston gibt mir lediglich einen Hinweis, dass Hartmut sich irgendwo in Nordamerika aufhält – auf einer Fläche von über 20 Millionen Quadratkilometern und einer Einwohnerzahl von einer halben Milliarde. Wir müssen also weiter eingrenzen, ich weiß im Moment nur nicht, wie. Gib mir ein paar Tage Zeit, vielleicht fällt mir etwas ein."

In der folgenden Nacht lag Stefan lange wach und grübelte. Er kam zu dem Schluss, dass der Hinweis auf Hartmuts Mutter einer der wenigen eindeutigen Fingerzeige war, die dieser ihm gegeben hatte: „...wenn du sie brauchst, um zu mir zu kommen...".

Sie musste also irgendetwas wissen, das für die Suche von Bedeutung war, oder in Hartmuts Elternhaus gab es etwas, vielleicht ein Schriftstück oder ähnliches, von dessen Existenz nur sie wusste. Er würde also Hartmuts Mutter persönlich aufsuchen müssen, denn die vielen Telefongespräche mit ihr hatten nichts gebracht.

„...es gibt nur einen einzigen Menschen, der dazu in der Lage wäre und dieser Mensch bist du...".

Stefan musste also auch etwas von Hartmut wissen, was kein anderer wusste. Ihm fiel nicht ein, um was es sich handeln könne.

Am nächsten Wochenende setzte sich Stefan in das Auto, um zu Hartmuts Mutter zu fahren. Auf der Hinfahrt dachte er immer wieder über den Brief nach. Er ließ ihm keine Ruhe. In der Nähe von Helmstedt fuhr er auf einen Parkplatz, holte den Brief hervor und las ihn wieder und wieder durch.

„...vielleicht wird es ein langer, steiniger Weg sein...".
Warum steinig? Lang hätte doch gereicht!
Die Steinsammlung! Sie war die Lösung des Rätsels! Von Hartmuts Steinsammlung wusste niemand etwas, nur er und Hartmuts

Mutter. Natürlich, Hartmut musste irgendwo sein, wo er vorher schon einmal gewesen war. Weil er von überall her immer einen Stein mitgenommen hatte, würde die Sammlung der Schlüssel sein. Zuerst besuchte er seine eigene Mutter, bei der er übernachten wollte. Als er sie auf Frau Müller ansprach, informierte sie ihn: „Helga Müller ist vor ein paar Wochen umgezogen, Stefan. Sie wohnt jetzt auch in der Stadt, nur ein paar Straßen von hier entfernt."

„Und was ist aus Müllers Einfamilienhaus geworden?"

„Soweit ich weiß, steht es leer. Frau Müller will es wohl verkaufen, hat aber noch keinen Käufer gefunden."

Am nächsten Tag klingelte er bei Helga Müller an der Tür. Als sie öffnete, in dezenter Eleganz gekleidet wie eh und je, schaute sie ihn erstaunt an.

„Stefan! Was führt dich zu mir?"

Hartmuts Mutter war eine schwierige Person, für Fremde sehr gewöhnungsbedürftig. Sie wirkte immer etwas distanziert, wenn nicht sogar überheblich. Das war jedoch reiner Selbstschutz, notwendig geworden durch ihre nicht einfache Ehe mit Hartmuts Vater. Unter allen Umständen musste sie früher ihr Selbstbewusstsein abschirmen, um neben ihrem dominanten Ehemann zu bestehen. Auf eine gewisse Weise ähnelte sie Evas Mutter, der Chefarztgattin. Stefan selbst hatte dagegen überhaupt keine Probleme mit ihr, denn sie kannte ihn von klein auf.

Stefan erzählte ihr, auf welche Weise er über die Steinsammlung versuchen wolle, Hartmuts Aufenthaltsort herauszufinden. Sie zeigte sich überrascht.

„Wenn das klappen würde, wäre ich sehr glücklich. Manchmal hatte ich schon die Befürchtung, dass Hartmut nicht mehr am Leben ist. Du kannst die Schlüssel vom Haus haben, es ist unbewohnt. Die Steinsammlung müsste sich im Keller befinden,

Hartmut besaß dort einen Bastel- und Werkraum, in den er sich öfter zurückgezogen hatte."

Das Haus der Müllers stand verwaist oberhalb des Betriebshofes der damaligen Baufirma. Aus der Halle, in der Hartmuts Vater ehemals Geräte und Baustoffe gelagert hatte, kam ab und zu ein Bagger oder ein Pritschenwagen mit der großflächigen Werbeaufschrift „Willendorf GmbH & Co. KG" heraus. Vor ihr rotteten ausgediente Fahrzeuge und Baumaschinen vor sich hin. Menschen, die auf dem Hof arbeiteten, waren nirgends zu sehen.

Das Haus, ehemals inmitten eines gepflegten Gartens gelegen, umgab eine Buschwildnis, an deren Rändern Herkulesstauden und Brennnesseln ihre Köpfe in die Höhe steckten. Es machte einen toten und blinden Eindruck, denn überall hatte man die Jalousien der Fenster heruntergelassen. Stefan schloss auf und ging hinein.

Es war dunkel, und eine warme und stickige Luft umschloss ihn, die nach alten Möbeln und Teppichen roch. Als er ein paar schwache Glühbirnen angeschaltet und das Panoramafenster zum Garten geöffnet hatte, sah er, dass man im Wohnzimmer und im Esszimmer noch immer die alte Einrichtung aus den fünfziger Jahren mit ihren schrägbeinigen Möbeln belassen hatte. Der Clown von Bernard Buffet schien alles von der Wand her gespenstisch böse anzulächeln. Stefan machte im Flur Licht und suchte nach dem Kellereingang. Als er ihn gefunden hatte, stieg er eine steile Treppe hinunter, die direkt zum Heizungskeller führte. Links und rechts neben diesem ging es offensichtlich in zwei weitere Räume. Stefan öffnete die linke Tür. Ein Regal mit einer Reihe übrig gebliebener Weckgläser und ein paar alte Haushaltsgeräte, wie Einweckapparat und Entsafter, zeigten an, dass man den Raum wohl als Vorratsraum benutzt hatte. Neben dem Heizungskeller öffnete sich die Tür zu einem hellen, großen Kellerraum, dem zwei große Kellerfenster das Licht zuteilten.

Dies war offensichtlich Hartmuts Keller. Auf der einen Seite befand sich eine Werkbank mit einem Werkzeugschrank. Daneben lehnten Sportgeräte an der Wand, Skier, Rodelschlitten und Hartmuts altes Fahrrad, das er sich zusammen mit Stefan damals verdient hatte. Auf der anderen Seite gab es einen Arbeitsplatz, Stuhl mit Tisch, der an einer Regalwand stand.

Darin fand er sie: Hartmuts Steinsammlung.

Stefan trat näher. Ungefähr fünfzig Steine lagen akkurat geordnet auf den Brettern. Die meisten sahen nicht außergewöhnlich aus. Die Steine waren durchnummeriert und mit weißer Tinte beschriftet. Auf dem obersten Regalbrett entdeckte er eine gebundene Kladde, in der sein Freund die Nummern der Steine den Plätzen zugeordnet hatte, von denen sie stammten. Stefan verglich die Nummern der Steine mit den Ortsbezeichnungen.

Ein Stein, der aussah wie eine gebogene Tonscherbe, sprang ihm besonders in das Auge. Er schlug nach und fand: „Sylt, Morsum-Kliff." Drei Steine kannte er; Stein 21 war der Stein aus der Bärenhöhle am Ith, Stein 39 der Ammonit von der Jagdhütte und Stein 48 das Schieferstück von der Mosel. Er schaute die Kladde jetzt systematisch durch. Sie fing an mit Stein 1, den er offensichtlich der Baugrube seines Elternhauses entnommen hatte, denn in der Kladde stand: „Kampstraße 5". Die Steine bis etwa zum zwölften Stein stammten alle aus der näheren Umgebung. Die späteren Steine hatte Hartmut wahrscheinlich in den Urlauben mit seinen Eltern gesammelt, denn sie kamen teils aus Alpenländern, von der Nord- oder Ostsee oder aus den Mittelgebirgen Deutschlands. Ab etwa dem fünfundzwanzigsten Stein tauchten zunehmend auch ausländische Orte auf, oft aus dem Mittelmeerraum.

Ein einziger Stein fiel aus dem Rahmen.

Es war Stein 44.

In der Kladde stand „Quebec". Stefan holte ihn aus dem Regal und schaute ihn sich an. Es war ein etwa faustgroßer, dunkelgrauer Stein, der eine Art Maserung zu haben schien. Ansonsten sah er unauffällig aus. Stefan nahm ihn an sich, ging wieder hinauf, schloss das Haus ab und machte sich auf den Weg.

Als er bei Helga Müller die Schlüssel abgeben wollte, bat sie ihn herein. Sie hatte einen Tisch mit Tee und Gebäck vorbereitet. Stefan erzählte ihr von dem Stein.

„Haben Sie davon Kenntnis, dass Hartmut irgendwann einmal in Kanada gewesen ist?", fragte Stefan. Helga Müller überlegte.

„Wenn das der Fall gewesen ist, muss es zu seiner Studienzeit gewesen sein. Mein Mann hatte einen Cousin, der kurz nach dem Krieg nach Kanada ausgewandert ist. Einmal hat er uns besucht. Schon möglich, dass er Hartmut zu sich eingeladen hatte."

„Wissen Sie, wo genau in Kanada dieser Cousin gewohnt hat oder noch wohnt?"

„Nein. Ich habe mich nie um die Verwandtschaft meines Mannes gekümmert. Davon gab es ohnehin nicht viel. Das Ganze ist auch schon sehr lange her, mindestens fünfzehn Jahre."

Als er sich später von ihr verabschiedet hatte, ging er noch einmal bei seiner Mutter vorbei und fuhr zurück nach Berlin. Den Stein nahm er mit.

Elke wog den Stein in ihrer Hand, drehte und musterte ihn.

„Ich kann nichts Besonderes an dem Stein sehen", sagte sie.

„Eine Zahl steht darauf. Was hat das zu bedeuten?"

„Dass er aus Quebec, Kanada, stammt, Elke. Ich habe gerade im Lexikon nachgesehen. Quebec ist eine kanadische Provinz, ist 1,5 Millionen Quadratkilometer groß und hat etwa acht Millionen Einwohner. Schon viel besser."

„Das ist doch immer noch so, als wenn man eine Nadel im Heuhaufen sucht."

„Da hast du recht. Quebec ist die flächenmäßig größte kanadische Provinz, fast die ganze Labrador-Halbinsel gehört dazu. Sie ist riesig und dünn besiedelt. Man kann sie nicht durchsuchen. Doch mir ist etwas eingefallen, warte nur ab!"

Am Montag rief Stefan während der Mittagspause Schwester Agnes in sein Arbeitszimmer.

„Agnes, ungefähr vor zwei Jahren hatten wir doch einen Patienten mit einer schweren Hepatitis A bei uns. Können Sie sich erinnern?"

„Aber sicher. Das war ein Wissenschaftler, ein Geologe oder Mineraloge. Die Hepatitis hatte er sich im Orient geholt. Er lag sechs Wochen bei uns und wäre fast gestorben."

„Genau den meine ich. Können Sie seinen Namen und seine Adresse heraussuchen?"

„Kein Problem."

Nach fünf Minuten kam Agnes zurück.

„Er heißt Dr. Manuel Petrowski. Möchten Sie seine Arbeitsadresse oder seine Privatadresse haben?"

„Seine Arbeitsadresse."

„Institut für Mineralogie, Takustraße 6 in Berlin-Dahlem." Agnes gab ihm die Telefonnummer. Eine Stunde später rief Stefan ihn an und erreichte ihn sofort.

„Hier ist Stefan Maienberg. Können Sie sich an mich erinnern, Herr Petrowski?"

„Aber selbstverständlich! Sie sind doch der Arzt, der mich im Krankenhaus behandelt hat, als ich quittegelb war! In wochenlanger Arbeit haben Sie mich wieder umgefärbt."

„Könnten Sie mir einen Gefallen tun?"

„Jederzeit! Schießen Sie los."

„Ich suche einen Freund, der vor Jahren nach einer mir nicht bekannten Adresse verzogen ist. Das kann überall auf der Welt sein. Der einzige Anhaltspunkt, wo er sich aufhält, ist ein Stein, etwa faustgroß. Wenn ich wüsste, wo der Stein herkommt, wüsste ich auch, wo mein Freund geblieben ist."

„Das müsste sich machen lassen, Herr Maienberg. Bringen Sie mir den Stein vorbei und lassen Sie mir eine Woche Zeit."

Stefan lieferte den Stein im Institut ab. Nach einer Woche rief ihn Petrowski an und verabredete sich mit ihm. Als er das Arbeitszimmer betrat, sah er den Stein auf Petrowskis Tisch liegen. Nach einer kurzen Begrüßung lud ihn der Wissenschaftler zu einem Kaffee ein. Stefan nahm dankend an.

„Setzen Sie sich erst einmal, Herr Maienberg. Es gibt viel über den Stein zu erzählen. Er ist in mehrfacher Hinsicht bemerkenswert."

Petrowski faltete die Hände über dem Bauch zusammen und drehte sich zu Stefan hin, während er ihm direkt in das Gesicht schaute.

„Um es voraus zu sagen, ich habe den Stein auch von einem Kollegen aus der Geologie untersuchen lassen. Geologie und Mineralogie sind trotz ihrer Verwandtschaft unterschiedliche Disziplinen. Es stellte sich heraus, dass der Kollege zu dem gleichen Ergebnis gekommen ist wie ich.

Um zu verstehen, wie der Stein beschaffen ist, müssen wir sehr weit in die Erdgeschichte zurückgehen, ungefähr 400 Millionen Jahre. Damals gab es ein Gebirge, das Kaledonische Gebirge. Die nordamerikanischen Appalachen, Schottland, Skandinavien und Spitzbergen waren Teile dieses Gebirges und hingen zusammen. Nordamerika und Schottland drifteten später auseinander und zwischen ihnen bildete sich ein Ozean, der Iapetus-Ozean.

Doch dieser Zustand hielt nicht an. Irgendwann verschwand der Ozean und Nordamerika und Schottland stießen wieder aneinander. Wohlgemerkt Schottland, nicht England. Die Gesteinsformationen nahmen bei diesem Prozess Sedimente des Iapetus-Ozeans auf, die man nachweisen kann. Während des Erdmittelalters, im Jura, also zur Zeit der großen Saurier, trennten sich Schottland und Nordamerika wieder und der Atlantik entstand. Dieser Vorgang begann vor etwa 200 Millionen Jahren und hat sich bis heute fortgesetzt. Die Untersuchung Ihres Steines ergab, dass er genau aus dieser Bruchzone stammt. Das heißt, entweder kommt er aus Schottland oder aus den nordamerikanischen Appalachen."

„Die Appalachen sind doch ein sehr langes Gebirge?"

„Das stimmt, sie reichen von den Südstaaten der USA bis nach Neuengland und Kanada."

„Also könnte der Stein aus Kanada kommen?"

„Natürlich. Vermutlich aus New Brunswick oder Nova Scotia."

„Könnte der Stein auch aus Quebec stammen?"

„Da muss ich selbst erst einmal überlegen. Doch, der letzte Ausläufer der Appalachen ragt nach Quebec hinein, und zwar in die Gaspésie. Die Gaspésie ist eine Halbinsel südlich des Sankt-Lorenz-Stromes. Von der nördlichen Seite des Stromes kann er nicht stammen, denn dort beginnt der Kanadische Schild, und das sind ganz andere Gesteine."

Stefan bedankte sich, stand auf, wollte den Stein an sich nehmen und gehen. Petrowski hielt ihn zurück.

„Bleiben Sie doch noch einen Moment sitzen, Herr Maienberg. Der Stein gibt uns noch ein kleines Rätsel auf. Er ist nämlich vor Zeiten einmal von Menschenhand bearbeitet worden. Man sieht es nicht auf den ersten Blick. Wir haben zur Mitte hin eine Bruchstelle, als wäre er von einem großen Stück abgebrochen. Rechtwinklig zur Bruchstelle befindet sich eine bearbeitete Fläche, zwar nicht ganz plan, doch die Bearbeitungsspuren sind sichtbar. In der Nähe der Bruchstelle kann man auf der bearbeiteten Fläche sogar eine kleine Gravur entdecken. Sie sieht aus wie ein Haken, schauen Sie mal hin."

Petrowski schob den Stein unter eine Präparierlupe.

„Stimmt, ich kann die Gravur auch sehen. Wie alt ist sie und von wem stammt sie?"

„Das, Herr Maienberg", antwortete Petrowski, „kann ich Ihnen auch nicht sagen. Der Stein ist irgendwann gründlich gewaschen worden, also lassen sich keine organischen Spuren finden, die einen Hinweis geben könnten."

Als Stefan zu Hause angekommen war, schlug er sofort im Lexikon unter „Gaspésie" nach.
Er fand:

„Gaspésie/Iles de Madeleine. Verwaltungsregion der Provinz Quebec/Kanada. Es handelt sich um eine Halbinsel, die an ihrer nördlichen Seite vom Sankt-Lorenz-Strom und an ihrer südlichen Seite durch die Provinz New Brunswick begrenzt ist. Die Berge im Inneren sind fast unbewohnt. Die meisten Einwohner sind in den Dörfern und Kleinstädten an den Küsten angesiedelt. Größte Stadt ist die Hauptstadt Gaspé mit 15 000 Einwohnern.
Gesamtfläche: 20 000 km².
Gesamteinwohnerzahl: 90 000.
Sprache: französisch."

Na bitte, dachte Stefan.
Elke schien ganz aus dem Häuschen geraten zu sein, als Stefan ihr alles erzählte. Doch er machte ihr klar, dass er Hartmut bislang noch längst nicht gefunden habe, sondern lediglich über einen ziemlich genauen Ausgangspunkt für eine Erfolg versprechende Nachforschung verfüge. Es würde nötig sein, nach Kanada zu fliegen und die Gegend abzusuchen. Elke wollte zunächst mitkommen, doch Stefan redete ihr das aus.
„Wir müssten dann Benny mitnehmen. Das ist nichts für ihn, dafür ist er noch zu klein. Ich werde das allein machen. Wenn ich Hartmut finde, können wir ihn immer noch im nächsten Jahr zu dritt besuchen. Oder er kommt mit mir nach Deutschland zurück,

wenigstens zu Besuch. Wir wissen bis jetzt auch überhaupt noch nicht, was uns erwartet, sollte ich ihm begegnen."

In der nächsten Zeit setzte Stefan alle Anstrengungen daran, sich im September zeitlichen Raum zu verschaffen, um sein Vorhaben in die Tat umzusetzen. Er merkte, dass sich Elke über den ganzen Sommer sehr liebevoll ihm gegenüber verhielt – sehr schön, doch ein Keim von Eifersucht sprießte in ihm hoch. Er würde von Mitte September bis in die zweite Oktoberwoche hinein vom Krankenhaus Urlaub erhalten, so hatte er das mit der Direktion des Krankenhauses nach vielem Hin und Her vereinbart. Die Flugbuchung verschaffte keine Probleme. Er würde am Donnerstag, dem achtzehnten September mit Air Canada von Frankfurt nach Toronto einen Direktflug haben und am Montag, den sechsten, wieder seinen Dienst in Berlin aufnehmen müssen. Genug Zeit.

An einem Mittwochabend im September stand er in Berlin-Tegel vor der Schranke am Gate. Elke war mitgekommen und hatte Benny auf dem Arm. Sie drückte sich an ihn, Benny quietschte. Elke schien todunglücklich zu sein. Stefan ging es gut, fast besser als in den letzten Jahren. Sie sprachen fast nur zu Benny, nicht sehr viel miteinander.

In der Nacht landete die Maschine der Air France in Frankfurt. Stefan irrte durch den unübersichtlichen Flughafen, den er noch nicht kannte und fand schließlich Platz auf einer Bank vor seinem Abfluggate. Zwischen fünf und sechs Uhr ging es endlich los, Air Canada startete. Die vielen Flugstunden machten ihm keine Probleme. Obwohl er keine langen Flüge kannte – sein längster Flug war der von Berlin nach Mallorca gewesen – gelang es ihm, in eine Art Halbschlaf zu verfallen, nachdem er sich in seinen Sitz gezwängt hatte. Am Vormittag kam er in Toronto an. Als er während des Anfluges erwachte, verschlug es ihm den Atem.

Noch nie hatte er eine derartige Stadtlandschaft aus Wolkenkratzern gesehen.

Nach zwei Stunden ging es weiter nach Quebec City. Die historische Festungsstadt, mehrfach umkämpft und sicherlich einer Besichtigung wert, ließ er liegen. Vielmehr kümmerte er sich schon auf dem Flughafen um einen Mietwagen. Ob es ein Ford, Dodge oder Chrysler war, nahm er nicht bewusst wahr. Jedenfalls war es eine großrahmige Limousine, die ihre Üppigkeit damit quittierte, dass sie pausenlos Benzin soff. Der Mietvertrag und die Übernahme des Fahrzeuges nahmen kaum zehn Minuten in Anspruch.

Später sollte Stefan erfahren, dass Limousinen dieser Größenordnung auch ihre Vorteile haben; auf Grund ihrer starken Motoren und Getriebe schaffen sie es, sich einigermaßen sicher auch auf den abgelegenen Straßen Kanadas zu bewegen.

Es ging nun weiter auf einer Autobahn, entlang des Sankt-Lorenz-Stromes. Stefan vermeinte, während der ersten Stunde Fahrzeit noch die gegenüberliegende Seite des Flusses zu sehen, doch dies war die Orleansinsel, in der Mitte des riesigen Flusses gelegen. Nach der Orleansinsel weitete sich der Strom zu einem riesigen Mündungstrichter, vielleicht dem größten der Welt. Als es dunkel war, endete die Autobahn bei dem Ort Rivière du Loup, einer Kleinstadt, dem Tor zur Gaspésie. Stefan war todmüde. Er quartierte sich in einem Motel ein. Als er die Tür zu seinem ebenerdigen Zimmer aufriss, strömte ihm ein penetranter Geruch nach Muff und Desinfektionsmitteln entgegen. Es störte ihn nicht. Nachdem er die Fenster kurze Zeit aufgerissen hatte, legte er sich angezogen auf das Bett und war nach kurzer Zeit eingeschlafen.

Die Weiterfahrt auf der zweispurigen Straße bei dünnem Autoverkehr gab ihm Gelegenheit, die Gegend näher zu betrachten, die er durchfuhr. Auf der rechten Seite begannen sich hohe Berge aufzutürmen, durchwachsen mit Laub- und Nadelbäumen. Die kleinen Orte erinnerten nicht an Flussorte, sondern mehr an Seeorte, denn es gab keine Brücken mehr, die den Strom überquerten, sondern Häfen, deren Bestand an Fischkuttern und Hochseeyachten anzeigten, dass das Fischen und Freizeitsegeln hier eine große Rolle spielten. Natürlich, das Meer war nah und der Strom hatte längst sein Süßwasser mit den salzigen Fluten des Nordatlantiks vermischt. Die zum Fluss hin gerichteten Hänge der Berge erlaubten eine bescheidene Landwirtschaft. Doch der Boden schien mager zu sein; es gab etwas Vieh auf Grünland, meistens Schafe und Rinder. Ein paar verschämte Felder mit Senf und anderen Gründüngungen, auf denen wohl vordem Getreide gestanden hatte, gaben einen Hinweis auf die geringe wirtschaftliche Bedeutung des Ackerbaues. Wo die Felsen des Gebirges dicht an die Küste traten – Stefan musste an den Stein denken, den er in seinem Koffer mitgenommen hatte – war ohnehin keine landwirtschaftliche Nutzung denkbar.

Ab hier begann Stefan, zielgerecht nach Hartmut Ausschau zu halten. Ein Blick auf die Karte zeigte ihm, dass es keinen Sinn ergab, vorerst das Landesinnere zu durchqueren. Nur zwei größere Straßen ohne Orte, mit Ausnahme des Minenstädtchens Murdochville, zerschnitten das Gebirge. Die Bewohner der Gaspésie wohnten sonst ausschließlich an der Küste. Hier musste er Hartmut suchen. Es lief also auf eine Umrundung der gesamten Halbinsel hinaus, mit einer Rückkehr durch die Berge Richtung Quebec-City.

Stefan fuhr jetzt am Tag kürzere Strecken. In allen größeren Orten – das waren auf Deutschland bezogen, winzige Kleinstädte – hielt er sich einen Tag auf und fragte in Hotels, Supermärkten und Restaurants nach Hartmut. Mehr als den Namen und ein paar Fotos hatte er nicht. Auf seinem Weg lagen die Orte Rimouski, Mantane und St. Anne des Monts. Kein Ergebnis, von Hartmut hatte niemand etwas gehört. Die Sprache bereitete ihm wenige Probleme. Die Einwohner sprachen zwar unter sich nur Französisch, doch sie konnten auch mit der englischen Sprache umgehen. Das erlaubte Stefan, sich mit ihnen zu verständigen. Hinter St.

Anne des Monts gab es nur winzige Orte, mehr Siedlungen, die meist an den Flussmündungen lagen. Bei L`Anse-Pleureuse bog eine Straße durch die Berge nach Gaspé ab. Stefan ließ sie liegen und fuhr weiter die Küste entlang. Nach einem Tag erreichte er den Forillon-Nationalpark und übernachtete in dem Touristenort Cap des Rosiers. Hier war von dem Sankt-Lorenz Strom nichts mehr zu spüren, der Ort mit dem berühmten Leuchtturm lag wie Orte, die am Meer liegen. Die Straße knickte nun nach Süden ab und führte durch die Berge. Stefan bewunderte ihren Bewuchs; riesige Fichten und Hemlocktannen säumten den Weg und die verschiedenen Arten des kanadischen Ahorns begannen, ihre Blätter zu verfärben. Als er die Küste wieder erreichte, war es nur eine kurze Strecke zum Hafenort Gaspé, der Hauptstadt der Region. Hier wollte er ein paar Tage bleiben.

Gaspé, größer als jeder andere Ort, den er bis jetzt durchfahren hatte, sah etwas nüchtern und langweilig aus, beeindruckte jedoch durch wimmelnde Geschäftigkeit. Stefan quartierte sich in einem Hotel am Stadtrand ein, neben dem ein großer Supermarkt lag. Er betrat ihn, um Getränke zu besorgen. Als er zur Kasse ging, schaffte er es gerade noch, an einer dunkelhaarigen, zierlichen jungen Frau vorbeizukommen, die wahre Berge in ihrem Einkaufswagen gestapelt hatte. Nachdem er bezahlt hatte, zog er ein Bild von Hartmut aus der Tasche und fragte die Kassiererin nach ihm. Sie kannte ihn zwar nicht, doch sie sagte:

„Wenn Sie mir das Bild, den Namen und Ihre Wohnadresse geben, könnte ich mich heute Abend bei Leuten erkundigen, die sich in der Gegend gut auskennen. Kommen Sie doch morgen Abend wieder, wenn ich mich nicht bei Ihnen melde."

Stefan schrieb ihr seine Hoteladresse auf und verließ den Supermarkt.

Am nächsten Tag schlief er etwas länger und ging etwa um neun Uhr in das Restaurant des Hotels hinunter, um zu frühstücken. Sein Tisch lag genau gegenüber dem Eingang. Als er mit seinem Frühstück fertig war und seinen Kaffee noch in Ruhe austrinken wollte, sah er, wie Hartmut Müller zur Tür herein kam.

Hartmut ging auf ihn zu und setzte sich zu ihm.

„Grüß dich, Alter." Stefan musste sich bemühen, nicht die Fassung zu verlieren.

„Mir schnürt es fast die Kehle zu, Hartmut. Was soll ich dir jetzt sagen?"

„Am besten erst einmal gar nichts. Wir werden wohl heute Abend eine Mammut-Unterhaltung haben. Das macht sich am besten am Kamin bei mir zuhause. Hier in der schalen Kneipe machen wir gleich einen Abgang – das heißt, wenn ich meinen Kaffee ausgetrunken habe."

Hartmut rief der kleinen Kellnerin, die gerade am Tisch vorbei kam, ein paar Brocken Französisch zu und erhielt sofort auch einen Kaffee.

„Wie hast du mich jetzt gefunden, Hartmut?" Hartmut lachte.

„Der Mokassin-Express, Stefan."

„Was ist denn das?"

„Das ist ein Begriff aus der Indianerzeit. Die Indianer hatten keine Schrift und keine Zeitung. Trotzdem waren sie darauf angewiesen, dass sich Nachrichten in diesem Riesenland verbreiteten. Das konnten Mitteilungen über das Wetter, über Wildwanderungen und das Verhalten feindlicher Stämme sein, als die Franzosen hier einfielen, kamen die Feindseligkeiten des weißen Mannes dazu. Die Methode der mündlichen Wiedergabe, also der Mokassin-Express, funktionierte schnell und über Hunderte von Kilometern. Daran hat sich bis heute nichts geändert. Die Gaspésie ist nicht Köln oder Berlin, Stefan. Ich weiß seit etwa drei Tagen, dass du nach mir suchst und hatte dich eigentlich schon früher erwartet. Gestern Abend rief mich meine Nachbarin Jeanette an und erzählte mir, sie habe an der Kasse vom Supermarkt einen Mann getroffen, der sich auf Englisch mit einem starken deutschen Akzent nach mir erkundigte. Und nun bin ich da, ganz einfach."

„Warum hat sie mich nicht angesprochen und mir deine Adresse gegeben?"

„Weil wir hier nicht in Deutschland sind. Wir alle legen den größten Wert auf unser privates Dasein und mögen es nicht, wenn uns der Staat oder unser Nachbar in die Suppe spuckt. Das ist übrigens einer der Hauptgründe, weswegen ich hier lebe, das sei voraus genommen. Jeder soll die Chance haben, sich zurückzuziehen, wenn nach ihm gefragt wird, das haben wir verinnerlicht. Doch die wichtigste Frage, die in mir brennt, kann ich nicht mehr zurückhalten. Hast du von Elke gehört, und wie geht es ihr?"

Stefan log Hartmut voll in das Gesicht.

„Von Elke weiß ich nichts, Hartmut. Ich habe sie zum letzten Mal gesehen, als ich in deiner Jagdhütte an der Mosel übernachtet habe."

Später gingen sie gemeinsam auf den Parkplatz; Stefan hatte sich im Hotel abgemeldet und wartete auf Hartmut, dessen Fahrzeug er folgen sollte. Hartmut fuhr mit einem ältlichen Pickup vor und Stefan hängte sich an. Es ging wieder zurück, in Richtung Forillon Nationalpark und Cap de Gaspé. Nach etwa zwanzig Kilometern bog die Straße wieder in die Berge ab.

Hartmut signalisierte ihm, dass er geradeaus auf einer schmalen Schotterstraße entlang fahren solle. Nach kurzer Zeit erreichten sie eine traumhafte Bucht mit kristallklarem Wasser, frei von Booten jeglicher Art. Die Bäume – in der Mehrzahl Kiefern und Fichten – reichten bis dicht an das Wasser, als wollten sie das Meer begrüßen. Danach wand sich die Straße in abenteuerlicher Weise hinauf, sodass Stefan Schwierigkeiten hatte, Hartmut zu folgen. Nach kurzer Zeit erreichten sie oberhalb der Küste einen ebenen Hof, um den herum sich verschiedene Gebäude gruppierten. Hartmut hielt an und stieg aus.

„Hier wohne ich", sagte er.

Stefan erblickte auf der linken Seite ein ihm außergewöhnlich und zugleich anheimelnd erscheinendes zweistöckiges Haus mit einem ausgebauten Dachgeschoß. Bis zur ersten Etage reichte ein Sockel aus Naturstein. Auf ihm stand eine mit rotbraunen Ziegeln gemauerte Fassade – solche Häuser kamen in den ländlichen Gegenden Quebecs selten vor, dort sah man fast nur Häuser aus Holz. An der Meerseite ragte ein turmartiger Vorbau empor, der wohl den Aufgang zu den Geschossen barg. Die Fassade war im viktorianischen Stil gehalten, mit kleinen Vorsprüngen und Erkern, sodass das Haus wie ein Schlösschen wirkte. Es musste wohl um die Jahrhundertwende erbaut worden sein.

An die Längswand des Hauses lehnte sich eine Sitzgruppe mit schweren Bänken, aus dicken Kanthölzern gebaut, die sich um einen massiven Steintisch ordnete. Zu ihrer einen Seite gab sie den Blick auf das Meer, zu ihrer anderen Seite den Blick auf den Hof frei. Der Hof war von drei länglichen, weiß gestrichenen Holzhäusern umrahmt, an deren Seiten ein paar Autos standen. Das Idyll der kleinen Siedlung wurde noch verstärkt durch eine Gruppe von Weymouthkiefern und Ahornbäumen, die sich um den Hof streuten.

„Das habe ich alles von meinem Onkel Helmut geerbt", informierte ihn Hartmut. „Er ist kurz nach dem Krieg nach Kanada gezogen, hat im Holzgeschäft gut verdient und die Häuser von den Nachkommen einer Familie aus Gaspé erworben. Der Erbauer war ein angesehener Mann gewesen, der eine Fischfabrik und eine Sägemühle im Ort besaß. Die Holzhäuser dienten ursprünglich als Ställe für die Pferde und als Wirtschaftsgebäude. Helmut hat sie nach und nach zu Ferienwohnungen umgebaut. Ich selbst wohne in dem Ziegelgebäude, der sogenannten Villa."

Sie gingen hinein. Durch einen Vorraum kamen sie in eine Art Halle. Sie war bestückt mit zwei Sitzgruppen, einem langen Esstisch und drei massiven Schränken. Vor dem mächtigen Kamin an der Stirnseite erkannte Helmut die fellbezogene Sitzgruppe aus Heinrichs Jagdhütte wieder. Neben dem Kamin ging es zu einer Küche und einem Wirtschaftsraum. Sie kehrten zu dem Vorraum zurück und erreichten über eine Tür den Turm. Eine Wendeltreppe in ihm verband die Etagen miteinander. Die erste Etage war mit vier Zimmern, alles Schlafzimmer, und einem Bad ausgestattet. Hartmut wies Stefan eines der Schlafzimmer zu. Darin sah er die Möbel aus Hartmuts Jugendzimmer im elterlichen Haus wieder, wie schon in Köln. Das Dachgeschoss besaß außer einem weiteren Schlafraum mit Bad einen großen Hobbyraum, in dem auch Hartmuts Tresor mit den Gewehren stand. Vor ein Giebelfenster, das einen phantastischen Blick auf die Küstenlandschaft bot, hatte Hartmut einen mächtigen ledernen Lehnsessel gestellt.

„Hierhin ziehe ich mich manchmal zurück, höre Musik und lese", bemerkte er.

„Und wenn du das nicht machst, was machst du sonst?", fragte Stefan. Hartmut schmunzelte.

„Eine ganze Menge. Wir haben hier Saison von April bis November. Dann sind die Ferienwohnungen vermietet. Ich kümmere mich um die Vermarktung und Verwaltung und ordne die Reinigungen und Renovierungen an. In der Jagdsaison habe ich viele Gäste, die nur zur Jagd kommen. Für die bin ich dann ihr Jagdguide. Im Forillon-Park ist die Jagd zwar nur eingeschränkt möglich, doch die Berge in Richtung Murdochville sind ein exzellentes Jagdgebiet. Ich fahre mit den Gästen dorthin und weise sie ein. Oben in den Bergen gehören mir noch zwei Blockhäuser, in denen die Gäste übernachten können. Manchmal helfe ich auch den Rangern im Forillon-Park als Guide für die Touristen, wenn sie viel zu tun haben. Ich kümmere mich manchmal mit ihnen um die Wege und Einrichtungen des Parks. Dafür habe ich im Park für mich gewisse Möglichkeiten zur Jagd. Wir haben hier eine kleine Karibuherde und eine Menge Elche, deren Anzahl nicht mehr anwachsen soll, sonst gibt es zu viele Schäden an den Bäumen. Also müssen jedes Jahr ein paar Tiere erlegt werden. Ein Problem sind vor allen Dingen die Schwarzbären. Es gibt im Park viel zu viele, weil die Touristen sie füttern und Essensreste und Müll in die Papierkörbe werfen. Wenn sie den Bären zu nahe kommen, kann es gefährlich werden. In den nächsten Wochen müssen wir beispielsweise einen Bären erlegen, der in der Vergangenheit Touristen angegriffen hat. Im Winter haben wir alle hier viel Zeit. Dann werden notwendige Reparaturen erledigt, zu denen man im Sommer nicht gekommen ist. Inzwischen gibt es sogar ein paar Wintergäste, weil in der Nähe von Gaspé eine kleine Anzahl von Skipisten und Liften betrieben wird. Alles in allem geht es mir finanziell gut, wenn ich noch die Erträge von dem Geld dazurechne, das ich mitgenommen und hier angelegt habe."

Beide gingen wieder hinunter in die Halle. Hartmut kochte Tee und brachte einen Teller Gebäck mit. Sie setzten sich vor den Kamin.

„Erzähl mir mehr von deinem Onkel, und wie du hier in die Gegend gekommen bist", bat Stefan.

„Mein Onkel Helmut war der Cousin meines Vaters. Mein Vater hatte außer ihm so gut wie keine Verwandte – wahrscheinlich ist unsere Familie trotz des häufigen Nachnamens kurz vor dem Aussterben begriffen. Beide kannten sich aus ihrer Kindheit, bevor Helmut nach Kanada ausgewandert war. Irgendwann in den sechziger Jahren, nachdem Helmut das Grundstück erworben hatte, muss ihn das Heimweh gepackt haben, er besuchte uns für drei Wochen zu Hause, und so lernte ich ihn kennen. Danach lud er meine Eltern zu einem Besuch nach Kanada ein. Daraus ist nichts geworden, du kennst meine Eltern. Mein Vater hatte nur

Interesse für sein Baugeschäft und ein paar andere Dinge und meine Mutter war pausenlos mit ihrer Ehe und mit sich selbst beschäftigt. Die Verwandtschaft ihres Mannes und sein Cousin interessierten sie überhaupt nicht. Bei mir war das natürlich anders. In meiner Studienzeit habe ich mehrfach Helmut besucht, manchmal mehrere Wochen. Es waren wunderbare Zeiten, besonders, als wir zusammen hier gejagt haben. Helmut war unverheiratet und hatte keine Kinder; schwul war er nicht, es hatte sich eben einfach nichts ergeben, so etwas gibt es auch.

Kurz bevor er starb, hatte er mir einen Brief geschrieben, in dem er mir mitteilte, dass er krank sei und mich zu seinem Universalerben eingesetzt habe. Ich habe mich dann sofort in den Flieger gesetzt und bin zu ihm gereist. Doch es war zu spät. Ich musste ihn in Gaspé beerdigen und seinen Nachlass regeln. An diese Woche wirst du dich bestimmt erinnern können."

„Was meinst du damit?"

„Na, das war doch genau die Woche, als du in meiner Jagdhütte an der Mosel gewohnt und den Keiler erlegt hast!"

„Und wann hast du dich entschlossen, nach Kanada zu ziehen?"

„Das ist eine lange und komplizierte Geschichte, Stefan. Ich habe dir doch alles über meine Baufirma in Köln erzählt, du kennst sogar einige meiner damaligen Partner. Die Firma lief eine ganze Weile sehr gut, wir fuhren ordentliche Gewinne ein. Wie du weißt, hatte ich das Geld aus dem Verkauf des Baugeschäftes Müller fast ganz in das neue Unternehmen investiert und mich damit eingekauft. Plötzlich passierte es, dass zwei meiner Partner aus der Gesellschaft, Architekten, Vater und Sohn, ausstiegen und ihr Kapital abzogen, weil sie eine neue Masche entdeckt hatten, Kohle zu machen.

In Düsseldorf gibt es eine Bank, die sich auf Freiberufler spezialisiert hat, Ärzte und andere. Das sind alles Leute, die darauf angewiesen sind, ihr verdientes Geld zu Lebzeiten vernünftig anzulegen, um sich damit ihre Versorgung im Alter zu sichern, weil sie weder Rente noch Pension beziehen. Meine Partner gründeten eine Immobiliengesellschaft nach der anderen, steckten einen kleinen Teil eigenen Geldes in die Dinger, der große Rest floss jedoch über die Anleger besagter Art hinein, welche ihnen die Bank über ihren Kundenstamm besorgte. Ihren Reibach machten sie dann als Geschäftsführer der Gesellschaften und als Vermittler für die Bauunternehmen, wenn die Objekte zum Bau anstanden – meist Supermärkte und Mietwohnungen. Auch Ausschüttungen in den ersten Jahren nahmen sie gerne mit. Dass die Kohle zwischen den Beteiligten, Bank, Rechtsanwälten, Steuerberatern, mit Ausnahme der Kapitalgeber, hin und her sprudelte, kannst du dir vielleicht vorstellen. Doch irgendwann gingen die Dinger schief, spätestens dann, wenn langjährige Mietverträge ausliefen. War der Zeitpunkt absehbar, zogen sie ihren Hut, stiegen unter Mitnahme ihres eingesetzten Kapitals aus und ließen die Weißkittel sitzen.

Im Prinzip ist es mir ähnlich ergangen, nur ich konnte alles vorher durchblicken, weil ich Geschäftsführer unseres Unternehmens war. Der Kapitalverlust war nicht mehr zu verkraften, denn es gab in unsere Firma eine Besonderheit. Meistens wurde eine Vielzahl von Objekten gleichzeitig gestartet, sodass ein dicker Batzen Kapital zu diesem Zeitpunkt zur Verfügung stehen musste. Andererseits wurde auch eine Menge von Objekten zu gleicher Zeit fertig gestellt, sodass das Geld für die Baurechnungen im Prinzip vorhanden war. Und nun kam der Haken. Die Erwerber der Häuser waren am Ende der Bauphase so abgebrannt, dass sie jede Möglichkeit nutzten, sich um die Endabrechnung zu drücken. Die übliche Methode bestand darin, Baumängel geltend zu machen. Bis alle Mängelrügen beseitigt waren, dauerte es immer so um die ein, zwei Jahre.

Auch das war normalerweise kein Problem. In diese Lücke griffen normalerweise die Banken und gaben uns einen Zwischenkredit. Das setzte allerdings Sicherheit voraus, also eine genügend dicke Kapitaldecke. Und die hatten die beiden Aussteiger so geschwächt, dass es etwa in eineinhalb Jahren derartige Schwierigkeiten geben würde, dass die Firma hochgehen musste. Der einzige, der das wusste, war ich. Und deswegen kam mir die Erbschaft in Kanada sehr gelegen. Ich habe still und heimlich meinen Ausstieg vorbereitet, meine Möbel in einem Container nach Übersee geschafft, mein Auto verkauft und meine Wohnung gekündigt. Von meinem Geld in der Firma habe ich das meiste einen Tag vor dem Tag X abgezogen und in einem komplizierten Überweisungsweg nach Kanada transferiert. Das war für mich als Geschäftsführer kein Problem. Die Kündigung meiner Gesellschaftsanteile habe ich gleichzeitig in einem Brief beim Notar vorgenommen. Es ist nur so viel in Köln verblieben, dass die Firma noch eine Weile überleben konnte. Bei allen diesen Maßnahmen habe ich dafür Sorge getragen, dass niemand meinen Weg nach Kanada verfolgen konnte. Du siehst, das hat geklappt."

„Warum musste das alles so heimlich geschehen? Ist das kriminell, was du getan hast?"

„Nein. Es war ja mein Geld, welches ich entnommen hatte. Es geht auch nicht um Insolvenzverschleppung, denn eine mögliche Insolvenz lag noch in weiter Ferne. Doch die Auflösung einer Firma ist ein hochkomplizierter Vorgang, Gläubiger melden sich, Kunden, Lieferanten, Finanzamt, Rechtsanwälte und wer weiß was sonst noch. Ich wäre noch lange mit der Firma beschäftigt gewesen. Man hätte mich hier in Kanada mit Briefen bombardiert und ich wäre über Jahre nicht zur Ruhe gekommen. Natürlich kann es sein, dass aus dem Auflösungsprozess heute noch Forderungen gegen mich existieren. Die kann ich hier in aller Ruhe aussitzen, bis sie verjährt sind.

Ich erinnere mich an dieser Stelle an eine Bemerkung meines Vaters:

Kacke vergeht schnell, sagte er immer. Kacke ist das erste, was im Erdboden verschwindet, man sieht das an den Bauklos, die ich hundertfach neben meinen Baustellen gebaut habe, vor jedem Bauanfang."

„Und wie gehst du damit um, dass du Elke und deiner Mutter nichts gesagt hast?"

„Schlecht. Besonders, was Elke betrifft. Doch ich habe lange überlegt und bin zu dem Schluss gekommen, dass es besser war, Elke nicht hineinzuziehen. Sie wäre von anderen unter Druck gesetzt worden und hätte lügen müssen, was meinen Aufenthaltsort betrifft. Über mein Verhältnis zu Elke war ich mir in Köln auch noch nicht ganz im Klaren gewesen. Erst hier in Kanada habe ich gemerkt, was sie mir bedeutet und wie sehr sie mir fehlt."

„Und warum hast du dich jetzt ausgerechnet bei mir gemeldet?"

Hartmut lachte.

„Ein Mann ist immer ein einsamer Wolf, Stefan. Letztlich bleibt er allein, behält seine Probleme und Gedanken für sich, spricht nur mit wenigen darüber. Lass mich das mal in Prozenten ausdrücken, eine grobe Schätzung.

Mit seinem Vater redet er so gut wie gar nicht.

Oder ging dir das anders? Der Vater ist nämlich der Leitwolf, eben übermächtige Konkurrenz. Die Mutter bedrängt normalerweise, fragt ihn aus, das kann er nicht ertragen, meist flüchtet er dann, doch zehn Prozent muss er wohl preisgeben. Die Freundin ist dann der Wendepunkt, dann muss er sich öffnen, denn sonst kommt er nicht an sie heran. Sagen wir mal, fünfzig Prozent muss er an seine Freundin berappen, gezwungenermaßen, wenigstens in der ersten Phase. Später wird das geringer und sinkt wieder, so ungefähr auf das Niveau der Mutter – nein, mehr, vielleicht zwischen dreißig und vierzig Prozent.

Der Freund – das bist jetzt du – erfährt das meiste, so um die siebzig Prozent, wenn man die Aufschneiderei abzieht, wie sie unter normalen Rudelkonkurrenten üblich ist. Doch dreißig Prozent liegen in uns verborgen und öffnen sich niemals. Kannst du jetzt verstehen, warum die wenigen Signale, die ich gesendet hatte, nur an dich und Elke gerichtet waren?"

Stefan war sprachlos. Es überraschte ihn wieder einmal, wie Hartmut mit ganz einfachen Worten Dinge auf den Punkt brachte, eine seltene Gabe.

Nachdem Stefan sein Quartier bezogen hatte, stiegen sie in Hartmuts Pickup und unternahmen einen Ausflug zum Leuchtturm des Cap de Gaspé, der äußersten Spitze der Gaspé-Halbinsel. Stefan zeigte sich überwältigt von der Aussicht. Ringsum nur Meer, zur Rückseite ein Felsstreifen, zu dessen Füßen Buchten und Sandstrände lagen. Das nasskalte Morgenwetter hatte sich gewandelt; eine warme Nachmittagssonne beschien eine spiegelglatte See. In der Ferne konnte Stefan Containerschiffe erkennen, die in den Sankt-Lorenz-Strom einfuhren. Hartmut bemerkte:

„Wenn das Wasser hier wärmer wäre, könnten das phantastische Badestrände sein."

„Kanada ist wohl ein kaltes Land?"

„Kann man so nicht sagen. Gerade hier gibt es ganz unterschiedliche Klimazonen. Der Sankt-Lorenz-Strom teilt das Land in dieser Beziehung. Labrador und Neufundland liegen abseitig, ihr Wetter ist kalt, schon fast arktisch und sehr gewöhnungsbedürftig. Die Rieseninsel Anticosti, direkt in der Mündung gelegen, ist deshalb wohl noch nicht einmal von den Indianern besiedelt worden, hat unter tausend Einwohner und wird fast nur von Jägern in der Saison aufgesucht. Die Gaspésie selbst hat ein Klima wie Deutschland. Nur der Winter ist länger und härter, vier Monate Schnee und Dauerfrost, während sich in Deutschland Frost- und Tauperioden miteinander abwechseln. Prince-Edward-Island, eine eigene Provinz, nicht weit südlich von hier und genauso nördlich wie Neufundland gelegen, ist paradoxerweise eine der wärmsten Ecken Kanadas. Hier gedeihen Kartoffeln und Gemüse, der größte Teil des Bodens ist landwirtschaftlich bebaut. Was die Touristen am Anfang nicht so wahrnehmen: Quebec ist eine maritime Provinz. Hier an der Landspitze kannst du oft das Blasen und Luftholen der Wale erleben. An den Sandstränden liegen manchmal Robben. Früher lebten die Bewohner außer vom Holzeinschlag meistens vom Fischfang, besonders vom Kabeljau. Der Bestand ist zurückgegangen und wird als Wirtschaftszweig langsam durch den Tourismus ersetzt. Doch gute Lachsflüsse und einen nennenswerten Hummerfang haben wir noch heute, das wirst du in den nächsten Tagen zu schmecken bekommen."

Sie fuhren zurück. Das Wetter erlaubte ihnen, sich in der Sitzecke am Haus niederzulassen. Hartmut hatte Steaks besorgt und Salat zubereitet. Er grillte sie, Rauchschwaden zogen durch die Luft und lockten ein paar seiner Feriengäste an. Sie setzten sich zu ihnen. Hartmut gab ihnen ein paar Flaschen Bier, die sie mit den Zähnen knackten, was Stefan erschauern ließ. Er unterhielt sich mit ihnen auf Französisch, Stefan verstand kein einziges Wort.

Später holte Hartmut zwei Flaschen Rotwein und führte ihn zu einer Anhöhe, die sich etwa zweihundert Meter abseits der Siedlung befand. Dort erwartete sie auf einer Wiese eine Art Teehaus, welches wohl noch aus der Zeit stammte, als die Siedlung erbaut wurde.

Das kleine Gebäude mit einem oktogonalen Grundriss maß nicht mehr als fünfzehn Schritte im Durchmesser und wiederholte den Stil des Hauptgebäudes. Ein Natursteinsockel trug Mauerwerk, welches in allen Flächen von Fenstern und einer Fenstertür durchbrochen wurde. Die Flächen setzten sich in acht Dachschrägen fort, auf deren Spitze ein Wetterhahn stand.

Im Inneren lud eine bequeme Sitzgruppe mit Holzsesseln und einem Tisch zum Verweilen ein. In einer Ecke stand ein kleiner

Kanonenofen, schon gefüllt mit Brennholz und Papier. Hartmut entzündete ihn, holte zwei Weingläser aus einem Schrank und schenkte Stefan und sich ein. Beide genossen still den Blick auf den Sonnenuntergang.

Stefan dachte lange über das nach, was ihm Hartmut berichtet hatte. Vieles verstand er, manches nicht. Plötzlich blickte er ihm fest in das Gesicht und fragte ihn:

„Warum bist du wirklich fortgelaufen, Hartmut?"

Auf diese Frage war Hartmut vorbereitet.

„Deine Frage beantwortet sich fast allein durch ihre Formulierung, Stefan. Fortlaufen – das ist ein starker, doppeldeutiger Begriff. Auch das Leben, du siehst es hier an der Natur, ist fortlaufend, das ist mittlerweile sehr tröstlich für mich und macht mir Ruhe. Ich bin lange vor mir selbst fortgelaufen, anderes ist bestimmt an mir vorbei gelaufen. Wenn die Natur fortläuft, mit ihren Jahreszeiten, prägend für Wälder und Tiere, Wasser und Wind, dann läuft sie nicht weg, sondern neben uns her. Wenn sie es besonders gut mit uns meint, läuft sie sogar mit uns mit. Das ist es, was ich versuche. Ich habe die meiste Zeit vorher total falsch gelebt, das ist mir hier in Kanada klar geworden. Mein Fortlaufen ist kein Fortlaufen im Sinne einer Flucht, sondern eher ein Weiterlaufen im Sinne eines Neuanfanges."

„Und was war so falsch an der Art, wie du gelebt hast?"

„Meine Ausrichtung, meine Motivation. Es gibt eigentlich nur drei Triebfedern, mit denen die Menschen sich aufziehen lassen, als wären sie ein Uhrwerk: Geld, Macht und Sex. Das sind die Big Three. Und die sind auch noch miteinander verzahnt. Seit meiner Kindheit habe ich das ebenfalls mit mir geschehen lassen. Ich habe beobachtet, wie es immer perverser wurde. Es geht irgendwann nicht mehr um Genuss, sondern um die Symbolik. Symbolik heißt: Haus auf Sylt, dickes Auto, Yacht auf Mallorca und dieser ganze Quatsch, der niemanden glücklich macht. Bei den Frauen ist es nicht anders; teure Klamotten, protziger Schmuck, reicher Ehemann, junger Liebhaber und was weiß ich sonst noch. Es ist im Prinzip das gleiche, womit sich die Tiere gegenseitig imponieren, beispielsweise die Paviane mit ihren roten Ärschen oder die Paradiesvögel mit ihren Federn. Eklige Krankheiten kriegen sie trotzdem und jämmerlich sterben müssen sie auch, wie wir alle, zum Glück.

Und irgendwann haut es dann nicht mehr so richtig hin mit der Pavianarschmentalität bei den Yacht- und Villenbesitzern, weil ihnen das Alter einen Strich durch die Rechnung macht und sie trotz Schönheitschirurgie und Potenzverstärkern klapperig, hässlich und impotent werden. Die Armen! Leid tun sie mir nicht. Aber ich wollte da nicht mehr mitmachen."

„Aber was ist mit deinem großen bunten Raubvogel?"

Hartmut lachte.

„Der ist freiwillig in den Käfig gegangen. Er hatte genug Flugstunden hinter sich. Irgendwann lasse ich ihn wieder los, ohne Eile. Wen ich wirklich vermisse, ist Elke, nicht nur wegen des Raubvogels. Versprich mir, nach ihr zu suchen, wenn du wieder in Deutschland bist!"

Stefan nickte und blieb eine Weile still. Es war dunkel geworden. Sein Tunnelblick blieb unberührt von dem über sie streichenden Licht des Leuchtturmes am Cap de Gaspé.

Irgendwann am Abend standen sie auf und gingen zurück.

Stefan lag in seinem Bett und dachte nach. Es war noch sehr früh. Nach dem ersten Vogelkonzert brachte die dann einsetzende Ruhe und Stille Wohlbefinden und Schläfrigkeit. Das erwachende Licht erzeugte Flecken gelber Sonnenglut, die in den Raum drangen.

Die Schläfrigkeit konnte er gut gebrauchen. Er hatte zuvor sehr schlecht geschlafen. Mehrfach in der Nacht war er aufgewacht, nachdem er mit seinem Arm nach Elke an seiner Seite gesucht und sie nicht gefunden hatte. Er fing an, sie zu vermissen – ebenso ging es seinem Freund Hartmut, fiel ihm ein. Wie kann es sein, dass zwei Männer dieselbe Frau lieben und die Frau beide Männer gleichzeitig und intensiv liebt? Das waren alles beunruhigende Gedanken. Elke konnte ihre Gefühle nicht gerecht teilen, auch wenn sie manchmal so tat.

Dass man mehrere Menschen liebt, in jeder Beziehung, muss wohl nichts Ungewöhnliches sein. Nur, man kann sich letztlich nicht teilen. Bei einer Frau darf dann nicht die Liebe zu dem einen Mann die zum anderen überragen, sonst klappt das nicht. Und selbst wenn es klappen sollte, wäre es eine Sackgasse in die Unvernunft.

Für Elke stand eine Entscheidung an. Er würde im nächsten Jahr mit Elke und Benny nach Kanada reisen und Hartmut besuchen müssen, damit der Knoten sich löste. Vielleicht würde er Elke verlieren, das wäre dann eben nicht zu ändern.

Hartmut kam herein. Er sagte, er müsse über den Vormittag nach Gaspé und in den Forillon fahren, weil er noch eine Menge Dinge zu erledigen habe. Stefan solle ohne ihn frühstücken. Stefan war es recht.

Halbwegs zufrieden saß er auf der Bank vor dem Haus und trank Kaffee. Das schöne Wetter verscheuchte seine Gedanken. Er beobachtete ein Streifenhörnchen, welches auf einer Kiefer auf und ab lief, die Zapfen inspizierend und anknabbernd. Nach einer Weile kam ein rotes Hörnchen, keckernd und schimpfend, und verscheuchte es. Das rote Hörnchen sah aus wie die Eichhörnchen in Berlin. Kanada, so kam es Stefan vor, erinnerte ihn an Deutschland, was seine Pflanzen und Tiere betraf, und war doch irgendwie anders.

Zum Beispiel die Vögel. Es gab Finken, Meisen und Krähen, die man kaum von ihren europäischen Verwandten unterscheiden konnte. Und dann wieder exotisch bunt aussehende Vögel wie den roten Kardinal, der auch in einen Urwald gepasst hätte und den es in Deutschland nicht gab. Die Nadelbäume um das Haus herum glichen zwar den Bäumen im deutschen Wald, doch man erkannte, dass es sich um andere Arten handeln musste.

In den nächsten Tagen unternahmen Hartmut und Stefan mehrere Ausflüge in den Forillon und die Berge der Côte de Gaspé. Stefan staunte über den Reichtum der Beeren in den Wäldern; neben mehreren ihm unbekannten Sorten entdeckte er Preiselbeeren und eine Art gelbe Johannisbeere. Sogar Pfifferlinge gab es in Mengen. Stefan fragte Hartmut, wie es um die Jagd in der Gaspésie stehe.

„Das Wild, welches wir meistens in Deutschland bejagen, nämlich Rehe und Wildschweine, wirst du in Kanada vergeblich suchen, es existiert nicht. Dafür haben wir Elche, Karibus, die zu den Rentieren gehören und Weißwedelhirsche, eine etwas kleinere Hirschart als die deutschen Rothirsche. Eine einzige Hasenart gibt es in der Gaspésie, den Schneeschuhhasen. Raubtiere natürlich auch, an kleinen Raubtieren Fuchs, Nerz und Waschbär, sonst Luchse und Bären. Wildgänse spielen eine große Rolle, wir haben mehrere Arten, die am Sankt-Lorenz-Strom hin und her ziehen."

„Gibt es Wölfe?"

„Nein. Die kommen nur nördlich des Stromes vor und überqueren ihn normalerweise nicht. Dafür leben Kojoten hier, die sehen aus wie kleine Wölfe."

Ein paar Tage später teilte ihm Hartmut mit, seine Nachbarin Jeanette habe sie zum Abendessen eingeladen. Sie machten sich am späten Nachmittag mit Hartmuts Pickup auf den Weg und fuhren in Richtung Gaspé. Nach einigen Kilometern wich die Steilküste zurück und zwischen Wald und Strand breiteten sich hügelige Wiesen aus. Inmitten dieser Wiesen erblickte Hartmut eine kleine Halle, wohl eine Reithalle. Sie war umgeben von mehreren niedrigen Gebäuden, offensichtlich Wohngebäude und Ställe, alles aus Holz gebaut. Ein Teil der Wiesen war mit Elektrozäunen in Koppeln aufgeteilt, auf denen Pferde grasten. Hartmut hielt vor der Halle.

Eine Frau fuhr mit einem Gabelstapler, auf dem sie Strohballen gestapelt hatte, aus einem der Gebäude heraus. Hartmut stieg aus und wechselte mit ihr ein paar Worte auf Französisch. Stefan erkannte in ihr die Frau, welche in dem Supermarkt in Gaspé hinter ihm an der Kasse gestanden hatte. Es war Jeanette. Sie lächelte Stefan an, der jetzt ebenfalls ausstieg, sich vorstellte und sie auf Englisch begrüßte.

„Du kannst ruhig mit mir Deutsch sprechen", sagte sie mit einem starken französischen Akzent, „das kann ich viel besser als englisch. Aber nur mit du, das Sie kann ich nicht."

„Natürlich", antwortete Stefan.

„Ihr müsst noch einen Moment Geduld haben", sprach sie zu ihnen. „Ich muss noch ein paar Stallboxen aufschütten. Setzt euch doch in die Sitzecke vor dem Haus und holt euch schon mal Bier. Wir wollen heute Barbecue machen, das Wetter ist schön. Wenn ich fertig bin, komme ich."

Als sie zum Wohnhaus gingen, lief ihnen ein kleines Mädchen mit einem hellen Labrador Retriever entgegen. Sie lachte Hartmut an, der sie hochhob, an den Händen fasste und durch die Luft fliegen ließ, indem er sich drehte, wobei sie quietschte und juchzte.

„Das ist Sylvie", sagte er zu Stefan, als er sie wieder auf den Boden setzte, „Jeanettes Tochter." Stefan vermutete, dass Sylvie etwas jünger als Benny sein musste. Hartmut ging in das Haus und kam mit Bierflaschen, Gläsern und einer Flasche Cranberrysaft für Sylvie heraus. Sie setzten sich auf eine von zwei Bänken neben dem Haus, vor denen ein einfacher Holztisch stand.

Nach einer Weile erschien auch Jeanette, nickte ihnen zu und ging ebenfalls hinein, um sich umzuziehen. Als sie herauskam, hatte sie ihre Arbeitskleidung mit einer Designerjeans vertauscht, über der sie einen leichten, cremefarbenen Kaschmirpullover trug. Ihre langen dunkelbraunen Haare, vorher zusammengebunden, trug sie jetzt offen. Stefan schaute sie sich an. Sie hatte ein hübsches Gesicht, eine schlanke, zierliche Figur und war kleiner, wenn er sie mit Elke verglich. Auch schien sie wesentlich jünger zu sein. Stefan schätzte ihr Alter auf Ende zwanzig.

„Bei mir ist jetzt viel zu tun", seufzte sie. „Die Reitgäste mit ihren Pferden sind noch nicht abgefahren, Ställe und Weiden sind voll."

„Jeanette führt einen Reiterhof", klärte ihn Hartmut auf. „In der Saison kommen Gäste mit ihren Pferden, stellen sie unter und unternehmen von hier aus Reitausflüge, meistens in den Forillon. Manche Gäste übernachten ebenfalls hier, doch weil Jeanette nicht so viele Zimmer hat, nehme ich auch einen Teil auf. Wir arbeiten also sozusagen Hand in Hand."

„Und was ist hier im Winter los?", wollte Stefan wissen.

„Weniger, aber immer noch genug Arbeit", antwortete Jeanette. „Die Hälfte der Ställe ist immer besetzt, weil manche Leute aus Gaspé hier ihre Pferde ganzjährig untergestellt haben. Wir haben ja unsere Reithalle, in der die Pferde bewegt werden können. Von Zeit zu Zeit gebe ich auch Trainingsstunden."

„Flic, viens par ici!", rief das kleine Mädchen plötzlich dem Hund zu.

Der Labrador sprang auf und lief mit ihr zwischen die Ställe. Sylvie warf einen Ball in die Luft; der Hund fing und apportierte ihn.

Jeanette lächelte. „Ich mache jetzt das Essen, ihr könnt schon mal den Grill anzünden", sagte sie und verschwand in der Küche. Der Grill stand neben dem Tisch, Hartmut füllte ihn mit Holzkohle und setzte ihn mit Paraffinstückchen in Gang. Jeanette kam mit einem Tablett heraus, auf dem drei riesige Hummer lagen. Sie lebten nicht mehr. „Heute morgen habe ich die frisch in Gaspé gekauft", erzählte sie stolz.

„Und wie hast du sie umgebracht?", fragte Hartmut.

„Kurz in einen Kessel mit kochendem Wasser geworfen, ich kenne keine andere Methode. Wenn die Kohle glüht, leg bitte die Hummer auf den Grill. Nach fünf Minuten wenden, dann noch einmal fünf Minuten grillen, dann sind sie gar. In der Zwischenzeit habe ich alles andere fertig."

Es gab ein köstliches Essen: gegrillten Hummer mit Pellkartoffeln und viel frischer Butter, dazu einen Salat. Alle saßen hinterher noch zusammen, bis es dunkel wurde. Die beiden Freunde bedankten sich bei Jeanette und fuhren zurück.

Als sie im Auto saßen, fragte Stefan:

„Wieso kann Jeanette so gut deutsch sprechen?"

„Das ist eine traurige Geschichte, Stefan. Ihr Mann, Jochen Reger, war Deutscher und Ingenieur für Forstwirtschaft. Vor drei Jahren im Winter ist er beim Holzeinschlag tödlich verunglückt. Jeanette war gerade schwanger." Stefan schwieg eine ganze Zeit, um sich dann wieder an Hartmut zu wenden.

„Gibt es viele Deutsche bei euch?"

„Mehr, als du denkst. Ein paar Hunderttausend Québécois werden wohl deutscher Abstammung sein."

„Sind sie Kanadier geworden oder haben sie noch einen deutschen Pass?"

„In der ersten Generation haben sie meist noch ihren Pass behalten, doch ab der zweiten Generation werden sie normalerweise eingebürgert. Ich selbst habe auch noch meinen deutschen Pass, genau wie mein Onkel Helmut früher. Doch ich besitze eine unbeschränkte Aufenthaltsgenehmigung. Sie zu bekommen, war kein Problem, weil ich das Erbe meines Onkels angetreten habe."

„Aber wie kannst du dich hier verstecken, obwohl du Deutscher bist?" Hartmut lachte.

„Hast du eine Ahnung! Da ist zunächst einmal mein Name. Es gibt weder in der englischen noch in der französischen Sprache die deutschen Umlaute, deswegen heiße ich hier Miller. Ich musste noch nicht einmal das Namensschild neben dem Briefkasten ändern. H. Miller steht also noch immer darauf. Wenn du bedenkst, dass fast achtzig Prozent der Kanadier anglophon sind und unter ihnen der Name Miller mindestens genauso häufig ist wie Müller in Deutschland, kannst du dir vielleicht vorstellen, wie schwierig es ist, in Kanada eine bestimmte Person namens Miller zu suchen. Auch in Quebec, welches von französischen Einwanderern bewohnt wird, leben fünfzehn Prozent Anglokanadier, also reichlich Millers. Du konntest mich nur finden, weil du deine Suche auf die Gaspésie begrenzt hast, und das ging lediglich durch den Stein, wie du weißt."

„Der Stein zeigt übrigens eine Besonderheit, Hartmut. Er trägt menschliche Bearbeitungsspuren. Der Mineraloge, der ihn untersucht hat, meinte, er sei ein abgebrochenes Stück von einem größeren Stein. Wir können ihn uns daraufhin morgen anschauen."

„Wirklich? Das habe ich nicht bemerkt. Du hast ihn also mitgenommen? Gut, sehen wir ihn uns irgendwann einmal an."

„Wie kam es dazu, dass du den Brief an mich aus Boston geschickt hast?"

„Ach, das habe ich vergessen, dir zu erklären, Stefan. Mein Onkel Helmut besaß in Maine, USA, ein Grundstück mit zwölf Ferienhäusern, die vermietet sind. Er hat es mir vererbt. Die Verwaltung übernimmt ein Rechtsanwaltsbüro in Boston. Einmal im Jahr fahre ich dahin, wegen der Abrechnung. Bei dieser Gelegenheit habe ich den Brief abgeschickt."

Am nächsten Tag saßen Stefan und Hartmut bei Sonnenschein am Steintisch und schauten sich den Stein an. Hartmut drehte und wendete ihn, ab und zu betrachtete er ihn mit einer Lupe. Stefan zeigte ihm die bearbeitete Seite mit dem Gravurfragment. Auch die Bruchkante war gut zu erkennen, wenn man genau hinsah. Auf die Frage, wo er den Stein gefunden habe, antwortete Hartmut: „Das weiß ich noch genau. Der Platz liegt direkt neben dem Teehaus."

Sie holten Spaten, Pflanzkellen und Handbesen und gingen zum Teehaus. Hartmut umrundete es und deutete auf eine Stelle, ungefähr einen Meter vor und neben der Tür.

„Hier müsste es sein."

Als Stefan den Spaten in die Erde steckte, traf er sofort auf etwas Hartes.

Vorsichtig legten sie es frei und sahen, dass sie genau die Bruchkante zu Hartmuts Steinfragment gefunden hatten. Nun gruben sie sich mit Spaten und Pflanzkellen in die Erde und hatten nach einer halben Stunde eine ungefähr siebzig Zentimeter hohe und fünfundzwanzig Zentimeter breite Tafel, grob und mit unregelmäßigen Rändern, freigelegt. Sie lag schräg im Boden. Sie gruben danach von der anderen Seite nach unten, so lange, bis sie sich bewegen ließ. Anschließend zogen sie sie aus der Erde, was ihnen wegen des Gewichtes erhebliche Mühe bereitete. Dann legten sie die Tafel auf das Gras und schauten sich beide Seiten an.

Von Gravuren ließ sich jedoch nichts erkennen, weil die Tafel mit Erde verschmutzt war. Hartmut holte einen Eimer Wasser, Wurzelbürste und Lappen, und sie machten sich daran, sie abzuwaschen. Als sie sauber war, ließen sie sie eine halbe Stunde in der Sonne liegen. Dann war sie trocken. Auf ihrer Oberfläche erschien ein feines, eingraviertes Muster aus schrägen und senkrechten Strichen, Haken und Figuren. Stefan konnte kaum fassen, was er sah.

„Weißt du was das ist, Hartmut? Das sind Runen! Was wir gefunden haben, ist ein Runenstein!"

„Aber Runen sind doch die Schrift der Germanen!"

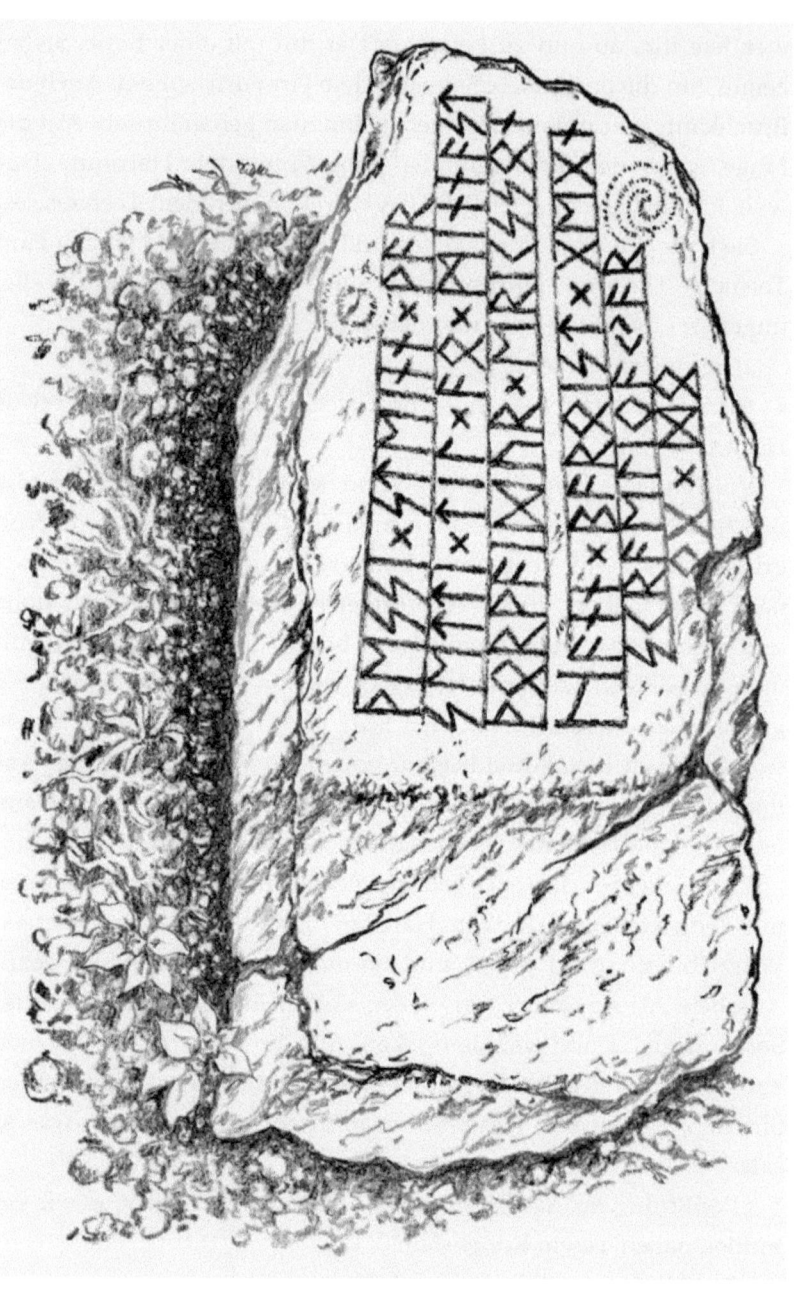

264

„Nicht nur! Auch die Wikinger kannten die Runenschrift. Die Wikinger waren ja ein Volk, das sich aus germanischen Stämmen zusammensetzte. Schrift ist übrigens der falsche Ausdruck; die Runen waren eigentlich eine Inschrift und hatten für die gegenseitige Kommunikation keine Bedeutung. Sie sollten auf ein besonderes Ereignis, einen besonderen Ort oder besondere Personen hinweisen, manchmal hatten sie auch religiösen oder magischen Charakter. Sie sind erst entstanden, als die Germanen intensive Berührung mit anderen Völkern hatten; im Altertum gab es sie noch nicht. Zum Beispiel sind viele Buchstaben der Runenschrift aus der lateinischen Schrift abgeleitet."

„Und wie kommen die Runen hier nach Gaspé?"

„Das können nur die Wikinger gewesen sein, von denen dieser Stein stammt. Alle Überlieferungen aus dem Mittelalter weisen darauf hin, dass die Wikinger die ersten Europäer gewesen sein müssen, die von Grönland aus amerikanischen Boden betreten haben. Ein Problem für die Geschichtsforschung war immer gewesen, dies auch archäologisch nachzuweisen. In Grönland hatte man ihre Siedlungen schon früh entdeckt, auch in Neufundland konnte man eine Wikingersiedlung rekonstruieren und typische Funde sichern. Doch Neufundland ist eine Insel und Grönland ist nicht Amerika. Es ist gut möglich, auch wahrscheinlich, dass sie auf ihren Entdeckungsfahrten hierhergekommen sind. Mit Vorliebe sind sie damals die Flussmündungen hinauf gefahren, und wir liegen an einer Flussmündung, nämlich der des Sankt-Lorenz-Stromes. Außerdem gibt es Buchten hier in der Nähe und die Tafel haben wir auf einer Anhöhe gefunden, das waren Plätze, welche die Wikinger liebten. Es passt einfach alles zusammen."

„Und was bedeutet das für uns?"

„Dass wir einer Sensation auf der Spur sind, Hartmut. Wenn die Gravuren auf dem Stein echt sind, und alles spricht dafür, haben wir das erste archäologische Zeugnis dafür entdeckt, dass die

Wikinger vor ungefähr tausend Jahren amerikanisches Festland betreten haben!"

Beide überlegten eine Weile. Hartmut fragte Stefan:

„Was meinst du, sollten wir jetzt tun?"

„Letztlich weiß ich das auch nicht. Vielleicht gibt uns mein Beruf eine Hilfe. Ich bin in den Krankenhäusern, in denen ich gearbeitet habe, oft mit Kollegen aus der Chirurgie zusammen gekommen. Bei Operationen passierte es ihnen manchmal, dass sie auf Strukturen trafen, die sie nicht einschätzen konnten oder deren Verletzlichkeit offensichtlich war. Die temporäre Lösung hieß in solchen Fällen: Probeentnahme und wieder zumachen. Genauso sollten wir hier verfahren."

„Und wie sollen wir hier eine Probeentnahme machen?"

„Indem wir den Text der Runen sichern und ihn von Fachkundigen übersetzen lassen. Ich habe mir den Stein eine ganze Weile angeschaut und bin zu dem Schluss gekommen, dass ein Foto die Gravuren nur unvollkommen weitergeben kann, weil ihr Kontrast zur Umgebung zu schwach ist. Wenn wir die Gravuren mit Farbe nachziehen, wäre das möglich, doch das bedeutet stunden- bis tagelange Arbeit. Mir ist eine schnellere Methode eingefallen. Wir besorgen uns dünnes Papier, möglichst große Bögen, und Kohlepapier. Damit pausen wir die Oberfläche des Steines ab und erhalten so ein Negativ des Textes. Zumindest können wir probieren, ob es klappt."

Am Nachmittag fuhren Stefan und Hartmut nach Gaspé und besorgten beides.

Stefan befestigte zwei große Bögen mit Klebeband auf dem Stein und rieb mit dem Kohlepapier, das er auf eine Papprolle gezogen hatte, mit wischenden Bewegungen darüber. Es funktionierte. Auf dem Papier entstand ein Muster, das die Runen halbwegs deutlich wiedergab. Anschließend legten sie den Stein wieder in die Grube und deckten ihn mit Erde zu.

Mittlerweile näherte sich der Zeitpunkt, an dem Stefan seinen Rückflug nach Deutschland gebucht hatte. Hartmut hatte für Stefan noch eine Überraschung.

„Möchtest du einen Bären schießen?"

„Welcher Jäger möchte das nicht?"

Es ging um den Problembären, der im Nationalpark Forillon auf den Parkplätzen wiederholt Touristen angegriffen hatte. Dafür waren sie natürlich selbst verantwortlich, weil sie alle möglichen Lebensmittelreste in den Papierkörben hinterließen und die Bären auch noch fütterten, wenn sie in der Nähe waren. Die Verwaltung des Nationalparks hatte an anderer Stelle deswegen zwei versteckte Anfütterungsstellen eingerichtet. Sie wurden von Hartmut mit Innereien und Fleischresten bestückt, mit allem, was seine Jagdgäste nach der Jagd hinterließen. Zum Ausgleich dafür wurde ihm gestattet, den Bär zu erlegen.

Die Futterstellen lagen ungefähr fünfhundert Meter auseinander. Die etwas höher gelegene Stelle sollte Stefan einnehmen. In etwa achtzig Metern Entfernung von ihr hatte Hartmut einen Sitz in eine Kiefer gebaut. Neben ihm ging ein Hang in die Tiefe, sodass Stefan einen Rundumblick auf die Küste haben würde. Der Forillon verfügte über viele solcher Aussichtspunkte. Hartmut gab ihm eines seiner Gewehre, eine deutsche Repetierbüchse Kaliber 9,3x62 und die dazu passenden Patronen.

Als sie zu Stefans Ansitz gingen, wies ihn Hartmut in die Jagd ein.

„Der Bär ist mittelalt, fast schwarz und wiegt um die zweihundert Kilogramm. Wenn er kommen sollte, warte bitte mindestens drei Minuten, bevor du schießt. Du wirst ihn an seinem Geschlecht nicht erkennen können, weil du keine Erfahrung mit der Jagd auf Schwarzbären hast. Doch es gibt hier nur eine Verwechslungsmöglichkeit, und das ist eine Bärin mit zwei Jungbären. Sie ist heller, etwas bräunlicher als der Bär und natürlich auch kleiner. Wenn du also einen schwarzen Bären vor dir hast und nach drei Minuten noch keine Jungen aufgetaucht sind, ist es der richtige Bär. Sieh zu, dass du ihn so triffst, dass er gleich tot ist und lade das Gewehr sofort nach. Wenn er noch leben sollte, sofort nachschießen. Angeschossen kann er sehr unangenehm werden."

Hartmut zog noch einen geladenen Revolver aus seiner Tasche. „Den gebe ich dir zusätzlich zur Sicherheit. Wenn ich einen Schuss von dir hören sollte, komme ich sofort. Wenn du meinen Schuss hörst, komm bitte zu mir. Du wirst mich finden, wenn du den Wildwechsel entlang gehst, auf dem ich mich jetzt entferne. Waidmannsheil!"

Hartmut ließ seinen Freund nun zurück und ging zu dem anderen Futterplatz.

Stefan setzte sich und genoss in aller Ruhe den Ausblick. Eine Stunde passierte nichts. Als es dämmrig wurde, vermeinte Stefan, ein leises Knacken im Gebüsch zu hören. Und tatsächlich schob sich ein massiger Bärenkörper nach vorn und strebte der Fütterung zu. Zwischendurch blieb der Bär stehen und warf seine Nase in die Luft. Stefan bemühte sich, bewegungslos zu sitzen und atmete flach und so wenig wie möglich. Der Bär machte sich an sein Futter heran und grub mit Pranken und Schnauze im Boden herum. Stefan ließ drei Minuten vergehen, hob sein Gewehr und drückte ab.

Der Schuss dröhnte knallend durch die Luft. Der Bär fiel um und lag auf dem Boden. Stefan blieb sitzen und beobachtete die Stelle, an der ihn erlegt hatte. Es rührte sich nichts. Nach einer Weile kam Hartmut.

Er gratulierte Stefan zu dem Jagderfolg.

„Nun müssen wir aber sofort daran gehen, den Bären auszuweiden", sagte er zu ihm. „Es wird bald dunkel. Wir müssen ihn leichter machen, sonst schaffen wir es nicht, ihn zum Auto zu ziehen."

Hartmut legte den Bären auf den Rücken und begann, ihn aufzuschneiden. Als Stefan zusah, wurde ihm eigenartig zumute. Es sah aus, als würde sich Hartmut an einem Menschen zu schaffen machen; der Bär sah aus wie ein toter Fellmensch, ein Neandertaler oder so ähnlich.

„Macht es dir etwas aus, wenn ich dir dabei nicht helfe?", fragte er ihn.

„Kein Problem." Hartmut schüttelte den Kopf.

Stefan ging zu seinem Ansitz und schaute auf die Küste. Die Sonne ging über den Bergen der Gaspésie gerade unter. Die ein- und auslaufenden Boote, die in der Bucht von Gaspé unterwegs waren, hatten schon ihre Lichter gesetzt. Seine Gedanken waren bei Elke, Benny und Hartmut. Sein Tunnelblick schaltete sich ein. Irgendetwas müsste jetzt geschehen. In zwei Tagen würde er abreisen. Er sah zu Hartmut hin, der fast mit dem Bären fertig war.

„Hartmut?"

Hartmut schaute nicht auf. „Ja?"

„Ich habe dich belogen, Hartmut. Ich weiß, wo Elke sich aufhält. Ich lebe seit über zwei Jahren mit ihr in Berlin zusammen."

Hartmut stand auf. Er nahm sein Gewehr vom Boden und blickte Stefan in das Gesicht.

„Das ist noch nicht alles, Hartmut. Sie hat ein Kind. Es ist dein Sohn. Er heißt Benedikt!"

Hartmut nahm das Gewehr an seine Wange und schoss. Zwei Meter neben Stefan spritzte die Erde. Steinchen und Dreck flogen durch die Gegend. Hartmut legte das Gewehr wieder auf den Boden und ging auf Stefan zu. Als er ihm gegenüber stand, fragte er ihn:

„Hast du wirklich gedacht, ich würde auf dich schießen?"

„Nie und nimmer."

Sie umarmten sich. Als Hartmut los ließ, sah Stefan, dass er Tränen in den Augen hatte.

„Nun komm."

Sie zogen den Bären zum Auto und verluden ihn. Auf der Rückfahrt waren beide schweigsam. Hartmut ging zum Steintisch und legte den Bären zusammen mit Stefan darauf, schaltete das Licht ein und holte ein Sortiment von Messern aus der Küche.

„Wir häuten und zerlegen ihn jetzt. Das Fell werde ich einsalzen und aufhängen. Wenn du demnächst wiederkommst, ist es gegerbt und du kannst es mitnehmen."

Stefan war zunächst irritiert. Doch er wollte mit Hartmut im Moment nicht darüber sprechen, ob und wann er wiederkommen wollte und verschob das Gespräch.

„Und wieso wollen wir ihn zerlegen? Willst du irgendetwas mit seinem Fleisch anfangen? Ich jedenfalls esse keinen Bissen davon." Hartmut schmunzelte.

„Ich auch nicht. Doch Jeanette hat ein paar indianische Verwandte in Gaspé. Die nehmen den Bären mit Kusshand. Erinnere mich bitte daran, dass wir noch eine Probe auf Trichinen ziehen müssen, denn Schwarzbären können durchaus Trichinen haben."

Es wurde eine lange Nacht. Stefan erzählte Hartmut alles über seine Beziehung zu Elke, ihre Schwangerschaft und Benny. Nur den Abend in der Jagdhütte an der Mosel ließ er aus. Er merkte durchaus, dass in Hartmut Illusionen zusammenbrachen, ein Tribut, den er wohl durch seinen unvorhersehbaren und wenig rücksichtsvollen Fortgang zahlen musste; sicherlich war ihm das auch bewusst.

Als die Sprache auf Benny kam, wurde Stefan ernst.

„Niemals werde ich dulden, dass Benny darunter leidet, dass er zwischen zwei Vätern hin- und her gerissen wird. Ich bin bis heute sein Vater, und dabei bleibt es auch erst einmal. Wenn Elke sich entschließen sollte, mit Benny zu dir zu ziehen, muss eben alles neu geordnet werden. Dann ist es aber allein eure Sache, zu entscheiden, wann ihr ihm sagen wollt, wer sein richtiger Vater ist. Was dann mit mir passiert, darüber mag ich gar nicht nachdenken, doch das ist auch nicht so wichtig. Du sollst wissen, dass Elke immer noch an dir hängt. Ich bin jetzt ganz ehrlich, wenn ich dir sage, dass mir das nicht passt. Sie hängt jedoch auch an mir. Sie muss sich eben entscheiden, das ist sie Benny schuldig."

Hartmuts anfänglicher Zorn und seine Enttäuschung hatten sich gelegt.

„Du hast nichts verkehrt gemacht, Stefan. Im Grunde muss ich dir dankbar sein und bin es auch, dass du dich um Elke und Benedikt gekümmert hast. Doch auch mich musst du verstehen. Ich möchte natürlich so bald wie möglich meinen Sohn sehen. Nach Deutschland kann und will ich nicht kommen, jedenfalls noch nicht jetzt. Wann könnt ihr mit ihm zu mir kommen?"

„Das habe ich längst mit Elke besprochen, Hartmut, weil ich einkalkuliert habe, dass ich dich finden würde. Benny kommt im nächsten Jahr nach dem Winter in den Kindergarten. Wenn er sich eingewöhnt hat, würden wir mit ihm irgendwann später zu dir reisen, etwa im Frühjahr. Vorher ist nichts möglich, auch, weil wir im Krankenhaus rechtzeitig unseren Urlaub beantragen müssen."

Sie sprachen auch darüber, wie sie sich gegenüber Hartmuts Mutter verhalten sollten. Stefan riet, ihr zunächst nichts mitzuteilen, weder über seinen Aufenthaltsort noch über seine Vaterschaft. Im nächsten Jahr könne man sich überlegen, wie man weiter verfahren wolle. Nach einigem Nachdenken stimmte Hartmut zu.

Zwei Tage später war es soweit. Stefan räumte sein Gepäck in den Mietwagen, verabschiedete sich von Hartmut und fuhr los. Die beiden Papierbögen, mit denen er den Runenstein abgepaust hatte, befanden sich in seinem Koffer. Er nahm diesmal den Weg durch die Berge über Murdochville und sparte sich so die Fahrt über die vielen kleinen Küstenorte entlang der Bucht des Sankt-

Lorenz-Stromes. Nach einer Zwischenübernachtung erreichte er am nächsten Tag den Flughafen Quebec City, wo sein Flieger bereit stand. Der Flug über Toronto und Frankfurt verlief problemlos. Am Gate in Berlin-Tegel standen voller Erwartung Elke und Benny. Nachdem er beide umarmte hatte, holte er sein Gepäck und ließ sich von Elke nach Hause fahren, in ihre Zehlendorfer Wohnung.

Er hatte von Kanada aus wenig mit Elke telefoniert. Sie wusste zwar, dass er Hartmut gefunden hatte, doch davon, wo und wie er lebte, konnte sie sich noch keine rechte Vorstellung machen. Stefan holte das nach und erzählte ihr abends bei einem Glas Rotwein alles, was er auf seiner Reise erlebt hatte. Ein paar Tage später ergänzte er seinen Bericht mit den Fotos, die er in Kanada gemacht hatte und die nun fertig entwickelt waren. Elke blieb merkwürdig still, stellte wenig Zwischenfragen, doch er merkte, wie es in ihr arbeitete.

Zunächst nahm die Arbeit im Krankenhaus Stefan mehr als gewöhnlich in Anspruch, weil er länger abwesend gewesen war. Als er etwas mehr Zeit hatte, fiel ihm die Runenabschrift ein. Um sie zu übersetzen, brauchte er fachkundige Hilfe. Zu diesem Zweck erkundigte er sich beim Fachbereich Philologie der Freien Universität Berlin und erhielt die Auskunft, jene Wissenschaftler, die sich in Deutschland mit altnordischen Sprachen und Runenschriften am ausführlichsten beschäftigten, seien am Nordischen Institut der Universität Kiel ansässig.

Stefan nahm dort telefonisch Kontakt auf, gelangte schließlich an einen Dr. Gerhard Hansen und stellte sich vor. Hansen bestätigte ihm, dass eines seiner Fachgebiete altnordische Runeninschriften seien.

„Können Sie mir einen kurzen Text übersetzen, den ich auf einem Stein gefunden habe, Herr Hansen?"

„Gern, Herr Maienberg. Wie sind Sie an den Stein gekommen?" Stefan hatte sich eine Geschichte ausgedacht. „Ich habe ihn im Garten meines vor fünf Jahren verstorbenen Onkels gefunden. Das Anwesen sollte von den Erben, zu denen auch ich gehöre, verkauft werden. Mein Onkel war gebürtiger Norweger und hat sich in seiner Freizeit viel mit Runen und altnordischer Geschichte beschäftigt, wie ich weiß. Er arbeitete als privater Steinmetz und lebte von Restaurierungen, meist an Kirchen."

„Na gut, dann bringen Sie den Stein zu mir, und dann sehen wir weiter", schlug Hansen vor.

„So einfach ist das nicht, Herr Hansen. Ich lebe in Berlin, der Stein steht in Süddeutschland und ist sehr schwer. Die Inschrift befindet sich nur auf der einen Seite. Ich habe sie mit zwei Papierbögen und Kohlepapier abgepaust. Können Sie damit etwas anfangen?"

„Sicher. Das ist sogar eine sehr gute Methode, die Sie gewählt haben! Das Nachzeichnen von Runen mit Farbe ist selbst für einen Fachmann sehr schwierig und zeitraubend, wenn nichts zerstört werden soll. Packen Sie die Bögen in einen großen Briefumschlag, sichern Sie diese mit Pappe und schicken Sie mir alles. Ich melde mich in den nächsten Wochen."

„Was kostet das Ganze?", fragte Stefan.

„Ach wo, nichts", entgegnete Hansen, „das, was Sie mir erzählt habe, interessiert mich selber. Machen Sie eine kleine Spende für das Institut, und die Sache ist erledigt."

Stefan bedankte sich.

Mit der Familie nahm alles seinen normalen Lauf. Benny würde im April drei Jahre alt werden, und Elke und Stefan wollten ihn danach in den Kindergarten schicken. Er hatte sich prächtig entwickelt, war groß und kräftig und konnte fast alles sprechen und mitbekommen. Er hatte ein lebhaftes Temperament und trotzdem wirkte er manchmal still und in sich gekehrt. Elke erinnerte ein solches Verhalten an Stefan, ausgerechnet an Stefan, der nicht sein Vater war, dachte sie. Als sie darüber sprachen, wann sie ihren Urlaub nehmen wollten, einigten sie sich auf Ende Mai. Die Gaspésie würde dann den Winter überwunden haben, wie sie von Hartmut wussten.

Mit Hartmut hatten sie jetzt regelmäßig Telefonkontakt. Elke hatte mehrfach auch mit ihm allein gesprochen, wie sie Stefan berichtete. Doch Stefan vermied es, sie nach dem Inhalt ihrer Gespräche zu fragen.

Sie schliefen auch miteinander wie gewohnt. Elke, dabei temperamentvoll wie eh und je, ließ Stefan dennoch eine gewisse Zögerlichkeit verspüren, die ihr selbst wohl nicht bewusst war.

Eines Abends rief Dr. Hansen an. Er machte auf Stefan einen überraschten Eindruck.

„Wissen Sie, ob Ihr Onkel schon einmal in Nordamerika war?", fragte er ihn.

„Das kann gut sein", log Stefan. „Zumindest hatte er Verwandte in den Catskill Mountains nahe New York, wie ich weiß."

„Also, erst einmal: ihr Onkel muss ein vorzüglicher Runenkenner gewesen sein. Die Sprache in dem Text ist in reinem Altisländisch verfasst, und die Form der Runen passt genau dazu. Der Inhalt weist auf einen Abschnitt der Grönlandsaga hin, welche von der Entdeckung unbekannter Gebiete südlich von Grönland durch die Wikinger handelt. Das besagt, von der ersten bekannten Entdeckung Amerikas durch die Europäer ungefähr um die Jahrtausendwende. Diese Entdeckung ist heute unbestritten, weil man bei Ausgrabungen in Neufundland Fundamente und Kleingegenstände gefunden hat, die eindeutig den Wikingern zuzuordnen sind. Neufundland ist jedoch eine Insel und für die Anwesenheit der Wikinger auf dem nordamerikanischem Festland gibt es bis heute keinen Beweis, wir haben nur die schriftliche Überlieferung."

„Das ist doch auch etwas!"

„Ja und nein. Die schriftlichen Überlieferungen, die Eriksaga und die Grönlandsaga, stammen aus der Zeit um 1400 nach Christi Geburt und sind in Island niedergeschrieben worden, einem Land, in dem das Verfassen von Schriften bis heute eine ungebrochene Tradition hat. Angefangen hat dies alles mit der Verbreitung des Christentums. Vorher haben die Wikinger, letztlich ein Sammelsurium germanischer Stämme, ihre Erinnerungen und Erfahrungen ausschließlich mündlich überliefert. Dadurch haben sich natürlich Fehler eingeschlichen, ebenso bei den folgenden Abschriften der Texte. Außerdem sind mythologische und ideologische Vorstellungen in die Texte hinein geflossen. Solches ist bei uns auch passiert, wahrscheinlich geschieht das in schriftlichen Überlieferungen bis heute. Eine Parallele zu den isländischen Sagas ist unser Nibelungenlied, welches ebenfalls wohl historischen Tatsachen vor der Jahrtausendwende entstammt, deren Ursprünge jedoch für uns kaum noch zu erkennen sind. Doch es gibt einen Gegensatz. Das Nibelungenlied ist im Vergleich zu den Sagas eher ein Märchen. Dagegen sind die Sagas geradezu ein Dokumentarbericht. Das liegt unter anderem daran, dass die isländischen Wikinger nicht nur Bauern, sondern auch Seefahrer und Händler waren, dazu noch in schwierigen Gewässern. Um sie zu befahren, brauchten sie glaubwürdige Berichte anderer Seefahrer, auf keinen Fall Märchen. Diese Erkenntnis verschafft der Eriksaga und der Grönlandsaga in meinen Augen einen wesentlich höheren Stellenwert, was den Wahrheitsgehalt betrifft."

„Und was hat das mit den Runen zu tun?"

„Sehr viel. Die Grönlandfahrer kannten Runen, es wurden Runensteine auf Grönland gefunden. Das Problem der Runenforschung ist die Seltenheit der Runen; letztlich sind sie ein schwacher Versuch nordischer Völker gewesen, eine eigene Schrift zu entwickeln. Auf diese Weise kennen wir sie nur als historische Inschriften. Um auf Ihren Runentext zurückzukommen: es gab in der Vergangenheit mehrfach Versuche, der Öffentlichkeit Fälschungen angeblicher Runensteine in Nordamerika als archäologischen Beweis für die Entdeckung Amerikas durch die Wikinger zu präsentieren. Alle diese Versuche sind gescheitert. Mir drängt sich der Verdacht auf, dass Ihr Onkel im Begriff war, eine ebensolche Fälschung zu produzieren, in diesem Fall aber eine sehr gute. Wenn es Ihnen möglich ist, zu recherchieren, wie oft, wann und wo Ihr Onkel in Nordamerika weilte, würde mich das Ergebnis interessieren. Ich würde auch gern einmal den Stein im Original sehen."

Stefan bedankte sich bei Hansen und versprach, an seine Wünsche zu denken.

Ein paar Tage später kam sein Briefumschlag mit den Bögen zurück. Ein Brief von Hansen mit der Entschlüsselung der Runen lag bei. Mit dem Originaltext in altisländischer Sprache konnte Stefan nichts anfangen. Hansen hatte ihn, wie er sagte, frei in das Deutsche übersetzt. Die Übersetzung lautete:

Dieser Stein wurde gesetzt zum Gedenken an Thorvald Eriksson.
Er kämpfte gegen die Skraelinger und starb.

Stefan versuchte nun, an eine wörtliche deutsche Übersetzung der beiden Sagas heranzukommen. Im Buchhandel gelang ihm das nicht. Fündig wurde er schließlich in der Bibliothek der Freien Universität. Er lieh sich die Texte aus und sah sie sich zuhause an. Die Sagas waren sehr kurz; zusammen füllten sie keine fünfzig Buchseiten. Doch ihr Inhalt wimmelte von Ereignissen und Eigennamen in konzentrierter Form. Um ihn zu verstehen, musste man den Text langsam Wort für Wort lesen. Nach einer Stunde wurde Stefan fündig. Es war in der Grönlandsaga von einem Thorvald Eriksson, Sohn Eriks des Roten aus Grönland die Rede, der Grönland mit einem Schiff in südwestlicher Richtung verlassen hatte. Ihm lief es kalt und heiß über den Rücken. Er las:

Im zweiten Sommer aber fuhr Thorvald mit dem Handelsschiff nach Osten und nördlich am Land entlang. An einer Landspitze wurde dann das Wetter rauh, und es trieb sie dort hinauf. Dabei brach der Kiel unter dem Schiff, und sie mussten sich dort lange aufhalten und ihr Schiff ausbessern. Da sagte Thorvald zu seinen Leuten:

„Nun will ich, dass wir den Kiel hier auf der Landspitze aufrichten und sie Kjalarnes nennen." So machten sie es.

Dann segelten sie von dort weg und östlich am Land entlang. Sie segelten in die Fjordmündungen hinein, die dort am nächsten lagen, und zu einer steilen Landspitze, die dort hervorsprang. Sie war ganz mit Wald bewachsen. Sie legten ihr Schiff da vor Anker und schlugen Brücken zum Land. Thorvald ging dort mit seiner ganzen Mannschaft an Land. Dann sagte er:

„Hier ist es schön und hier will ich meinen Hof aufbauen."

Sie gingen zum Schiff und sahen einwärts der Landspitze drei Hügel auf dem Sand. Sie gingen dorthin und sahen dort drei Fellboote, und unter jedem lagen drei Männer. Da verteilten sie sich und legten Hand an alle außer einen, der mit seinem Schiff davon kam. Sie erschlugen diese acht, gingen dann zurück auf die Landspitze, sahen sich dort um und bemerkten innen im Fjord einige Hügel. Sie meinten, dies seien Gebäude.

Danach überfiel sie eine so starke Müdigkeit, dass sie keine Wache halten konnten und alle einschliefen.

Da ertönte ein Ruf, sodass sie alle aufwachten, und der Ruf sagte:

„Wach auf, Thorvald, und deine ganze Mannschaft, wenn du dein Leben behalten willst. Geh mit all deinen Leuten auf dein Schiff und fahre mit deinem Schiff weg so schnell es geht!"

Dann fuhr eine Unzahl Fellboote in den Fjord hinein und griff sie an. Da sagte Thorvald:

„Wir müssen Schanzen an Bord aufbauen und uns so gut wie möglich verteidigen, aber möglichst wenige erschlagen."

So machten sie es, und eine Weile schossen die Skraelinger auf sie, aber dann flohen sie, so schnell jeder konnte, davon. Da fragte Thorvald seine Leute, ob sie verletzt wären; sie antworteten, sie seien nicht verletzt.

„Ich habe eine Wunde im Arm", sagte er. „Ein Pfeil flog zwischen dem Schiffsbord und dem Schild hindurch in meinen Arm. Hier ist der Pfeil. Aber für mich wird dies zum Tode führen. Ich rate euch nun, dass ihr euch schnellstens auf die Rückfahrt macht, aber mich sollt ihr auf diese Landspitze bringen, die mir sehr wohnlich zu sein schien. – Es mag sein, dass sich mir die Wahrheit in den Mund legte, als ich sagte, ich würde bald dort wohnen. Dort sollt ihr mich begraben und mir ein Kreuz zum Kopf und zu den Füßen setzen. Nennt dies hier dann immer Krossanes."

Grönland war damals christianisiert, aber Erik der Rote starb vor Einführung des Christentums.

Nun starb Thorvald, sie machten aber alles so, wie er gesagt hatte, fuhren dann weg und trafen ihre Fahrtgenossen, und jede Gruppe erzählte der anderen die Neuigkeiten, die sie wusste. Sie wohnten den Winter über dort und brachten Weintrauben und Weinstöcke auf das Schiff.

Im Frühjahr danach brachen sie von dort nach Grönland auf, kamen mit ihrem Schiff in den Eriksfjord und konnten Leif große Neuigkeiten erzählen.

Stefan legte den Text beiseite. Es war atemberaubend. Offensichtlich hatten Hartmut und er den ersten wirklichen Beweis gefunden, dass die Wikinger vor tausend Jahren als erste Europäer nordamerikanisches Festland betreten hatten. Die Gaspésie zog sich entlang des riesigen Mündungstrichters des Sankt-Lorenz-Stromes in nordöstlicher Richtung entlang, das gab der Reisebeschreibung der Grönlandsaga einen realen Hintergrund. Weintrauben und Weinstöcke hatte es zwar in Amerika niemals gegeben, dafür aber jede Menge anderer Beerensorten. Über diesen Widerspruch und den Begriff „Vinland", mit dem die Wikinger das neu entdeckte Land bezeichnet hatten, waren jedoch schon viele Geschichtsforscher gestolpert.

Stefan kopierte alle Unterlagen einschließlich des Briefes von Dr. Hansen mehrfach und schickte einen Satz davon zu Hartmut nach Kanada. Mit Elke sprach er nicht über seine Entdeckung.

„Papa, wann komme ich in den Kindergarten?", fragte Benny.

„Bald, schon in der nächsten Woche, Bennylein", antwortete Stefan. Benny hatte Geburtstag und saß im Wohnzimmer auf einem Dreirad, seinem Hauptgeschenk. Es regnete an diesem kalten Apriltag, und Benny konnte deshalb nicht draußen fahren. Stefan ging in die Küche, wo Elke damit beschäftigt war, für die Kinderschar, die Benny eingeladen hatte, Nudeln mit Tomatensauce zu bereiten. Stefans Mutter, die zu Besuch gekommen war, beschäftigte sich derweil mit den kleinen Gästen. Stefan trat von hinten auf Elke zu und legte seine Arme um sie.

„Weißt du, wann ich das zum ersten Mal so mit dir gemacht habe?", fragte er sie.

Sie drehte sich nicht um. „Natürlich, mein Schatz."

„Es gibt Neuigkeiten, Elke. Die Tickets für Kanada habe ich jetzt. Wir fliegen am Freitag, den 29. Mai über Frankfurt und Toronto und kommen am Sonntag, den 14. Juni zurück. Freust du dich?"

„Ist das nun eine rhetorische Frage oder wolltest du mich fragen, über was genau ich mich freue?"

„Genau das wollte ich." Elke drehte sich jetzt um und blickte ihm fest in die Augen.

„Dass ich Hartmut wiedersehe, oder was hättest du sonst erwartet?"

„Und wo bleibe ich?"

„Stefan, hab doch ein bisschen mehr Vertrauen und sei nicht so misstrauisch. Es wird sich alles richten, und irgendwann wirst du zufrieden sein." Sie schaute ihn etwas genervt an.

„Im Übrigen freue ich mich auch, Kanada zu erleben."

Wenn es sich um einen normalen Besuch bei Hartmut gehandelt hätte, wären sie kaum auf den Gedanken gekommen, Benny mitzunehmen, sondern sie hätten ihn bei Stefans Mutter in Pflege gegeben. Der Flug über Nacht mit Umsteigen und Aufenthalt in Frankfurt und Toronto würde Probleme bereiten, fürchteten sie.

Es ging dann doch ganz gut. Stefan hatte eine der drei Bordtaschen komplett mit Spielzeug und ein paar Lebensmitteln und Süßigkeiten gefüllt. Auf dem Hinflug nach Frankfurt war Benny die ganze Zeit vor Aufregung still, hatte er doch noch nie in einem Flugzeug gesessen.

Doch als sie auf dem Frankfurter Flughafen stundenlang auf den Weiterflug warten mussten, quengelte er Elke an:

„Mama, wann fahren wir nach Amerika?"

„Bald, mein Schatz."

Stefan ging mit ihm auf dem Flughafen herum und zeigte ihm die vielen Flugzeuge vor den Gates. Später blätterte er mit ihm ein Bilderbuch durch, das Benny noch nicht kannte.

In der Maschine der Air Canada nach Toronto setzten sie das Kind zwischen sich. Benny hielt seinen Stoffhund auf dem Schoß, steckte den Daumen in den Mund und war sofort eingeschlafen. Er wachte erst am Morgen wieder auf, als das Flugzeug in Toronto landete. In Toronto hatten sie nur einen kurzen Aufenthalt. Auf dem Flug nach Quebec City setzte sich Elke an das Fenster und nahm zwischendurch Benny auf den Schoß. Beide schauten aus dem Fenster und staunten über die Landschaft, die sie noch nie gesehen hatten.

Als sie aus dem Flughafen von Quebec City kamen, war es für die Jahreszeit noch reichlich kalt. Elke fröstelte und sagte zu Stefan: „Ich hoffe, Hartmut hat ordentlich eingeheizt."

Doch als sie im Mietwagen saßen und am Sankt-Lorenz-Strom entlang fuhren, wurde es innerhalb von Stunden langsam wärmer, obwohl es nach Norden ging. Benny saß hinten am Fenster und drückte sich beim Hinausschauen die Nase platt.

„Gefällt es dir, Benny?", fragte ihn Stefan.

„Gut. Viele, viele Bäume, mehr als in Berlin. Wann gehen wir denn zu meinem Onkel?"

Sie hatten mit Hartmut abgesprochen, dass er der Einfachheit halber zu Bennys Patenonkel erklärt werden sollte.

„Einen Tag musst du noch warten. Bald sind wir da. Bestimmt hat er was für dich."

Zwischendurch übernachteten sie in St. Anne des Monts; mehr Fahrstrecke wäre an diesem Tag auch nicht mehr zu schaffen gewesen. Abends kuschelten sie sich zu dritt in das französische Bett ihres Hotels und Elke dachte, dass sie mit so langen Fahrstrecken in Kanada nicht gerechnet hatte. Zum Glück machte Benny alles mit.

Als Stefan am nächsten Tag bei L`Anse Pleureuse – schon ein Ort in der Gaspésie – wieder nach Süden abbog, steigerte sich ihre Spannung, denn es war nicht mehr weit zu Hartmut. Am späten Nachmittag würden sie bei ihm ankommen, Stefan hatte unterwegs bei ihm angerufen. Nach Cap des Rosiers ging es dann auf kurzem und direktem Weg zu Hartmut; sie fuhren die Einfahrt hinauf und sahen ihn vor seiner Villa stehen.

Elke riss die Autotür auf, lief auf ihn zu und fiel in seine Arme. Stefan und Benny sahen, dass beide weinten. Benny war verdutzt.

„Papa, warum weint Mama mit dem Onkel zusammen?"

„Die haben sich sehr lange nicht mehr gesehen, Benny. Erwachsene weinen nicht nur, wenn etwas weh tut, sondern auch, wenn sie sich freuen. Onkel Hartmut wird bestimmt auch weinen, wenn er dich in den Arm nimmt." Stefan stieg mit Benny aus dem Auto, sie gingen langsam auf ihn zu. Als Hartmut Elke los ließ, hob Stefan Benny auf und gab ihn Hartmut in die Arme. „Bist du Onkel Hartmut?", fragte Benny. Hartmut fiel es schwer, nicht die Fassung zu verlieren. „Natürlich, und ich habe dich sehr lieb, so wie deine Eltern."

Der Junge sah seinem Vater ähnlich, jetzt war er zwar noch klein, doch stämmig und blond, fand Stefan, als er sie beide nebeneinander sah. Hartmut schenkte Benny einen Biber aus Stoff, dessen Paddelschwanz aus Hirschleder gearbeitet war, eine Arbeit der indianischen Verwandten von Jeanette. Benny nahm ihn und freute sich.

„Danke, Onkel Hartmut."

„Sag lieber nur Hartmut zu mir. Du brauchst nicht Onkel zu sagen!" Benny nickte. Sie trugen nun ihr Gepäck auf ihre Zimmer. Vorher hatten sie vereinbart, dass Elke und das Kind im Nebengebäude übernachten sollten, während Stefan wieder sein altes Zimmer im Hauptgebäude einnahm. Nach einer Weile trafen sich alle in der Halle zum Abendessen. Hartmut hatte den Kamin angezündet.

Stefan legte vier faustgroße Steine und eine Kladde auf den Tisch.

„Wir haben dir auch etwas mitgebracht, Hartmut."

„Das sind ja Steine aus meiner Steinsammlung!", rief Hartmut. Stefan schmunzelte.

„So ist es. Als ich von deiner Mutter erfahren habe, dass sie euer Elternhaus verkaufen will, habe ich sie gebeten, mir die Steinsammlung zu überlassen. Sie hatte nichts dagegen, denn sie meinte, die Steine wären sonst sowieso weggekommen. Die Sammlung liegt nun bei uns in Berlin. Mehr als vier Steine konnten wir allerdings nicht mitnehmen; das Gepäck wäre sonst zu schwer

geworden. Bis wir alle Steine zu dir gebracht haben, müssen wir also noch mehrfach nach Kanada fliegen!" Hartmut freute sich aufrichtig. „Stein 44 habe ich ja schon. Die Sammlung wird einen Ehrenplatz in meinem Dachzimmer bekommen."
Das Wetter wurde in den nächsten Tagen warm und frühlingshaft. Hartmut hatte sich viel Zeit für seinen Besuch genommen und Ausflüge in die Umgebung geplant. Zunächst besuchten sie Jeanette und Sylvie auf ihrem Reiterhof. Benny war begeistert, weil er noch nie Pferde aus der Nähe gesehen hatte. Als Sylvie mit dem Hund zu ihm kam, war es um ihn geschehen und er kümmerte sich fast den ganzen Tag nicht mehr um die Erwachsenen. Weil Sylvie etwas Deutsch sprechen konnte, klappte die Verständigung zwischen den Kindern ganz gut, obwohl sie ihn zwischendurch immer wieder auf Französisch ansprach. Elke und Stefan nahmen vergnügt wahr, wie Benny die fremden Worte aufnahm, wiederholte und im Handumdrehen lernte.

Ein weiterer Ausflug führte sie nach Percé, einer Stadt auf der anderen Seite der Bucht von Gaspé. Ihre größte Sehenswürdigkeit war der Rocher Percé, ein im Meer liegender, von Seevögeln umschwirrter Felsblock, fast hundert Meter hoch. Man konnte ihn bei Ebbe zu Fuß erreichen, was ihm Verwandtschaft mit dem Mont Saint-Michel in der Normandie verlieh, allerdings ohne eine Abtei darauf. Der Ort wurde von vielen Touristen besucht und hatte eine Menge Souvenirläden und Bars in seinem Zentrum. Doch auch Künstler schienen sich mit ihren Ateliers und Galerien hier niedergelassen zu haben; vermutlich inspirierte sie die schöne Landschaft aus Meer, Felsen und Wald. Als sie im Ort spazieren gingen, konnten sie aus dem Stimmengemurmel der Touristen heraus auch deutsche Stimmen hören.

Schon vorher in Deutschland hatten Elke und Stefan geplant, einen zweitägigen Ausflug nach Quebec City zu unternehmen. Die

Gelegenheit dazu war günstig, weil Gaspé einen kleinen Flughafen besaß, mit einer täglichen Verbindung dahin. Zu Anfang der zweiten Urlaubswoche machten sie ihr Vorhaben wahr. Ursprünglich sollte auch Benny mit dabei sein, doch Jeanette und Sylvie hatten ihm vorgeschlagen, er solle in der Zeit zu ihnen und ihren Tieren kommen und bei ihnen übernachten. Benny überschlug sich fast vor Freude und war weder bei seinen Eltern noch bei Hartmut zu halten gewesen.

Den Flughafen von Quebec City kannten Elke und Stefan, doch als sie sich dem Zentrum der Stadt näherten, kam in ihnen ein Gefühl auf, als habe sie ein Zeitsprung nach Europa versetzt. Die obere Altstadt mit Zitadelle und dem gigantischen Hotel Chateau Frontenac, das aussah, als hätte man eines der Loire-Schlösser aus Frankreich aufgepumpt, thronte prächtig über dem Sankt-Lorenz-Strom. Alles umgab eine wehrhafte und komplette Stadtmauer mit Toren, sodass sich die Frage aufwarf: war man hier überhaupt noch in Amerika?

Stefan und Elke hatten in einem kleinen kuscheligen Hotel der unteren Altstadt, dem alten Hafenviertel, Quartier genommen. Putzig und klein war auch ihr Zimmer, eben französisch, und wenn beide ihre Arme auf das Doppelte hätten verlängern können, während sie auf dem „grand lit" lagen, wären sie wohl mit den Fingern an die Wände gekommen.

Sie traten hinaus auf die Rue du Petit-Champlain und stolperten fast über die vielen Touristen, die durch die mit Kopfstein gepflasterte enge Straße mit ihren vielen Läden und Restaurants strömten. Über eine Seilbahn fuhren sie in die Oberstadt; auch dort gab es überall Gassen, kleine Geschäfte, Kirchen, historische Gebäude und sogar Klöster, ein kleines Frankreich in der Wildnis. Die Häuser waren fast alle aus Natursteinen oder Ziegelsteinen erbaut, im Gegensatz zu der oft langweiligen Holzarchitektur Nordamerikas, die in irgendeiner Weise auch an Skandinavien erinnerte.

Elke hakte sich bei Stefan unter. Sie sprachen nicht viel und setzten sich auf eine der Bänke an der Stadtmauer, um den Blick auf den Strom zu genießen. Als es dunkel wurde, gingen sie wieder über eine steile Treppe zurück in die untere Altstadt. In der Rue du Petit-Champlain war es noch voller geworden. Stefan gelang es dennoch, in einer der Nebenstraßen Platz in einem Restaurant zu bekommen. Sie bestellten Fischvorspeisen und Hummer; Elke solle auch an dem kulinarischen Erlebnis teilhaben, das ihnen die maritime Lage der Provinz Quebec ermöglichte, fand Stefan.

Nach drei Gläsern kalten Weißweines begannen Elkes Augen zu glitzern. Sie schaute Stefan lange und tiefgründig an, was ihm im Moment nicht angenehm war. Er sah zu, dass er seine Rechnung schnell bezahlte und sie beide in das Hotel kamen, zu Bett und Schlaf – der sich etwas schwierig gestaltete, weil sie eine gemeinsame Bettdecke hatten, die sie sich ungewollt gegenseitig wegzogen. Jedoch hatte er nicht vor, Elke anzurühren, das schien ihm zurzeit nicht passend zu sein. Ihm fiel plötzlich ein, dass Elke an diesem Abend in Bewegung und Mimik mindestens fünf Jahre jünger wirkte und dachte an die erste Zeit mit ihr, als ihr die Schwangerschaft noch nicht anzusehen war und sie sich seinen Blicken nach dem gemeinsamen Shopping mit einer Modenschau präsentierte, sehr jung, sehr sexy, wie ein unschuldiger Teenie – natürlich wusste sie damals, wie das bei ihm ankam.

Mit solchen Gedanken beschäftigte sich Stefan noch eine Weile.

„Hat es dir heute gefallen?", fragte er sie, auf dem Rücken liegend.

„Es war phantastisch, Schatz. Ich habe mich zehn Jahre jünger gefühlt."

Als er zu Elke hinüberschaute, die jetzt in den Schlaf fiel, beschlich ihn ein eigenartiges Gefühl. Es war jene anstrengende Mischung aus Begehren und Zurückhalten, wie er sie aus der ersten Zeit seines Zusammenwohnens mit ihr nur zu gut kannte. Er grübelte und grübelte und verschaffte sich dadurch jene Dösigkeit, die schließlich auch ihn in einen tiefen, gesunden Schlaf sinken ließ.

Am nächsten Mittag flogen sie zurück nach Gaspé und wurden von Hartmut mit dem Pickup abgeholt. Auf dem Weg zu Hartmuts Anwesen holten sie Benny von Jeannette ab, der nur sehr widerwillig mitkam. Am Abend saßen sie alle vor Hartmuts Haus bei Rotwein und Käse und unterhielten sich über den Ausflug. Hartmut war Feuer und Flamme, kannte Quebec City und erzählte ihnen viel über das Wesen der Stadt und ihre geschichtlichen Hintergründe. Benny lag zugedeckt auf einer Bank und schlief. Gegen Mitternacht wurde es Stefan zuviel; er verabschiedete sich und ging ins Bett. Am nächsten Morgen brach ein kristallklarer, sonniger Tag an. Stefan ging nach unten. Hartmut stand schon in der Küche und buk Pfannkuchen, Bennys Leibgericht.

„Geh doch mal nach drüben und wecke Elke und Benny. In einer Viertelstunde gibt es Frühstück."

Als Stefan die Tür öffnete, sah er Benny in Elkes Bett liegen. Benny war sofort hellwach. Elke schien noch etwas benommen zu sein; wahrscheinlich hatte sie am Abend zuvor reichlich zugelangt, dachte Stefan.

„Aufstehen, ihr beide. Es gibt Frühstück!", rief er.

„Lass mich noch schlafen", gähnte Elke, „ich bin müde. Aber komm nach dem Frühstück wieder."

Benny sprang aus dem Bett, zog sich in Windeseile an und lief zur Villa. Bevor Stefan die Halle erreichte, war Benny schon bei Hartmut, der ihn an sich drückte. Hartmut verwöhnte Benny maßlos, kaufte ihm alles, was er wollte, stopfte ihn mit Süßigkeiten voll und erfüllte ihm jeden Wunsch. Stefan war darüber sehr ärgerlich.

„In ein paar Tagen geht es wieder nach Hause, Hartmut", sagte Stefan. „Wir müssen uns noch über vieles unterhalten, unter anderem über den Stein, den wir beim Teehaus gefunden haben."

„Das könnte heute Nachmittag geschehen", antwortete Hartmut. „Benny hat mir gerade abgerungen, dass ich ihn mit seiner Mutter nachher zu Jeanette und Sylvie bringe."

Nach dem Frühstück ging Stefan wieder zum Nebengebäude. Elke war jetzt aufgewacht, lag aber noch im Bett. Sie schaute Stefan missmutig an und sagte zu ihm:

„Ich habe das Gefühl, Stefan, ich gefalle dir nicht mehr!"

„Du sollst mir nicht gefallen? Du bist schön wie Tausendundeine Nacht!"

„Du hast dich aber die ganze Zeit nicht viel um mich gekümmert!"

„Im Gegenteil, Elke. Ich habe pausenlos um dich gekämpft."

„Davon habe ich nichts gespürt."

„Konntest du auch nicht. Kämpfen heißt für mich im Moment, dich in Ruhe zu lassen, deine Entscheidung dir selbst zu überlassen und jedem Versuch zu widerstehen, dich zu beeinflussen. Genauso hätte ich es selbst gern für mich. Dass Hartmut dich immer noch mag, habe ich gemerkt. Ich respektiere alles, was du willst, auch wenn es mir wehtun sollte.

„Soll ich dir etwas sagen, Stefan?", bemerkte Elke ironisch.

„Ich weiß nicht was, schieß los."

„Du hast zu viele Kitschromane gelesen, mein Schatz, und außerdem bist du ein Oberschlaumeier. Hab doch mal eine gute Idee. Die wäre beispielsweise, wenn du endlich zu mir kämest und mich schwach machtest."

Der Knoten löste sich. Die Erleichterung war groß. Stefan kam es so vor, als flöge er schwerelos durch die Luft.

Nachher fragte Stefan Elke: „Und was wollen wir jetzt Hartmut sagen?"

„Nichts, Stefan. Was glaubst du, was ich mit ihm gestern alles besprochen habe, als du dich zurückgezogen hattest? Er weiß genau Bescheid und hat sich längst abgefunden. Worauf ich bestehe, ist, dass du wenigstens die letzten Tage in Kanada in unser Zimmer ziehst. Ich habe keine Lust, noch länger allein im Bett zu schlafen."

Hartmut war es, der als erster über Elkes Entscheidung sprach, als sie nachmittags zusammen am Steintisch saßen.

„Glaube nur nicht, Stefan, es macht mir nichts aus, wenn ihr in vier Tagen wieder zurück nach Europa fliegt. Elke ist die einzige Frau, die ich jemals geliebt habe und Benny ist mein Sohn. Doch ich muss Elkes Entscheidung respektieren. Natürlich bin ich daran schuld, wie es jetzt gekommen ist. Das ist die eine Seite, und die ist über die Maßen schmerzhaft für mich. Die andere Seite ist, dass ich niemandem mehr Elke und Benny gönne als dir. Du hast dir deine Familie ehrlich verdient, und so soll es auch bleiben. Ich habe aber auch eine Bedingung. Mindestens einmal im Jahr soll mich Benny besuchen."

„Kein Problem, Hartmut", erwiderte Stefan. „Wir werden dann aber jedes Mal zu dritt kommen, falls es dir nichts ausmacht. Es gibt jedoch noch andere Fragen, und die betreffen Benny selbst und deine und meine Mutter."

„Ich weiß, auf was du hinaus willst, Stefan. Benny soll natürlich irgendwann erfahren, wer sein richtiger Vater ist.

Das wird er auch, wir sollten es ihm sagen, bevor er euer Elternhaus verlässt, also noch vor Erreichen des achtzehnten Lebensjahres. Deine Mutter denkt, Benny sei ihr Enkelsohn, dabei kann es bleiben. Meine Mutter hat ein anderes Problem. Sie ist keine geborene Mutter; viel zu sehr war sie immer mit sich selbst beschäftigt.

Eine richtige Großmutter wie deine Mutter würde sie auch nicht werden. Wenn sie nicht erfährt, dass sie ein Enkelkind hat, kann man ihr das durchaus zumuten. In dieser Beziehung habe ich kein schlechtes Gewissen."

„Meine nächste Frage wäre, was fangen wir mit dem Runenstein an, den wir neben dem Teehaus wieder vergraben haben?"

„Wenn wir beispielsweise in Deutschland einen Runenstein gefunden hätten, würde ich kein Sterbenswörtchen verlauten lassen. Mein Grundstück wäre sonst für Appel und Ei enteignet und zum Gegenstand nationalen Interesses erklärt worden. Hier in Kanada ist es anders, man hat mehr Respekt vor Privateigentum. Und trotzdem läuft es auf das Gleiche hinaus. Sollte deine Vermutung stimmen, dass wir den Ort der Entdeckung des amerikanischen Festlandes durch die Wikinger gefunden haben, würde ich niemals mehr hier meine Ruhe finden, die ich so lange gesucht habe. Der Druck würde ungeheuer werden, mein Land zu verkaufen, an wen auch immer. Ich habe in diesem Zusammenhang eine Vision, ich sehe eine ausgebaute Straße zu einem „Wikinger"-Vergnügungspark mit Parkplätzen, Hamburgerbuden, Fahrgeschäften und Souvenirläden. Zum dritten Mal würde ich mir wieder eine Heimat suchen müssen, und das will ich nicht.

Die Konsequenz ist: wir lassen den Stein da, wo er ist und leben so weiter wie bisher. Wenn unsere Nachkommen anderer Meinung sein sollten, versperre ich ihnen das nicht. Ich habe einen versiegelten Brief mit allen Unterlagen von dir an meinen Rechtsanwalt in Boston geschickt, der erst nach meinem Tod für meine Erben geöffnet werden soll. Alles das funktioniert nur, wenn du damit einverstanden bist."

Stefan nickte. „Ich bin es, Hartmut. Ich bin genau deiner Meinung", sagte er.

Ein paar Tage später kam die Zeit, um Abschied zu nehmen. Jeanette und Sylvie waren zu Hartmut gekommen; sie wollten dabei sein. Stefan hatte das Auto bereits gepackt, als Hartmut ihm noch ein Paket und einen Brief brachte.

„Kannst du dir vorstellen, was ich hier für dich habe, Stefan?" „Nein."

„Es ist dein Bärenfell, gegerbt und verpackt. Der Brief stammt von der Verwaltung des Forillon Naturparkes und bescheinigt, dass der Bär von dir legal geschossen wurde. Du wirst diese Unterlage brauchen, um in Kanada und Deutschland durch den Zoll zu kommen."

Als sich alle umarmten, war es ihnen ein Trost, dass sie sich spätestens in einem Jahr wiedersehen würden. Besonders traurig war Benny, der sich in der kurzen Zeit mit Hartmut, Jeanette und Sylvie fest vertraut gemacht hatte und den vielen Tieren auf Jeanettes Reiterhof nachtrauerte.

Der Flug nach Deutschland war kein Problem. Zu schaffen machte ihnen jedoch die Zeitverschiebung, die ihnen über sechs Stunden vom Tag stahl. Es dauerte mehrere Tage, bis sie in ihren normalen Wach- und Schlafrhythmus fielen.

Ein Vierteljahr später heirateten Elke und Stefan.

Es war eine kleine Hochzeit. Bei der standesamtlichen Trauung waren nur Klaus Münthe und Aiko als Trauzeugen dabei. Dem Standesbeamten gegenüber hatte Elke wahrheitswidrig erklärt, dass Stefan der Vater ihres unehelichen Sohnes Benedikt sei, sodass Benny den Nachnamen „Maienberg" erhielt.

Das Hochzeitsfest feierten sie zwei Tage später nach der kirchlichen Trauung in einem Zehlendorfer Restaurant zusammen mit wenigen Gästen. Elke hatte auf ein weißes Hochzeitskleid verzichtet. Stefans Mutter, Elisabeth Maienberg, war dabei, ebenso die beiden Trauzeugen. Schwester Agnes und Lernschwester Silke kamen hinzu; Stefan hatte sie aus seiner Station eingeladen. Auch Elke hatte ein paar Kolleginnen und ihren Oberarzt von der chirurgischen Station mitgebracht. Benny fuhr mit seinem Dreirad zwischen den Hochzeitsgästen umher. Vorher hatten sie mehrfach versucht, Hartmut einzuladen, der sich aber nicht überreden ließ, nach Deutschland zu kommen. Am Nachmittag trafen sich alle in der Zehlendorfer Wohnung und feierten mit Wein, Sekt und Canapés bis in die Nacht hinein.

Etwa vier Monate nach der Hochzeit hatte Elke für Stefan eine Neuigkeit zu melden.

„Ich bin wieder schwanger, Stefan!"

Obwohl beide wussten, dass es dazu hätte kommen können, waren die Überraschung und die Freude groß. Das einzige Problem, was sie beschäftigte, bestand in der Überlegung, ob es Elke zuzumuten sei, in ihrem Zustand nach Kanada zu reisen, wie sie es für den Sommer geplant hatten. Elke setzte sich mit ihren praktischen Gedanken durch.

„Es muss doch alles nicht so laufen, wie beim letzten Mal, Stefan. Wenn ich wieder liegen muss, fährst du eben mit Benny allein; irgendein Weg wird sich finden. Vielleicht kommt dann deine Mutter, oder andere Kolleginnen helfen mir. Ansonsten komme ich mit. Was ist dagegen einzuwenden, wenn eine schwangere Mutter nach Kanada reist?"

Elkes Schwangerschaft verlief diesmal vollkommen normal. Dr. Warnecke war sehr zufrieden und hatte nichts dagegen, dass Elke im fünften Monat nach Kanada fliegen wollte.

Etwas war anders. Die Untersuchung mit Ultraschall hatte diesmal ergeben, dass Elke ein Mädchen zur Welt bringen würde. Auf der Suche nach einem Namen für das Kind kam es zu einer mittelschweren Auseinandersetzung. Stefan hatte nämlich vorgeschlagen, Aiko zur Patentante zu ernennen und dem Kind auch ihren Namen zu geben. Elke passte das nicht. Sie war nicht einverstanden.

„Patentante ist okay. Aber der Name nicht. Das Kind wird auch nicht „Petra" oder „Eva" heißen. Du kannst noch ein paar Namen nachschieben, aber ich werde meine Tochter nicht nach einer deiner Verflossenen benennen", zickte sie. Schließlich einigten sie sich auf „Kathrin". Es war der Namen von Elkes Mutter. „Elisabeth", der Namen von Stefans Mutter, wäre ihnen zu lang gewesen.

Als sie im Sommer in die Gaspésie reisten und Hartmut Elkes Schwangerschaft bemerkte, freute er sich aufrichtig und nahm sie lange in seine Arme. Jetzt wurde Benny eifersüchtig, strich um Hartmut herum und zog ihn an seinem Hemd.

Das Thema ist gegessen, dachte Stefan.

Am siebten Oktober 1982 wurde Kathrin geboren, Stefans und Elkes einzige Tochter. Stefan hatte eine Entscheidung getroffen.

„Das mit meiner Habilitation, das lassen wir, Elke. Wir haben zwei Kinder, die wir aufziehen dürfen und müssen, und das steht über allem anderen. Geld ist genug da, wir verdienen beide gut. Reserven haben wir auch, nämlich das Erbe meiner Eltern. Wäre ich habilitiert, müsste ich die Sprossenleiter zum Professor hochklettern, sonst hätte das alles keinen Sinn. Und das würde bedeuten, dass ich Veröffentlichungen schreiben, Vorträge halten und verreisen müsste und mich weniger um dich und die Kinder kümmern könnte. Das will ich nicht, meine Familie ist mir wichtiger. Und außerdem brauchen wir einen Großteil unseres Urlaubs, um nach Kanada zu reisen."

Elke, die prinzipiell Stefans Hochschulpläne unterstützt hatte, sah letztlich Stefans Argumente ein.

„Du hast recht, Stefan. Es ist mir auch viel lieber, wenn du ein guter Vater bleibst, statt dass du ein erfolgreicher Wissenschaftler wirst."

Ihr Vermieter schrieb sie eines Tages aus Bayern an, ob sie bereit seien, die Zehlendorfer Wohnung zu erwerben. Das Ehepaar war in ein Altenheim übergesiedelt und brauchte das Geld aus dem Verkaufserlös. Nach einiger Überlegung stimmten Elke und Stefan zu, kauften die Wohnung und ließen sich vom Verkäufer ein Vorkaufsrecht für die obere Wohnung einräumen.

SOMMERFRIEDEN

GASPÉSIE, IM JULI 1997

Hartmut und Stefan saßen am Steintisch vor der Villa am Kap Gaspé. Elke und Kathrin waren gerade damit beschäftigt, das Frühstück abzuräumen, während Jeanette sich fertigmachte, zum Reiterhof zu fahren. Es würde heute heiß werden; eine wolkenlose Sonne stand am Himmel und die Luft bewegte sich kaum.

Vor mehr als zehn Jahren war Jeanette mit Sylvie zu Hartmut gezogen. Die kurze Entfernung zum Reiterhof erlaubte es ihr, ihn von Hartmuts Anwesen aus zu bewirtschaften. Das Wohngebäude ihres Hofes baute Jeanette ein Jahr später zu Ferienwohnungen um. Vorher hatten Hartmut und Jeanette geheiratet, weil Jeanette wie die meisten Frankokanadier in dieser Beziehung konservativ war und klare Verhältnisse haben wollte. Hartmut errichtete später ein weiteres Holzhaus, einen Stall mit vier Reitboxen auf seinem Hof, denn Jeanette und Sylvie legten Wert darauf, ihre privaten Pferde in ihrer Nähe zu behalten.

Sie beobachteten, wie Sylvie und Benny aus dem Nebengebäude herauskamen und gemeinsam Hand in Hand zum Pferdestall gingen. Als Kathrin das sah, lief sie hinter ihnen her und rief:

„Ich möchte auch ausreiten. Nehmt ihr mich mit?"

„Natürlich", antwortete Benny und lächelte seiner Schwester zu. Eine Weile später kamen sie zu dritt aus dem Stall heraus und führten jeder ein Pferd am Zügel, alle englische Vollblutpferde. Kurz hinter dem Hof saßen sie auf und verschwanden im Wald. Jack, der fünfjährige Labrador Retriever, war ihnen nachgelaufen und musste wieder zurückgepfiffen werden. Jeanette war ebenfalls verschwunden und Elke setzte sich wieder zu ihnen. Stefan

295

äußerte sein Bedauern, dass seine Tochter körperlich und im Gesicht nichts von ihm habe und ein Abbild von Elke vor vierzig Jahren sei, allerdings und Gott sei Dank groß, blond und ebenso hübsch.

„Das Leben ist ungerecht. Zwei Kinder habe ich, und keines sieht mir ähnlich. Dass Benny aussieht wie Hartmut, kann ich zwar noch verkraften, schließlich ist er sein Vater. Aber Kathrin hätte wenigstens etwas auf mich heraus kommen können."

Elke lachte.

„Sei froh, wenn du keine anderen Sorgen hast, Stefan. Die Kinder sind gesund und haben sich bestens entwickelt, was Bildung und Schule betrifft. Du wirst noch traurig genug sein, wenn Benny und Sylvie in zwei Monaten nach Quebec City ziehen, wo sie Medizin studieren wollen. Dann wird Hartmut Benny öfter sehen als wir." Hartmut mischte sich ein.

„Das denkt ihr vielleicht, aber so wird es nicht sein. Hier in Kanada gibt es keine langen Semesterferien wie in Deutschland und es ist üblich, dass die Studenten in ihren unterrichtsfreien Zeiten jobben. Das ist auch nötig, denn die Université Laval in Quebec City ist zwar alt und renommiert, aber eine Privatuniversität, also sind jedes Semester saftige Studiengebühren zu berappen. Wenn ich die beiden sehe, dann wahrscheinlich fast nur zu Feiertagen und ab und zu am Wochenende.

Vergesst auch nicht die weiten Wege in Kanada.

Im Übrigen habe ich euch schon oft angeboten, zu mir zu ziehen und kann mein Angebot nur wiederholen. Alle Optionen sind offen; ihr könnt in das Nebengebäude ziehen oder auch ein Stück Land von mir haben, auf dem ihr euch selbst ein Haus bauen könnt."

„Vielen Dank, Hartmut", sagte Elke. „Eines Tages werden wir vielleicht von deinem Angebot Gebrauch machen, wenn wir im Ruhestand sind. Bis jetzt fühlen wir uns in Berlin sehr wohl und wollen unser Haus nicht verlassen. Später könnten wir uns vorstellen, dass wir einen Teil des Jahres in Kanada verbringen."

„Das solltet ihr auch tun", gab Hartmut zu überlegen. „Ihr habt beispielsweise noch nie den kanadischen Winter miterlebt. Kanada ist ein Land der stillen Schönheit, und gerade dann liegt eine gewaltige Ruhe über unserer Gegend. Die Kälte und den Schnee macht das in meinen Augen mehr als wett."

Völlig überflüssig waren auch die Versuche von Stefan gewesen, Hartmut zu bewegen, nach Berlin zu ziehen.

„Berlin ist zwar keine Heimat, wird es niemals sein", sagte Stefan. „Berlin nimmt dich ein, ist freundlich zu dir und zwingt dich trotzdem, zu einer Reise in dich selbst. Wenn du es schaffst, jemanden zu haben, der diese Reise mit dir zusammen unternimmt, wie Elke, wirst du in Berlin glücklich sein." Hartmut, völlig verständnislos, dankte und lehnte ab.

Jedes Jahr, meist in den Sommerferien, hatte Stefan mit seiner Familie Hartmut in Kanada besucht, keineswegs nur aus Pflichtgefühl gegenüber seinem Freund, sondern es war für alle so etwas wie ein Höhepunkt, auf den sie sich das ganze Jahr freuten.

Helga Müller, Hartmuts Mutter, war bei ihrem vierten Besuch mitgekommen. Hartmut hatte ihr einen langen Brief geschrieben, in dem er ihr erklärte, wo und warum er sich in Kanada aufhalte und weswegen er sich so lange nicht gemeldet hatte. Später hatte sie ihren Sohn auf eigene Faust besucht, manchmal sogar für längere Zeit. Auch Elisabeth Maienberg war ein paar Male mitgereist. Ihr, die niemals aus Deutschland herausgekommen war, erschien die Reise nach Kanada wie ein Ausflug auf einen fremden Planeten, sodass sie aus dem Staunen nicht heraus kam. Beide Großmütter wussten jedoch nicht, wer der richtige Vater von Benny war und sollten es auch nicht erfahren, so hatten es Stefan und Hartmut vereinbart. Benny war derjenige, der sich auf die jährliche Reise in die Gaspésie am meisten freute. Er liebte seinen

„Patenonkel" heiß und innig, kein Wunder, denn Hartmut erlaubte ihm so gut wie alles, verwöhnte ihn und unternahm in Kanada immer das mit ihm, was er wollte. Bei Jeanette lernte er das Reiten, ging sehr früh mit Hartmut zur Jagd und traf sich ständig mit Sylvie und ihren Freundinnen und Freunden. Etwa nach seinem zwölften Lebensjahr konnte er allein nach Kanada reisen, wenn Stefan ihn in Tegel zum Flieger brachte und Hartmut ihn in Gaspé abholte. Davon machte er ausgiebig Gebrauch.

Hartmut hatte sich lange geweigert, Kanada zu Reisezwecken zu verlassen. Er hatte eine permanente Aufenthaltserlaubnis für Kanada. Sein deutscher Pass wurde ihm ein paarmal durch die Deutsche Botschaft in Ottawa verlängert und auch die Neuausstellung nach zehn Jahren bereitete ihm keine Schwierigkeiten. Das war genau der Zeitpunkt, als Jeanette ihn bedrängte, mit ihr nach Deutschland zu reisen, denn sie kannte Europa überhaupt nicht. Nach vielem Zureden gab Hartmut nach.

Es wurde eine typische Europareise, wie sie Auswanderer unternehmen. Hartmut besuchte seine Mutter, zeigte Jeanette seine Heimatstadt, in der er aufgewachsen war und hielt sich mit ihr bei Elke und Stefan eine Woche lang in Berlin auf. Anschließend reisten sie in die europäischen Großstädte Paris, London und Rom und besichtigten die üblichen Sehenswürdigkeiten und Kulturgüter, bevor sie sich wieder auf den Weg nach Kanada machten.

Es gab zwar noch ein mulmiges Gefühl für Hartmut, als er seinen Pass bei der Einreise vorzeigte, weil er sich an sein Kölner Abenteuer erinnerte, doch es schien so, dass weder die Justiz noch potentielle Gläubiger nach ihm suchten, denn der Grenzbeamte gab ihm das Papier mit einem freundlichen Lächeln zurück. Trotzdem – Hartmut hatte so gut wie kein Interesse, Deutschland irgendwann noch einmal zu besuchen, wenn es nicht dringend notwendig war. Zu sehr belasteten seinen Kopf noch seine hektische Kindheit, die schwierige Ehe seiner Eltern, seine spießige

Heimatstadt, das Baugeschäft Müller mit den Verbindungen zu den unsäglichen Schönleins & Co und der verlogene rheinische Klüngel.

Irgendwann kam es, dass sich bei Hartmut und Stefan das Gewissen meldete, denn Benny musste schließlich eines Tages erfahren, wer sein richtiger Vater war. Nach langer Diskussion mit Elke und Jeanette beschlossen sie, es ihm nach seinem fünfzehnten Geburtstag zu sagen. Es war eine Situation, an die sie sich ewig erinnern würden, denn die einzigen Verblüfften waren die beiden Elternpaare.

Benny sagte nämlich, als er das erfuhr:
„So ist das? Na, cool, dann habe ich ja zwei Väter!" Und das war alles.

Die Pubertät von Benny und Sylvie machte sich folgenhaft bemerkbar.

Sie hingen immer enger zusammen, und eines Tages wurden sie ein Paar. Weil beide den gleichen Berufswunsch hatten, nämlich Medizin zu studieren, kamen sie zu dem Entschluss, es gemeinsam in Quebec City zu tun.

Für Sylvie als Kanadierin war das kein Problem, doch für Benny als Deutscher gab es ein paar Hürden. Erst einmal seine deutschen Abiturnoten, die keinen Ausreißer haben durften. Zum anderen seine Sprachkenntnisse in Französisch und Englisch. Französisch war kein Problem, eher Englisch, das auch Sylvie nicht perfekt beherrschte. Benny war im Prinzip zweisprachig aufgewachsen, weil er sich mit Sylvie und Jeanette meistens auf Französisch unterhielt. Ihnen zuzuhören, war oft amüsant, weil sie Französisch und Deutsch durcheinander sprachen. Die Prüfung bei der altehrwürdigen Université Laval in Quebec City hatte Benny jedoch bestanden, sodass ihrem gemeinsamen Studium nichts im Wege stand.

Elke sagte:

„Ob die beiden zusammenbleiben werden, weiß natürlich niemand. Sie haben jedoch in ihrem Studium genug Zeit, es miteinander zu probieren."

Hartmut konterte: „Vielleicht ist es auch gar nicht gut, wenn schon die erste Partnerschaft von Dauer ist." Und konnte sich ein leichtes Grinsen nicht verkneifen.

„Sei du nur still, Hartmut! In der Hinsicht bist du für Benny nun überhaupt kein Vorbild!", knurrte Elke.

Stefan hielt sich aus dem Gespräch der beiden heraus und hörte belustigt zu.

Als Jeanette vom Reiterhof zurückkam, schlug sie vor, den Sonnenuntergang am Teehaus zu genießen.

„Wir haben heute einen klaren Himmel mit Fernsicht wie selten. Ich packe ein paar Flaschen Rotwein und Wasser ein und nehme Käse und selbstgebackenes Brot mit."

„Und was ist mit den Kindern, wollen sie mitkommen?", fragte Elke.

„Wohl nicht. Sie haben gerade mein Auto ausgeliehen. Sie möchten sich mit Freunden zum Barbecue am Strand treffen."

Als sie am Teehaus anlangten, wollte Hartmut die Stühle und den Tisch heraus stellen. Jeanette wehrte ab.

„Das lass man lieber. Ich bin dünn angezogen und du weißt, wie verfroren ich bin. Abends kommt meist doch noch Wind auf, auch wenn es so heiß gewesen ist wie heute."

Hartmut öffnete zum Ausgleich alle Fenster des Teehauses und die Eingangstür. Nachdem sich alle gesetzt hatten, schenkte er Wasser und Rotwein ein und stellte den Korb mit Brot und das Holzbrett mit Käse auf den Tisch. Eine Weile schwiegen sie.

Der Anblick, den der Abend bot, war wirklich außergewöhnlich und füllte ihre Sinne. Wegen der klaren Luft konnten sie den Saum der gegenüberliegenden Seite der Bucht von Gaspé deutlich und scherenschnittartig erkennen. Die von den Bergen der Halbinsel kommenden Sonnenstrahlen fielen in die Bucht und ließen die Felsen der Landzunge des Cap de Gaspé aus dem Wald hervortreten und plastisch erscheinen.

Im einfallenden Licht glitzerten die Kämme der kleinen Wellen im Golf des St. Lorenz-Stromes weit in das Meer hinein, bis sie in der Ferne verschwanden.

Plötzlich fiel Hartmut etwas ein.

„Weißt du, Stefan, ob Benny seinen Freunden hier und in Deutschland erzählt hat, wer sein richtiger Vater ist?"

„Er hat mit mir darüber gesprochen", antwortete Stefan. „Er möchte nicht, dass andere davon wissen. Er sagte mir, jeder Mann müsse auch sein Geheimnis haben. Das erinnert mich an etwas, das einmal aus deinem Mund gekommen ist. Du hast gesagt, ungefähr dreißig Prozent von dem, was in seinem Kopf ist, behält ein Mann für sich und gibt es nicht preis."

„Dabei bleibe ich bis heute", sagte Hartmut.

Jeanette machte ein spöttisches Gesicht.

„Und woher willst du wissen, dass es bei Frauen anders ist, mein lieber Mann?"

„Gar nicht. Das habe ich auch nie behauptet", antwortete Hartmut.

„Lasst uns einmal überlegen", sagte jetzt Elke, „außer uns vier wissen also nur unsere Kinder, wer der Vater von Benny ist?"

„Du hast Aiko nicht berücksichtigt", warf Stefan ein.

„Dann kommt aber auch noch mein Frauenarzt Dr. Warnecke dazu!"

„Ach, das ist schon so lange her", sagte Stefan müde, „der hat dich sicher längst vergessen."

„Deine Komplimente sind heute überwältigend", bemerkte Elke spitz.

Stefan bemühte sich jetzt, die Diskussion zu glätten.

„Ich hoffe, wir sind uns einig, dass die Menschen Geheimnisse brauchen. Sie machen das Leben spannend und sind überdies ein gewisser Schutz für jeden Einzelnen. Manchmal liegen sie ganz dicht neben uns", sagte er und zwinkerte Hartmut zu, der sofort verstand.

Eine kalte Brise drang durch den Raum und ließ Jeanette frösteln. Hartmut stand auf und schloss die Fenster. Ein Fenster klemmte.

Jeanette ging hinaus, um den Sitz des Fensters zu kontrollieren. Aufgeregt lief sie wieder hinein und rief:

„Kommt alle heraus! Was da draußen abläuft, das glaubt ihr nicht!"

Auf dem Meer passierten merkwürdige Dinge. Ein Schwarm von Möwen kreiste über einer Stelle über der Meeresoberfläche, ungefähr so groß wie ein Fußballfeld. Möwen kreisen über allem, was sich an der Wasseroberfläche bewegt, immer auf der Suche nach Futter. Wenn man genau hinsah, erkannte man die Bewegung.

Zwei große Buckelwale tummelten sich in der Bucht von Gaspé. Sie schienen zu spielen. Sie hoben nacheinander zuerst ihre mächtigen Häupter aus dem Wasser, tauchten ein und ließen ihre gebogenen Rücken über die Oberfläche laufen. Die nun aufsteigenden Schwanzflossen zeigten an, dass sie wieder in die Tiefe tauchten.

Sprachlos schauten sie dem Treiben eine Weile zu. Als die Meeresoberfläche sich wieder glättete und die Möwen verschwanden, gingen sie wieder zum Teehaus zurück.

Mittlerweile hatte der Rand der Sonnenscheibe die Spitzen der Berge erreicht, ihre Strahlen veränderten die Farbe und tönten die Felsen der Küste mit gelbrotem Glanz.

Als sie sich setzten, waren sie eine Weile still.

Sie mochten im Moment auch nicht reden. Sie fühlten sich nur noch wohl.